Марина Дяченко / Сергей Дяченко

Скитальцы

继承者

流浪者
四部曲 / 卷三

[乌克兰] 玛琳娜·加琴科 [乌克兰] 谢尔盖·加琴科 / 著   谢 李 邱 鑫 黄晓敏 / 译

THE SUCCESSOR
Copyright © 1997 by Sergey and Marina Dyachenko
Published in agreement with Hannigan Getzler Literary,
through The Grayhawk Agency Ltd.
Simplified Chinese Translation copyright © 2024 by Chongqing Publishing House
By CHONGQING PUBLISHING HOUSE CO.,LTD.

版贸核渝字（2022）第 127 号

图书在版编目（CIP）数据

继承者 /（乌克兰）玛琳娜·加琴科，（乌克兰）谢尔盖·加琴科著；谢李，邱鑫，黄晓敏译. -- 重庆：重庆出版社，2024.10
ISBN 978-7-229-17964-9

Ⅰ.①继… Ⅱ.①玛… ②谢… ③谢… ④邱… ⑤黄… Ⅲ.①长篇小说－乌克兰－现代 Ⅳ.①I511.345

中国国家版本馆CIP数据核字（2023）第173514号

继承者

JICHENG ZHE

［乌克兰］玛琳娜·加琴科　［乌克兰］谢尔盖·加琴科　著
谢 李　邱 鑫　黄晓敏　译

责任编辑：邹　禾　魏映雪　王靓婷
装帧设计：谢颖设计工作室
封面图案设计：seyo
责任校对：冉炜赟
排版设计：池胜祥

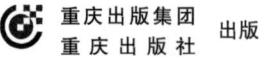 出版
重庆出版社

重庆市南岸区南滨路162号1幢　邮政编码：400061　http://www.cqph.com
重庆市国丰印务有限责任公司 印刷
重庆出版集团图书发行有限公司 发行
E-MAIL:fxchu@cqph.com　邮购电话：023-61520646
全国新华书店经销

开本：880mm×1230mm　1/32　印张：13　字数：315千
2024年10月第1版　2024年10月第1次印刷
ISBN 978-7-229-17964-9
定价：79.00元

如有印装质量问题，请向本集团图书发行有限公司调换：023-61520678

版权所有　侵权必究

目录
СОДЕРЖАНИЕ

序　章	1
第一章	4
第二章	62
第三章	111
第四章	162
第五章	212
第六章	263
第七章	324
第八章	383
尾　声	407

序 章

男孩坐在积了一层灰的大箱子旁边,被稍稍拉起的窗帘不住在他头顶上方晃动,烟尘滚滚。白色的飞蛾在阳光中迷失了方向,绕圈乱飞。

一窗之隔。窗外金铁撞击之音不断,蹄声阵阵,"敌人""战争"等词不绝于耳。屋里的气氛和外面完全不同,父亲和母亲都在,他们和那些穿过天花板射下的光柱一样,温柔又宁静……

他怕这个老人。老人很陌生,看不透。在老人面前,他的双亲和之前相比几乎判若两人。俩人都没有把注意力放在儿子身上,仿佛老人是一团浓云,遮住了照在男孩身上的阳光。就算他们害怕这个老人也不应该把它给他?!

男孩哭个不停,泪流不止。那个……那可是个好东西。它以后真的就不在了?以前妈妈为了奖励他,会把它从小匣子里面拿出来,允许他伸出一根手指碰碰它,这样的快乐再也不会有了,他再也看不到被它反射到天花板上的光斑了……

他们在谈论什么锈斑,说它似乎并不存在。他们还聊了战争:男孩想象出了林立的长矛,分叉的细长旗帜仿佛蛇的舌头

继承者

……大批俊美的骑士,他们身上散发的火药味闻起来令人愉悦……他的父亲是其中最厉害的战士。

可是为什么老人一句话都不说,只会点头呢?!

男孩用被泪水沾湿的手指在箱子上画了一堆丑脸,以往他画这些的时候总是会挨骂。他带着特别的愉悦勾勒着轻蔑的眼神、下垂的嘴角和皱起的眉毛,行吧,给他吧……给就给……

金色的物件在陌生老者瘦长的手掌中闪闪发亮。男孩终于没忍住,大叫一声从藏身之处跳了出来,想要夺回本属于自己的玩具。他无法相信这一次他的任性要求得不到满足……

"卢阿尔!"

母亲满脸通红,父亲批评他的语气非常严厉。男孩已经开始后悔自己过于冲动了,因为老人正盯着他,凌厉的目光中夹杂着探究。真奇怪,男孩竟然没有尿裤子。

老人清透的眼神中掠过一道阴影。他的睫毛几乎掉光了,光秃秃的眼皮眨了眨。男孩缩了缩脖子。老人看向他的母亲,问道:"你们给他起这个名字,是为了纪念卢阿扬吗?"

窗外,锻铁的靴子铛铛作响,一个气势汹汹的声音在果断地发号施令。老人叹了口气:"一块石头从山顶坠落……人们总是希望它能跌进某个坑洞,希望山体不会崩塌。我们总是心怀希望。一直如此。"

男孩紧紧抓着父亲的外套袖子,抽抽噎噎的,不时还双手握拳擦拭眼泪,正是因为他这个动作,才没有看到父母惊讶地对视了一眼。

老人悲伤地笑了笑,说:"索尔,你们家族的命运轨道一如往昔。"

母亲惊恐地抬起头。父亲沉默不语,牙疼似的捂住脸。老人点了点头,又补充道:"其实……也没什么。我瞎说的。忘了我的话吧。"

老人离开后,男孩的心里既苦闷,又感觉松了口气。

温暖的大手握住了他的手。你还会有很多玩具。别伤心,天天①。

---

① 主人公的昵称。

第一章

……终于赶上了！运气不错，我们刚进城城门就关了，稍微出点问题我们就会被关在外面，弗洛巴斯特一路上边吼边骂。我们一直都在赶时间，因为黎明时车轴断了。车轴之所以断，是因为穆哈赶车时打瞌睡，没看到路上的坑。他之所以打瞌睡，是因为弗洛巴斯特完全不让人休息，几乎排练到天亮……我们不得不先去铁匠铺，弗洛巴斯特哑着嗓子和铁匠讨价还价，最后啐了口唾沫，付了钱，对着穆哈又是一阵数落。

天快黑了，大家都没那个劲儿去表达喜悦，庆祝我们赶上了，庆祝我们进城了。城里歌舞升平，人潮汹涌，反正明天也这样……我们这群人里面只有穆哈抬起了头，欣赏那些高高耸立的屋顶和屋顶上金色的风向标。只有他这种万事不上心的人才会在这种时候张大嘴，一直盯着那些稀奇玩意儿。

中心广场上挤满了马车和帐篷，我们通过激烈的争夺得到了一个角落，好不容易把三辆车都停了上去。我们左边是个巡回马戏团，一头熊被关在笼子里，奄奄一息，时不时还凄惨地嚎几声。右边是好几个木偶戏演员的驻地，他们的铁皮箱子敞开着，

第一章

人偶的木腿横七竖八地戳了出来,看着怪瘆人的。他们对面是我们老熟人的地盘,一群从海边来的南方人,也是喜剧演员,我们在好几个集市上碰见过,他们可是从我们手里抢走了不少的钱。南方人正在热火朝天地搭戏台。弗洛巴斯特的脸拉得老长。我往边上走了几步,轻轻地哼了一声:哈哈,老头子当真以为我们是第一个,也是唯一一个来这里的剧团?毫无疑问,再远都会有人在狂欢节这天赶来这里,为了钱嘛,不过有一个条件。

一个非常简单但又十分奇怪的条件。任何舞台,第一个节目必须演绎斩首的场景,随便什么人,随便以什么方式都行。市民朋友们的口味很怪异,比如绞刑架上吊着的那个好笑的人偶,就是在法院楼前当摆设的那个……

节日庆典在黎明时分就开始了。

我们是到处巡回演出的职业演员,不是什么村里来的孤儿团伙。尽管各类节日和狂欢活动参加了无数,然而初来乍到,我们还是有些不知所措。城里人都很有钱,神气得不行。就连站在镀金马车后面的仆人们都穿着制服,把胸膛挺得老高。摊贩们背上奢华、昂贵又罕见的货物快把他们的腿压弯了。市民们穿着光鲜的服饰,随着广场上的小提琴音和手鼓声翩翩起舞。就连流浪狗都体体面面,眼神倨傲。杂技演员们相互抛接燃烧的火把,在紧绷的钢丝上舞动。演绝活的人太多了,光他们就能组成个小村子。一个穿着黑灰色紧身衣的人在绳网里翻来卷去,动作像蜘蛛又像苍蝇。(顺便说一句,穆哈没少在摊子上偷东西,还不停向弗洛巴斯特炫耀,弗洛巴斯特则一直拧他的耳朵,告诉他人群里到处都是穿着红白制服的卫兵。)

差不多该轮到我们了。

首先上演的是木偶戏,对于人偶来说,表演个斩首是再简单不过的事情。它们演了一出莫名其妙的短滑稽剧，主角的头和起泡酒瓶上的软木塞一样喷飞了出去。一个身材瘦小、看着就没吃饱的小女孩拿着帽子绕场一周，没几个人给钱。观众们似乎对这个节目不怎么感冒。

熊在旁边咆哮。穿着鲜艳肉色紧身衣的大个子将一个小个子举到头顶转来转去，就像在转一个橡皮人，最后他假装想拧断小个子的脖子，正在这时，小个子的身子竟然折叠了起来！我被吓到了，这帮演杂技的都是什么人啊……

小个子若无其事地鞠了一躬。那头熊像条老狗似的，一脸不情愿地直立着身子走来走去，不少钱被扔进了帽子里。

南方人给我们让出了一条路，向弗洛巴斯特挥挥手，示意我们赶紧开始。

狂欢节前我们排了一出剧，剧名叫"勇敢者奥拉尔和不幸的罗莎"。演罗莎的不是我，是歌琦娜。她先要对着心爱的奥拉尔说一大段独白，然后再哀悼他的死亡，因为一个穿着红袍的刽子手会上台砍下他的头。本子是弗洛巴斯特写的，我怎么都下不了决心开口问他：高尚的奥拉尔究竟是为了什么要受这个难？

演奥拉尔的是巴里安。他负责我们剧团所有的情人角色，其实他不是很适合，更何况他年纪不小了……弗洛巴斯特总是沉着脸许诺尽快让他演贵族父亲。那么，谁来一个剧接一个剧扮演那些为了歌琦娜消瘦憔悴的人呢？答案是穆哈，他是真正能演情人的人，可他现在只有十五岁，身高只到歌琦娜的肩膀……

我躲在帘子后面观察美丽的罗莎，她裙子的下摆和散乱的头发铺在木板拼成的舞台上，场面充满了诗情画意。她在向奥拉尔和观众控诉残酷的命运。美丽的歌琦娜，胸部丰满、身材苗条、小脸粉嫩，天蓝色的眼睛和瓷娃娃似的。她一直深受观众喜爱，

第一章

然而她的演技总是在浪漫的嘶吼和忧伤的呜咽之间摇摆不定。嗐，也不需要什么演技，如果情人死的时候她能成功挤出两三滴眼泪，那效果可别提了。

歌琦娜的睫毛上现在正好挂着两滴闪闪发光的泪珠，观众们安静了下来。

后台传来刽子手沉重的脚步声。弗洛巴斯特身穿长袍，每一步都故意走得非常用力。高贵的奥拉尔把头放在断头台上。刽子手一阵耀武扬威，用刃上有缺口的巨大斧头吓唬美丽的罗莎，随后他双手一挥，斧头划出长长的弧线，落到了巴里安的脑袋旁边。

根据弗洛巴斯特的设计，砍头的那个木头墩子被帘子遮住，这样观众就只看得见被砍那人的肩膀和刽子手劈砍的动作，再由某个人（就是我）将被砍下来的头顺着帘缝端出去。

哎哟，这头可真吓人！弗洛巴斯特比照着巴里安的样子，用纸精心糊的，和真人很像，只不过颜色偏深，全是血，还留着一截没砍完的脖子。这玩意儿太可怕了。刽子手弗洛巴斯特每次都会将盖布拿掉，拽住亚麻做的头发把假头拿给观众们看，胆小的女人能直接被吓晕。弗洛巴斯特非常骄傲，因为这个点子是他想出来的。

弗洛巴斯特抡起斧头，我已经准备好把装着奥拉尔头颅的托盘递给他了。就在这时，我碰巧看到了个道具，我们还有一场滑稽剧的主角是贪婪的牧羊女，是那个剧的道具。

一颗卷心菜。

老天爷，我为什么要这么做？

我一冲动，把那个纸糊的头搁到一边，再把卷心菜放到托盘上用毛巾盖住。美丽的罗莎用手捂着脸抽泣，巴里安的身体抽搐

7

Преемник
继承者

了几下，不动了。

刽子手朝断头台俯下身，我看见了弗洛巴斯特伸出来的手。已经没时间把头换回去了，我把托盘递给了他。

这一分钟真是折磨人！我在两种同样强烈的感觉中挣扎——我既害怕弗洛巴斯特的鞭子，又期待舞台上即将发生的事情……不，第二种感觉可能要强烈一些。我发着抖，凑到帘缝旁边。

美丽的罗莎泣不成声。刽子手把托盘拿给她看了看，又凌厉地瞪了观众们一眼……扯下了罩布。

老天爷。

广场从建成以来可能就没这么安静过。观众们一阵沉默，然后忽然大笑，楼顶上本来处变不惊的鸽群都被惊得飞了起来。

弗洛巴斯特戴着刽子手专属的红色面具，没有人能看见他的表情。我承认，这结果符合我的设想。

美丽的罗莎张开了美丽的嘴，那嘴大得，个儿小的乌鸦可以飞进飞出。惊讶又恼怒的表情凝固在了她脸上，真实纯粹。歌琦娜演技太平庸，她装不出来。人群又爆发出一阵大笑，我们的竞争者们纷纷探头围观，神情戒备，心想这些见惯了世面的挑剔市民是怎么了？

弗洛巴斯特做了他当时唯一能做的事——他拽住了菜帮子，一脸激动地将它举过头顶。

歌琦娜穿过帘子一把揪住我的头发，斥问道："这是你干的？你干的？你干的？"

弗洛巴斯特慢慢脱下刽子手的装束，脸上没什么表情。

"弗洛班头，是她干的！坦塔莉搞砸了我的舞台！她毁了我们的戏！她……"

"闭嘴，歌琦娜。"弗洛巴斯特甩下一句。

穆哈喜气洋洋地回来了——盘子里的钱堆成了一座小山，中间甚至还夹杂着几枚银币。

"安静点儿，歌琦娜。"弗洛巴斯特说，"我让她这么干的。"

现在轮到我自己托住掉下来的下巴了。

"是吗？"巴里安平静地说，"我还挺喜欢的……有点出乎意料……大家也喜欢，是吧，穆哈？"

歌琦娜满脸通红，甚至气出了眼泪，哼了一声走了。我有点可怜她，也许我不应该开这样的玩笑。她太正经了，歌琦娜……这下她会气很久。

"过来。"弗洛巴斯特对我说。

马车帘子刚被拉下来，他就紧紧抓住我的耳朵，用力一拧。

可怜的穆哈，这就是他隔三岔五的遭遇！我疼得两眼发黑，当弗洛巴斯特的身影再次清晰地出现在我眼前时，我发现自己的眼睛里全是泪水。

"你觉得你可以为所欲为吗？"刚折磨完我的人问了一句，又把手伸向了我可怜的耳朵。我尖叫一声朝后躲去。

"你再敢这样，"他咬牙切齿地说，"再有一次……我就扒了你的皮。"

"观众们喜欢！"我呜咽着，把泪水往回咽，"赏钱也给得多……"

他朝我逼近了一步，我住了嘴，缩着脖子用背抵住布篷。

他揪住了我另一只耳朵，我皱起眉。他掐着我的耳朵想了一阵，松开了手，威胁道："你再敢不老实，我就把你卖到马戏团去。"

他走了。我心想，这么轻松。搞出这种事吃鞭子也不是不可能……

话又说回来,当时弗洛巴斯特的眼睛都要从眼眶里掉出来了。如果他没戴面具,被别人看到了这副表情,我不可能这么轻易就被他放过。

"地鼠之家"酒馆的老板天生不爱说话。

老板的记忆力很好,知道来客喜欢什么酒。不过也不稀奇,因为这位客人大名鼎鼎,在城里备受尊敬……

老板知道客人今天不想被人关注,所以大清早就收拾出了张桌子,周围竖起屏风,把过节来吃饭的人群全隔开了。

这位名人已经连续多年每年都来到这里,单独坐张桌子,悠闲地喝杯美酒。

老板也已经连续多年每年都看一遍这整个过程,所以很清楚接下来的剧情。

贵客刚喝了半杯酒,一个细瘦高挑的身影出现在了门口。此人身量太高,进门时不得不歪着头,进来后他十分冷漠地向周围扫了一眼。这是个身材瘦削、眼神清明的老人。他冲酒馆老板点点头,按惯例径直走向了屏风后面的桌子。老板记得他对酒的偏好和同桌的贵客略有不同。

老板从未见过他俩聊天。贵客默默喝完剩下的半杯酒。老人端起自己的杯子抿上一口,起身离开。孤单的小桌边只剩下贵客一人,他又要了一杯酒,还点了份美味的下酒菜。老板发现之前的他看上去既开心又紧张,现在他的眼神中却透着解脱和某种失望的情绪。客人给钱很大方,结账后他冲老板点点头,离开了酒馆。

第一章

"地鼠之家"的老板很清楚,如果自己将每年狂欢节都要上演的奇怪剧情告诉邻居们,他们会有多惊讶。他几乎可以预见那帮长舌妇听到后欣喜若狂的样子,然而他天生不爱说话。

也许是某种他无法理解的力量拦住了他,不让他开口。

节日庆典还在继续。

我们来自南方的对手为可敬的观众们献上了一出大戏。他们在开场前就宣布,即将上演的是《拉什教团的故事》。舞台前的人群逐渐转移到了对面,我们自己也抻着脖子想看两眼。

《故事》以一个大布娃娃被斩首开始,就这么说吧,那娃娃的头和衣领似的,靠纽扣和身子连在一起,粗糙。布娃娃被斩首之后,圣灵拉什出现了,是个踩着高跷的大块头,灰色斗篷把整个人罩得严严实实,斗篷边缘被虫子啃的眼儿应该也是编剧的设计,为了让观众们联想到潮湿的坟墓而不是飞蛾到处扑棱的囚室。拉什的衣服下摆上缝着几条硕大的蚯蚓——天哪,那些蚯蚓过于鲜活,就好像圣灵打算去钓鱼……

观众们大为震撼。孩子们吓得尖叫,圣灵嚎得像五月的猫,可真会投观众所好!如果圣灵真的长成这样,谁会去追随他?

我刚想到这儿,拉什的仆从就出现在了舞台上!竟然有四个人,南方人的剧团真不小。从前面看,他们像是戴着风帽的稻草人,从后面看,就会发现每个人背上都画着一具骷髅,寓意拉什教团的人实际是在播撒死亡的种子。观众们开始鼓掌。据说市民中有不少人是那场瘟疫的亲历者,就是十九年前带走当地半数人口的那次。有传言说瘟疫是拉什的仆从召来的……

我运气好,当时还没出生。我那骨瘦如柴、脸色苍白的母亲

Преемник
继承者

喜欢和我说，我们家族曾经有多么强大、富有和高贵。瘟疫只用了几天就把它消灭了：我的祖父和祖母，以及我的叔叔、姑姑、表弟和表妹都被送进了一个巨大的坟墓，房子在大火中灰飞烟灭，财产也被劫掠一空。整个家族里只有我的母亲和她弟弟活了下来。剩下的钱在接下来的十年中被花得一干二净，我整个童年时期都待在一个巨大的空房间里，那里除了好多条纯种狗，就只有满地乱扔的稀有图书……

母亲去世后，舅舅把我送到了孤儿院。弗洛巴斯特把我从孤儿院里捞了出来。

我的耳边响起了弗洛巴斯特粗重的呼吸声，南方人的演出显然非常成功，我们必须弄出点儿大动静才能把愚蠢的观众们拉回来。

《拉什教团的故事》在大家的欢呼声中结束了。正义的化身，一个脸颊绯红的女人将"拉什的兄弟"引入了一个藏得很巧妙的地道，他们在里面哀嚎了很久。观众们疯狂鼓掌。穆哈刚想鼓掌，弗洛巴斯特一言难尽地冲他嘘了一声。

过了半个小时我们的戏才开始，因为隔壁有两名鼓手在比拼。俩人拿着自己的乐器，地上摆着一面巨大的鼓。鼓声太大，把人耳朵都快震聋了。围观的人们不停鼓掌和吹口哨，两个可怜人铆足了劲，把鼓砸得嗷嗷大哭，然而谁也没能占据上风。最后，大鼓的主人直接跳到了鼓上，一阵猛锤，边敲边蹦，就好像脚底烧着炭似的，雷鸣般的掌声响起后，他立即躺倒在地。决斗中止了。

该我们上场了，观众们即将看到的剧目是《公主与独角兽》。

我喜欢这出戏。弗洛巴斯特从一个流浪作家手里买来的本子，讲的是公主（歌琦娜）爱上了贫穷的年轻人（巴里安），邪

第一章

恶的魔法师把他变成了独角兽。可我感觉吧,如果魔法师是个坏人,他就不会把年轻人变成独角兽了!他会把他变成更恶心的东西,一个垃圾桶或者一只破了洞的鞋……不过,排演一出把男主角变成垃圾桶的戏,这个……

凡京演魔术师,他是我们永远的反派。他最擅长以一种很吓人的方式皱眉,撇嘴,然后把每个词都拉得很长,语气听起来就很邪恶。客观地说,他除了这个技能别的啥也不会。凡京这个人,很善良,但又很蠢。

巴里安和歌琦娜在唱二重唱,歌琦娜有一副细腻的好嗓子,不仅能让集市上的商人们为她痴狂,甚至还能迷倒一片贵族绅士……不过,歌琦娜不接受没有"真爱"的吻。在我的印象中,所谓"真爱"已经有六七次了。

戏很平淡。接近尾声时,观众们已经开始无聊了。变形的场景稍微挽救了一点气氛。穆哈用尽全力敲打铜盆,弗洛巴斯特卖力地摇晃铁皮,巴里安在烟雾中抽搐(我在舞台下点燃了一捆湿稻草)。可是到最后,舞台前的人数还是明显变少了。

南方人咧嘴笑得露出白色的牙齿。得把局势扳回来。

穆哈拿着盘子快速绕场一周,只有不到一半的人打赏,紧接着他宣布滑稽剧《戴绿帽子的丈夫》[①] 马上开始。又有几个感兴趣的市民被吸引了过来,我看见了金发先生。

很难相信他会在这里。他比其他人高出一个头,混在人堆里就像是一个皮球漂在水面上。他的眼睛特别蓝,无论远近,他的眼睛都在闪闪发光,仿佛阳光下的两块冰。他不能算年轻了,可是也说不上老。我这辈子从没见过这么好看的脸。他就像一尊有

[①] 原文直译为"滑稽剧《长了犄角的丈夫》",俄文中"рогатый"一词转义为"戴了绿帽的",因为和情节相关,故在此处专门标注。

Преемник
继承者

生命的雕塑，像一座为伟大的战士树立的青铜纪念碑。现在那座纪念碑的目光正冲着我们的方向，应该在思考是离开还是留下。

金发先生，别走！

等弗洛巴斯特念独白的过程真是煎熬。他演了个古板的丈夫，手里攥着一把文具，妻子则是个道德楷模。

他念最后几个词的时候，我戴着假胸和假屁股飞跑上了舞台，就像一颗被淘气包从吹管里吹出来的豆子。在我眼里，整个广场上只有一个观众。

哦，我是他的妻子，贤良淑德，就是没什么人味儿。我的好丈夫可以允许我和我的朋友一起做点儿针线活儿吗？

"朋友"踩着纤细的高跟鞋，一摇三晃地从后台走了出来。舞台上出现了几个餐桌大小的绣架。我轻轻地哼着歌："哦，我的朋友，多么复杂的针脚，多么奇妙的图样。"女孩身上的帽子、便鞋、面纱、裙子、胸衣……接连飘落。

穆哈身上只留了条长裤。裤子前面戳着根大胖萝卜，我们对望了一眼，用绣架挡住了"丈夫"和观众。

这个戏码可以无休止地演下去。

我们的额头抵在一起，呻吟、喊叫、浊重地呼吸，屁股扭来扭去。我不断把小腿从绣架后面伸出来，穆哈则用他瘦小的屁股有节奏地挤压绣架上的布。激情的场景如火如荼。穆哈的黑眼睛越来越亮，他的上唇全是汗，我怀疑即使没有萝卜他也能演……

弗洛巴斯特还在旁边独白，他的声音充满了非常真挚、毫不作伪的骄傲与自满，观众们笑得前仰后合。

"噢，不良的风气！"弗洛巴斯特念叨着，举起了手。

噢，不良的风气！噢，放纵和淫欲！噢，真是个灾难！

第一章

堕落无处不在……
就算我成了一条拴上铁链的狗,
放荡无耻的目光也永远不会
触及我完美的妻子……

在他身后,帘子悄悄滑开。巴里安蹲在"丈夫"身后大家看不到的地方。观众们十分惊讶,弗洛巴斯特头顶出现了锋利的小尖,然后是第一个小分叉,最后竟然是巨大的树枝状犄角!

人群爆发出哄笑,肚皮都快笑破了。犄角越长越高,直到最后以一种独特的方式固定在弗洛巴斯特的后脑勺上。巴里安溜到了帘子后面。

弗洛巴斯特举起一根手指:

我是否应该去找我的爱人,是否应该去看一看
看看我的妻子和她的朋友
正如何穿针引线。
雪白的鸽子出现在忠贞的怀抱,
纯洁无瑕的可人儿,和温顺的兔子一般……

"兔子"彻底刺激到了观众。
"快去!"人群中有人喊道,"快去看看你的兔子,你这个笨蛋!"

弗洛巴斯特疑惑地抿了抿嘴,指着手里的账本:"工作……工作让我一刻都不能分神……"

他头上长着犄角,表情极其优越体面、严肃正经,就连我这个看过两百次的人都忍不住笑出声来。的确,弗洛巴斯特是个恶

Преемник
继承者

霸、暴君、守财奴，可他还是一个伟大的演员。他演技太好，为此你可以忽略他的一切缺点……

滑稽剧即将结束，我用手指把布上的洞撑大，目光扫了一圈，终于找到了金发先生。

我的天，他仰天大笑，那动作就像一匹嘶鸣的骏马。贵族式的苍白从他的脸上消失了，脸颊红得像番茄。他看着长角的弗洛巴斯特，笑个不停。我真想跳到前面去，对着广场大喊：是我，这段是我的主意！你们都只顾得上笑了，这是我想出来的，我，我，我！

当然，我并没有跳出来。穆哈趴着从绣架里爬了出去，胸衣歪歪斜斜，裙子都要掉了。"丈夫"虽然心存疑惑，可还是以为我们在绣花，所以没有放下手头的工作。众人纷纷开始鼓掌。

我们连着鞠了三次躬。我只是稍微弯了弯膝盖就惊慌失措地环顾四周：他不见了，不见了！

一分钟后，他出现在了舞台旁边。我就像被开水烫了似的。弗洛巴斯特和穆哈早就消失在了后台。我和上了发条的木偶一样不停鞠躬，直到金发先生对我勾了勾手指。

一枚带着体温的金币莫名其妙出现在了我手里。他完美的嘴唇一开一合，他在对我说话，对我说话！可我一个字也没听清。

美好的时光太短暂，弗洛巴斯特无情地伸手抓住我的裙子，把我拖走了。

金币在我怀里揣了整整半天，本来已经下定决心把它当作我一辈子的护身符。然而到了第二天，常识战胜了浪漫的冲动，护身符先是被换成了一把银币，然后变成了一顶缀着蝴蝶结的帽子，一条有腰带的连衣裙，以及一桌大家都能享用的丰盛饭菜。

第一章

沉重的餐桌被一群战战兢兢的椅子簇拥着,蜷缩在角落里围观这场战斗。

卢阿尔不断冲刺进攻,昂扬斗志全集中在了手中那把钝剑的剑尖。他的对手几乎没有移动脚步,卢阿尔就像乌鸦飞往石塔那样,从各个方向对他发起进攻。

厨娘被噪声吸引,小心翼翼地从门缝中探了个头。在她的目光注视下,卢阿尔的对手打起精神,继续格挡腾挪,还问了一嘴早餐吃什么。厨娘提心吊胆地点点头,含含糊糊说了几个听着就很开胃的菜名,溜走了。

"腿,腿,腿!"卢阿尔的对手大喊,"没吃饭啊,啊!"

卢阿尔把速度提高了两倍。热汗顺着他的后颈往下流淌。

对手后退一步,放下长剑,说:"休息一下。"

"我不累!"气喘吁吁的卢阿尔感觉自己受到了侮辱。

"还是休息一下……我休息一下。"

"你不需要。"

"啊,什么?!"

两把剑再度相击,这次卢阿尔是防守的一方。长剑飞舞,不断朝着他破空劈来,他挡住了几记攻击之后,简直吓坏了。小时候父亲装成熊走向他的时候,惊吓程度和这差不多。他知道那是爸爸,不是熊,然而他还是相信了眼前所见,被森林巨兽后吓得不断尖叫……

钝剑在卢阿尔面前停下。对手立即后退,准备再次发动攻击,一切再次重演——卢阿尔在几次慌乱的抵挡之后,无数剑影在他胸前合一,凝住不动。

继承者

对手在木地板上飞速移动，就像在湖面上滑来滑去的水蜘蛛，每一个动作都大开大合、举重若轻。卢阿尔看呆了，放弃了抵抗，他的侧腹部被轻轻刺了一下。

"集中注意力！"对手批评道，"我已经杀了你很多次了……来啊！"

卢阿尔笑了笑，把剑往地上一扔。对手愣了一下，也小心地放下了自己手中的武器："又不想继续了？"

"这毫无意义。"卢阿尔叹了口气说道。

"放弃了？"

"我没放弃……我是真的不想看见这把剑。"心中的烦躁突如其来，他自己也措手不及。说完又有些羞愧，转身朝餐桌走去。

"你生谁的气呢？"对手在他身后问道，"我吗？"

"是你。"卢阿尔叹气承认，"我……这么……唉，没有意义。是不是值得花……我反正也……不可能和你一样。"说完，他努力挤出了个笑容。

"哎，看看今年春天这天气。"皮手套被扔到桌上，卢阿尔感觉两只手重重压在了自己肩膀上，"晴天、下雨、龙卷风、风暴、晴天……你今天很不错，小家伙。"

"看怎么比了，"卢阿尔的脸蹭到了又热又硬的手掌，"如果是一个喝醉了又快临盆的老女人……"

"这个。喝醉了又快临盆的老女人，"另一个人有些不解，"嗯，这个……快把你那烦人的剑拿起来，有个地方要再巩固一下……"

他们接连重复过了好几招，餐厅门忽然打开，门口站着一个温柔的黑眼睛女人。卢阿尔的对手立即放下长剑，示意课程结束。卢阿尔对此早就习以为常，因为他父亲从不在妻子面前舞刀

第一章

弄枪,从不。就好像武器烫手似的。

吃早餐时阿拉娜一直兴致勃勃地提问,想弄清楚如果狼是野兽,老虎是野兽,为什么马就不是野兽?猪呢?牛呢?

在一旁服侍的是新来的女仆达拉。卢阿尔发现她每次朝父亲躬身时都会满脸通红,羞得眼泪都要掉出来了。他试着站在这个女孩的立场,透过她圆圆的眼睛看他的父亲——英俊、勇敢,目光坚定、声音温柔的上校,他是行走的奇迹、成真的美梦、极致的憧憬,是把头埋进枕头里默默流下苦涩眼泪的缘由。姑娘,他只会让你给他递餐巾,多余的话一句都不会有。虽然他人很善良,不会嘲笑你,如果你运气好,他也许会温柔地拍拍你的后颈⋯⋯

卢阿尔在心里笑了笑,和自己打了个赌,赌达拉一离开餐厅就会立即满脸虔诚地把父亲剩下的半片面包吃了。他觉得更好笑的是,他的母亲,他敏锐的母亲竟然什么都没发现。她离这些生活中的小剧场过于遥远,完全不感兴趣。一个绯红头发的女仆有什么打紧?就在她,在卢阿尔的母亲面前,有钱的贵妇们总是极其热情地注视着索尔上校,对他发动猛烈的攻势,布下密密实实的阴谋大网,然而托丽雅·索尔女士完全不理会她们,就好像这帮人并不存在⋯⋯

他压抑住脸上的笑容,在桌子底下轻轻踢了踢父亲的腿,父亲眼含疑问看向他,他用眼神示意父亲关注满脸通红的达拉。父亲好笑地眯了眯眼,仿佛在说,我看见了,儿子,能怎么办呢?她表现得已经很不错了,也不能因为这个骂她吧。

卢阿尔叹了口气,眼神落到盘子里。达拉从旁边走过,撞到

继承者

了他的椅背，对着他屈膝行礼道歉……

他，卢阿尔，对于达拉，对于千千万万的达拉而言一直都无足轻重。他和他父亲两相对比，他就像是参天大树下蔫了吧唧的灌木。无论是女仆还是公主都没功夫去搭理一个笨手笨脚、其貌不扬的人。

"你为什么不吃东西，天天？"母亲轻声问。无论卢阿尔脑子里面在想什么，她的声音总能穿透一切。

"天天，天天，乌云来了？"阿拉娜认真问道。

他几乎是在得到名字的同时被起了绰号，因为母亲说他的性格就像三四月的天，一会儿晴一会儿雨……

他咧嘴笑笑，对着容光焕发的阿拉娜挤了挤眼睛。妹妹像他崇拜父亲一样崇拜他。谁知道阿拉娜的年纪如果没这么小，他们的关系会是什么样。然而他们之间差了十三岁，对于一个五岁的小女孩而言，十八岁的哥哥简直就是奇迹之光，第三个家长……

"卢阿尔，你想过我说的话没有？"母亲若有所思地摸了摸鬓角。她只有在非常严肃的时候才会叫他"卢阿尔"。

说实话，他没想过。如果母亲希望他进大学念书，他当然会去，不过这可能没什么意义。他从小就想效仿父亲成为一名战士，然而无论勇气还是本领，他都无法和父亲相比，可是母亲……他绝不可能和她一样成为一名学者，脑袋会炸裂。

"我不知道。"他诚实地说，忍住了没出口的话：杰出的父母子女往往平庸。

母亲伤心了，卢阿尔感觉她的悲伤若有实质，然而她脸上并没有表现出来："哎……如果你想要干别的……"她看了看丈夫，似乎在寻求他的支持。

"反正马不是野兽，"阿拉娜边想边说，"马，是小动物。"

"你在难过？还是我的错觉？"父亲问。卢阿尔再次用力挤出了微笑。

被男主人迷住的达拉又想给他杯子里倒酒，他制止了她。碰到了偶像的手，可怜的姑娘差点没昏厥过去。

"我要和你谈谈，天天，"父亲说，卢阿尔浑身一抖，"我们吃完早饭……去走走？"

"行。"卢阿尔慌忙回应，心里既满足又忐忑。

达拉在门口绊了一下，手里的调料碟子掉在了地上。

街道上全是不久前节日庆典的痕迹。时间已经不早了，整座城市仍然处于迷蒙昏睡的状态。一片寂静，只有扫帚的沙沙声。

父子俩来到了空荡荡的广场，人比平常少很多。那么多天里一直给观众们带来欢乐的戏摊子被市长一纸命令从广场上撵走，全消失了。不久前还搭着戏台的地方现在全堆着垃圾，旁边放着一面侧边破裂的大鼓。

大学楼前，铁蛇和木猴威严肃立。某个爱开玩笑的人给猴子做了顶小丑尖帽。索尔上校默默地沿着宽敞的楼梯爬上去，把帽子从猴头上摘了下来。

"我知道你在想什么。"卢阿尔说，"你觉得，我……应该按照妈妈的想法来吗？去大学念书？"

父亲有些心不在焉地用手指转了转花帽子，笑了笑："你知道吗，昨天我看了一个流浪剧团的表演……很好笑的滑稽剧。最有意思的是，它的情节完整重复了我多年前在卡瓦伦的经历……很早了，甚至在认识你妈妈之前。"

卢阿尔竖起了耳朵。他长这么大只去过父亲的故乡两次。他

Преемник
继承者

依稀记得那是座美丽的河畔小城,巨大的房屋、大门上的纹章、狭长的棺材里皮肤发黄的老人,那是他祖父……母亲从来没去过卡瓦伦,至少在他的记忆中是这样。母亲在场时父亲从不谈论自己在卡瓦伦的生活。他曾经兴致勃勃地给卢阿尔讲了很多,包括纯种战猪、高大的细腿马、光荣的戍卫队,还有那里的游行、巡逻、狩猎,以及时有发生的决斗……当时卢阿尔很羡慕父亲,又意识到自己永远不可能过上这种生活。

卢阿尔叹了口气。父亲盯着他,手里还在不停转着那顶帽子。

一群大学生迎着他们走来,看见索尔上校后互相一阵推搡,然后充满敬意地向卢阿尔的父亲问好,手中黑帽子的流苏都垂到了地面。索尔冲他们点头致意,学生们开心地笑了。和往常一样,他们没注意到卢阿尔,当然他也并没有为此难过。

他总是喜欢默默地走在父亲身边。小时候他牵着父亲的手,头勉强能够得到父亲的腰,父亲走一步,他要走好几步。即使是现在,为了跟上杰出的父亲,他还是不得不提高迈步的频率。他喜欢走在父亲身边,不用说话,安安静静地接受各色人等对父亲的敬意,那种感情真诚而深挚……

父子俩路过了法院,法院门前有个圆形基座,上面立着个吊着假人的绞架模型。卢阿尔对这幅场景司空见惯,冷漠的目光一扫而过。旁边是一座紧闭的塔楼,人称"拉什之塔"。被时光侵蚀的墙壁上用炭笔涂抹着各种诅咒。卢阿尔不知道这是人写上去的,还是它们自己显现的。塔楼恶名远播,如今楼门紧锁,还被砖堵得严严实实。总有好奇的人想凑近看个究竟,然后被阴沉着脸的卫兵们赶走。

两名身穿红白制服的卫兵正犹犹豫豫地用棍子驱赶一个衣衫

第一章

褴褛的邋遢老人。卢阿尔发现父亲浑身都绷得很紧。老人是个疯子，他有时会消失很久，有时又会在城里忽然出现，在街上游荡，嘴里哀哀说着谁也听不懂的话，屁股后面跟着一串不怀好意的小孩。他把破烂的风帽套到头上，对卫兵们说了几句话，他们对他龇牙，手上推赶的动作更凶狠了，竟然直接拿棍戳他肚子……

"拉什——阿沙！"老人嗓音尖利地喊道。卢阿尔的父亲浑身一颤，卢阿尔和他对视一眼，也哆嗦了一下。父亲此时的眼神十分凝重，卢阿尔从来没见过他露出这样的神情。

或者说几乎没有。

卫兵们暂时把老人放到一边，急急忙忙地凑上去向上校先生问好。卢阿尔的父亲回以致意，脚步丝毫没有放慢。很快，老人和卫兵被抛在了身后。

他们走过广场，又走过一条街，卢阿尔一直没有抬头。就像本来该装甜酒的杯里突然装了鱼油，刺激到他的其实不是遇到疯子老头儿，而是父亲痛苦的反应。卢阿尔敏感又多疑，几乎就要认为自己是让父亲情绪低落的原因。父亲沉默又内疚地搭了一只手在他肩上。

卢阿尔知道父亲遇到疯子老头儿后会如此愤怒和烦躁的原因。一场很久以前的悲剧将埃格特·索尔和如今被禁的拉什教团联系在了一起。卢阿尔猜测，父亲每次看到那座被封禁的塔楼都会很难受，如果按照他的意愿，他早就回卡瓦伦住了，然而母亲不能没有大学，不能离开她父亲的办公室。卢阿尔的外祖父叫卢阿扬，是一名魔法师，卢阿尔的名字就是为了纪念他……

还有，妈妈不喜欢卡瓦伦。

卢阿尔叹了口气，悄悄抓住父亲的胳膊以示安慰。

Преемник
继承者

那时他大约十二岁,渴望找乐子,又被其他孩子的行为激起了好胜心,他往老头儿脸上扔了块石头。很不幸,石头直接击中了老人的脸,划破了他的眉毛。老人尖叫起来,差点摔倒在地,外袍上全是血。

更不幸的是,卢阿尔的父亲和母亲见证了这一切。

卢阿尔当时真心相信父亲本人也想朝烦人的老头儿扔石头,然而父亲的反应与他的预期完全不同。父亲皱着眉一言不发,母亲的脸阴得能拧出水。他们用很简单的语言告诉卢阿尔不能伤害失去神智的老人,告诉他这种行为令人厌恶,必须受到惩罚。看到父亲的反应,卢阿尔陷入了深深的恐惧。母亲咬着牙派人去拿藤鞭。尽管卢阿尔以前从没挨过鞭子,可他非常清楚母亲这次不会手软。

当时他抓着父亲的胳膊,轻声让他来执行判罚。他不知道这对他们母子关系会有什么影响,不过如果是父亲出手,他会很乐意承受。更重要的是,他内心仍然确信父亲本人也会……

他们在街上转来转去,后来又爬上了横跨运河的拱桥,站了一会儿。卢阿尔感觉父亲正在整理思路,也可能在做心理建设。卢阿尔担心自己犯傻做错事。不知为何,他就是确信父亲马上要告诉他一些很重要的东西,会让他和父亲关系更加亲近,不过再亲近似乎也不太可能了……

"儿子。"索尔上校终于开口。一颗小石子从他手中射出,在水面留下一圈扩散的涟漪后沉入了河心。"你今天击剑的时候表现得很不错。"

卢阿尔浑身一颤,他完全没料到父亲想说的是这些。他抑制

第一章

不住地笑了，不过他很清楚，父亲不可能只夸他几句，肯定还会再说些什么。

"你击剑不错，"父亲又扔了一块石子，继续道，"不过，你看，你也可以不练击剑……如果你不想……我们对你的爱不会因为这个变少。"

一头雾水的卢阿尔看着深色的涟漪一圈圈扩散。父亲笑了笑说："你可以不考大学，也可以一本书都不读……我们会伤心，但我们不会不爱你。你明白吗？"

"我不明白。"卢阿尔承认。

父亲叹了口气："一头小牛犊趴在雏菊丛里吸奶……你想想，如果一头体格健壮的公牛也在这么做。"

两人沉默了一会儿。

"我哪里做得不对吗？"卢阿尔轻声问。父子俩发色都很浅，父亲伸手把几缕烦人的头发从额前拨开。

"我可能没说清楚……孩子，人不可能永远停留在童年。唔……当然了，很多年之后你才会变老，不过已经是时候做出选择了……"

卢阿尔的呼吸变得急促起来。他垂下头，盯着湿漉漉的石头栏杆，开始研究上面的潮虫。

父亲将一只手放在他肩上："天天……"

"你替我选吧，"卢阿尔忽然激动地说，"我觉得……你的选择会好一些。"

父亲抓住了他的肩膀："不行！你是男人，你得自己决定自己的命运……"

卢阿尔又叹了口气，这正是他所害怕的。一片混沌的未来，不可挽回的改变……真想回到十四岁，甚至回到十二岁，尽管那

25

Преемник
继承者

时会挨打……可是挨完打什么都好了……甚至比挨打前更好……皮肉上的痛楚似乎对他和父亲的关系没有任何影响，反而让他更依恋父亲……

"你的选择会更正确。"他低声说，"你更有经验……以后……"他卡壳了。

父亲的嘴角疲惫地耷拉了下来："'以后'什么？"

卢阿尔没吭声。他本可以说父亲比自己更聪明、更优秀，说他作为儿子，在任何方面都永远不可能和杰出的父亲相提并论，可他害怕被嘲笑，所以选择了沉默。

父亲也没说话，面无表情地看了他一会儿，叹了口气，将目光移到水面，又用手揉了揉耳朵，似乎在措辞："儿子，我在你这么大年纪的时候，比你现在还大点儿。在卡瓦伦……"埃格特·索尔换了口气，"我干了一件非常恶劣的事。我……也得到了很可怕的惩罚。懦弱……让我变得……可悲又可恨。我从来没和你说过这些，但是你妈妈很清楚。"

卢阿尔浑身都起了鸡皮疙瘩。父亲提到的似乎是某个不认识的人，而他，卢阿尔，听漏了故事的开头……

"我变成了个懦夫，卢阿尔，最胆小最懦弱的那种。我怕黑，怕高，我甚至不敢看出鞘的剑。有人侮辱我、殴打我，尽管我比他们更强壮，可我连还手都不能。我甚至没保护好一个女人，因为……"他顿住了，仿佛嘴在痉挛。他换了口气，继续道："你看，孩子……我想了很久……是不是要把一切都告诉你。"

这是个测试，卢阿尔明白了。他在戏弄我。

终于，父亲的视线离开了运河，转向儿子的眼睛："你不相信我，天天？"

卢阿尔立即明白了这一切都是真的。父亲没有开玩笑，也没有戏弄自己,他说的每一句话都带着伤痛,他正在摧毁卢阿尔心中早就构建好的英雄形象,他在拿儿子对自己的尊重冒险。卢阿尔眨了眨眼睛。

"妈妈知道,"父亲继续道,"她……见过……那个样子的我。还是别回忆了。但是你,今天我看见你,又想把自己封闭起来。我当时就下了决心。要告诉你。最终,我卸下了诅咒,然而在我变成现在这样之前,还是过了好多年……你还是个孩子。我并不希望你经历我所经历的一切,即使百分之一也不要。你要做个幸福的人,是什么样就什么样……不要一直比来比去折磨自己。你明白为什么吗?"

卢阿尔低下头,脑子里一片混乱。汗湿的双手仿佛被冻结在了冰冷的石头栏杆上,父亲像被告似的,站在他面前等待他的回应。

水面漂浮着凋落的秋叶。卢阿尔没法集中精神。这一切来得太快。他们沉默地走着,片刻之前还岁月静好……

他想起来了。

那个时候也有树叶漂在河里,堆积在河岸……那年他十三岁,空气里夹杂着干草的气味。刚觉得痛时,他没有意识到发生了什么。他一个哆嗦,低下头,看见了干草中的蛇。

双腿失去了力气。眼前一片黑暗,卢阿尔想跑却一步也动不了,岸上的人们听到了他绝望的喊声。

惨白的布条。让人浑身发麻的恐惧。父亲的脸虽然没有一丝血色却神情坚毅:"别怕。"

刀刃在火焰中炙烤。皮带把腿捆得失去了知觉。女人们惊恐万状,父亲仅说了一个词就让她们止住哭泣。母亲当时不在河岸边,阿拉娜快出生了……

Преемник
继承者

  潮湿的干草垛。枯草的味道。他实在没力气去假装勇敢,已经无所谓形象,也不在乎别人怎么看自己了。父亲很平静地说:"会有点痛。"

  他一边大吼一边挣扎。他害怕烧红的刃口,觉得它比死亡更可怕,他宁可被毒死。

  然而他的父亲很残忍,强有力的手臂将卢阿尔像小鸡一样牢牢箍住。

  他紧紧捏着父亲的衣角,手不住发抖。一阵剧痛。火堆,捂在他嘴上的大手。忽然一阵轻松。苍白、镇定的脸,嘴唇上沾着卢阿尔的血。水。冷水。

  "行了。"

  原本平静的表情像面具一样从这张脸上悄然滑落。

  少年卢阿尔躺在车里看天,满心讶异地思考命运的神奇以及接下来漫长的人生,要知道……

  他不知道那几分钟内父亲心情如何。父亲的嘴里可能有个小伤口,替卢阿尔把毒液吸出来后出事了,即使索尔如此强壮,能战胜它都是奇迹。让儿子回家后,索尔开始浑身发抖。卢阿尔当时对此一无所知。

  瞬间来临的轻松感,摇摇晃晃的马车,车夫压低的嗓音,傍晚时分绿中带金的天空……桥下褪色的树叶。秋季悠闲的行游队伍。

  "我……希望你过得好,天天。"父亲疲惫地说,"我想让你……不要……再追求完美……其实并不需要……"

  卢阿尔吸了口气,非常用力地捏住了父亲结实的肩膀。能抱一下就好了。可他不能。他已经不是小孩了。

第一章

入夜后,遮得严严实实的马车里很温暖,这么多人挤在一起呼吸,又搞得车里的空气很憋闷。到了早上,不知道从哪条缝隙钻进来的冰风像针一样扎着我的腿。我蜷起身子,皱着眉,一边揉眼睛,一边张嘴打了个巨大的呵欠,爬了出去。

天空下的一切都冷冰冰、灰蒙蒙的。我们的三辆马车在院子里挤作一团。弗洛巴斯特一个星期前就和主人谈好了。好几只鸡在我们脚下乱窜。睡眼惺忪的大嘴①被铁链子拴在车轮上,半睁着一只眼睛打量着那群鸡,目光不善。我环视了一圈,盘算着找个地方悄悄方便一下。

狂欢节这天我们赚了不少钱,赶集时一周都赚不到这么多。我们演到很晚,天黑后还点燃火把继续,穆哈拿着盘子跑得满头大汗,钱币叮叮当当地发出快乐的声响,弗洛巴斯特还在后面小声喊:再来点儿!再来点儿!

巴里安嗓子哑了,歌琦娜弹着鲁特琴唱歌,弗洛巴斯特朗读着自己写的诗,有人在放礼炮,有人在舞动炭花,空气中夹杂着烟气、火药味和昂贵的香水味。我们都有些累了,走起路来偏偏倒倒,像水兵又像醉鬼。大幕终于落下,演出结束。弗洛巴斯特把一直跟着我们、绰号大嘴的凶恶母狗拴到了铁链上。穆哈走到哪儿扑到哪儿,大家费力地回到了马车旁边,脸冲着潮湿的布篷横七竖八地倒下了。我听见有人压着嗓子,醉醺醺地唱着荒腔走板的歌,还有人醉的程度和那帮唱歌的不相上下,拉小提琴给他们伴奏。

---

① 狗名。

Преемник
继承者

  我们疯狂工作,直到几天之后节庆活动彻底结束。一个卫兵出现在了幕布旁边,他穿着红白相间的制服,手里拿着长矛,腰上别着把短刀。歌琦娜本想冲他卖弄风情,效果估计和勾搭吊在法院门口那个假人差不多。我们以最快速度清理了战场,然而弗洛巴斯特并不急于离开,显然,他觉得市民们的口袋里还有很多钱可以赚。

  我一边抻着短裙,一边思考是回车上还是给自己找点更有意思的事情做。弗洛巴斯特巨大的鼾声从旁边的车里传来。大嘴把铁链子弄出一阵响声后,调整了个更舒服的姿势躺下了。我冷得一阵发抖,又溜了回去,把箱子拉开了一点儿,随便抓了件斗篷穿上。

  我走到街上才发现这是滑稽剧《憨子特里尔》中我的戏服,可我又不想回去,只是把斗篷裹得紧了些,加快了脚步,想让身子热起来。

  说实话,走过几条街之后我就开始后悔了。城里一切都很普通,漂亮是肯定的,可我又不是没进过城。节日刚过,垃圾堆积如山。一群花猫阴着脸,忙着在里面翻来翻去。它们身上的花纹都是条状的,简直就像是一家猫!铺子和饭馆基本上没开门,不过我也没带钱。有几个人和我打招呼,最先是某个仆人模样的可怜虫,接着又来个莫名其妙的人,再然后竟然是个清理烟囱的。我相当生气,这人怎么回事,手里拎着个铁球,刚从黑咕隆咚的烟囱里钻出来就想找人调情!我损了他几句,那家伙差点没从房顶上摔下来。

  他们彻底破坏了我的心情,我又怕自己迷路,刚要转身回去就看见了他。

  可能真的是老天眷顾我。金发先生和一个比我年纪大些的青

第一章

年一起，正朝我迎面走来。青年浑身都在发光，像个擦得锃亮的茶壶。我退到边上给他们让路，偶像看都没看我一眼。他完全没注意到我，就好像我是路边的一棵小树……我咽下了心中的委屈，首先呢，他可能已经把我忘了，其次，他俩聊得太过投入。

我谦逊地让聊着天的先生们走了过去，出神地盯着他们的背影看了很久。这期间我完全忘记了我的腿，它们犹犹豫豫地自发跟了上去，当我最后反应过来时，一切都太迟了。

我们就这样走过了好几条街。金发先生和他的同伴在路口停下了脚步，站了一会儿，似乎在道别。然后我的偶像朝着停靠过来的马车挥了挥手，我这才刚见到他！

青年站在原地，他特别瘦，有点儿驼背，不过长得不赖。他目送马车离开，然后转身慢慢朝对面走去。

灵感就像强盗一样对我发动了猛烈攻击。我身上披着斗篷，在《憨子特里尔》滑稽剧里我总是穿着它演贪婪的老太婆。斗篷的妙处不仅在于它布料厚实，让我感受不到清晨的寒冷，还在于缝在它边缘的灰白色头发。

刚和金发先生走在一起的青年正慢慢往旁边迈步。我用演练了无数遍的动作把斗篷拉过头顶，膝盖一弯，整个身子佝偻下来，裹进黑色的布料中。灰白的发丝随风飘动，我隔一会儿就得吹口气，把它们吹到一边，以免视线被干扰。

我以同老年人并不相称的麻利追上了青年，再迈着小碎步从他身边擦过。青年明显出身名门，看着就不是当仆人的，也不是那种清理烟囱的货色，他和那帮人的区别一眼就能看出来。他走得很慢，可老太婆虚弱的双腿还是不太能跟得上。我喘了口气，没忍住，开始咳嗽起来。

他转过身，模样有点儿开心，和金发先生一起走的时候就是

31

这副表情。不过,看见我之后他脸上的喜色消失了,一个披头散发的老太婆忽然冒出来,能有什么好!不过他很快就回过神来,换上了应景的专注表情。

"好心的年轻人,"我用沙哑的声音说,"快告诉可怜又愚蠢的老太婆,刚才和你聊天的那位俊美先生是谁?"

他的嘴唇颤了颤,表情中混合了骄傲、羞赧、愉快和某种优越感:"那是我的父亲,老太太。"

我花了几秒钟来消化这个消息。青年看上去很淡定,可我感觉他骄傲得快要炸开了。他判断老太婆的好奇心被完全满足后,转身继续朝前走去。我不得不哼哼几声,再次追上他:"呃……孩子……他,他叫什么呢?"

他停住脚步,有点儿不耐烦了。"您不是本地人?"

我晃着灰白的头发迅速点了点头,透过风帽上的小缝打量他。似乎青年非常肯定本地人全都认识他父亲。

"那是埃格特·索尔上校。"他说。他还能用这种语气说"他是云之主宰,雪峰居士和太阳咒术师"之类的话。

"我的老天!"我一声惊呼,差点没一屁股坐到地上,"埃格特·索尔!真是难以置信!我就说看着脸熟!"

他看我的眼神里现在充满了惊讶。

"小埃格特,"我充满感情地喃喃出声,"你都这么大了……"

他皱着眉,似乎在回忆,然后有些犹豫地说:"您难道来自卡瓦伦?"

亲爱的孩子,我有些温柔地想:搞定你可太容易了,卡瓦伦来的……

"是卡瓦伦!"我兴奋地嘶声说,"你的父亲就在那儿出生,在我眼皮子底下长大,光着屁股到处跑,在桌子底下爬来爬

第一章

去……"

他皱起眉,"光着屁股"似乎有些过于大胆。

"小埃格特!"我胸腔中的感情过于充沛,浑身都抖了起来,"年轻人,你知道吗,你的父亲,他小时候我抱过他,摸过他的头发,还帮他擦过鼻涕。他可淘气了,一直想偷拿斗柜上的水果糖……"

青年目瞪口呆,朝后退了一步。我这颗老太婆多愁善感的心陷入了甜蜜的回忆。"他的眼睛看着就机灵……总是翻过篱笆溜到我们家来,还说一起去偷苹果……"

他吞了口唾沫,脖子梗了梗,但还是一个字都没说。

"我家老头儿已经死了,有一次他拣了根细树枝……"

"您在胡说些什么,"他终于挤出了一句,"什么……已经死了?"

可怜的孩子,他整个脑子乱成了一团糨糊。我开始进逼。"我们的小雄鹰长大了一点儿……大概十二岁的时候……他说,我要去当演员,要到舞台上去演戏……在弗洛巴斯特先生的剧团……他的父亲,就是你爷爷,拿着根棍子……"

"您是不是疯了,"他小心地猜测,"说不定您搞混了。"

他朝后退去,脚步越来越快,可能心里还在恼恨为什么这个老太婆腿脚这么灵便。

"我?!孩子,你行行好吧,我都八十了!有个女演员勾引了他,那个女人无论长相还是皮肤都平平无奇……"

他满脸通红,迅速转身想走。我追上去,在他身边一路小跑。路上有个水坑,我过于兴奋,一下子蹦了过去,风把水面都带出了波纹。他减慢了脚步,充满疑惑地瞪着我。为了掩饰自己的疏忽,我用了双倍的力气呼哧带喘,把灰白的头发都吸进了嘴里，断断续续地说："呸……孩子……呸……别跑……你可怜可怜……我这个老太婆吧……那个女演员……可坏了，我告诉你啊……"

隆隆的车辂辘声从天而降。睫毛长长的棕色马眼睛直接出现在我面前，毛茸茸的马蹄几乎就要把我踩扁在地上。车夫一阵咆哮，他骂了好多话，可是我只听清楚了"老母狗"三个字。马嘴里呼出的灼热气体离得远了些，巨大的镀金马车阉猪似的从我身边跑过去，溅得我浑身都是泥。车轮上的辐条反射出炫目的光，车后面的踏板上站着个仆人，骂得特别恶毒。

我对着他的背影破口大骂。那仆人转过身来，脸拉得老长，涨得通红。马车很快消失在街角，我站在路中间，眼睛里全是泪水，和集市上的卖货贩子一样大吼大叫，不停咒骂，试图用这种方式赶走心底的后怕，差一点它就要从我身上碾过去了。

过了一会儿，我发现自己头上毫无遮挡，肩膀上披着的全是我自己的头发，为了滑稽剧精心制作的斗篷被我攥在手里，一绺绺灰白的头发在水坑里漂来荡去。

不久前还在和我说话的青年站在稍远一点儿的地方，脸上神色变幻。腰都直不起来的老太婆变成了个年轻的女泼皮，这显然令他大为震撼。

"来看演出吧，孩子，"我干巴巴地对他说了一句，"弗洛巴斯特先生的剧团，世上最好笑的滑稽剧……"

我转身走了，斗篷拖了一地，嘴里不停咒骂着自己愚蠢，后悔不该随意冒险做些毫无意义的事情。

绕了好大一圈路，我回到了剧团驻宿的人家，被弗洛巴斯特

第一章

好一顿教训，开始在木桶里就着冰冷的水洗斗篷。这家的女主人是个活泼少妇，东看西看，对四处巡演的喜剧演员们十分好奇。

"太太，"我问她，"您听说过一个叫埃格特·索尔的人吗？"

她差点没跳起来。"索尔上校？怎么会没听过，这位，亲爱的，他可是英雄……亲爱的，如果不是他，整个城市早就被烧掉了。就在十二年前，不，好像还要早一些，有人袭击我们……你还年轻，可能你不记得，但是你肯定认识知道的人。一大帮匪徒突然冒了出来，和蝗虫一样，又饿又疯，完全不可理喻……老人小孩都杀。他们围住了城市，市长惊慌失措，戍卫队长跑了。索尔上校当时还年轻，还不是上校，这位真正的战士站了出来，他集合了戍卫队的人，把大家伙儿都集合在一起，我的丈夫也去了……打退了那帮恶棍，把他们从城墙上扔出去，有的人被驱赶到了森林里，有些人被淹死在了河里。人死得比瘟疫时少，那场病来的时候城里人都要死绝了……如果不是索尔上校，我不知道，姑娘，我不知道会发生什么，可能整个城市都会被烧掉，所有人都会被抢劫，被殴打……"

我感谢了爱说话的女主人，把斗篷挂在一条旧麻绳上，水滴滴答答流到土里。

真的太羞耻了，那种感觉就像一只如炭火般滚烫的怪物。

⚔

大家都叫这里"卢阿扬主任办公室"，尽管系主任本人十九年前已经去世，现在的学生都没有见过他，记得他的只有某些教授。已经迟暮的校长很喜欢在讲课的时候告诉大家，说曾经有一位非常厉害的人登上过这张讲台。当然，卢阿扬主任的女儿，托丽雅·索尔女士对他的记忆是最鲜活的。她掌管着图书馆，给学

Преемник
继承者

生讲课，在父亲的旧办公室里著书立说。这所知名学府自建立以来，首次有女人被允许进入科学的殿堂。托丽雅是知名人士，因为她除了能力出众，还非常漂亮，婚姻生活也很是美满。大英雄索尔上校是她的丈夫。

埃格特恭敬地敲了敲那扇沉重的门，门上的每个细节他都极其熟悉。托丽雅坐在父亲巨大办公桌的后面，桌上全是大厚书册，简直像个战场。两名看上去还比较年轻的教授从高背木圈椅上迅速起身，对着索尔郑重鞠躬，推说自己手头有要紧事然后飘然而去。

"你把我的学术委员都弄走了。"托丽雅说。

埃格特笑得非常开心，似乎一想到教授们鞋底抹油的样子就很愉悦。他骄傲地扫了一眼空下来的办公室，把门牢牢关上。

"出什么事了？"托丽雅有些迟疑地问。

埃格特穿过整间办公室，他的姿态就像一只雪豹，发现了草丛里扁角鹿布满斑点的背脊。以防万一，托丽雅退到了桌子后面，告诫道："上校，这里可是大学！"

埃格特跳过带着轮子的小推车。最上面那本打开的书被吓得翻过好几页。

"上校，别过来！"

索尔灵巧地绕过巨大的书桌，出现在了托丽雅刚才还站着的地方。女教授马上就要四十了，可动作仍旧十分敏捷，躲到了高大的椅子后面。

"救命！有人非法袭击平民！"

埃格特小心翼翼地放倒了第二把圈椅，让猎物无处可逃。托丽雅激动大叫。目标四处逃窜，无情的追猎持续了一些时间，索尔上校把"逃犯"逼得在柜子和窗帘后面不断逃窜，最终抓住

第一章

了她。

托丽雅原本一丝不苟的发型有些散乱。

"这是违规的……"女教授还在反抗,"你快放开这个不幸的女人。"

"我会让她幸福的。"

"就在这儿?!"

"在哪儿遇到就在哪儿。"

"上校,你怎么……索尔你疯了,放开,不然我的课……"

"课?"埃格特有些吃惊。

"没法上……"托丽雅开心地朝他带着笑意的眼睛里吹了口气。

"上不了了!"埃格特的语气听上去煞有介事,"不上了!"

她闭上眼睛,这样就不用看他的脸,只需要用双唇感受他的嘴唇、脸颊和眼睛。呼吸之间全是埃格特的味道,那是家的味道,是自由和宁静的味道,是儿子和女儿的味道。卢阿尔和阿拉娜都遗传了一部分他身上的气味,是她最爱的气味。

"别上课了。"他在黑暗中对她耳语。

"你的良心呢!"她呻吟了一句,用尖头便鞋踢他的皮靴,"不,不行,这可是办公室!"

他的手稍稍放松了些,她也不得不克制自己。她还要多付出一份努力去对抗近二十年婚姻生活带来的习惯,托丽雅几乎同自己战斗了二十年:只要这个男人,她的上校,她的埃格特,她的丈夫一碰她,她所有的矜持和学养都会像水一样瞬间流逝,暴露出她不知餍足、沉迷情欲的一面……这很令人吃惊。

她屏住了呼吸。不可以。这是她父亲的办公室。绝对不行。

就在此刻,埃格特的气味中又掺入了另外一种味道,是新鲜

Преемник
继承者

出炉的甜面包。她吃了一惊，睁开双眼，发现面前是一个颜色极好的圆面包，表面撒了很多罂粟籽。

"快满足一下你身体的需求，"埃格特语气严肃，"你的身体很饿，因为你早饭都没怎么吃。我来是因为我知道要让妻子按时吃饭，吃好饭，只有这样她……"

托丽雅把面包掰成两半，将其中一半塞进埃格特嘴里。在某个瞬间她几乎就要想起多年前，她也是这样把一块面包塞进他嘴里，那会儿他们的关系还非常糟糕，他当时饿得厉害，过得很凄惨。她做好准备等着记忆浮现了，然而它并未出现。有一些东西被她永远遗忘了。

埃格特三下五除二收拾了面包，仔细擦拭掉嘴唇上的白色面包屑和黑色罂粟籽，笑着说："快去上课吧。你那些学生今天肯定会气得脸发白……我走了，托丽雅。"走到门边，他转过身问道，"我们秋天的餐会……你还记得吗？"

她点点头。

"卢阿尔想请一些喜剧演员过来。由着他吧？"

她再次点点头，埃格特的话从她心头一滑而过。她看着他跨过门槛，看着他脑后浅色的头发在外套衣领上扫来扫去，看着他随手关上沉重的大门。

老天爷，哪儿有什么课。

⚔

弗洛巴斯特决定冒险请求市政当局批准我们整个冬天都待在城里演出。我听到他和巴里安小声议论应该贿赂谁，给多少。涉及钱，弗洛巴斯特有时会问问巴里安的意见，也只会问他的意见。

第一章

我开心了，谁想大冬天赶路，在狼群中间穿来穿去？谁想饿着肚子假装仙女，鼻子都冻得发青了还要扇扇子？不，随便哪个剧团到了冬天都得找个地方猫着，如果我们能在大城市里找个干净的院子，就不用在穷乡僻壤的干草棚里熬日子了！

弗洛巴斯特的眉毛拧成一团，脑门儿上全是皱纹。这事儿看来不容易，得出不少血。弗洛巴斯特大清早就穿上了自己最好的衣服（《魔法师》里的戏服），巴里安佩好了长剑，两人消失了，剩下我们几个，满心迷茫，还带着点儿微弱的希望。

午饭前使者们回来了，他们愁苦的表情浇灭了我们心中的希望。弗洛巴斯特受了刺激，一直骂骂咧咧的，巴里安则完全相反，一句话都不说。我们低三下四地求了很久，他才说南方人抢在了我们前面，他们背后似乎有某个大人物，所以市长允许他们在市场上搭帐篷演出，一直演到春天。根本没人搭理弗洛巴斯特和巴里安，因为并不需要两个流浪剧团。

"他们连钱都没收，"巴里安苦涩地说，"他们拿我们的钱干什么……哎，有人喜欢那帮南方人，替他们说了话。没人管我们……"

我沉默地走回马车，坐在柜子上，开始咬手指。剧团里没人知道全城最出名的人看《戴绿帽子的丈夫》时笑得多么疯狂，他甚至还给了我一枚金币！我可以出这个头，去找埃格特·索尔先生请求帮助，他应该不会拒绝。然而我却一直坐在潮乎乎的麻布篷里啃手，都是你的错！谁让你去捉弄索尔的儿子，你自己造的孽！

某一个瞬间我想对弗洛巴斯特和盘托出，但是我忍住了。他会说的话我也会。

没什么事做。不管是在空旷的田里瑟瑟发抖，还是在脏乱的

Преемник
继承者

小酒馆里忧郁苦闷,至少我知道自己为什么受罚。不过呢,我们还可以在城里待一个星期。我叹了口气,从箱子上爬起来,开始动手理衣服。

晚场演出快开始前又出了点状况。街上匆忙搭好的戏台前已经聚集了第一批观众,有个瘦了吧唧的杂货商人看上了穆哈。

穆哈手里拿着榔头,嘴里咬着钉子,正在安装帘幕。杂货商在旁边站了很久,一直问东问西。我在后台准备道具,只见穆哈的脸越来越红。杂货商将枯树枝样的手伸了过去,抚摸穆哈没几两肉的屁股。穆哈转过身去,用榔头给了他一下。

谢天谢地,快打到人的时候他手抖了一下。杂货商摔倒在地,浑身是血。有人完全没搞清楚状况就开始拼命大喊"杀人啦",两个卫兵忽然冒了出来。

穆哈一脸惨白地站在原地,也不反抗,两个穿着红白制服的凶神从两侧抓住他,弗洛巴斯特蹦出来之后,张着嘴愣住了。他没看到发生了什么,我看到了。

这时我才知道附近的卫兵长什么样。他们身上散发着武器和军营的气息,两人的眉毛都特别修剪过,聋哑人似的完全不打算开口。

我不记得我对他们说了什么,好像是抓住了他们军服笔挺的袖子,还对他们笑。围观的人群中有人支持我,还有人开始大叫,说什么早就应该把这些卖艺的扔进监狱。最后,躺在地上的杂货商动了一下,开始呻吟,弗洛巴斯特反应飞快,悄悄晃了晃手里的金币。卫兵们皱了皱眉,揣着我们好几天的收入,不情愿地走了。

演出简直一团乱。穆哈不断卡壳加忘词,大家轮流悄声给他提示。我非常明显地感觉到观众们的兴趣在减退,他们像阳光下的肉冻一样四散消失，我不得不想尽办法维持戏的效果。

晚饭时谁也没说话，饭后一个胖成球的半大小子滚来找弗洛巴斯特，收了一个铜币之后说杂货行会的人要告我们，要罚我们款，其实就是想没收我们的马车。小胖子还说杂货商们对我们没有恶意，只是想捞油水。

弗洛巴斯特黑着脸走了，这次和他一起出门的是凡京。两人很晚才回来，凡京那个傻子是真心高兴，他觉得找到了很好的解决办法。弗洛巴斯特看上去心情很不怎么样，因为过节时赚的一大笔钱已经不剩几个子儿了。

天亮以前我梦见了孤儿院。这个梦重复了很多次：灰色的天花板，一排排灰色的床铺，女老师灰色的脸拉得老长："过来啊，可爱的姑娘！"骨节粗大的手里摇晃着藤鞭……

夜里下着雨，雨滴噼里啪啦地拍打着马车上的麻布篷，水花不断溅到我脸上，凉得我阵阵发抖。我睁大眼睛躺着，等着淤积在心中的恐惧慢慢消退。

⚔

几天以来，卢阿尔都在默默思考，那个陌生女演员奇怪的举动到底是不是一种侮辱。他一直没能得出确切的结论，所以就把一切都告诉了父亲。

索尔上校笑得十分开怀，告诉儿子其实他本人不久前才将一枚金币给了一名可爱的女演员。他还顺便提了一句，说有个剧团在集市上搭了遮棚，如果卢阿尔感兴趣，完全可以亲自给"老太太"赏金，以示对她卓越演技的认可。

集市上搭好的帐篷顶插着不少彩色小旗，人口处有人揽客。卢阿尔夹在人群中，感觉很不舒服，不自在。在他看来，那些演

Преемник
继承者

出既俗气又无聊，女演员里真有个满脸皱纹的老太太，然而卢阿尔认识的那个人不在其中，准备好的金币没了用武之地。

演出结束前很久卢阿尔就离开了，走到门口，他终于开口问那个揽客的人这是不是弗洛巴斯特先生的剧团。

青年一副受了侮辱的样子，就好像卢阿尔污蔑他收黑钱，激动地回答道："不是！当然不是！这是哈尔先生的剧团！年轻人，这可是从山麓到海边最好的剧团！"

他吸了口气，看样子想继续自吹自擂，不过卢阿尔抢先提了个问题："那在哪儿才能找到弗洛巴斯特先生的剧团呢？"

小伙子眉头一皱，仿佛生吞了只蛤蟆："哦……他们，可能已经走了。"

卢阿尔心头的感觉不太像伤心，更像是失望，类似说好的樱桃馅儿饼变成了烤白菜饼的那种心情。

他在街上漫无目的地走着，自己给自己找理由，为什么想给那个变装女骗子钱，很可能是因为他觉得太尴尬了，竟然会被骗！只能想象那是一场戏，是娱乐，所以得付钱……

疯癫的老人穿着件只有拉什的仆从才穿的烂袍子站在喷泉池子里。喷泉早就干了，据说以前池子中央立着一尊圣灵像。某个好心人放了块面包在老人旁边。当着卢阿尔的面，一个老太婆皱着眉把面包踩得稀烂。老人对此无动于衷。

真奇怪，他怎么到现在还没被人用石头砸死，卢阿尔心想。他小时候朝他扔过石头，扔得很准，父亲为此还打了他一顿。然而父亲那种睿智又自持的人，每次看到这个年迈体虚、丧失神智的老头儿都会被憎恨绑缚住手脚……这是个秘密。二十年前拉什教团从一个坟墓里召出了瘟疫，这个秘密比那个坟墓埋藏得更深。父亲从不回答关于拉什的问题，因为这类问题和广场上被封

第一章

住的塔楼一样，是个禁区。

卢阿尔放慢了脚步。类似的念头很少出现，所以但凡出现，就会在他心中留下某种模糊的不安和病态的兴奋。他忽然感觉有人在看自己，是个完全不认识的人。

卢阿尔因为疑神疑鬼自责了几句，赌咒发誓决不回头。可他最终还是回了头，看见了一脸冷漠的中年男人。那人的视线穿过卢阿尔，落到珠宝店的橱窗里，手里坠出一条金链子，估计他想给鉴定师看个饰品。

卢阿尔皱了下眉，他似乎见过那人，特别是那条链子，然而什么时候见的，在哪儿见的他就是想不起来……

两个女人从旁边走过。她们一脸兴奋，聊天的声音整条街都听得见。卢阿尔很清楚地听见了"喜剧演员"几个字。他浑身一颤，把金链子抛到了脑后。女人之后是一群小男孩，脚步急匆匆的，再往后是位体面的先生，一副心不在焉的悠闲模样。这条街忽然变得十分拥挤，卢阿尔看见街口那一小撮人时几乎完全不觉惊讶。他们簇拥着一个舞台，两侧停放着罩着布篷的马车。洪亮的声音从舞台上传来：

> 如果无情的巫师
> 希望像折磨小鸟
> 一样折磨我
> 我会告诉他，在黑暗的墓穴里
> 我的爱人，我会记得你
> 记得我如此深爱过的人……

女歌手瘦得像根花茎，金发披肩，用温软的嗓音毫无感情地

Преемник
继承者

列举最令人心碎的承诺。卢阿尔意识到自己马上就会极度无聊。他本想离开，然而他并没有挪动脚步，一边思考一边观察四周。歌剧顺利结束，有个胖乎乎的妇人甚至擦了擦眼泪。演员们鞠了一躬，一个十六岁左右的少年跳下舞台，拿着个锡盘跑来跑去。铜币在盘子里不断发出叮当的轻响。少年失望的表情非常明显，卢阿尔没忍住，扔了枚银币。少年稍微开心了一点，重新爬上舞台，宣布即将上演的是《憨子特里尔滑稽剧》。

卢阿尔微微一笑。很久很久以前，应该是父亲第一次带他……去打猎？还是去看阅兵的时候？他只记得那天阳光明媚，天空湛蓝，到处都是马，鼻子里全是浓烈的马味，一路上都有人在烤栗子。卢阿尔和父亲同乘一匹马，他坐在父亲身后，全世界都仿佛在他身下，一切都那么小，那么亮，就像盒盖上的画。回家时他们路过了个集市，卢阿尔记得很清楚，当时流浪剧团演的也是这个——《憨子特里尔滑稽剧》。一个憨子卖了奶牛后从集市上出来，遇到了各种各样的骗子，那帮人一点一点把他身上所有的钱都骗走了……

小孩的尖叫响彻四周，表情严厉的保姆从窗边将差点掉下楼的淘气包拽了回去。窗台上的花盆掉了，砰的一声摔得四分五裂。窗下本来坐着个瘸腿的乞丐，他异常敏捷地躲到一旁，破口大骂。乞丐高亢的叫骂声一时间竟盖过了憨子特里尔的声音。特里尔是个五十来岁的大个子，他生气了，和被送去宰杀的牲口一样咆哮起来。观众们纷纷鼓掌，卢阿尔转身走到了一旁。

"哪儿来的五个铜币，只有四个！"一个老太婆在他身后说道，声音很是刺耳。

鱼吞下了吊钩上的虫子。卢阿尔浑身一颤，转过身来。

老太婆裹着件大斗篷，一缕缕灰发支棱在外面。老太婆围着

第一章

可怜的憨子张牙舞爪，从他身上抓出一块又一块铜币。卢阿尔的脑海里立即浮现出了她本来的样子：一个冷笑的女骗子……

"上哪儿来的四个铜币，明明只有三个！好好数数，糊涂虫！"

憨子特里尔用尽全身的力气想集中精神，小小的眼睛紧张地眨巴着。卢阿尔发现自己有些同情他，特里尔现在是他的战友，老太婆也这么愚弄过他，他卢阿尔也是个糊涂虫……和剧中人物同病相怜的感觉让他觉得可笑。演出开始之后他首次露出了笑容。

其他观众早就笑得前仰后合了。体面的先生忘记了体面，不经意间放了个屁，他的脸瞬间红得像一朵花，偷偷瞄了瞄四周，幸好一片欢声笑语，没人听到那令人尴尬的声音。

"嘿，伙计，你衣兜有个洞！看啊，就剩下一个铜币了！"

憨子特里尔流下了货真价实的眼泪。观众们再次爆发大笑，只有卢阿尔没有笑，仿佛澎湃汪洋中的石岛，因为他觉得特里尔很可怜。

一出出简短的滑稽剧次第上演。卢阿尔和之前一样既不笑，也不挪动位置。舞台上不断出现新的骗子和憨子，加害人和受害者。那个嗓门嘹亮如公鸡的女演员不停登上舞台，每次都要换套衣服和妆面，带起一波波高潮，所向披靡，就像从瓶口喷涌而出的酒液。她的同伴像上下翻飞的纸牌一样在舞台上跑来跑去。卢阿尔有时候都感觉自己面前摆着个颜色鲜艳的巨大牌阵。

瘦小的少年在舞台上和别人一阵激情对骂，还没来得及喘口气就拿着盘子跑了下去。这一次叮叮当当的声音要频繁得多，铜币中不时有银光闪烁。卢阿尔又犹豫了，尴尬的感觉再次袭来，不过他还是小心地将金币放在了托盘上，对着惊呆的少年点点头，走到一旁。

穆哈在帘子后面用胳膊肘捅了捅我。

"喂，那边有个佩了剑的高贵人士……他哪怕是笑一下呢，你说是不？"

我没吭气儿。我早就看见了那个"高贵人士"。穆哈和我不同，他完全不知道我们接下来可能又会摊上大事。卢阿尔的父亲，众人敬仰的索尔上校没在旁边。毕竟上校那么大个子，这么大点地方他想藏也藏不住。想到这里，我稍微平静了些。

"不喜欢就走呗。"穆哈小声抱怨。我换衣服的时候试了很多条裙子，一时激动，别针扎进了肉里，痛得我咬着牙直哼哼。穆哈甚至都没腾出工夫看我一眼。他的关注点完全不在我身上。在他眼中我不是个半裸的姑娘，而是个正在完成工作的老同事。

"《独角兽》演完后这帮人都没给多少，"穆哈继续嘟囔道，"现在笑成这样，不要那么抠嘛……多少给点儿……我们也有成本呀……"

我知道，可怜的他被杂货商骚扰后我们赔了一大笔。希望索尔家的公子不会让我们雪上加霜。咬了咬牙，我开始卖力表演。那个冤家既不笑，又不走，我的心情越来越糟糕。

终于结束了，浑身是汗的弗洛巴斯特让穆哈去收钱。我从帘子后面向外看了看，发现小索尔往盘子里扔了个什么东西。穆哈回来时两只眼睛瞪得溜圆。

"哎哟喂！他站在那儿，哪怕是笑一下啊！"

穆哈用庆祝胜利的姿势把新到手的金币举过头顶。

正好给了我一点时间可以思考和做决定。

第一章

"啊啊！"穆哈大喊一声，"你干什么?!"

我把抢来的金币攥在手里，掀开帘子跳到地上。穆哈在我身后咆哮，弗洛巴斯特立即用浑厚的嗓音让他"闭嘴"。

人群散了开去。一堆人冲我翻白眼，有个人在笑，还想拉着我说话。我完全不搭理他，瞬间跑到刚才小索尔看演出的地方。现在那儿没人了，墙边只有个早就做好了准备的乞丐，朝我伸着手，嘴里一迭声"行行好"。我慌乱地朝周围望了望，看见了逐渐在小巷子里消失的背影，我在街头，他在街尾。

我跑得飞快。人想跑得快，必须清楚你要朝哪儿跑，为什么跑。

他猛地朝旁边一跳，谢天谢地，就是他，我没弄错。我屈膝行了个礼，试着平复自己狂乱的呼吸。他明显不知道我想干什么，看着我的眼神似乎还有些戒备。

"先生……"我恭顺地垂下了目光，喏嚅道，"贫穷的喜剧演员……受不起这么多赏钱。您可能给错钱了。"说完我把金币递给了他。

他吃了一惊，沉默了很久，眼神在我和金币之间转来转去。最后，他小心翼翼地开了口，说得很慢，就好像每一个字都需要掂量："没……为什么啊。我想……这枚金币……还挺合适的。"

他很尴尬，不知道接下来要说什么，是应该和我道个别还是直接转身走掉。我心中感激，姿态更加谦恭，抬头看了看他的脸，终于确认他没有恶意。

还有一件事，不知道为什么，我觉得市长的许可已经是我们的囊中之物了。

车队向前行进，大家都很高兴。弗洛巴斯特异常活泼健谈，

Преемник
继承者

他驾着第一辆马车，我坐在他身后，用帘子挡住秋风，只露了个脑袋在外面，得意地望向四周。这种表情在我脸上已经好几天了，没办法，控制不住。

卢阿尔·索尔先生在父亲面前替我们说了好话，结果发现埃格特·索尔先生本来就十分欣赏我们的表演。市长先生签署命令时一句话都没说，只是微笑。我们找到了贵族当靠山，所以现在我们能在城里过冬了，还可以免交一半的赋税。除此之外，昨天我们还接到索尔家的邀请，去他家在郊区的庄园演出，似乎要庆祝某个家庭节日。卢阿尔先生担心我们迷路误了时间，所以亲自来接我们。

拉车的杂毛小马闷闷不乐地盯着小索尔胯下的长腿骏马。卢阿尔骑着马一会儿跑在前面，让人欣赏自己教科书般笔直的坐姿，一会儿又拉住马，和我们的车并排前行。他又开始不自在了，担心谈话过于亲密有失身份，又不想让我们觉得他高不可攀。

弗洛巴斯特不知道应该和一个岁数比穆哈大不了多少的小伙子聊什么，此人还恰巧是自己的"恩人"。两人的谈话磕磕绊绊的，就像一只三条腿的狗在走路，到最后我都听不下去了，开口问了个问题："抱歉，卢阿尔先生……请问您父亲为什么在城里这么出名啊？"

他脸红了，在马鞍上坐直了身子，从普通学生的坐姿调整成了第一名的坐姿。他深吸了口气，接下来我和弗洛巴斯特就只剩下惊叹了。

卢阿尔对匪帮围城的历史了如指掌，尽管当时他可能还不到六岁。他说出了所有指挥官的名字，还评论说这个人是懦夫，那个人特勇敢，然而正因为他的勇敢和愚蠢才导致相信他的人丢了

第一章

性命。少年详细说明了自己父亲当年完成了什么任务。很遗憾，我和弗洛巴斯特有一半的军事术语、名词和短语没听懂，只知道光城墙上的炮就有五种。如果我理解的没错，开炮的顺序决定了胜败……

卢阿尔讲得绘声绘色，让我有种自己亲眼见过的感觉。

被包围之后，有一天情况最为危急。守军的力量被消耗殆尽，围城的匪徒等来了援军，开始攀爬城墙。看到密密麻麻的敌人，城里的民兵被吓破了胆，他们丧失了斗志，放弃了抵抗。一炮未发，一桶滚烫的焦油也没往下倒。全城的人都已经做好准备迎接凄惨的结局。埃格特·索尔手里攥着件色彩鲜艳的童衣爬上了塔楼。

埃格特的妻子和年幼的儿子也在城中，谁也不知道他当时怎么想的。他自己肯定也不记得自己当时的想法了。他扯着嗓子大喊，命在旦夕的人们听到了他咆哮着发出的指令。尽管他的领袖地位还没有得到承认，他的嗓子就已经被喊破了。童衣在风中舞动，衣袖翻飞，这一刻，每个望向索尔的人都想起了留在城中的亲人。任何时候任何男人都不会将亲人的性命交给敌人。

狂暴的索尔身上散发出了神秘的力量，这种力量让守城的战士们拧成了一股绳，来犯之敌尸积成山，在愤怒和迷惑中撤退了。

对城市的围困并未解除。据说在接下来的日子里他一言不发，沉默地带着小股部队不断偷袭，围城的匪徒就像被蜂群攻击的狮子一样左冲右扑，然而埃格特的队伍进攻撤退全都悄无声息，来无影去无踪。他沉默地变换着火炮和投石机的位置。那些玩忽职守的、被吓破了胆的，以及能力不行的指挥官被夺去了指

Преемник
继承者

挥权，各项权力集中在了他手里，最终汇集成一张细密的网。给敌人们造成巨大打击后，他忽然出手在一天之内恢复了城内的秩序：包围了被匪徒占领的粮仓；二十来个小偷被押上城墙；大肆劫掠、吃得脑满肠肥的强盗们被吊死在城门口……多年以后，索尔告诉儿子，他觉得出击杀敌十次都比处决一次死囚容易。

围城的日子十分漫长。匪徒就像把兔子逼进角落的狐狸，忽然发现猎物的爪子十分锋利，嘴里全是獠牙。总之，有一天早上，市民们从城墙上探出头来，一个活人也看不见，只剩一地熄灭的火堆，废弃的攻城器械和堆积如山的尸体……

我喘了口气，终于回过神，发现自己并没有躲在炮孔后面窥看敌人退走后的战场，而是坐在马车里，行进在秋天的破路上。我哽咽了，没办法，当演员的必须多愁善感。卢阿尔没再说话，他脸颊滚烫，双眼炯炯有神。我忽然就在想，他当演员应该还不赖，至少讲故事的能力一流。

弗洛巴斯特有些困惑地朝马头上空挥了一鞭。我对着兴奋的卢阿尔笑了笑说："这样的父亲……值得骄傲。我想，您的母亲……是最幸福的女人，是吧？"

他顿了顿，尽管憋得难受，可他还是思考了一下有些事能不能说。起初他决定不说，最后还是没忍住。

他的母亲年轻时曾遭逢大难，被捕入狱，还差点因为虚假的罪名被判死刑，都是拉什教团的人恶意陷害，特别是一个叫法吉拉的人。埃格特当时是证人，他为卢阿尔的母亲洗脱了罪名，又和法吉拉大打出手，要了他的命。这一切都发生在疫情结束后不久。一开始人们没反应过来，可没过多长时间就意识到召出瘟疫的罪魁祸首是拉什教团，自发的复仇开始了……法吉拉作为教团

第一章

的领军人物，最早被清算。

卢阿尔给我们讲解的时候，一个初看很疯狂、其实很有意思的计划在我的脑子里逐渐成形。

我支支吾吾把建议说出来后，就连弗洛巴斯特都慌了手脚。卢阿尔差点没从马背上摔下来。我被吓到了，担心他觉得受到了冒犯。

"这个……"他犹犹豫豫地问，"您这是……认真的吗？"

我立马打蛇随棍上，怎么就只是认真呢，这多好啊，这会成为整个节日最出彩的一环，是能保存很久的回忆。埃格特先生肯定会很高兴，如果卢阿尔先生问这是否合乎礼节，我负责任地说，即便是天潢贵胄，登台演出也不会失体统。演场戏而已，又不是卖艺，图个乐子，好玩儿，卢阿尔先生自己也能开心开心。

他还是下不了决心，弗洛巴斯特加入了战团。他记得好些大公、公爵、伯爵和王子都演过戏，还演的主角……卢阿尔先生天生优雅，只需要找到合适的剧情……

我把情节说了一下。卢阿尔开始眨巴眼睛，试图控制自己上翘的嘴角，考虑了一阵就同意了。

⚔

索尔家在城郊的别墅看着就很坚固，悠闲地立在一条小河边。雇来帮工的伙计在露天烤肉。闻到香味，穆哈丧失了思考的能力，满脑子只有食物。弗洛巴斯特只能用指头戳了他一下，提醒说我们现在连面包皮都没赚到，意思是我们得开始搭架挂帘，准备演出了。

其实，埃格特先生那么善良，就算穆哈不这样，他也知道得

Преемник
继承者

先让演员们吃点儿东西。面带微笑的女仆给我们送来两篮点心，弗洛巴斯特只准我们吃一半，因为吃太饱没法干活儿。

观众不多，根据卢阿尔的话，我认出了其中几人：两位带着妻子过来的大学教授、校长老头儿，还有几个没什么表情的人，应该是当年参加过围城之战的老兵。客人们都非常开心，索尔是这群人的灵魂人物。包括女仆们在内的所有女人，看向他的目光都带着特别的欣赏。

我忽然反应过来，我对"金发先生"的看法和以前不同了。他给我那个金币时，在我眼中他只是帅哥、美男、餐桌上的美味。可是现在，站在我面前的是曾经把幼子的衣服当旗帜高高举起、在塔楼上大声呐喊的英雄。

我再度因为自己绝妙的点子开心了起来。就让我在埃格特·索尔眼中永远当一个好笑的女演员吧，虽然这类人很多，可我还是会送给他一份礼物：《埃格特和托丽雅的故事》。

我匆匆看了托丽雅一眼，她是卢阿尔的母亲，大美女，感觉她个性应该挺高傲。索尔看了妻子一眼，从他这个眼神就看得出来，其他女人对埃格特先生的妄想终究只会是妄想。

屁股后面有保姆跟着的大嗓门女孩是卢阿尔的妹妹。我很吃惊，因为索尔家的孩子年龄差距实在有些大。女孩名叫阿拉娜，我们的车、马、箱子和狗引起了她极大的兴趣。如果不是保姆把她带去吃饭睡觉，她能整个晚上都和我们待在一起。

石头围墙后面有个大院，是搭建戏台的理想位置。穆哈敲榫头的样子像只啄木鸟，我一边和歌琦娜收拾服装，一边在心里盘算新编的哑剧里各个角色应该穿什么。卢阿尔隔段时间就要跑到帘子后面看一眼，虽然脸上云淡风轻，可我知道他实际上非常好奇。

第一章

哑剧里那么多角色,他毫不犹豫地选择扮演自己的父亲。我解释了很久,告诉他很遗憾我们不能这么做。哑剧的主角是好人,要戴面具,得让人一眼就看出他是好人。只有坏人不戴面具。我让卢阿尔自己选,是戴着面具演戏弄得他爸妈都认不出来,还是冒个险,出演邪恶的法吉拉?

他犹犹豫豫,纠结了半天,然而结果正如我所料,他不想戴面具。他似乎在替自己辩解,说这毕竟只是一场戏,剧中的法吉拉和真人不一样,这就是个玩笑,肯定很好笑……大家对他的决定非常满意,只有凡京除外,因为那原本是他的角色。

客人们次第从餐桌边起身来到了院子里。我们鞠躬回应了他们稀稀拉拉的掌声,然后马不停蹄地演了《戴绿帽子的丈夫》《憨子特里尔》和《贪婪的牧羊女》。

演出一开始,冷漠的观众们就会变得热情、快乐,愿意和我们亲近,我无数次经历过这一切。然而这天傍晚,观众们的情绪转变给我留下了极深刻的印象。

就连校长那个老头儿都被大家感染了,哑着嗓子"嘻嘻"直笑。本来表情冷淡的人们一下子变得魅力四射,富有亲和力。教授们看上去比任何大学生都爱玩爱闹,教授夫人们也面带红光。我们演得很卖力,又都心甘情愿,因为我们所做的一切已经不是为了钱,就是单纯图个乐子。连歌琦娜的表现都比平常自然一些,弗洛巴斯特的演技几乎称得上蜕变。

埃格特·索尔笑疯了,他的妻子也乐不可支。卢阿尔坐在前排,紧张地揉搓外套下摆,等待哑剧上演。

终于,穆哈宣布演出暂停,稍事休息。观众们仍然留在原地说笑喝酒,后台则开始热火朝天地为接下来的剧目做准备,这可是亮点。

Преемник
继承者

歌琦娜和穆哈帮卢阿尔穿上了带风帽的灰色大斗篷，我们翻箱倒柜找出了这等好物。谁都不确定卢阿尔穿得像不像拉什的仆从。不过戏服只是象征性的，又不需要写实。最重要的是让观众们看懂情节。

巴里安和歌琦娜戴上了昂贵的铜质面具，精美程度配得上索尔夫妇，只是不太像而已。穆哈准备了张白铁皮来模拟雷电，任何英雄故事里雷电都不可或缺。弗洛巴斯特和我给卢阿尔讲了无数次剧情，就算是个小孩也能记得住。

情节既简单又精彩：托丽雅女士深爱着埃格特先生，恶棍法吉拉要拆散一对爱侣，还想置美丽的托丽雅于死地，勇敢的埃格特救出了未婚妻，同她完婚。

"还杀死了法吉拉，"卢阿尔就像在梦游一样喃喃自语，"给巴里安拿把匕首……"

他的脸红一阵白一阵，我不得不一直提醒他这只是演戏，是个玩笑，不用这么紧张……可他还是很紧张。毕竟这是他第一次上台表演。

弗洛巴斯特调好了鲁特琴，咬了咬嘴唇，示意开始。

"埃格特与托丽雅的故事！"穆哈宣布，观众们嘴里念叨着这个引人遐想的剧名，面面相觑，七嘴八舌地议论起来。托丽雅女士脸红了，疑惑地看了丈夫一眼，男人好笑地翻了个白眼。

我藏在帘子后面观察舞台和埃格特先生。弗洛巴斯特拨动了琴弦，演出开始了。

刚开场就看得出来，我撺掇弗洛巴斯特冒险临时安排这场表演是正确的。我没算错，演出肯定能大获成功，未来还会给我们带来更多的好处和便利。其实我关注的并不是自身的利益，因为我更感兴趣的是埃格特先生看到为他准备的礼物后会有什么

第一章

反应。

巴里安和歌琦娜跳了一段节奏舒缓的爱情之舞，没什么特别的，任何戏剧性的故事都离不开这类舞蹈，他俩跳过无数次了……可是这帮人不知道，对他们来说姿态优美的芭蕾很好地表现了埃格特和托丽雅的青年时代！舞蹈刚开始就响起了掌声。

我情绪稳定：后面才是重头戏！鲁特琴奏出了不祥的音符，卢阿尔扭扭捏捏地踏上了舞台。我知道，我记得这种感觉，两腿发软，手心出汗，嘴不听使唤……小索尔很快克服了首次登台的恐惧，值得称赞。我很遗憾他不能做演员，不然随便哪个剧团都会敞开双手欢迎他。

观众们愣住了，他们都知道索尔家的故事，没必要再解释一遍这个穿长袍、戴风帽的恶棍是谁，为什么他这么狰狞，他要把可怜的女主角拖到哪儿去（小插曲也有，第一，卢阿尔很害羞，他抓歌琦娜的动作一直不到位；第二，他不知道抓住她之后应该怎么做。他愣了一会儿，"法吉拉"直接把"托丽雅"拽到了后台，她不断反抗，"埃格特"只能立在一边搓手）。

观众们都很宽和，没有注意到这些小问题。卢阿尔的父母手拉手坐着，一副旁若无人的样子。让托丽雅女士开怀的与其说是剧的内容，不如说是自家儿子参与剧团演出这件事本身。我感觉埃格特先生已经准备好离开座位参加表演了。父子俩看上去都非常开心和兴奋。

鲁特琴响了，"埃格特"抽出了匕首。卢阿尔就像一个真正的恶徒那样，试图用"托丽雅"为自己挡灾，他终于进入了角色！巴里安身手矫健，轻轻巧巧地把武器插入了卢阿尔腋下，卢阿尔起初没反应过来自己被杀了，他一回过神，立即抽搐倒地，充分展现了自己的表演天赋。巴里安和歌琦娜甚至都没来得及跳

Преемник
继承者

最后的胜利之舞，观众们就从座位上跳了起来，争相表达自己的喜爱。

演员们鞠躬致意。巴里安和歌琦娜摘下了面具，不过今晚的主角毫无疑问是卢阿尔，他终于不用再表演反派，手捏着风帽挥来挥去，脸上一派轻松。看来即兴表演对他来说也是不小的挑战。我的脑子里突然滑过一个想法，他有了这些体验之后好像成熟了一点……

我的目光从卢阿尔身上移开，看向埃格特，发现埃格特的脸上只残存了一丝笑意。快乐的痕迹还没来得及从他的嘴角完全消失，我忽然打了个寒战。

大家还在笑，满头大汗的卢阿尔还在鞠躬，托丽雅女士在讲话。埃格特站在众人身后，自信和幸福的表情从他脸上滑脱，仿佛肉块从死者的头颅上剥落，露出头骨。他目不转睛地看着自己的儿子。我从来没有见过这种眼神，那是绝望的、吞噬一切的恐惧，就好像站在他面前的是瘟疫本身。

我感觉不好。客人们一个接一个止住了笑声，仿佛蜡烛被次第吹灭。他们纷纷把目光转向聚会的主人，然后惊讶得说不出话来。托丽雅·索尔站在丈夫面前，攥着他的手，看着他的眼睛，关切道："埃格特……你不舒服吗？你怎么了？埃格特，怎么了？"

他的嘴唇抽了抽，想说点儿什么，最后却只是苦笑了一下。卢阿尔跳下舞台，斗篷下摆拖在地上一路跑过去，抓住了父亲另一只手。也不知道是不是我的错觉，埃格特似乎打了个哆嗦，仿佛卢阿尔的手是烧红的烙铁。

所有人都在说话，他们压低了声音，同情、激动、担忧，又故意维持着开心的模样。女仆拿来了水，可是埃格特推开了端到

第一章

面前的杯子。有人大喊,说头晕的话应该来杯好酒,还有人建议他吃点儿东西。埃格特先生苍白的脸时不时被旁边的人遮住,大家都挤在他周围,穆哈、弗洛巴斯特、凡京,还有几个厨师、车夫。仆人们似乎都很爱他。只有我一个人站在幕帘边上,手不受控制地揉搓、撕扯着那可怜的布料。似乎发生了非常糟糕又可怕的事情。

埃格特先生终于挣脱了妻子和儿子的手。人群让出了一条路,他头也不回,踉踉跄跄地回屋去了。

⚔

他醒了过来。雨滴猛烈地拍击他的脸,马几乎快站不住了。田野里空荡荡的,只有褐色的土块。天空低垂,眼前水坑遍地,水波不断。秋天了,整个世界都疲弱无力,没有希望。然而最恐怖的一点,是他不知道漠然的乌云后面藏着的是朝阳还是暮日。

他抬起头,让瘦削的脸颊直面从天而降的雨水。一瞬间他恍惚了,能感觉到的只有在脸上流淌的冰冷水滴,还有风吹到背上带来的钝痛和刺骨的冷意。他沉浸在寒冷和疼痛中,像美食家在品鉴新的菜品。寒冷和疼痛令他无法思考。又过了一分钟,又是因为无法思考所以内心平静的一分钟。

他想起了一切。可怜的马拼命嘶鸣,侧腹被马刺扎伤的地方滴淌着泡沫和血水。主人本来温和善良,他反常的行为刺激了它,令它慌不择路,向前奔驰。

埃格特放声大吼。四野无人,只有浅灰的天空和坠落的雨滴听见了他的声音。

他想终结自己的生命,然而手里没有武器。

Преемник
继承者

⚔

卢阿尔朝我走来，眼神闪烁："这……是一场戏！是……你……我不知道怎么就……伤害了他，我不应该……"

"别说傻话，"他的母亲托丽雅女士看上去非常冷静，"和演出没有任何关系。你父亲很喜欢。他就是头晕，这种情况以前也有过，让他休息一下就好，别去哭哭啼啼刺激他……卢阿尔，冷静！"

我默默佩服，她真不像个女人，是个硬汉。卢阿尔抿着嘴，充满责备地瞪了我一眼，跟着母亲回屋去了。

聚会就这么结束了。客人们试图借助剩下的酒液洗去残存的不快，喝得酩酊大醉之后被送去睡觉。别墅里的房间绰绰有余。我们也收到了进屋休息的邀请，弗洛巴斯特礼貌地谢绝了。

当天夜里我完全没合过眼，这让我忽然拥有了很多可以思考的时间。我要把所有的事情都好好捋一遍，想清楚我的问题在哪里，我怎么就对不起索尔先生了。

午夜时分，一个人走出别墅，黑暗中看不清他的脸。他牵出了一匹套好马鞍的马，睡眼惺忪的仆人吓了一跳。大门刚打开，那人骑着马就奔了出去。一个女人随后跟了出来，打发了仆人。女人在路上站了很久，风把她手里的提灯吹得晃来晃去，漫射出昏暗的光晕。

她一直等到了早上。灯熄灭了，骑士没有回来。日出之前下起了雨。

⚔

托丽雅对儿子撒了谎，她也许是第一次这么做。埃格特·索尔从未头晕。

丈夫没有任何交代直接离开，这种事情前所未有。遇到磨难他从来都会去她身边，而不是离她而去。

光团在玻璃灯罩中闪烁。永夜降临了，托丽雅心想，全家幸福的美梦结束了……

托丽雅觉得自己是路边的一棵枯树。

阿拉娜在房里睡觉。老保姆、客人们、朋友们都在睡觉，这些人昨天有多亲近，今天就有多没用。埃格特一走，托丽雅就变成了孤家寡人，失去了所有朋友。就连父亲去世后的第一个早晨，托丽雅都没有体会到如此突然的痛苦和孤独。

她不想待在家里。她不想活了。

⚔

我们在黎明时分动身出发，一路上都没人说话。

马车上的篷布潮乎乎的，抖个不停。弗洛巴斯特赶着那匹杂毛马。雨水拍打着它的脊背，它注定要在泥水里奔跑。这个时候最好找个地方躲雨，可弗洛巴斯特挥鞭赶马的动作十分干脆，一脸愤怒。我有时就在想，如果我能和马换换就好了。

让我去黏糊糊的泥地里跑吧，让我拉车吧，让我感受被鞭打的疼痛吧。我在索尔家犯下了大错，让我弥补自己的过错吧。

回忆让他太过震惊？就算是在舞台上，他也见不得法吉拉？他不是还笑着捏了妻子的手，演员们鞠躬的时候他在笑啊……

一个勇敢的人。一个爬上塔楼，激励所有守军的人……一个下令绞杀十来个匪徒的人。是，他们是匪徒，但不管怎样那也是绞刑啊！这个人竟然脸色大变……

弗洛巴斯特的鞭子呼呼作响。我打了个寒战，仿佛那些鞭子

继承者
Преемник

都落在了我身上。

先打。打完再想为什么挨打。

一阵风让他再次清醒过来。

空旷的灰色天空，寂寥的田野。全世界的人都消失了，只有他的儿子，他的孩子，他的骄傲，他的希望，世界上最纯洁的爱情结晶。卢阿尔的脸搭配上宽大的灰色风帽，另一张脸隐隐约约显现了出来，戴着同样的风帽，另一张脸，天啊！一模一样的脸！带着倦意的和煦目光，薄薄的嘴唇，与埃格特相似的灰蓝色眼睛……

二十年前他杀了那个人。和传闻不同，他并未将匕首刺入那人的胸膛。不，他用的是刽子手的刑具，一把铁钳，他用铁钳锋利的把手刺穿了法吉拉的身体。

马踉踉跄跄。埃格特从马鞍上滑下来，趴到地上，把脸埋进冰冷的水坑里。雨水在他的背上蹁跹起舞。

刽子手的铁钳。托丽雅被关在刑讯室。她身上的伤疤……到现在都没有消退，只有埃格特和几个值得信任的女仆知道。他杀了那个人，他确信那人已经被埋进了坟墓，他们夫妻俩共同经历的噩梦也随之入了土……

他曾经想起过那张脸，然而当时的他不愿去深究自己心头为何会感到莫名焦虑，只陶醉在了生活带来的幸福中……

差不多二十年了。日复一日。十九年多……

染血的把手从法吉拉的背上刺出。死亡前最后的挣扎……第二天，拉什教团的罪行被曝光，市民们开始自行复仇……他听说法吉拉就这么被埋葬了，尸体上还插着铁钳……

被埋葬了。那个人被埋葬了,可他从坟墓里伸出手来。他就像个老练精明的刽子手,为自己埋下了复仇的种子,他……

马极度疲惫,挂满泥浆的马蹄在索尔面前踏来踏去。埃格特闭上了眼睛。这样做毫无意义,因为卢阿尔戴着风帽,一脸快乐的模样挥之不去。从儿子眼里放射出的是法吉拉的眼神:"哎,埃格特。我就知道你迟早会想下来见我。你就不配活着,索尔。其实你改变不了命运,也没必要搭救那个女人,她当时已经,当时就已经怀了我的种!这是我从坟墓里赠予你的小礼品,你亲爱的儿子,世界上最纯洁的……爱的结晶,嘿嘿。我警告过你的,索尔,和我做朋友比做敌人好……现在一切都太迟了。哭吧,索尔……哭吧……"

他哭了。

第二章

人很老,然而房子似乎更老。

房子矗立在小山丘上,孤独却并不破败,然而无论是它的主人还是主人的仆人,多年以来都没有跨过它的门槛。沉重厚实的大门里蜿蜒出小路,路面杂草丛生。周边的居民们路过此处时全都充满了警惕。房子很孤独,然而没有一粒灰尘胆敢触碰干裂的地板、宽大的餐桌,以及大键琴毫无遮挡的琴键。多幅肖像画悬挂在阴影中,古板、冰冷的面容轻蔑地互相凝视着。

小圆桌上有个空烛台,一位老人坐在桌前,全身都缩在深深的扶手椅中。看上去他比这栋古老孤高的房子还要孤独。

桌面上的符号几乎都半褪色了,一个挂着长链子的金饰品摆在上面。这是一块有着镂空刻纹的薄片,一个护符。

黄金薄片的边缘有块棕色的锈斑。

老人一声不吭。

屋子里一片寂静,没有任何东西敢打扰他的思考。这里的一切都臣服于他,忠心耿耿地服侍他。

老人不想被服侍。

第二章

他面前的圆桌上放着块生锈的黄金薄片。

又来了。

⚔

女仆达拉又惊慌又苦恼,是的,索尔先生在家……他昨天晚上回来了……不,他没有离开过卧室。他没吃早饭,夫人……那个……活动举办得……还顺利吗?

托丽雅沉默地点了点头。埃格特在家,那么一切还可以挽回。埃格特没有从马背上摔下来,没有被那些流浪的夜客坑害,没有失去理智,最难过的那段时间里这些念头一直在她脑海中打转。埃格特在家,她马上就能见到他了。

阿拉娜睡眼惺忪,皱着眉跟在保姆身后走进了儿童房。卢阿尔站在门边,盯着地板,扒拉着皮手套上的纽扣。

"别皱眉,天天,"她甚至微笑了一下,心里的大石几乎放下了,"别着急,在……在你父亲叫你过去之前,你还有时间捯饬自己。"

她的声音自信又沉稳。她的话对卢阿尔一直都有种特殊的影响力。听了母亲的话,即便是现在,他还是放松了一些,嘴角微微上扬,终于不再折磨自己的手套,乖顺地答道:"好……"

托丽雅目送他离开。她本人都得费些力气才能抑制住立即扑到埃格特身边的冲动。她两天两夜没合眼,既伤心又害怕,还不得不一直维持表面的平静和自信。她不想让丈夫看见这一切在她脸上留下的痕迹。

她洗完脸,换好衣服。随便一个习惯性的、哪怕是很细微的动作都会带给她撕裂感,似乎很痛苦,可过一会儿又觉得自己小题大做。她一直有意无意地回避同丈夫见面,然而随着时间的推移,她心中的忧虑愈发深重。

好几次她以为埃格特轻轻打开了门,站在门边。她装作没注意,过了一会儿才猛地转过头来,却发现门是关着的,墙上的肖像画纹丝不动。索尔不可能不知道妻子和孩子们都回家了,托丽雅心念纷飞,怎么都想不明白埃格特为什么会变成这样。他们在家,他怎么能一声不吭,毫无反应。屋子里一片寂静,弥漫着类似恐惧,又类似哀伤的氛围。就连厨娘都不敢让餐具碰撞出声响。

莫非,埃格特骑着马跑了一晚上,累着了,睡了?托丽雅不想吵醒他,她只想坐在他身边,确信天没塌下来,她的索尔没有消失,他还活着,那么一切都还可以回到正轨⋯⋯

她站在镜子前面,看着自己明亮、平静,但实际上绝望又痛苦的双眼。她想起了那个冬日,始祖先知坟墓上的雪,当时埃格特还年轻,他握着她冰冷的手⋯⋯她想起了那个闷热的夜,壁炉里的火星,卢阿尔第一次微笑,不知为何她又想起了林间小路上的大水坑,阿拉娜的鞋扣泡在里面。天空和草茎倒映其中,一片蓝绿,倒霉的蜘蛛抓着根树枝,在水面漂啊,漂啊⋯⋯

托丽雅抬起下巴,直起身子,耸了耸肩,去了丈夫的房间。

她敲门的动作很轻,如果埃格特睡着了,这样不会吵醒他。可是他没有睡,很长的一段沉默之后,传来了一声闷闷的"进来"。

托丽雅推开门走了进去。

埃格特没有理会她。他站在一张低矮的三腿小桌旁,桌上胡乱堆着书、碎纸片、皮带、钱包、匕首鞘、手帕、长剑、手套、铜像、笔、马刺碎片,还有一件皱巴巴的衬衫,都是些寻常的物件,托丽雅一眼扫过,开始徒劳地寻找着埃格特的目光。

第二章

索尔背对着她站着,垂头驼背。他不需要回头就知道那是托丽雅,可是他认出来人后应该回头的。

她站在门口,没有说话。埃格特一言不发,他的手摸索着衬衫上的珍珠母纽扣。她盯着他的背影,迷茫、沉重、混沌的几分钟过去了,托丽雅逐渐发觉大事不好。

她深吸了一口气,说什么不重要,她只是想发出点声音来打破这片寂静。为什么不说话呢,只要她一开口,眼前令人难以理解的一切都会消失,埃格特·索尔的灵魂又会重新回到这个陌生、冷漠的人身上……

托丽雅没有说话。屋子里掉根针都听得见,沉默就如同焦油,厚重而黏稠。

索尔微微动了动。紧绷的肩膀垂得更低了,他费力地转过身,斜斜地对着妻子,姿势僵硬。

她看见他的半边脸,被吓到了。埃格特似乎一下子老了十岁。

他把衬衣揉成一团,捏在手里,又小心地放回桌上,盖住了剑柄。

"你……"他的声音嘶哑又陌生,目光扫过托丽雅时痛苦地眯了眯眼,脸颊轻轻地抽动着。

她忽然觉得他很可怜,这种感觉让她脱离了麻木的状态,向前走了一步,唤道:"埃格特,怎么了……我……"

她伸出的手悬在了半空。索尔像躲麻风病人一样往后退去,铜像从桌上滚落,咚的一声摔到地上。索尔直勾勾地盯着托丽雅。她的手就那么向前伸着,朝后退了一步,就好像有人要打她。

"你……"他慢慢开口,拖长了音调,"你……还记得吗?当时他……你的感觉?"

她没吭声,双眼笼上了浓稠的黑雾。

索尔咧嘴一笑:"他……让……你……怀上了孩子,托丽雅。在地下室……你……不记得了?"

托丽雅的嘴唇动了动,没有发出任何声音,可是埃格特听到了,又笑了一下:"他……你看看……你的儿子。"他没有勇气说出法吉拉这个被诅咒的名字,更不敢将卢阿尔三个字直接说出来。

托丽雅的眼前出现了那个被她的意识牢牢锁住的地下室,她害怕回忆那个地方,以免自己发疯。被埋葬的记忆忽然突破封锁,喷涌而出。她强迫自己不去理解埃格特的话,慢慢后退,被地毯的褶皱绊得偏偏倒倒,直到背靠房门。

索尔吸了一口气:"我……我也不想。我……"他的脸抽搐了一下。

勉强抵御住往外喷涌的回忆,托丽雅和此前一样,强迫自己不去理解也不去相信,她转过身,打开沉重的门,走了出去。她觉得自己晕倒了,失去了意识,倒在丈夫脚边的地毯上,然而实际上她正沿着楼梯朝下走,手在栏杆上盲目摸索,眼睛无助地四处张望,试图在黏腻的黑暗里找到哪怕是一丝丝光亮。

女仆像躲避幽灵一样猛地从她身旁闪开。卢阿尔梳洗停当,穿戴整齐,站在楼梯下面,巴望着父亲马上就会叫他过去……托丽雅停住了脚步,抓住栏杆,仿佛脚下的光滑木质台阶下一秒就要崩毁。

……石阶。黏滑的石阶,被刽子手和受刑者的脚磨出了印痕……法院下面的地下室,发潮的墙面上丑陋的影子,皮肉被灼烧后散发出令人作呕的气味……

第二章

卢阿尔被吓呆了,一副任人摆布的模样。她没有理会儿子的恐惧,抓住了他的肩膀,从墙上取下烛台,仔细观察那张苍白的、带着负罪感的脸。

她把他放在橡木桶里给他洗澡,粉嘟嘟的小手抓住小木船往嘴里塞,他嘴里只有一颗牙……阳光洒在水面,裂出一片斑斑点点的金光……小脚不时伸出水面,还没有迈过一步的脚,光滑细嫩的脚,脚趾就像是一颗颗小小的圆球……桶里有条缝,很快水就会漏光……

"妈妈。"卢阿尔轻声呼唤。

她回过神来,伸出一只手捧起他的脸:"不……不。"

对着不知所措的儿子点了点头,她转身用手撑着墙壁离开了。女仆行了一礼,缩进了角落。

⚔

这可能是我人生中第一次对上台表演感到恶心。

歌琦娜狐疑地眯起眼睛。穆哈对着我上看下看,一脸疑惑:这人怎么了,搞砸了一幕接一幕,本来欢快的滑稽剧被我搞得既沉闷又俗气?弗洛巴斯特一脸不耐,却还是不发一言。

弗洛巴斯特早就不再操心索尔家的事了。从他发现市长的许可依然有效,没人会将我们赶出城的那一刻起,他就再也没担心过。其他一切烦恼在弗洛巴斯特看来都是吃饱了没事干,"纯闲的"。只因为我不久前立了大功,所以他才没有强行让我"摆正自己的位置"。

天降大雨,观众们迅速四散离开,效果比最沉闷的话剧都显著。马车的麻布篷上有个洞,穆哈试着想去修补,雨水直接滴进了他的衣领。

"你今天的演出真是无与伦比,"歌琦娜讽刺道,"大家都喜欢得不得了。"

穆哈一阵苦笑。我坐在自己的箱子上,费劲地嚼着一块面包皮,回忆着温暖的夏天,装满硬币的宽檐帽和大笑的埃格特·索尔。

卢阿尔长这么大,父亲第二次不告而别。母亲把自己关在房间,他三天里只见过她两面。

女仆达拉吓坏了,跑来敲他的房门,喊道:"卢阿尔先生……您的母亲……"

他发现自己的脸已经做不出表情了。"什么?!"他问道。

达拉抽噎着换了口气说:"她在叫……她想……她想叫……您……"

他冲向母亲的房间,满心希望有好事发生,希望能弄明白到底出了什么问题,希望过去几天里那些奇怪又可怕的事情能得到改变。

母亲手支着书桌站着,她的头发被打理得一丝不苟,甚至顺滑得有些不自然,苍白的脸死气沉沉。"卢阿尔……过来。"她说。

他身上一软,走到了她身边。母亲眯起眼睛,就像近视了一样,小心翼翼地,紧张地端详他的脸,卢阿尔一阵心惊。

"不,"母亲虚弱地说,"不,孩子……不……你走吧。"

他什么也不敢问,回到自己房间,关上门,把头埋进枕头里号啕大哭,眼里却没有一滴泪。

大学那边派了好几个信使过来,女仆惊慌失措地告诉他们托

第二章

丽雅女士病了,不能接待他们。校长遣人来询问托丽雅女士是否需要寻找好的医生、药剂师,或者巫医。

卢阿尔睡了一天一夜,第二天中午才醒。他想逃避现实,也把这个念头付诸了实践,睡得浑浑噩噩。

傍晚有人敲门。他嘶哑着声音告诉达拉,说他不饿,不想吃晚饭。答话的声音很轻:"天天……"

他跳了起来,把枕头往旁边一扔,匆忙套上睡衣后为母亲开了门。

她的脸虽然憔悴,却依然美丽,现在她不仅平静,甚至进入了一种漠然的状态,像个木偶。卢阿尔惊恐地想,就算现在托丽雅把手伸进火里,她的表情都不会有任何变化。

"妈妈……"

她冰冷的手握住他的下巴,把他的脸朝着有光的地方转去。她的目光仿佛穿透了他。卢阿尔觉得母亲并不是在观察他,而是想把他剖开。虽然他不知道自己在害怕什么,可心已经提到了嗓子眼儿。

"妈妈!"

她的眼神中恢复了一点神采,带上了些暖意。"不……不,不……不。"她像个老太婆一样拖着腿走了出去。

卢阿尔呆呆地站着,双手捂住脸,轻轻地呜咽着。

又过了一天,父亲没有回来,卢阿尔几乎放弃等待了。幸福的沉眠终于结束,他开始做梦。在梦中,他朝着一个佝偻的身影扔石头,那人身上穿着件破烂的斗篷,石头砸到了父亲的脸,父亲责备地看着他,鲜血像西瓜汁似的,红得十分不自然……他和父亲在梦中击剑,父亲手中的那柄长剑不知为何变成了藤鞭,是他小时候用来教训他的那根讨厌的藤鞭……

继承者

他不能再继续关门待着了，于是出了门，来到空荡荡的餐厅。他的佩剑挂在墙上，他走上前去摸了摸剑柄，又在父母的肖像画下面站了一会儿。

画家是个傲慢的胖子，画画的时候卢阿尔被允许坐在他身后。有一天，他把手伸进了颜料，凉凉的、软软的，和粥差不多，气味有些刺鼻，味道估计还不错……过了很长时间他都没有忘记当时的伤心失望。那颜料特别恶心，一直粘在舌头上，所以他不得不总往外吐唾沫。画家懊恼地抬头望天，女仆们嗤嗤发笑，保姆狠狠地斥责了卢阿尔，甚至差点给他几巴掌……

他感受到了落在自己身上的目光，浑身一颤。最顶上的一级楼梯，母亲站在那里紧张而专注地盯着他，仿佛刚问了个重要的问题，正在等他回答。沉重的烛台上燃着两根蜡烛，在她瘦削的脸上投下了黄色的光晕。

卢阿尔沉默不语。不知道为什么，他想躲起来。

母亲的嘴唇轻轻翕动："过来。"

他沿着楼梯往上走，感觉自己在上断头台。

托丽雅像剑一样笔直地站着，看着儿子向她走来，眼神里全是惊恐、内疚和悲伤。托丽雅举起面前的烛台，把蜡烛靠近卢阿尔的脸。"不，不……"话还没出口就被咽下了。这些天来她的灵魂一直都被拷问，痛苦异常，现在终于得出了明确的，唯一可能的结论。身体一阵摇晃，她手里的蜡烛差点没烧到儿子。

卢阿尔闪到一边，问道："妈妈？"

眼前的事实太过致命，多年以来蒙住她双眼的那层迷雾轻纱般滑落了。年轻的法吉拉，刽子手法吉拉看着她的眼神似有怜悯。他对她的折磨并非一步到位，而是绵延数年，甚至将伴她一生。

第二章

父与子，两张相似的面庞在托丽雅的眼前合二为一。她像个巫婆似的咧嘴笑着，烛台一挥，打到了刽子手那张可憎的脸上。

卢阿尔一声痛叫，往后躲闪。冒着烟的蜡烛从台阶上滚落。卢阿尔用手掌捂住受伤的脸，鲜血染红了手指，双眼像小狗一样透过指缝看过去，惊叫道："妈妈！妈妈！"

"诅咒你，"托丽雅喘息着说道，被尘封的记忆深处突然浮现出法吉拉的笑容，火盆里的火光映在了他脸上，"诅咒你……一生一世……滚……败类……诅咒你！！"

阿拉娜在儿童房里号啕大哭。

穆哈和酒馆老板打赌，说自己不用手就能从架子上取下一瓶酒，拔出瓶塞，然后再把酒喝光。好几个人质疑他，其他人也凑过来围观。一枚枚铜币被扔进穆哈的宽檐帽，如果他没成功，"金库"就归酒馆老板所有了。

我坐在角落，嘴里嚼着全是刺的鱼肉，冷眼旁观赌约怎么收场。这套把戏比穆哈本人还老，奇怪的是这里的人居然没见过。穆哈不久前才学会，不过他掌握得很好，我完全不担心他会输。

鱼被我吃得干干净净，只剩骨头和孤零零的鱼头，正躺在空盘子里茫然地盯着我。穆哈把手背在背后，酒馆老板上前捆住了他的手。酒客们讨论着可能的结果，虽然大家不是很兴奋，兴趣应该还是有一些。

"他能把酒喝完。"

"我也能，可是怎么拔瓶塞呢？"

"喝得完喝得完，又不要钱……"

"哎哟你这家伙，我儿子也这么大，如果我在酒馆里抓到他，

Преемник
继承者

看我不用皮带抽死他……"

穆哈笑得从容又骄傲，走到放满酒瓶的柜子前。用牙齿打开柜门，挑中了那个看着最贵的大肚瓶，酒馆老板充满警告意味地喊道："喂，不准动那瓶！你别太过分，卖艺的！"

围观的人们纷纷指责酒馆老板。他不得不咬牙闭嘴。

老板的反应让穆哈知道自己做了正确的选择。他满意地哼了一声，向前俯身，叼住粗短的瓶颈。观众们开始起哄鼓掌。

过了一会儿我忽然想起，凡京早就跑去睡觉了，弗洛巴斯特根本没来酒馆，巴里安牙疼，歌琦娜在城里和新认识的男性朋友吃饭。也就是说，我得一个人把喝醉的穆哈拖回去。

现在做什么都晚了，穆哈把瓶子弄到酒馆中间的一张空桌上，周围的人都在给他鼓劲。我忧郁地看着这个矮冬瓜和软木塞战斗——他用膝盖夹着瓶子，嘴里咬着起瓶器。如果我是弗洛巴斯特，我会让穆哈在两出滑稽剧之间把这个演一遍，活跃活跃气氛。不过他演这个太费酒，再说如果他喝得不省人事，还怎么干活儿？

软木塞终于飞射而出，众人鼓掌叫好。穆哈把起瓶器吐了。最精华的场面来了：穆哈一口把瓶颈吞下一半，抬起头，用力把瓶子倒立过来。所有人都愣了。穆哈纤细的喉咙开始有节奏地吞咽那高贵的饮料，随着沉闷的咕咚声，深色瓶子里泛起泡沫。溢出的酒液顺着酒鬼的尖下巴汇聚成一条细线，当然了，溢出来的量是极小的。

酒馆里一片寂静，只有穆哈大口吞咽的声音。我皱着眉计算回去的距离。穆哈……虽说不是很重，可对于我来说还是够沉了，我可是个优雅的姑娘，又不是个石匠，不想把喝醉的男孩子背起来到处跑……

第二章

老板一声轻叫。穆哈嘴里咕咕几声,小心翼翼地(是那种特意装出来的小心翼翼)把瓶子放回到桌上。他艰难地松开了牙齿,观众们纷纷倾身向前,有个胆子大的把瓶子底朝天拿了起来,仅剩的一滴酒滴落在地板上。

整个酒馆沸腾了,所有人都在大声嚷嚷、鼓掌、大笑。穆哈郑重其事地把钱从帽子里拿了出来再揣好,对着众人抛了个媚眼,朝我走来。

距离小桌还有两步远,他的腿忽然往两边一溜,脸上只剩傻笑,像个完全没有意识的麻袋似的倒在了我身上。

终于来了,我咬牙切齿地想(原来思考也可以咬牙切齿)。我厌恶地把那盘鱼骨架子推到一边,从腋下架住了穆哈。

大家都看见了穆哈揣钱,也知道他把钱放在了哪里。邻桌那个满脸是褶的老头贼眉鼠眼地看着我们。一把铜币而已,也不多,可我和穆哈的命也值不了多少钱,所以我打起精神,抓住穆哈的衣领把他拖到门口。

潮湿、黏腻的雨几天几夜都不停。穆哈一会儿像孩子一样吸吸鼻子,一会儿又叽叽咕咕不知道在说些什么,两条腿胡乱踢腾,不要我碰他。我没说话,保存体力。运气不错,这条街上有几盏路灯。

我们勉强走到半路。穆哈笑了,对着灯柱指指点点,要我把他的头扯下来,开始胡言乱语:"啥玩意儿……怎么还朝我肚子上爬啊。在朝我肚子上爬呢,混、混蛋……"

我正在思考明天怎么描述他今天的表现,琢磨这些让我有了点儿精神。我盯着坑坑洼洼的路面,尽量避免踩到特别深的水坑,导致穆哈比我还先看到了那个躺着的人。

"哦哟……大家都睡了哦……"

Преемник
继承者

我咬了咬牙,拖着他继续朝前走。地上那人的脸白得好像盖了层面粉,他仰躺着,双手张开,一副下一秒就要飞起来的模样。我随便看了那人一眼,心情顿时更不好了,因为他很像卢阿尔·索尔。俩人都很年轻,只比穆哈大一点。

今天晚上真是够了,我心想。明天我要从穆哈那拿走一半的钱,这是我应得的,他敢不给。再有下次,就算把全世界的黄金都给我,我也不会再背这种烦人的矮冬瓜。

躺在栅栏边上的人动了动,呻吟起来。看来是第一次喝醉,我厌恶地想。真搞不懂为什么找乐子要喝酒,完全就是花钱买罪受……穆哈暂时还行。你现在挺开心啊,穆哈,明天我看你怎么办,狗东西……

我们从躺着的那人身边走了过去,距离住地已经不远了,我忽然停住脚步,刚打了个嗝的穆哈差点没被扔出去。雨还是那么大,层层叠叠的雨滴在路灯周围不停闪动,像一大团蚊子。

"等等。"我让穆哈靠着墙。他立马滑到地上,滚出一身泥,脸上灿烂的醉笑一点没变。

我没去动他,跑回到刚才那个躺着的家伙身边。

他一动不动,身边蹲着个十来岁的小流浪汉,在他身上摸来摸去找钱包。"卫兵!"我扯着嗓子一声大吼,小偷消失在淅淅沥沥的黑暗深处。我猛然反应过来,不远处可能有小偷的同伙。

青年躺在地上,脑袋歪着,这是个不怎么舒服的姿势。我就着路灯昏暗的光线,盯着他的脸看了很久,隔这么远我都能闻到浓重的酒气。

索尔家族的继承者躺在市中心的泥汤里,这可能性比刚才那个小偷是王公贵族的可能性还低。我的时间宝贵,要我再在这个醉鬼身上浪费一秒,还不如让弗洛巴斯特给我买个农场,或者让

第二章

歌琦娜写一篇哲学论文……

老天爷,今天是怎么回事!我咬紧牙关,用胳膊把躺地上那人牢牢夹住,拖到了光亮处。他的腿在泥坑里蹬来蹬去,我有种在拉大死鱼的错觉。

青年没有反抗。黄色的灯光掉落到他脸上,他皱了皱眉,仿佛那是明亮刺眼的阳光。

我松开双手俯视着他,胸口剧烈起伏。

我现在该干吗?!去找埃格特先生吗?"快点,快点,索尔先生,我一个人拖不动您的儿子,他躺在栅栏旁边,现在还在那儿……"还是直接去找市长?告诉戍卫队的长官,让他派一支巡逻队送卢阿尔先生回家……

我打了个寒战。这个世界上不仅有小偷和大盗,还有那些体形高大的卫兵,他们不会搭理我,用穆哈赢来的那笔小钱也支使不动他们……

老天爷,还有穆哈!现在正躺在墙根,笑得灿烂无比……这两个人都有病。有病。

卢阿尔动了动,睁开了发肿的眼睛。我的天,他灰色的眼睛曾经那么清澈,现在却失去了焦距,那么浑浊,充满痛苦。他看得我浑身一僵。真奇怪,现在我才开始思考索尔家到底发生了什么,父亲突然不告而别,儿子陷入如此可怜的境地?!

"我现在该干吗呢?"我疲惫地问了一句。卢阿尔的眼睛转了转,没有做声。

※

巴里安的牙疼了一整夜。他用热方巾裹住脸,那副尊容完全不像剧中英武的情人,更像是个憔悴的年轻村妇。

Преемник
继承者

"唔……"他低低叫了一声,抓住了和我一起走的那人,或者更准确地说,是被我架着的那人,"狗东西,你倒是吃得香睡得好,真应该……"

他的眼睛忽然瞪得老大,因为我扶着的醉汉比穆哈高得多,也重得多。

我没有力气向他解释任何事情。现在的我浑身湿透,全是泥汤,一路着急上火,骂骂咧咧,舌头都起了泡。穆哈在我身后十步之远,我拖不动两个人,所以只能先拖这个,再拖那个,一段一段来,和接力一样。

弗洛巴斯特被我们吵醒了。欢乐的穆哈被安置到马车里睡觉。巴里安和弗洛巴斯特看着卢阿尔如土的脸色,齐齐苦恼摇头。一阵严肃的交流(两人喝醉酒的经验非常丰富)之后,弗洛巴斯特把半死不活的卢阿尔拖到了后院。"让他把多余的东西吐出来。"巴里安用手捂着脸,一边哎哟个不停,一边告诉我天亮之前做什么都没用。我们得先让小伙子清醒过来,让他自己决定怎么和他妈交代。

我一言不发。卢阿尔现在不省人事,他的母亲,特别是他父亲就是我心中的一根大刺。

弗洛巴斯特一顿暴力操作,卢阿尔稍微恢复了一些,不过腿仍然站不稳。我们让他睡巴里安的铺,反正巴里安牙疼得睡不着,明天才去找剃头匠拔牙……

一整夜我都一个人,睡不着。和我共用一辆马车的歌琦娜晚饭之后没有回来。

被遗忘的才最沉重。为了避免自己发疯,她的理性竭尽全力

第二章

摧毁了关于那段日子的记忆，否则她根本活不下去，也不可能生下被诅咒的儿子……

她的面前燃着根蜡烛，从早到晚都在绕线团。一口旧箱子，箱底奇迹般剩着一团毛线，怎么也绕不完。她把毛线缠成一个个线团，就像一只疯狂的蜘蛛。她望着烛火，一直试图回忆。

她记得最清楚的是那个火炉。奇怪的抽离感。不是她，那些可怕的事情都与她无关，她只是一个旁观者……烧红的铁钳把人烫得皮开肉绽……直到现在她似乎都无法相信这令人恐惧的一切真的发生过……

记忆中的断层救了她的命。

当时他们怎么审问她的？很可能什么都没问。他们什么问题都没提，就等着她招认……供述自己犯下了匪夷所思的罪行，她每次都认了，然而刽子手们不肯罢休，似乎还在等待什么。记忆中的断层……

线团从她麻木的指尖滑落，轻轻地、无声地滚到了地毯的另一边。

穆哈一直睡到中午，没机会对卢阿尔的存在大惊小怪，叽叽喳喳问这是怎么了，为什么索尔家的小子会在这里。

弗洛巴斯特的姿态端得很好，看他的模样，旁人可能会觉得我们剧团经常收留醉得人事不省的年轻贵族。巴里安去找剃头匠了，凡京缺乏好奇心。我明确告诉歌琦娜，如果她胆敢问一句，我就亲手薅掉她满头的金发，一根都不给她留。她生气了，不过毕竟她才经历了一次浪漫的约会，没工夫和我吵架。

卢阿尔坐在弗洛巴斯特的车里，脸色苍白发青，面容憔悴，

Преемник
继承者

像个生病的流浪汉。弗洛巴斯特强行给他灌了半杯酒。年轻的索尔什么都不吃。弗洛巴斯特点了点头表示理解,给他盖上了毯子。弗洛巴斯特不傻,他和我一样,非常清楚现在折磨卢阿尔的不仅仅是宿醉。

最后,他还是不得不问了一句:怎么,难道索尔家的人都不会担心吗?儿子失踪了他们都不出来找?

弗洛巴斯特其实也就是顺便问一嘴,然而卢阿尔对这个问题的反应证实了我们最坏的猜测。青年脸一抽,似乎很痛苦。他转过去对着墙,嘴里嘟嘟囔囔的,不知道说了些什么。

我和弗洛巴斯特对视一眼。他很快回过神,想起再过几个小时有演出,迅速离开去做安排了。车里只剩下我和卢阿尔。

卢阿尔侧坐在我旁边,腿不自在地蜷着,佝偻着背,目光呆滞。他心里特别难过,特别尴尬。如果我也不在这里,他会好很多,可不知道为什么我没有走。

要说我不好奇是假的。是,我和一个无聊的看客一样好奇,可还有一件事折磨着我,压制了我的好奇心。面对他我总有种负罪感。它又来了。过去几天里本来都平息了下去,现在它又开始折磨我。我有罪,可谁能告诉我我到底做错了什么?!

卢阿尔沉默不语。他脸上那些清晰可见的瘀伤在日光下更加明显,两只手脏兮兮的,指甲被啃得见了肉。我拼命回忆,他之前没有这个习惯。一个有教养的年轻人,再心不在焉都不会去啃指甲。

我忘记了以前有没有这种感觉,但在那一刻,我的心忽然一下子抽紧了。他的生活一直很平顺,现在突然出了问题……我想给他喝杯热的,给他洗澡,给他裹上暖和衣服,再对他说些带着鼓励的傻话……

第二章

可能我的表情泄露了什么，因为他只看了我一眼就开始抽泣。这种情况我很熟悉，如果大家都无动于衷，那么即使一个人心里再委屈，他也会维持骄傲的姿态，可一旦他感受到一点点同情、理解和怜悯，眼泪就会夺眶而出。

卢阿尔重重叹了口气，又看了看我。我明白他要开口了。当时我甚至有点害怕，毕竟有些东西还是不知道为好……

他简直滔滔不绝，边说边哭。

以前我也被迫听人哭诉过。不知道是不是因为我的长相，几乎所有孤儿院里的女孩儿都曾经扑在我怀里哭泣。她们的故事都很相似，没什么特别的。卢阿尔讲的故事完全不同，听得我汗毛倒竖。

我本来想当他在胡说。埃格特·索尔先生满脸扭曲，暗夜里一言不发冲出家门，这和我亲眼见到的差不多，可以想象……可是托丽雅女士竟然会殴打自己的亲生儿子?!托丽雅女士竟然会咒骂爱子卢阿尔是"败类"，是"混蛋"，用烛台打他的脸，还把他赶出家门？

他沉默了。我突然有些惊恐地意识到，听完这些话以后，这个男人对我而言已经不再是某个仅仅互通姓名的普通人了。任何时候都别把流浪狗捡回家。又给吃的又亲热，然后再问心无愧地把它们赶出家门：之前在流浪，之后也流浪，有什么变化吗？

天啊，难道他没有别的亲人了吗？没有祖母，没有祖父，没有姊妹之类的？命运的玩笑多么残酷，昨天我还像个仆人一样为他服务，今天他就在我这儿痛哭流涕，又是苦恼又是羞愧？

我在他身边坐下，紧紧抱着他，和我在孤儿院安慰其他傻女孩儿一个样。他浑身都在轻轻颤抖，又脏又可怜。我感觉他被我抱住之后似乎放松了些。我不记得自己和他说了什么，都是些安慰的话，没什么营养，可就是特别有效。

他沉默着，情绪渐渐平复。我低声告诉他"一切都会好起来的"，抚摸着他潮湿的头发，在他耳边呼吸，同时心想：真倒霉。新的麻烦又来了，现在他要么同父母和解，然后恼恨自己在我面前流过泪；要么不和解，那就惨了，顶多只能让他在剧团里演个英俊的情人……不管怎样他都不会原谅我，因为他在我面前流过泪。

老天，我比他差不多小一岁，可是又比他老一百岁……

我轻轻推开他，他顺从地靠在了弗洛巴斯特的箱子上。我在他的头下面垫了块布，又小声说了几句安慰他的话。确定他快睡着之后，我爬了出去。弗洛巴斯特坐在附近的小木墩上，替我们看着，不让闲杂人等偷听我们的悄悄话。

我简短又笼统地把事情的经过告诉了他。他整个人往前一倒，又朝后一晃，噘着嘴吹了声口哨，再挠了挠后脑勺。

"那么，她剥夺他的继承权了吗？"他最后问道。

我耸了耸肩。小索尔没什么经验，这似乎是他最后才会去考虑的事情。

"得问问公证人，"弗洛巴斯特喃喃说道，"难道要收买抄写员……索尔女士找公证人了吗？"

我默默愤怒了。混久了的人都这样。我呢，和卢阿尔一样，像只没头没脑的蛾子，根本没想过遗产继承的问题，我只是可怜那一家人。

"上校去哪儿了呢？"弗洛巴斯特关切地问。

我耸了耸肩。索尔家的人在我面前提到过的城市里，卡瓦伦是唯一可能的选项。

"很好，"弗洛巴斯特总结道，"就让他再住个一两天，行吧，

第二章

我们挤一挤。往后要不让他去当个卫兵算了……来来,要来人了,穆哈这狗东西又喝多了……"

我疲惫地盯着他离去的背影。

天亮之前,托丽雅忽然不想活了。

类似的想法产生过不止一次,然而以前都是模模糊糊的,和癔症差不多。可这次不同,想结果自己的念头非常清晰明确,没有任何修饰,铺天盖地,充塞胸臆。托丽雅从皱皱巴巴的床上站起身,平静地笑了笑。

桌子另外一端的抽屉里放着个装药剂的小匣子。匣子里有个深色玻璃大肚瓶,摆在一团棉絮上,不少药丸在周围滚来滚去。托丽雅早就忘了大学里那个温柔的医生为什么给她开这些药丸。大肚瓶里的药剂是治牙痛的,非常罕见,极其珍贵,疗效也的确很显著。前不久托丽雅才用它拯救了一名牙疼得不行的女仆……制作此药的药剂师非常熟悉各类草药的药性。他把瓶子递给托丽雅时多次警告:最多五滴!如果觉得没数对,那就重新数,浪费一点儿药没关系,至少不会让他背上投毒的罪名……

托丽雅的嘴角轻轻勾勒出苦涩的弧线。药剂师最怕"投毒的罪名",希望这个好人不会因为托丽雅·索尔女士中毒身亡而出名。

她把瓶子扔到一边,浓稠黏腻的液体在瓶子里晃个不停。天啊,她倒了一半多……

塘底深色的池水。最下面全是泥,光裸的小脚丫在上面踩来踩去,掀起一股股灰色的泥水。温暖的黑泥沉积在粉嘟嘟的脚趾间。太阳在水面洒下的光团、被水打湿的童裙下摆、孩童的

Преемник
继承者

腿……

塘底布满了疙疙瘩瘩的根系,稍不注意就会被划伤,宝贝,你的血会把本就很浑浊的池水染得更浑……

她全身一颤,伸出一只手想制止孩子的动作。她忽然回过神,发现这一切都是幻觉。哪有什么池塘。那是在夏天,当时埃格特笑得很开心……

没有池塘。只有阿拉娜,这几天她甚至都没想起她。她的女儿。她心爱的女儿。

她轻手轻脚地穿好衣服,尽管已经没人可吵醒,可她还是习惯尽量不发出声音。她拿起一支蜡烛,走入了黎明前的昏暗中。

保姆在进门后第一个房间里打着鼾。托丽雅轻轻迈步,绕过她,掀起沉重的帘子,走进温暖的儿童房。

透出一丝天光的窗下放着张小床。托丽雅用手稍稍遮住烛火,看着一头深色头发的女儿,小小的脑袋陷进枕头里。枕头旁边放着个陶瓷做的玩具娃娃,娃娃的眼睛鼓鼓的,毫无睡意。

她房里还剩下半瓶药……这该死的脆弱。

托丽雅一声长叹,几乎要哽咽了。阿拉娜的身子抖了抖,虽然还没有完全清醒,却已经用手肘支着身体,刚半张开嘴想哭,看清面前的人之后惊讶地睁大了眼睛说:"妈妈?"

托丽雅咬着嘴唇,躺到小床上。她把女儿紧紧搂在怀里,用尽所有力气感受她的气息,她的头发、衬衫、手掌、皮肤、手肘和腋窝,用嘴唇亲吻她的睫毛、眉毛。陶瓷娃娃掉在了地上,阿拉娜低低地叫了一声。托丽雅松开了女儿。阿拉娜的眼睛里全是泪水,她被吓到了,开口问道:"妈妈……爸爸呢……卢阿尔回来了吗?"

保姆站在门口,衬衫下摆轻轻晃动。

第二章

歌琦娜和弗洛巴斯特大吵一架，因为弗洛巴斯特认为她和新朋友的火热恋情已经干扰到了工作。这个说法很有道理，歌琦娜现在每次都在演出开始前才回来，演出结束后又会立刻消失。弗洛巴斯特对此很不满。他非常烦躁、气愤，因为他对剧团的掌控力似乎缺失了一点。我对此也很不满，因为我要同时准备两个人的服装，谁会乐意做别人该做的事？

出事了。歌琦娜的胆子在情人的怀抱中显著变大了，竟然胆敢威胁说要离开剧团去嫁人，扬言我们所有人对她来说都无足轻重。她那无耻的样子搞得弗洛巴斯特一时间连话都不会说了。他安静了一会儿，表情柔软得就像一团棉花糖。没过多久，他用特别肉麻的声调让歌琦娜立即滚蛋。歌琦娜一直觉得自己很了不起，认为其他人也是这个看法，所以弗洛巴斯特如此轻易就放她走这件事本身让她十分震撼。威胁变成了抽泣，接着又变成了号叫，再然后她开始歇斯底里大喊。无情的弗洛巴斯特完全没有宽恕她的意思，用最冷酷的方式帮她认清了现实。当然了，这对剧团来说是件好事。

安静下来的女主角卖力演出，帮我整理服装，到了晚上，她怯生生地去找弗洛巴斯特，低声下气地求他：今天晚上……她再也不会这样了……

弗洛巴斯特等到了最合适的时间。噢，他可是留白的行家，折磨观众的能手！最终他还是宽恕了她，让她留下了。

我和歌琦娜共用的马车一整夜都归我，结果就是我和卢阿尔·索尔单独待在一起。冬天就要来了，麻布篷子被我尽力扎住，不让冰冷的风灌进来。化妆盒上点着一支蜡烛。

Преемник
继承者

我们刚开始聊的话题全都不着边际。卢阿尔沉着脸，拐弯抹角地打听昨夜他有没有失态。我一直笑得很温柔，想让他别再关注这个话题，何必呢！他和那些想自杀的人一样执着，不管聊什么都能绕回来。最后他终于有些扭捏地问出了口：他是不是还掉了眼泪？

听到他的疑问，我先是愣了一阵，随后又气不打一处来：眼泪？看来卢阿尔先生到现在都没有完全清醒，不然怎么会提这么奇怪的问题？没掉过眼泪，不可能的事儿。

他小心翼翼地观察我是不是在撒谎，最后他相信了我的话，疲惫地叹了口气，放松下来。

只有一支蜡烛，光线很暗。他灰蓝色的眼睛毫无神采，病恹恹，眼泪都哭干了。憔悴的脸上表情紧绷，一副专注又紧张的样子，似乎他正在和某个重要人物交谈，可人家提了什么问题被他忘了……他的双手放在膝盖上，指甲被啃得坑坑洼洼。右手背上有个红肿的半圆，也是他自己咬出来的。他看了看我，本能地把手缩了回去。

他仔细听我说完，望着烛火沉默了好一阵。他舔了舔自己干燥的嘴唇，怯生生地问道："是……我……我以为，可是……我真的可以吗？"

我真的生气了。什么叫"我真的可以吗"？！那是你亲爹，你俩一句话没说，什么都没搞清楚，况且，万一索尔女士的身体出了问题呢，那就更应该去和埃格特先生见一面……

我激动地发表了一番长篇大论。他垂下了头，被头发缠住的帽子晃了晃。托丽雅女士……不知道为什么，他坚信她的健康没问题。又不能说她有……精神问题……当然，这更有说服力，可是……

第二章

他晃了晃沉重的脑袋。外面吹来一阵风,烛火摇摆不定。"我都不知道他在哪儿。"卢阿尔无助地说。

我想翻白眼,但是我忍住了。埃格特先生肯定在卡瓦伦,在你们家祖宅,他还能在哪儿?!

他眼前一亮,嘴角微微上扬,以他现在的状态判断,这应该是个感激的微笑:"也就是说,您认为……"

这男人真是神物。在我怀里哭过之后(嘘!没掉过眼泪!)他竟然还叫我"您"呢。

我用力点了点头。卢阿尔应该立即动身去卡瓦伦,和他父亲开诚布公地谈一谈,越快越好。

卢阿尔犹豫了。父亲离开得那么突然,他根本就没想过父子俩还能再见面,除非埃格特自己回来把一切都解释清楚。卢阿尔对什么事可以做和什么事不能做有自己的看法,我一直努力说服他,出了一身汗,简直和马拉车一样费劲。

最终让卢阿尔下定决心的是我描绘的画面:埃格特先生坐在家族城堡里(或者他在卡瓦伦的某处产业),双手抱头,非常痛苦,想见儿子,可是他又一直下不了决心迈出这一步。担心被怨恨、被误解,所以才忍受着孤独。他怯懦地希望门会被打开,儿子的身影会出现在门口。

过了这么多天,卢阿尔的脸上终于有了点血色。他就在我面前恢复了生气,相信了我说的每一个字,脑子里已经同父亲见面然后回家了。看着他的蜕变,我有些悲伤地想,现在我是不是已经弥补了一些莫名的过错……当然也有可能把事情弄得更糟了。谁知道突然来临的希望对他而言意味着什么……

他既没时间,也没精力去进行这么复杂的思考。卢阿尔平静了,豁然开朗了,内心充满希望和对我的感激。我有些吃惊地看着他把手放到了我的膝盖上,他说:"坦塔莉……您……你……简直就是……生命女神。你又给了我生命……你……太美好了。你真好。您真好。"

看着他明亮的双眼,我知道他说的是真心话。这一刻在他面前坐着的就是一个神,一个疲惫的神,一个脸上没什么肉,妆都没卸完的神。

"坦塔莉……"他微笑了一下,这么多天以来第一个真心的笑容,"我……可不可以……"

他向前俯身,动作刚进行到一半又没了决心,不过再想往后缩已经来不及了,慌乱中他的嘴唇贴到了我的鬓角。一连串的动作连他自己都非常惊讶。

他立即开始后悔。可能这种小孩儿过家家似的亲吻在他心中已经算是极度放浪了。就着一点点微弱的烛光,我发现他的脸几乎涨成了褐色。

我把背靠在隔板上。我的皮肤上依旧残留着被干裂的嘴唇碰触时的微痒。像新发的青草一样纯真的青年坐在我面前,因为感激而冲动,因为冲动而羞愧。他需要解决的问题好像都比现在的局面更难处理,可他竟然像只刺猬一样,因为身边坐了个姑娘这种小事坐立不安。

我又是伤心,又觉得好笑,几乎没怎么思考就直接抓住他的手,紧紧按到自己胸上,动作和发誓差不多。

他全身僵硬,如果我把他的手直接塞进烧着火的炉子,估计他的感受可能都要好一些。他的手掌冷得就像鱼鳍。我觉得他很可怜。

"没什么特别的,"我疲惫地说了一句,放开了他的手,"其实……这很正常。大家都要吃饭,吃土豆,吃菠菜,都是家常便

第二章

饭,没人会因为这个脸红发抖。今天我第一次尝……吃甜菜……想知道它什么味道……"

他好像没明白。我没忍住,笑了笑说:"哎……很简单的,卢阿尔。比处男们想的简单多了。你想试试吗?"

他瞪大眼睛看着我。我不想让他觉得我是个妓女。"好吧。"我嘴里说着,转过脸去,"别管我了,把我说的都忘了吧。好好睡一觉,明天还得上路……"

"嗯。"他轻声回应。

"歌琦娜早上才会回来,安心睡吧。"

"好……"

"啊还有……夜里会很冷,弗洛巴斯特那个吝啬鬼一直说要去找个旅店住,不用挨冻……我给你拿条厚毯子吧。这里还有件厚斗篷……"

我靠在箱子上,用公事公办的语气掩饰突如其来的尴尬,卢阿尔在我背后有节奏地轻声重复"好好好",说完又沉默了。

我怕动作太大把他吓到,小心翼翼地直起身,转过头去看他。

他一直盯着我,眼神里充满了紧张、疑问甚至害怕,但没有情欲。欲望这种东西,一里开外我都能感觉到。

"坦塔莉……"

我才发现他在微微发抖。看样子我对他刺激不小。

"坦塔莉……"

我叹了口气,对他鼓励一笑,握住他冰冷的手,吹灭了蜡烛。

⚔

厚重的门忽然打开,释放出一团白色的雾气后又砰的一声关

> Преемник
> **继承者**

上了。路边的酒馆里现在人并不多,可气氛却越来越热烈,因为每一团白色的雾气都意味着新客人的加入。

常客们互相问好,偶尔路过的旅人则警惕地四处张望。无论是谁,进来后第一件事都是快步走到壁炉旁,将冻僵的双手放到火堆前暖一暖。

灶中的木柴毕剥作响,大锅不断冒泡,厨师心满意足地轻声哼着歌。卢阿尔一边享受此地的温暖,一边吃饭。他的动作闲适而优雅,就好像在自家餐厅一样。长桌另一端坐着个面色阴郁,下巴有深沟的老妇人,一直盯着他看。

他已经连续骑马飞驰了五天,入夜才会停下休息。其实他想一直赶路,可那匹可怜的马不行,即便它是索尔家马厩里最好的纯种马,它的耐力仍然无法满足卢阿尔的期望。马要喂食,要照料。马还怕冷,小索尔在路上遇到了这个时节非常罕见的寒冷天气。路上什么都没有,群狼挤在一起,林间盗匪也都待在屋里不出门。只有疯子才会到处跑,不过卢阿尔并不认为自己疯了。

这么多天过去了,他第一次有了明确的目标。如果明天天不亮就出发,再加把劲,那傍晚前可能就……

他合上了有些发肿的眼皮。一条冰封的路浮现在眼前,路边是成片铁锈色的草地,乌鸦成群结队在空中盘旋,远看就像一大团黑烟。他在旅馆坚硬的床垫上入睡后,总会梦见自己骑着马,观察那些歪歪斜斜的路标……

他有时会想起自己过去的经历,当然了,他不会去想他的母亲,因为他没有力气和勇气去回忆她。他想起的是风中的马车、车上的布篷、围在四周的麻布、燃烧的蜡烛、明亮的黑眼睛、怪梦的碎片……那段给卢阿尔带来希望的对话几乎要从记忆中消失了。他们的确有过交谈,可是交谈之后发生的一切呢,难道只是

第二章

一场梦？

三个身材精壮、不修边幅的胡子男坐在对面，喝得醉醺醺的。老太婆正在勉强吞咽杯子里的东西。卢阿尔感觉不太舒服，耸了耸肩，他不喜欢这个烟雾缭绕，吵闹又陌生的地方。

明天，他告诉自己，明天就不用在外面过夜……明天他就能见到父亲。明天晚上……已经是明天了。

酒馆老板悄悄走了过来，问他是否需要房间过夜。老板说了个数，卢阿尔付了钱，然后才发现自己的钱包快见底了，里面只剩两个铜币。无所谓，卢阿尔告诉自己，明天……

老板鞠了一躬，卢阿尔收起了钱袋，疲惫地用双手抱住头。睡觉……他很好奇，如果那天夜里发生的一切都是真的，那他为什么这么无动于衷？惊涛骇浪之后的小插曲……和女人共度的第一夜……事情的发展不应该是这样。也许，他，卢阿尔，和别的男人不一样？

换个时间这样的念头只会让他害怕，现在的他则只是盯着那只棕色的老猫，看它在客人们的腿边蹭来蹭去。他太累了，心中只有一个想法：现在就去二楼睡觉，睡觉……

"小伙子！"他浑身一颤。下巴有深沟的老太太坐在了他面前。"小伙子……你咋回事……他收了你双倍的钱！"卢阿尔不明所以。"比平时多收了一倍……泰沙，就是老板……他把你当成小孩儿骗，你居然连价都不还……"

卢阿尔摇了摇头，试图挤出个微笑。老太太的声音听着就像是从月亮飘来的一般，异常遥远，似乎和她交谈的另有其人，不是他。

"唉……"老太太皱起眉，似乎在替他惋惜，接着又同情地看了看卢阿尔，再看了看周围，轻声对他说，"你……看到那几

Преемник
继承者

个大胡子了吗？他们……盯上你了。小伙子，一个人，衣服不错，给钱的时候连价都不还……应该挺有钱的，是只肥羊呐。你明天出发，他们会在林子里等着你……抢走你的马、钱包和所有的东西。领头的那个叫索瓦，喜欢喂狼，喜欢把人扒得精光绑到树上，据说他这是在给母狼送礼。小伙子，你别走了，有大车队来的时候再说……不过现在天这么冷，什么车队会来哦……"

卢阿尔反应冷淡，他现在心里百感交集，烦不胜烦。明天他必须赶到卡瓦伦。他要见到父亲。这个女人在胡说八道些什么，什么强盗，什么车队……

他抬起了头。对面那些人纷纷朝他看了过来，眼神凌厉凶狠，还带着嘲讽的意味。

烦躁变成了愤怒。这帮吃得脑满肠肥、无法无天的乡下强盗竟敢阻拦他的去路，距离到达卡瓦伦只有一天了！竟然要他躲起来等，他可是埃格特·索尔的儿子，英雄之子！

他站了起来，椅子嘎吱一响。老太太又说了些警告他的话。卢阿尔穿过整个大厅，边走边把空空如也的钱袋掏了出来。

大胡子们惊讶地沉默了。卢阿尔径直对着他们走了过去，在看上去最强壮、最无耻的那人面前停住脚步，一眨不眨地盯着那人深褐色的眼睛，问道："你是索瓦？"

大胡子愣住了。周围几张桌子边坐着的人也没吭声。

"我问你话呢，"卢阿尔冷哼一声，"你是不是索瓦？！"

"呃……你，这个……"男人的同伙之一似乎想回答，却找不到合适的词。

"怎么？"终于，索瓦问了一句。

卢阿尔把装着两枚铜币的干瘪钱袋直接拍到他面前。

"来。赏你了。不过……"他身体前倾，把指关节抵在桌上，

第二章

"总有一天我父亲……"

他眼前忽然浮现出童年的记忆：城市被围，母亲带着他混在饥肠辘辘的人流中逃难。鼓声震天……不断有人被绞死……一条条黑色的绳索垂坠而下，仿佛紧绷的琴弦。

卢阿尔眼前一黑，待到黑暗散去，他看见索瓦皱眉坐在自己面前，旁边那帮人的脸色白得很不自然。

"说完了。"卢阿尔甩下一句，转身离开，一言不发地上楼走进自己房间，倒在床上，一觉睡到天明。

没有人打劫他。

⚔

我好不容易才摆脱了那个叫达拉的女仆，她太蠢了。卢阿尔断然拒绝回家，尽管达拉保证说"如果您不愿意，夫人不会知道"。然而他需要马、钱、路上穿的衣服。我不得不去和达拉搭讪，她一门心思打听索尔家发生了什么。天啊，我要是知道就好了！

卢阿尔压根儿就没想过要和我温柔地道个别。我咬着嘴唇，特别想一拳砸他脸上。那天夜里他可是什么都干了！

我不知道自己应该高兴还是生气，命运将高高在上的处男，爸妈的小宝贝卢阿尔·索尔扔到了我铺在箱顶的床单上。那晚之前，我的生活即使没有特别从容，也相对有序，感情经历即使不丰富，至少也值得回味。我曾经真心以为滑稽剧中那些角色之所以互相戴绿帽，只是因为作者想让观众们开心。爱得要死要活的桥段和罗莎、奥拉尔以及独角兽差不多，都纯属虚构。就连歌琦娜每次和我聊感情经历的时候都要翻白眼，她可是歌琦娜，一个没长脑子的大蠢货！

卢阿尔收拾完毕后立即动身，他非常礼貌地感谢了我，因为我收留了他，还帮他出了主意，仅此而已！他似乎忘记了昨天夜里发生的一切，满脑子都是我对他说的话，只想着要去见他的父亲，其余的不是达成目标的助力，就是达成目标的障碍。我送他走过两条街，从助力变成了障碍。

我很想摸摸他的脸，想碰触他的愿望如此强烈，连手心都出汗了。他一脸专注，心思明显就不在这里。见他这样，我明白了自己的想法有多愚蠢。

在马车里的时候他根本不是这样。老天，我当时害怕极了，那种难以忍受的感觉在我身上还是第一次！我们的角色忽然互换了，经验丰富的我变成了羞怯的女学生，起初不知所措的纯洁男人得到了信心和力量，在本能的指引下，带领我来到了陌生的领域，一个我曾经嗤之以鼻的领域……就好像一个人走在非常熟悉的小桥上，脚下的木板突然裂开，他掉进了温暖的水中，水和干燥的木质桥面完全是两码事……

为什么？为什么是他？我遇到过不少情场老手，他们对女人的身心了如指掌，我游刃有余地同他们周旋，取悦他们。演过无数次的剧本如今竟然在我身上成了现实，还是以如此丢人的方式……

卢阿尔什么都不懂。他觉得就应该这样。在他意识深处的某个地方被我刻印上了诸如"一切都很简单""家常便饭"之类的傻话。一想到对于我来说最私密的行为可能会被卢阿尔认为是"家常菜"，我简直悔不当初。

我走在他的马镫旁，既难过又愤怒，终于他皱着眉头说他要加快速度了，到卡瓦伦的路还很长。

我脑子里立即浮现出正在逼近的冰风、狼群、夜间出没的盗

第二章

匪……如果这是我们最后一面可怎么办。

"再见，"他说，"谢谢……我觉得，就像你说的那样，一切都会好起来。"

"早点回来。"我盯着装饰在缰绳上的铜星星，回了一句。

"好。"说完他抬腿用马刺扎了马一下。其实可以不用马刺的，到卡瓦伦路程不短，他没有备用的马……

我就这么傻愣愣地站在了街心。

不到一周的时间里，卢阿尔胯下的那匹马中贵族跑得筋疲力尽，它不断被鞭子抽，被马刺扎，看着就像一匹可怜兮兮的劣马。卢阿尔不断出声告诉它再忍一忍，快了，快了，到地方就休息，好吃的多得是，想吃多少吃多少，今晚先加把劲……

太阳落山的时间比他预期的更早。红彤彤的云霞预示着明天会很冷，还要刮风。卢阿尔独自一人向森林深处奔去，在两条窄路的交叉口，他遇到了一队异常欢乐的骑行者。

一行四人都带着些醉意，卡瓦伦城里有户人家生了小孩，是他们四个人的侄子。他们骑马跑了一整天，和卢阿尔一样想在天黑之前抵达卡瓦伦。卢阿尔在最恰当的时候遇到了这帮刚刚升级当舅舅的人，其中一个人身材瘦小但是嗓门巨大，他说他知道一条近路。

遇到卢阿尔他们很高兴，招呼他和他们一起走。太阳已经落到了地平线以下，气温很低，不过这帮喝过酒的人完全不在意，一句抱怨也没有，只是跟在小个子身后匆忙前进。卢阿尔在队伍的最边上，他很喜欢这个抄近路的主意。路越短越好。

他们很快就出了森林，现在周围全是稀稀拉拉的小灌木，小

继承者

个子高兴地举起双手，四个舅舅和卢阿尔来到了一条相当宽阔的河边。冰面在丁香色的黄昏天幕下反射着暗淡的光。没有桥。

舅舅们围成一团，小个子有些困惑地解释说他们少走了一半的路，到桥这里只用了不到一小时……大家下了马，抓住缰绳把马牵到河边，吵起来了。

河岸附近的冰看着很结实，靠近河心的地方则和砂糖差不多。有个人胆子挺大，沿着冰面边缘来回走了一圈，盛气凌人地告诉小个子，说他是个愚蠢的牲口，这种冰面别说骑马，人都过不去，还骂他真是只烂蛤蟆，说什么"近路"，现在只能顺着河岸去找桥。天快黑了，晚宴吃不到不说，还得去给狼当盘中餐……

舅舅们彻底忘记了卢阿尔，一通吵闹之后大打出手。卢阿尔没有下马，他呆呆地盯着河对岸那片黑乎乎的地方，感觉很熟悉。再往前走一点应该有个小山丘，爬上去就能看见卡瓦伦的塔楼……

他又开始烦躁了，和在酒馆的时候感觉差不多。一群吵吵嚷嚷的蠢货，封冻的河水……

父亲就在那边。近在咫尺。

"喂，小伙子！！"

马不愿意上冰面，可是纯种马都很听话。马疯狂嘶鸣，马蹄在冰面上不停打滑，那帮人在他身后大吼大叫，可卢阿尔不管不顾，纵马朝着对岸飞奔而去。

河面的冰崩裂了。卢阿尔丝毫不理会曲折的裂隙，他疯狂策马，马迅速意识到速度就是生命，甩开四蹄向前飞奔。咔嚓声和隆隆声戛然而止，枝头的霜雪簌簌落下，身后的河面像破碎的镜子，卢阿尔头也不回地走了。

第二章

半小时之后,他来到了卡瓦伦。

有人轻轻敲了敲门:"夫人……"

她趴在桌上,艰难地直起身。最近一段时间她经常以各种奇怪的姿势入睡,频繁做梦。刚才她梦见了一只很脏的狗,脖子上有段绳子,她想拽住绳子却总是拽不住……

女仆达拉怯生生地从虚掩的门中探出头来,小心地说道:"夫人……他……走了……"

埃格特走了,托丽雅心想。早就走了,很多年以前就走了。真遗憾。

"他……卢阿尔先生……"

托丽雅浑身一哆嗦。残存的睡意消失了。她猛然抬起疼痛不已的头,试图回忆:她有没有命令过不准提这个名字?或者只是有这个打算?

"他……从马厩里牵走了一匹马,从匣子里拿了钱……他还拿了件旅行披风……他,夫人,他去卡瓦伦了……"

卡瓦伦。早春。年轻的埃格特。当年的他对什么事都不上心,是个称得上冷酷的人……他曾经是这样的人吧?她的埃格特?

"夫人,他想见……想见自己的父亲……"

疼痛再次席卷而来。和父亲见面……

法吉拉的脸。熊熊燃烧的火盆。手掌冰凉触感……这一切都发生过吗?还是没有?她以为那是她的记忆,可那其实是幻觉……

"他的父亲……"她哑着嗓子说道。

Преемник
继承者

她想说卢阿尔的父亲很多年前就死了，胸口插着把铁钳，被埋在了墓地的栅栏外面……随后她又意识到没必要劳动干涩的喉咙，说这些干什么……

"好的。"她语气平淡。

达拉慌慌张张地行了个礼，关上门走了。

⚔

他在城门口被拦住了，于是亮明了身份，里面的人犹豫了一下，开了门，两名卫兵向卢阿尔恭敬地行礼致意。索尔家是卡瓦伦的望族，就让他进来吧……

街道错综复杂，年轻的家族继承者不记得祖宅的位置。整个城市一片漆黑，只有个别狭小的窗户里透出昏暗的光芒，街上偶尔有几个地方点着灯，巡逻队手里的火把也能带来一些光亮……

巡逻队把卢阿尔送到了祖宅门口。索尔家户大门高，灯火通明。

卢阿尔在街上站了很久，疲惫不堪的马在旁边晃来晃去。偶尔有人经过，看到黑暗中一动不动的人和呼哧带喘的马时都很吃惊。他尝试着在脑子里回忆坦塔莉描绘的画面：父亲坐在桌边，双手抱头，父亲在期待他的到来……

一阵嘈杂的声音传到街上。灯火通明的窗户，陌生的嗓音都和预想的不同。他之前的预期现在看来很是荒谬。卢阿尔惊恐地想，难道他的父亲不在卡瓦伦，他们家里住着的全是陌生人，没人知道父亲在哪儿，也没人知道他是否还活着……

他想哭，可是双眼没有一滴眼泪，尽管他站在黑暗中，不用担心任何人看见，也不会感到羞耻。他艰难地挪动自己僵硬的双腿，推开大门走了进去。

第二章

家族的旗帜在门前飘扬。一个人从附楼中跑了出来，应该是马夫。卢阿尔什么也没说，饱受折磨的马被牵走了，马夫还告诉他"索尔先生等了很久了，大家可都到了"。仆人开了门，卢阿尔脚步虚浮地走进屋内，这里温暖舒适，四处飘扬着从小就很熟悉的气味，还有衣架上发潮的斗篷……

仆人帮他脱了外衣，本来殷勤的脸上逐渐浮现出些许恐惧和困惑。卢阿尔在一面落地大镜子里看到了自己的模样：粗糙的脸，干裂发乌的唇，红肿的双眼里闪烁着热切的光。他现在知道了为什么仆人表情有异。

蜡烛的火光飘浮在半明半暗中。卢阿尔顺着楼梯向上走去。这楼梯有年头了，见证了他父亲蹒跚学步，见证了他爷爷的葬礼。一片夹杂着醉意的喧闹扑面而来，卢阿尔本想后退，却仍然跟在仆人身后继续前进。有那么一瞬间，他感觉自己是塔楼大钟上的人形雕塑，正沿着凹槽急匆匆地跟着在另一个雕塑后面奔跑，所以他不能后退，不能停住脚步……

他来到了一个巨大的餐厅。墙上挂着先祖们的画像，一张张没有表情的面孔对着他，木柴在两个壁炉里烧得毕剥作响，极长的桌子从入口向里延伸开去，周围全是圆睁的眼睛、刀柄、剑柄、泛着油光的嘴唇、闪亮的肩章、涨得发红的脖子、各种比画的手、制服。好几十个不认识的人在大声交谈。这帮人频频举杯，哈哈大笑、吹牛、争论。长桌另一端似乎笼罩着阴沉的暗雾，里面坐着一个人，那人的目光一直盯着面前的桌布，一动不动好似骨雕。

桌上燃烧着一长串蜡烛。那些人大笑大嚷却没有声音，喷出的气流让烛火晃个不停。老天，卢阿尔惊慌失措地想，为什么会这样？我为什么要来……我在哪儿？我来干什么？

> Преемник
继承者

包裹住他的那层膜似乎一下子破了,刺耳的吵嚷声席卷而来:

"……净瞎说,那是以前!告诉你,我家的猪战斗力可强,绝无敌手……你那些小猪崽子一次能收拾一打……"

"……有啥需要记的……我们看得见……"

"……他弄了一桶火药出来……"

"……军团的荣光和骄傲……"

父亲浑身一颤,抬起了头。

烛火齐齐一晃。

隔着长桌,他们的目光穿过了宴饮众人,落到了对方身上。卢阿尔所有的希望一瞬间活了过来,却又在下一秒消逝得无影无踪。坐在桌首那人已经不再年轻,看向卢阿尔的眼神冷淡而疏离。父亲面色苍白如人骨,突然走到他身边,青铜烛台上的烛火晃个不停,卢阿尔朝后退了一步,仿佛在准备迎接新的打击。

母亲当时看他的眼神把他吓坏了,现在父亲的眼神也是那样——紧绷,带着探究的意味,锋锐得似乎要将他刺个对穿,他忍不住想用手捂脸。

他向后退去,差点撞到端着托盘的仆人。他脚下一个踉跄,差点摔倒在地,有人紧紧抓住了他的肩膀。

"你怎么了?"

门帘被拉开时发出簌簌的响声。温暖、浑浊的空气再度席卷而来,仿佛刚打开了一口陈旧的大木箱。狭窄的大理石阶和铜栏杆出现在卢阿尔面前,还有布满细小裂纹的地板,再然后是厚实绵软、踩着像沼泥的绒毛地毯。

门被虚虚掩上。宴会的喧闹渐渐飘远,这一切特别像人被淹死前的体验——海底静谧无光,惊涛拍岸之声遥远又模糊。

第二章

卢阿尔抬起头,看见了古老挂毯上的纯种野猪图,野猪凶狠地盯着他。一幅巨画,一个女人和一个男孩从画里看着他,他们的面容很陌生。

父亲站在他背后。卢阿尔看着地毯上的影子逐渐缩短,最后消失了——父亲给烛台换了个位置。

窗玻璃在寒风中可怜地叮当作响。卢阿尔想起了此前疯狂的行程,就连他自己都非常惊讶。扑面而来的冰风……沿途的小旅馆……他来了。来了。

也许他应该转身回去,可他还是低头站着,眼前却出现了骑马飞驰的情景:一丛丛枯草、光秃秃的树干、一望无际的空荡田野,这一切都像涂鸦在鼓面的画,对着他滚滚压来……

"妈妈……怎么样了?"他背后传来一句疑问。

卢阿尔抑制不住想尖叫,然而他没有这么做,他走到一把铺着软垫的椅子旁边,坐了上去。

"她……身体还好吧?!"

卢阿尔脚上潮湿的皮靴蹭脏了昂贵的地毯。他的背隐隐作痛,起皮的脸在灼烧,干裂的嘴唇又疼又痒,路上疾驰时所见的画面不断在眼前浮现。

"儿子……"

父亲的声音中夹杂着某种东西,让卢阿尔脱离了痛苦的幻觉。他抬起了头。

父亲站在房间中央,左手不自觉地搓着右手。卢阿尔感觉父亲是因为碰触了他的肩膀,所以才有这样的动作。

"儿子……"父亲又低声重复了一遍。卢阿尔听出了他声音中的苦闷。

"她很好,"卢阿尔说,"她……"

Преемник
继承者

  他忽然以冰冷又漠然的目光从旁边看见了自己：一个蜷缩在软椅边缘的人。他艰难地张开了干裂的嘴唇，吐出了几个词，可他听自己说话时的心情也是冰冷和漠然的。

  父亲沉默不语，脸色依旧苍白，眼睛越瞪越大，卢阿尔甚至在他黑色的瞳孔里看到了自己的影子。

  他沉默了。

  父亲挺直了脊背，像喝醉了酒一样穿过房间，在桌前停下脚步，把头歪到一边，神情专注地把手指伸向烛火。

  "托丽雅，"他轻声说，"托丽雅……"

  烛火分了叉，穿过他的手指后又汇聚成一束向上升去。

  "托丽雅。"火光在埃格特的眼中凝成了一动不动的红点。

  "爸爸。"卢阿尔轻声说。

  "原谅她吧，"父亲一巴掌扣在了蜡烛上，烛火抖了抖，熄灭了，"你原谅她了吗？"

  卢阿尔很吃惊，他没说话。他从来没想过自己应该原谅谁。

  "她……我咎由自取……她……"父亲搓着手掌，烟灰抹得满手都是，"她比我……还要更痛苦……"

  "那我呢？"卢阿尔充满惊讶地问。

  餐厅中的人们唱起了一首歌，声音洪亮，气氛和睦，缺点就是不太整齐。

  "抱歉。"父亲叹了口气。卢阿尔看着他宽阔的脊背，画像上那个卷发男孩越过父亲的肩膀看着他。"抱歉。但是……她……没法再见你了。你……越来越……像你的父亲。"

  歌声被一阵豪放的笑声打破了。窗户外面忽然传来嘶哑的号角声，远处也有人吹响号角与之呼应，是戍卫队在巡逻。画像中的短发男孩笑得十分平和，又带了点狡黠。

第二章

"像谁?"卢阿尔轻声问道。

埃格特咬牙哀叹一声,转过身来。卢阿尔和他对视了一眼,朝后倒去。

"像你的父亲……法吉拉,拉什的仆从,就是曾经……折磨过你母亲的那个人。"

楼下传来重重的关门声。客人们没等到主人回归,自行四散离去。一声马鸣,有人在骂马夫,笑声,喝醉了吹牛的声音……

卢阿尔盯着埃格特·索尔片刻前所站的位置,地毯上的绒毛渐渐恢复原状。

他瞬间就明白了,也相信了。他见过母亲疯狂的眼神,在寒冷的夜里喝得酩酊大醉,还心怀微薄的希望策马狂奔。

绒毛和小草一样挺直了身体。绿色的草地,纷飞的蜻蜓,红黑花纹的小甲虫上下翻腾,躺着真舒服,他张开双臂,仰望空中的白云……

他张开双臂仰面躺着,父母正在旁边玩闹消遣,和他只隔着一丛青草。碧绿的草茎纷纷倒伏在地,又次第缓慢伸直。

母亲的黑发里裹着草茎和细长锋锐的草叶,还有纽扣样的黄花。父亲笑了,抓着她的手腕,两人双双倒进青碧的草丛,卢阿尔一样的金发也同草茎缠绕在了一起……

卢阿尔漫不经心地微笑着,看着两只红黑花纹,仿若绸缎的蝴蝶在面前不住盘旋。

从他的角度看去,父亲和母亲的身影几乎和一片近在咫尺的浓云叠合在了一起。幼年的卢阿尔觉得这片云有种迷人的花粉香气。他躺在草地上,望着蓝天,天幕边缘装饰着低垂的草茎,草

Преемник
继承者

叶上还有黄绿相间的毛虫。如果天空是件长裙,那么毛虫就是长裙上的纽扣。

草丛中伸出两只手,一只手纤细、洁白,血管清晰可见,另一只手黝黑、粗壮,充满了力量。一只手摸了摸卢阿尔的额头,另一只手挠了挠他的耳后。

父亲和母亲嘴里都叼着根草茎。卢阿尔不发一言,也拔下一根毛茸茸的草茎,塞进了嘴里。

那朵浓云似乎把他也盖住了,和毯子一样⋯⋯

三人躺在草地上,他的头枕在母亲的肩膀,身子则躺在父亲背上。

蟋蟀的歌声无休无止,一头小猪迷失在草地边缘⋯⋯

天空。

※

卢阿尔抬起头。浓云不复存在,只见高高拱起的穹顶。他和父亲的影子出现在了穹顶上。

父亲。一切都脱离了原来的轨道,和过去南辕北辙,无法复原。

为了避免自己和这个世界一起发疯,卢阿尔再次把自己抽离了出来。他心想,死了就好了。脸朝下往地毯上一倒⋯⋯然而同样疏离而冷酷的理智告诉他,他死不了。没人会因为这种事丢了性命。

"你是怎么知道的?"他听见了自己毫无生气的声音,一个冷淡疏离的声音。

对面的人没有回答。抽离出来的卢阿尔心想:我现在要怎么称呼他?埃格特?还是埃格特先生?

第二章

"我像他吗？我像吗？"

"是我的错，"曾经是卢阿尔父亲的男人闷声说道，"可是……我不想看见你，我的孩子。原谅我，天天……我做不到。"

⚔

天气日渐寒冷，我们搬到了旅馆最顶层的几个小房间，隔壁那栋楼上的风向标在窗外吱嘎吱嘎响个不停。开裂的木地板呻吟不断，女仆和厨师一直吵架，用词精彩纷呈。马夫第一天晚上就想对歌琦娜图谋不轨，弗洛巴斯特把他押到了后院，处理那人时穆哈在场，他满意地告诉我们说："那人现在很久不会过来了。"

马夫的确从我们的视线中消失了，可他只是个马夫。

我的日子难熬得多，因为旅馆老板盯上了我。

这人又矮又瘦，腿和蚱蜢似的，膝盖骨突出得不得了，头发也没几根，眼睛里全是算计。他无视了丰乳肥臀的歌琦娜，小小的眼睛越来越频繁地冲我放射奸诈又赤裸的目光。弗洛巴斯特脸拉得老长却不吱声。我明白，我们欠老板人情，他半价给我们房间，所以有权要求馈赠。

我尽量回避和他见面。一旦发现那个瘦小的身影出现在走廊尽头，我就佝偻下来，走路开始一瘸一拐。然而这一切都是无用功。穆哈带来的消息最让人心神不定：老板打听过我的消息，他想知道我什么时候出门，什么时候回来。连续两次了！这种事真是闻所未闻！他甚至屈尊去看我们在前院里演的剧。

我心里郁闷，天天都跑到寒冷的街上瞎逛。

卢阿尔到卡瓦伦要花多少天？我估计他和埃格特先生已经谈过话了……当然，前提是卢阿尔能够安全抵达，埃格特先生又的确在那里……

Преемник
继承者

　　我努力不去思考其他的可能性，满街乱转，在城门边晃来晃去，心里只想着一件事儿：我们没谈好怎么见面。卢阿尔怎么才找得到我?！如果，当然了，假设他想找我的话……

　　旅馆主人很快就意识到我在故意回避他。一天早上，弗洛巴斯特找我去谈话，脸色阴得能拧出水。前一天夜里他俩聊得很开心。弗洛巴斯特咬着牙不看我，告诉我在得罪一位和善又可敬的人之前，至少应该更深入地了解他。

　　一份礼物在房间里等着我——一朵纸玫瑰和一盘小馅儿饼。歌琦娜无辜地告诉我她已经吃了两个，还问我会不会生气。纸玫瑰被我捻起来转了转。花瓣密密的，应该被浆过，散发出甜腻的香味。歌琦娜翻了个白眼。

　　旅馆主人坐在饭厅中间的一张深色扶手椅上，耗子都没办法从他身边溜过去，当然前提是它想从正门出去。我运气不错，透过螺旋楼梯精巧的栏杆，我及时看到了那个瘦小的身影，于是重新上楼，完全不理会歌琦娜震惊中发出的抗议，顺着窗户来到旁边那栋楼的房顶。

　　一只黑猫从烟囱里窜出来，像看疯子一样看着我。我笨手笨脚地爬到地上，用斗篷紧紧裹住身体，信步走了出去。

　　城市上空升起了一阵古怪的浓烟。我冻僵了，走进一家商店，看中了个漂亮的火钳，一直讲价。等到店主终于松口同意了我的报价，我却懊恼地叹了口气，耸了耸肩，走了。

　　太阳罕见地露了下脸。马蹄在封冻的人行道上哒哒作响。马的鼻孔里不断喷出白色的雾气。我边走边琢磨弗洛巴斯特这个人。

　　当时我被关在所谓的孤儿院，很多家道中落的贵族女孩都在

第二章

里面,他把我救了出来。救我的时候他并没有什么特别的图谋,因为当时的他并不知道我在舞台上能给他和他的剧团带来这么多收益!他对我一直很放任,从不强迫我做任何事,甚至就连那迷乱恍惚的一夜也是我自愿的,因为我好奇……只有他一人没被我用力过猛的呻吟迷惑,他只是欣赏我的演技,仅此而已。他也了解"家常便饭"的哲学。卢阿尔·索尔出现以前,我在他眼中是透明的,他了解我的一切。

弗洛巴斯特未必会拿我做交易。我们之间有太多牵扯……不过他还是不应该给老板希望。我知道是他给了老板希望……为什么?!

我放慢了脚步,眼泪在眼眶里打转。他竟然不袒护我……因为钱吗?难道就因为那该死的房费折扣?

我有种遭到背叛的感觉。路上的污水结成了冰。我没有抬头,一双高筒靴出现在了我的视线中。我的后脑上仿佛被砸了一下,红着眼睛抬头一看,发现卢阿尔·索尔不紧不慢地走在我面前,干得起皮的脸上没有任何表情,就好像一个讨厌散步,却又不得不出来例行散步的人。

"卢阿尔!"

他转过身,脸上仍旧没有表情,就好像经常有人在街上叫住他似的。他目光冷漠,微微皱起眉,缓缓回应道:"啊……坦塔莉……"

我确定他费了很大的劲儿才想起我的名字。然而我已经顾不上自尊自傲了,好容易才忍住没一把抓住他的衣袖:"你好……"

他点了点头表示回应,迟钝的样子就像他一直在心算多位数加法和除法。

我们并排走着。他显然不打算适应我的步幅,每一步都迈得很大,我得小跑才能跟上。

"卢阿尔……"

他微微转头,恍惚间我似乎看见他的嘴角往上翘了翘。真奇怪,只要我一想到可以碰触他,和他在一个屋檐下生活,一直睡一个被窝,我的喉咙就会发紧……为什么不可以呢?

他转过脸。不,这不是微笑,只是因为伤口结了痂,嘴唇被牵拉成这个样子。

"卢阿尔……你……"

我应该问他去没去卡瓦伦,是不是和父亲聊过,可是话到嘴边却问不出口。不能这么直接……他应该明白我在等什么,在期待什么样的回答……

他不明白。他活在自己的世界里,我俩之间隔着一层透明的膜。同时被隔绝的还有那个夜晚,秋风中的车,马车里狭窄的空间……

我浑身发冷,心底涌起一阵恐惧,这是卢阿尔吗?会不会其实他已经死在路上,这是他的幽灵,所以才这么成熟而冷漠?

"抱歉,"他的语气还是很冷淡,"我不是这个意思。"

我非常惊讶,以至于没跟上他的脚步,赶忙问道:"不是这个意思……那是什么意思?"

"再等等,坦塔莉。"

他走得更快了,他在赶我走。我不知道自己在做什么,一直跟着他小跑,就像有条绳子拴着我一样。最后我还是停下了脚步,对着他的背影喊道:"'稻草盾'!旅馆叫'稻草盾'!"

他没有回头。

我漫无目的地四处徘徊了一阵,心里犹豫是去大哭一场,再委身酒店老板泄愤,还是去找点别的事做。卢阿尔的背影在我眼前晃动,他越走越远。我咬咬牙,决定以后再来发飙。

他明显有目标,不是在乱逛。他的腿几乎是我的两倍长,不过卢阿尔做梦也想象不到我有多执着。我紧跟在他身后。寒风阵阵,我背上的衣服湿透了,脸在发烫,我的嘴节奏均匀地喷吐热气。不了解情况的人说不定会认为我是一头龙变的。我一直盯着卢阿尔的背影,同时还得分心看路,毕竟泥地结了冰,我可不想摔倒。他拖着一条汗流浃背、气喘吁吁的尾巴走到了城门口,离开宽阔的道路,沿着城墙向前走去。

我从来没有到过这里。路虽然窄,但是平平整整的,不难走。前面似乎用铁栅栏围了起来,我明白了,是个墓地。

卢阿尔停下脚步,四处看了看。我想起自己应该找个地方躲起来,于是钻到了城墙后面。卢阿尔不会注意到我,他顾不上这些。

守墓人从破旧的小屋里走了出来,两人之间还有段距离,卢阿尔把装着钱币的袋子晃得叮当作响,那人的老态瞬间消失了不少。

"我要找一个墓。"卢阿尔说。

我竖起耳朵。

老头儿深深鞠了一躬:"啊这样……您来是为了这个……年轻人,您在找谁的墓啊?"

"我父亲的。"卢阿尔甩下一句。

我的脸一下子撞到墙上。埃格特……老天,埃格特……怎么回事,天啊,他怎么了……怎么会这样……

"哦,"老头儿拖长了话音,语带敬意,"那么,您不是本地人吧……您的父亲叫什么呢?"

我双手环住肩膀。可怜的卢阿尔,现在一切都明了了,难怪他的眼神那么空洞，那么冷淡……

一缕缕光裸的黄色柳枝纠缠在一起，在风中轻轻摆动。蓬乱的棕褐色草丛刺穿了薄薄的雪层。

"呃……"老头儿再次拉长了声调，"您的父亲……这个，叫……"

"法吉拉。法尔·法吉拉。"

我以为我的耳朵出了问题，估计老头儿的想法和我差不多。

"呃……"他惊恐地支支吾吾，"啥，啥？！"

"法吉拉，"卢阿尔平淡地重复了一次，"拉什的仆从，教团的成员。您知道的。"

老头儿向后靠了靠。我从远处都能看见他的两只手在颤抖。

"是……那个人？"

卢阿尔从钱袋里又掏出了一枚铜币。老头儿又往后退了退，发问道："就是……是那个……法吉拉？"

他艰难地挤出了这个名字，仿佛那是禁止诵念的咒语。

"是。"卢阿尔有些不耐烦了，"他被埋在哪里？"

"栅栏外面。"老人轻声说，说完还补了几句，我没听清。

卢阿尔晃了晃钱袋。"带路。"

老头儿犹豫了几秒钟，缩手缩脚地接过卢阿尔递过去的钱，侧过身子像蜘蛛一样走开了。

卢阿尔跟在了他身后。

守墓人在前方艰难迈步，嘴里嘟嘟囔囔，眼睛四处张望。最近几天一直萦绕在卢阿尔心间的那种麻木渐渐转换成了隐约的不安，抑或是期待。他搞不清楚自己到底是何感受，也没去思考，只是跟着老头儿朝前迈步。每走一步，本就昏沉的头都会感到疼痛。

守墓人很害怕，或者说他假装很害怕。走到一座稍微高于地面的小丘前，他老迈的小短腿差点跪下。"就在那儿……人们把他……埋在栅栏外面，上面还压了块大石头……围城的时候这里被洗劫过……石头被搬……应该是拿去给投石机当炮弹了……"

卢阿尔点了点头。这是他父亲的埋骨之地，褐色的草丛轻轻摆动，薄薄的一层雪撒在上面。

守墓人走了。卢阿尔绕过光裸弯曲的树干，来到了一座被遗弃的孤坟前。

那些光裸的树就像永恒不变的送葬队伍，在风中不断颤抖，无力的枝条四处纷飞。卢阿尔面前是一个小土包，枯草沙沙作响。草丛里夹杂着扭曲的橡树叶，就像一只只窝起的手掌，掌心捧着被风撒下的扎人的细雪。

卢阿尔疲惫地耷拉着肩膀。啊……应该在墓前放一份礼物，比如放块面包什么的，哪怕是朵花呢……可是我什么都没带。我不知道你需要什么，不知道你想要我给你什么……我来了，你看见了吗？！

什么也没发生。没人从坟墓里站起来。雪依然在干枯翻卷的橡树叶中沙沙作响，光裸的柳枝仍旧在卢阿尔的头顶飘舞翻飞。

他觉得自己应该跪下，儿子第一次来到父亲的荒坟，他应该这么做……他的心里忽然难受了起来。

墓地的冰风似乎灌进了他的身体，充盈了他的胸膛。他的心开始猛烈跳动，脸失去了知觉，心底涌起一阵恐慌，只能紧紧捂住喉咙。他身子一歪，差点站立不稳。眼前飘过彩色的旗帜，远方是色彩斑斓的巨大广场，灰布的边缘划过磨损的台阶，蜡烛熄

Преемник
继承者

灭后冒烟的灯芯，母亲怨恨又疯狂的眼神，细瘦的男性手腕上绿色的文身，张嘴狞笑的战猪，干涸的溪涧，水底的死蛇，死蛇般缠在一起的铁条，蔚蓝的天，彩色的旗……

他深吸了口气，跪了下去。

刻着镂空纹路的黄金薄片静静躺在干枯如人手的橡树叶上，盘绕的链子发出清晰的闪光。那是他从小就熟悉的护符。

仿佛接到了命令，卢阿尔伸出了一只颤抖的手。

他的手碰到了雪。空寂的雪。闪光的雪粒顺着刻纹构成了复杂的图案。

第三章

我往好处想了想,最先得出的结论是——埃格特·索尔还活着。

其他念头盘根错节地缠在一起——法吉拉、索尔……卢阿尔、法吉拉……某些故事片段、灰色风帽、埃格特苍白的脸、那个无比美貌又高傲的女人……

卢阿尔在荒坟旁边逗留了一个多小时,不过其实我已经记不清时间了。我躲在城墙边上瑟瑟发抖,犹豫不决,不知道是该靠近还是该离开。不知道卢阿尔在想什么,我脑子里一直打转的都是我终于明白自己在他面前的负罪感从何而来了。

真相大白。我让卢阿尔穿斗篷、戴风帽,拉什仆从的传统服装就是这样。我无意间让埃格特·索尔发现了儿子与法吉拉的相似之处。我一遍又一遍在心里说服自己,纸包不住火,即使没有我,被发现也是迟早的事。然而现在过错在我,无论我怎么想,无论我做什么,坏事都已经发生。是我站在厄运身后,亲手将工具递给了它。

卢阿尔回城时完全没注意到我,我都没有特意躲藏,就像被

Преемник
继承者

他用绳子拴住一样跟在后面……

又过了一会儿,我猛然想起:弗洛巴斯特!剧团!

疲惫的双腿又走了两步,被绊住了。我酸楚地微笑着,心想和我有什么关系,什么索尔,什么法吉拉,什么死去的父亲和别人的儿子?我有我的生活:裂着缝的舞台,接钱的盘子,予取予求的旅馆主人……

卢阿尔的背影融入了稀稀拉拉的人流。

还有一条街才到旅馆,我预感不好。

两辆剧团的马车停在街心,把路挡住了。推车的小贩嘴里骂骂咧咧的,想从中间挤过去。大嘴很不满地龇着牙。第三辆马车正摇摇晃晃地从大门里出来,拉车的杂毛马看我的眼神里带着责备。

麻布帘子拉开了,歌琦娜披头散发,一脸怒气,用手指着我哇哇大叫:"她在那儿!终于出现了!"

赶车的穆哈皱着眉看了我们一眼,什么也没说。

"我谢谢你!"歌琦娜声嘶力竭,洪亮的声音整条街都听得见,甚至盖过了那个小贩的声音,"真是谢谢你了,坦塔莉!多亏有你,我们所有人都被扔到了大街上!"

我逐渐明白了症结所在。穆哈看向一边,幸灾乐祸的马夫哐当一声关上了大门。

"看看,真是傲气……"

弗洛巴斯特走在最后,往脚下吐了口唾沫。他抬起头看了看我,眼神冰冷,有些古怪地眯起眼睛:"上车。快点。"

我默默地服从了他的话。

第三章

戏演不成了。傍晚明显更冷了些。歌琦娜把所有衣服都裹在身上，浑身发抖，看着我的眼神充满憎恨，一副想把我弄死的样子。弗洛巴斯特接连走了五家旅馆，老板们和商量好了似的，全都漫天要价，找的借口都差不多——天气太冷，客人太多。我们很快就明白今天应该是找不到地方过夜了。

没人搭理我，穆哈默默地把脸转到一边，就连老好人凡京都皱着眉，他本来就凶残的长相现在看着简直称得上狠恶。街上刮起了大风，麻布帘子根本就挡不住风中夹裹的寒气。

城门前的广场上燃着篝火。弗洛巴斯特和昏昏欲睡、没精打采的守卫们谈好了，我们可以在这里待到天亮。三辆马车并排停在一起，这样风要小一些，从篝火里偷来的炭在锡盘上缓缓燃烧，就当这是暖炉了。

所有人都挤在一辆车里，帘子拉得死紧。五双手贪婪地伸向炭火盘，只有我一个人坐在角落，双手抱胸，一脸阴沉，刻意和其他人拉开距离。

冷。每个人都很冷，而且每个人都知道原因。残存的良知让弗洛巴斯特保持了沉默，没有当众教训我。如果巴里安没被冻着，他可能会为我求情。穆哈也可能会同情我，可是现在太冷了，冷得刺骨，我们本来可以在温暖的地方悠闲自在地生活……他们怎么可能咽得下这口气？

大家都忘记了，是靠谁他们才得到了在城里过冬的许可。太冷了，罪魁祸首又坐在这里，已经没人记得她犯了什么错，反正是她的错，就这样……

我默默坐在角落，心里预测谁会最先发难。我的预判对了。

托盘上的炭蒙上了一层灰蓝的光。歌琦娜被冻得牙齿打战，嘴里嘟嘟囔囔，一开始声音很小，后来越来越大：“假正经……

啧啧……都这岁数了……搞得和处女似的……真是不得了……嘻……穿蕾丝的圣女……多高贵啊……现在好了,被赶出来了……看你能有多傲……"

所有人都没吭气,装作没听到。歌琦娜动听的嗓音都有些哑了,她越说越起劲:"我们都是泥腿子……就她是贵族……我们是贱民……就她高贵……是不是……这种人,哎哟……装清纯……一套一套的……婊子还把自己弄得和女王似的……婊子就……"

我冻得发青的拳头狠狠砸在了歌琦娜的下巴上。

冒着烟的炭碎了一地,还好它们被踩熄了。我左手抓住歌琦娜浓密的金发,右手在白瓷一样的脸上激烈挥打。当然这个过程持续时间很短,我瞬间就被架起来拖走了。

歌琦娜号啕大哭,温柔精致的嘴唇不断开合,说出来的话就连最厚颜无耻的鞋匠听了都会脸红。巴里安沉默地把我压在箱子上,我也沉默地反抗着,心里暗暗高兴,因为这场冲突加快了我的血液流动,稍微暖和了一点。

弗洛巴斯特一声怒吼,歌琦娜不吭气了,只是抽泣。穆哈缩着身子,就像生病的麻雀。凡京闷闷不乐地踩着还在冒烟的炭渣。

"你们为什么都不说话?!"歌琦娜含泪控诉。

一片寂静,只有凡京皱着眉头吸鼻子的声音,还有受伤的女主角偶尔发出的啜泣声。

"早上了,"穆哈哑着嗓子说,"送牛奶的在喊了……很快就要天亮了……"

巴里安一直没有放开我,把我的手腕捏得发痛。

"你放开我。"我愤怒地说。他听话放开了。

第三章

歌琦娜轻轻呜咽着。谁也没看我，我心里忽然涌起一股绝望，似乎宁静的日子永远结束了，我再也不能像以前那样自由、平静地和这群人生活在一起。有什么东西被打碎了……

朦胧暗沉的光线穿透了树冠的缝隙。城门在哐啷声中慢慢打开。杂毛小马痛苦嘶鸣。

"马都冻僵了，"穆哈轻声说，"我们得……走了……"

"嘿。"外面传来一声喊，有人用某个金属物件毫不客气地敲了敲马车边缘。

大家都浑身一抖，面面相觑。我疲惫地闭上了眼：真是疯了，我竟然会以为……

卢阿尔·索尔站在马车前面，长剑将斗篷高高顶起："喂……坦塔莉在你们这儿吗？"

皱着眉的巴里安、愤怒的弗洛巴斯特、摆好了战斗姿态的穆哈都退到了一旁。歌琦娜在后面嘟囔了几句，不知道说的是什么。卢阿尔朝我伸出手。我抓住他的手跳下马车，差点扭伤了僵硬的腿。

"我们走。"他说。看着我冻得发青的脸后，没有表现出丝毫惊讶。

按理说应该问问我们要去哪儿，可我没问。我感觉自己终于睡着了，美梦正酣……

既然是做梦，那去哪儿就无所谓了，只要和他在一起就行。

⚔

最近这些天他一直这样，冷静旁观自己的行为和思想。就连在父亲坟前生出的那种诡异不安也没有影响这种抽离感。现在他正冷冰冰地看着一个年轻人穿过城里的街道，旁边还有个满脸慌

Преемник
继承者

乱的黑发姑娘。

石头,他对自己说,眼神始终没有离开冰冷的路面。城市、石头和冰。现在向右转,"铜门"旅馆……

女孩在说话,她是坦塔莉,卢阿尔心想。他需要她,可是他不知道原因,住进去之后他会想明白的。女孩的眼睛很有神采,鬓角吊着几缕卷发,然而卢阿尔无法判断她是不是个美人。

门上挂着起装饰作用的铜挡板,风把它们吹得微微晃动。在大众心中,"铜门"是很体面的旅馆。门口的仆人身穿制服,低头行礼。卢阿尔饶有兴味地研究了一会儿他的头顶。不,没必要叫女仆……不需要任何人。早餐?再说吧。

仆人再次鞠躬,就像一个浑身抹了香膏的木偶。卢阿尔觉得好笑,或者是那个抽离到一边的观察者觉得好笑,年轻的卢阿尔先生则朝着他的房间走去,一脸冰霜。

螺旋楼梯。坦塔莉跟在身后。

观察者看着她的嘴唇在翕动。她倒腾了一会儿壁炉,微笑着,打着哈欠。她又说了些什么,卢阿尔脱掉了斗篷、外套,解下了剑,走到壁炉前面,直接坐在了木地板上。

分裂的状态仍在继续,可是观察者不再无动于衷,他在卢阿尔的心里踱来踱去,却找不到自己的位置。温暖的火光和暗淡的天光混在了一起。坦塔莉笑了,洁白的小手朝壁炉中的火焰伸了过去。卢阿尔冷漠地想,她这双手一看就没做过繁重的工作,当然也没戴过珍贵的戒指……

他不再微笑。女孩光着脚跪坐在地板上。她被雪打湿的靴子放在壁炉的铁网旁边,飘起一团团蒸汽。

他想起了很久以前的那个清晨,狭长的湖面,两岸一片青绿,平静的湖面上蒸汽氤氲,渗透着夏日的香气,太阳很快就要

第三章

升起来了……

她平静地看着他。

卢阿尔伸手碰了碰她的唇，和他的一样，也干裂起皮了。他把她的嘴角往下一拉，马上就变成了委委屈屈的模样，凄惨又好笑。

壁炉里的木板噼啪一声碎裂开来。

坦塔莉忽然从他的视线里消失了，原来她趴在了他身上，把脸埋进了他怀里。

很久很久以前，有一辆马车，风在麻布篷子里打转。蜡烛被吹灭了，散发出淡淡的烟味，卢阿尔记得那股刺鼻的味道。当时这个姑娘要勇敢得多，现在的她就连碰他一下都不敢，一副含羞带怯的样子。

她身上有股烟味。

观察者很吃惊，壁炉漫射出黄色火光的大嘴在卢阿尔面前渐渐化作带着暖意的模糊光团。观察者消失了，像火焰一样突如其来的情感洪流淹没了原本无动于衷的他。

他感觉自己在观察，在聆听：蜡烛的黑色灯芯上飘出细细的灰白烟丝，远处的唱诗班正在合力咏唱一个长长的高音。他还感觉自己的身体就像是坦塔莉连衣裙上系着的那根衣带，某种神秘的力量在拉扯他，就快要把他撕成两半了……

一颗纽扣掉了下来，在地板上不断跳动。

⚔

河流拐弯处的马路旁边曾经有个磨坊。母亲们一直告诫孩子不要来这里，没人知道为什么，也没人问。一地半腐烂的木桩子，很危险，人在这里容易受伤，还有可能掉进河里淹死……

河岸上的冰在阳光暴晒之下开始融化。过路客选了块比较干燥的岩石,疲惫地坐在了上面,伸直双腿。

他还记得当年,水车欢快地旋转,浑身沾着面粉的工人们忙忙碌碌,主人严肃地发号施令。意识到自己的人生过于漫长,过路客顿时苦笑了起来。

他的双手捧着一块黄金薄片,上面生长着褐色的锈斑。

他已经不仅仅是个老人了。按照人类的标准,他的岁数大得难以想象。不过他对这些都已经不再挂心。黄金护符上的锈斑预示着灾难即将降临。这一切曾经都发生过,他累了,不想再来一遍。

灰暗的冰面上栖息着一群漆黑的乌鸦,以前他可能都注意不到它们。现在的他看见它们之后,内心有些激动,想要做些什么。

他打起精神,发现自己想捡块石头,扔到乌鸦最密集的地方,把它们都惊飞到天上去,让它们嘶声咒骂,一边盘旋一边拍打翅膀,抛撒鸟粪……

先知护符在他手中,总不能把力量强大的稀世珍宝拿去砸乌鸦吧?

诚然,护符的力量并不属于他,他只是一个过客。护符在寻找属于自己的先知。哎,它找了七十年了……护符的时间很充裕,它可以等待几个世纪,它存在的时间比历任主人都长久……它也会比他这个临时保管人存在得更久。

到底要不要把乌鸦赶走?

危险再度降临这个世界。门外的怪物又来到了门口,等待着有人给它开门……看见了吗,它自己进不来。它一直惦记着先知们……

第三章

他叹了口气。在外面窥伺的那个东西被称为第三力量。他，这个坐在石头上的人，曾经差点成为它的主人和祭品。从那时起，他和它之间就建立起了类似亲人间的联系，也许，被苛待的儿媳也是这么憎恨恶毒婆母的吧……

除他之外，还有人了解这一切吗？知不知道如果将它放进来会有什么后果？

乌鸦们纷飞而去，它们想远离他的视线，远离罪孽。

⚔

卢阿尔在睡觉，我则完全没合过眼。

我说不出来"我爱你"这三个字。一想到这句话，我脑子里就全是罗莎和奥拉尔，公主和独角兽。这几个字我重复了太多次，早就失去了原文的意义，况且我其实不知道应该怎么去定位卢阿尔。

我的后脑勺枕在他放松下来的纤长胳膊上。我不敢动，不敢呼吸，我的身体都快没有知觉了，然而卢阿尔仍然没醒，我轻轻睁开眼，一遍又一遍地打量他平和安详的脸。

天啊，遇到他之前我虚度了多少年。多少自恋的色鬼被我称为"男人"。太可怕了，我竟然变得和歌琦娜这么像……

他还在睡。他脸上有些细节像他的母亲，那个倾城的美人。可是卢阿尔长得并不好看。最近几周，他身上那层青涩的表皮像镀金一样被磨蚀了，成熟的面庞显露了出来，这张脸完全不符合传统意义上对英俊的定义。

这简直就是在针对埃格特，我疲惫地想。同样的金发，同样的灰蓝色眼睛，可是卢阿尔的脸和他并不相似。这一点竟然最近才被察觉，真是令人吃惊……也有可能，是过去几天的经历让他

Преемник
继承者

有了这么大的变化?

他的嘴唇这么硬,可是他的吻那么温柔,那么热情……呸,这当真不是剧中的情节?我不想,我不能,太可怕了,这竟然是真的,我真担心眼前的一切化为泡影……

纤长弯曲的睫毛来自母亲。颧骨来自父亲,还有他的下巴,还有额头的线条……

我发现自己正在试图想象法吉拉的模样,那可是著名的恶棍,如果他当人的公公……

我微微一笑,似乎为了回应我的微笑,有人轻轻敲响了我们的房门,询问道:"年轻的老爷是否需要午餐?"

几点了,我在慌乱中问自己。

卢阿尔动了动。我舒服地换了个姿势,让他把手从我脑袋下面抽走了。

"年轻的老爷是否需要……"

"需要,"卢阿尔的嗓子有些嘶哑,然而从他忽然威严起来的声音中听不出一丝睡意,"两个人的午餐。"

他没有回头,爬出纱帐后又立即把它拉好。我看着在头顶晃来晃去的天鹅绒流苏,听着他把水泼到瓷盆里发出的声响。"铜门"旅馆的确奢华……

"五岁的时候,"卢阿尔洗完脸说,"我掉进了装雨水的桶里……天很热,水是刚接的,不冷……"

他沉默了。

"然后呢?"我等了一分钟,问道。

他轻轻叩了一下腰带上的扣,有些漫不经心地说:"我呛了水,开始往下沉。"

又是一阵沉默。我透过纱帐上的洞看卢阿尔穿靴子。"然后呢?"我又问了一遍。

"没什么,"他有点不耐烦地说,"你看,我没被淹死。"

我感觉他本来不想说"你看",他想说的应该是"很遗憾"。

和我一样,他从命运之神的手里偷来了几个小时。和我一样,要回归现实就得克服困难,承受痛苦。有那么一会儿我甚至以为我就是他,他就是我。

"卢阿尔,"我面向天鹅绒流苏,"卢阿尔……我都知道。"

他并不吃惊。他沉默了几分钟,再度开口时轻松了一些。"这样啊……那更好。你不打算问我问题,是吗?"

我咬着舌头。我可不问。我自己去找答案。

⚔

女仆达拉的眼睛瞪得老大。我语气冰冷地转达了卢阿尔先生的要求。达拉犹犹豫豫地说,她可能还是应该和夫人谈一谈……

我拿出《憨子特里尔》中的演技,大声呵斥了她。卢阿尔先生成年了,没人剥夺他的继承权,更何况我要的东西本来就是他的……

达拉把箱子递给我时挡住了自己的脸。我非常确定,只要我一走,托丽雅女士就会知道所有细节。

回去的路上我顺便去了趟武器商店,最好、最贵的那家,外面悬挂着夸张的招牌,上面写着"不败之龙"。两个衣着光鲜的贵族老爷一脸高傲,看见我之后的表情就像看到了一只被剃光的刺猬。老板站在柜台后面,一脸不高兴地想赶我出去。

"卢阿尔·索尔先生让我来的。"我随口一说,将一把插在华丽刀鞘中的小匕首放在了光滑的柜面上。

贵族们伸长了脖子,匕首非常漂亮,就算是个不精于此道的

Преемник
继承者

人也会被它吸引。老板看了看刃口,又拔了根头发试了试,满意地轻哼了一声。

"索尔先生要的什么价?"其中一名贵族谄媚地问。

我说了个价格。店主紧张了。"你这个骗子,胡说八道!你想中饱私囊?"

我耸了耸肩,说:"您非常清楚这个东西的真实价值。这可是在卡瓦伦的军械师那儿订制的,那里的军事传统可是很出名。如果您不想买,那……"

我伸手想把匕首拿回去。另一个贵族在同伴耳边说了句话。店主看了看他的眼神,抓住我的手腕,连忙说道:"好吧……行。"他把手伸向匕首,我衣袖一甩,把它收了起来。"钱,尊敬的先生。"

老板一边咒骂我贪得无厌,一边朝货架后面走去。一只戴着手套的手搭在了我的肩膀上。喔,这种摸法我可真是熟悉,看似不经意,实际手劲不小,动手的人认定自己可以为所欲为。一个长得还不错的戏子,为什么不摸两把……

第一个贵族凑近我的耳边,他身上的味道非常浓烈,简直就像个挤了一堆脏狗的香水铺子。"小骗子,我倒是想加点儿钱,"他意味深长地说,"这东西值钱……"为了让我明白他话里隐含的意思,又重重拍了下我的腰侧。

"我会以卢阿尔先生规定的价格卖掉匕首。"我声音很大,语气冷漠。那人松了手。店主出现在门边,手里拿着个大袋子,脸上表情不善地说:"先生们,这样可不好……买卖都成交了,咱们还是体面一点……"

长成这样还怎么体面,我心里想着,手上仔细数着钱,也不着急。长这么大我还没见过这么多金币。

第三章

　　第一个贵族很生气，气老板，气我，气自己运气不好。我昂首离开，留他们在店里吵成一团。

⚔

　　我把箱子和钱都给了卢阿尔，还告诉他我觉得那把漂亮匕首挺可惜的，不应该卖。卢阿尔心不在焉地看了我一眼，完全没把我的话听进去。

　　"还有一件事……"我们吃完丰盛的晚餐，正坐在壁炉边烤火，他喃喃地说，"在我走之前，我必须……"

　　我呛着了，随即忙问道："走?! 去哪儿?"

　　他把头偏到一边，皱着眉想了很久，答道："我得……找到一件……我的东西。我需要它。是的。"

　　说到"需要"这个词时，他的声音轻轻一颤，吞吞吐吐的模样像极了在饭馆赊账的酒鬼。我所有的反对意见还没来得及诞生就死了。

　　当然，我其实有很多问题想问，但是我努力忍住了，因为我知道卢阿尔的信任就像陌生的猫，如果你面无表情安静坐着，它会自己走过来。

　　我冷漠地看着壁炉里的火。同卢阿尔一起幸福生活，长长久久过太平日子的期望在火焰中慢慢痉挛变形。

　　"我很快就会离开，"卢阿尔说，听他的语气似乎在替自己开脱，"我……我必须离开。"

　　我没说话。

　　"求你……帮我做件事，"他很谨慎地开口，"很难……很麻烦。"

　　我讥讽地哼笑了一声，告诉他我们这种人不爱走捷径，也不怕麻烦。

"我的妹妹,"他叹了口气,"她还是我的妹妹,是吧?我想见见她……在……我走之前……"

"要收买保姆吗?"我公事公办地问,"要给她多少钱?"

他苦笑了一下,说道:"你……别想了。她会生气的……她……对这个家很忠诚,给钱行不通……我们得……和她解释清楚……"

我点了点头。我们俩看着火堆,沉默了一会儿。

"卢阿尔,"我悄声问,"我和你一起走,可以吗?"

他的肩膀耷拉了下来,似乎忽然承受了很大的压力。他答道:"你不懂……我得一个人。我必须独自……找到它。"

"到底是什么玩意儿?!"我喊道,完全不顾任何体面了,"你要找的是什么东西?为什么,难道找到了就能让一切恢复原样吗?!"

"没有任何东西可以恢复原样,"他说话的样子让我感觉坐在那儿的不是卢阿尔,而是某个饱经世事的老人,"没有任何东西……可是我必须找到它。我需要它。好想……我好想吃吃喝喝睡睡……想亲你……"

我把脸贴在他光裸瘦削的肩膀上睡着了。

⚔

小姑娘不知道现在要去哪儿,也不知道为什么去。她很顽皮,小嘴总是噘着,圆圆的脸蛋儿上写满了厌恶。阿拉娜一直想把手从保姆的手里抽出来,嘴里叽叽咕咕的,总是想往边上跑,用脚尖踢从屋顶掉下来的碎冰。保姆温柔地哄了一路,她不想听保姆的话。"铜门"旅馆引起了她的注意,不过她的关注只持续了一秒钟。

"你要带我去哪儿?"她一脸不情愿地问,"是不是有演出啊?"

在她的小脑袋瓜里我的样子已经和"演出"这个词紧密联系在了一起。

她喘着气,摇摇摆摆地跟着我爬上了高高的台阶。我敲了三下门,次数是我们约好的。

一秒钟。

阿拉娜侧对着我,从我的角度能看见她被厚实方巾包裹住的脸颊,皱起的眉头和噘起的嘴。

门一下子打开了。

第一眼她没有认出自己的哥哥。

下一个瞬间,她又哭又笑,紧紧抱住卢阿尔的脖子,腿在空中不断踢腾。保姆在我身后发出了一声长长的啜泣。

他把她抱起来在房间里不停旋转。她的腿和大衣下摆在空中飞舞,裹头的方巾掉到了耳朵上。阿拉娜仰着头哈哈大笑,泛着潮红的脸上丝毫不见了早晨那种烦躁的表情,我很不喜欢她那个样子。

我心想他们年龄差距这么大,卢阿尔都可以当她家长了,说不定真是这样。想象一下,对于阿拉娜来说她成年的哥哥是什么地位!他们是平等的,可是她又听他的话,他是朋友,是导师,是庇护者……

他们坐到了墙角。阿拉娜舒服地靠在他膝盖上,手紧紧拽着哥哥的衣领,充满爱意地看着他。她认真地告诉哥哥,埋在丁香花丛下的宝藏被邻居家的小孩挖出来了。他也同样认真地安慰她,说可以再找个地方,把宝贝藏得谁都找不到……

Преемник
继承者

他俩要出门散步。卢阿尔帮阿拉娜整理好了头巾和外套,让保姆别跟着。身材高大的保姆在他们身后长长叹了口气,一脸伤心地看着我说:"孩子……您是不是知道……他们到底怎么了,本来一家人和和睦睦的……难道埃格特先生……您知道,这个……和毛头小子一样,呃,很多人都说他有问题,你觉得呢?"

我沉默地摇了摇头。别疑神疑鬼了,埃格特才不会管这些。

宴会一直持续到天明,最近一直如此,每一次狂欢都能掀起前所未有的高潮。昨夜的宴会上气氛狂热到接近愤怒的状态了。

埃格特苦涩一笑。几天之前,成卫队的上尉还状似不经意地问了一句,索尔先生打算什么时候动身离开?

全卡瓦伦的妻子都在抱怨。所有人都知道,老友见面必然会喝上几杯,可三十天里一场接着一场的酒局?!天啊,不是所有人的身体都和埃格特先生一样健壮。

他没喝醉。发现自己没醉后,他既烦躁又郁闷,酒精没有给他带来丝毫轻松,他的思维一直很清醒,早上头还会钝痛……

日复一日。仆人们不断收拾乌烟瘴气的餐厅,忙得脚不沾地。宾客们在索尔家总是醉得人事不省,根本没法骑马,他们的家人非常担心,每天都派马车来接。

埃格特知道现在城中谣言四起。有的人说话直截了当,粗俗难听,说大英雄美丽的妻子多次出轨,所以他才借酒浇愁。还有人编造了一堆情节十分曲折离奇的故事,说索尔和邪恶的法师签订了合约,如果他能在规定期限内把索尔家族在卡瓦伦的祖产挥霍一空,他将会得到无与伦比的力量。

埃格特揉了揉太阳穴。距离"挥霍一空"还差得远,如果再努把力……

　　谢天谢地，在平静祥和的卡瓦伦，他不是流言蜚语的唯一来源。最近大家谈论的焦点是强盗，据说他们不断发动血腥袭击，大路上的人全都提心吊胆。老兵们碰面时只要一聊天，手就会不由自主地想要拔剑，他们的话题几乎全是士兵、战斗、沸腾的焦油。

　　埃格特笑容扭曲，嘴角全是苦涩。卡瓦伦注定熬不过被围困的日子，这里的人根本不知道每天饿着肚子分食面包屑是什么滋味，对坚守城墙、绞杀敌军和防备深夜敌袭毫无概念。再说了，强盗们以前来过，为什么不会再来？

　　隐隐的担忧一直啃噬着他的心。托丽雅一个人……托丽雅……被他抛弃的托丽雅。

　　他趴在桌上，咬紧牙关，承受着不断奔涌而来的回忆和情绪。他想立即动身，回到那个无辜的人身边，她是他的亲人，是他最爱的人。她受尽折磨，背负着沉重的过去……

　　他浑身发烫，呻吟着，用手掌捂住自己的双眼。在迷梦中他成百上千次看见了法吉拉占有托丽雅的情景……

　　托丽雅精疲力竭，顺从了命运的安排……

　　他把脸贴到桌上。卖牛奶的女人在窗外叫喊，声音尖锐又凄厉。

　　沉重的呼吸。被汗水浸湿的皮肤。嘎吱作响的木床……她后仰的头……

　　埃格特·索尔扇了自己一巴掌，幻象消失了。

　　阿拉娜将秘密保守了半天。

Преемник
继承者

晚上，阿拉娜跑进母亲房间，将脸埋进她的衣摆，求她让卢阿尔回家，说自己让哥哥回家了，可是他不回来……他肯定会听妈妈的话，应该把他叫回来，他一个人很难过的……

托丽雅听完事情经过，把保姆叫了过来，冷冰冰地让她立即走人。

年迈的女人放声大哭："天啊……我的夫人……多少年了……她……就像是我自己的孩子一样……我不知道可怜的卢阿尔犯了什么错……阿拉娜是无辜的啊，我的夫人……我知道……他不是条狗，他是个人啊……为什么要这样，夫人？"

托丽雅沉默不语。这么多天过去了，她第一次了解到别人对自己，以及自己这些行为的评价，尽管这个"别人"是她忠实的仆人。她是个没有人性的母亲……

她笑了笑，撤销了之前的命令。说完转身回到自己的房间，整个人挺得像桅杆一样直。她感觉自己是广场上的贩子，头顶重物，不能摔了也不能撒了，她甚至连头都不能转。头顶的东西很沉，似乎想把她压倒，再在地毯上留下一团潮湿的污迹。

入夜后她发觉自己似乎想起来了。

达拉穿着一件皱巴巴的衬衣，惊慌失措地跑了进来。托丽雅站在房间中央，发抖的手握着正在燃烧的蜡烛，熔化的蜡滴到了她因为用力而泛白的手指上。

……他的双手柔若无骨，面团似的，又软又凉，肤色白净，一看就精心保养过。这双手给她带来了无尽的折磨，她不知道下一秒碰触她身体的是什么，是煽风点火的温柔手掌，还是烧红冒烟的铁条？

他满眼都是享受。他的双手……

不，他没有碰她。整个审讯过程中他都坐在有舒适扶手的高脚椅上，只有一次，他遣走了爪牙……

达拉给她递过来一杯水，托丽雅呛到了。他没有让其他人走……他……

回忆喷涌而出，澎湃激荡，让她无法理性思考：她的回忆在尖叫，告诉她法吉拉已经死了，事实的确如此。

铁盆中的器皿发出巨响。柔软的双手覆在她的大腿上……

达拉发现托丽雅·索尔女士失去了意识，脸色惨白得像个死人，于是拼命大喊。茶杯掉到地上，水洒得到处都是。

⚔

剧团这么大个目标，想找怎么都找得到。南方人在市场前面的广场上演出。贸易街那边的舞台又是谁搭的呢？

舞台设在"稻草盾"旅馆宽敞的前院，演出正在进行，观众们里三层外三层地围着。我相隔半条街都听到了美丽的罗莎在哀叹早逝的奥拉尔。

马车旁边全是人，嗑着瓜子，左晃右晃。有人一脸冷漠地挤出来，有人充满好奇地挤进去。弗洛巴斯特穿着刽子手红色的斗篷，向人群展示巴里安被砍下的头。

我放慢了脚步。胸口忽然一痛，这时我才惊讶地意识到这块天马行空的舞台对我有多么珍贵。简陋的、充满欢笑的小世界，遇到卢阿尔之前我一直生活在这里。我和它的关系，就像核桃仁和核桃壳。

我忽然想起最近几天自己游离得有多远，惊出一身冷汗。这段时间如此漫长。我几乎一个星期没演戏了，鱼离开水这么久怎么都死了。我却还站在这里，平复心情，从红色面具的缝隙中捕捉弗洛巴斯特的眼神……

继承者

谁都没搭理我,好像应该这样。

我默默爬上自己那辆车,换了衣服,戴上假胸,脸涨得通红。弗洛巴斯特盯着我的后脑勺,给穆哈打了个手势,示意他宣布《戴绿帽子的丈夫》开场。

我松了口气,整个人都松弛下来,似乎一切回到了原来的轨道,世上没有叫卢阿尔的人,什么冷夜里毫无温度的眼神,不存在……

"稻草盾"收留了剧团。数完赚到的钱后,弗洛巴斯特高兴地哼了一声。

我犹豫了很久,一直在想用不用告诉他我又要离开,早上才回来,明天也一样,后天也一样……如果我们吵得很厉害,其实开口说走不难。可现在似乎一切如常,大家全都友好豁达,想迈出这一步就得再三考虑。也许,今天不走比较好……

这个想法很明智,可我没法再等一夜了。一小时、一秒钟我都不想等。他要走,他已经下了决心!到那时我就只剩哭泣和回忆了……

我的犹豫很快烟消云散,因为弗洛巴斯特找到我,让我和他一起去附近的小酒馆吃饭。我心里一凉,想想这么多年以来我们的关系,这顿饭显得十分突兀。我宁愿他揪着我的耳朵,威胁用鞭子抽我,不过我也没办法,只能顺从地点点头。

傍晚。白天潮乎乎的路面覆上了一层危险的薄冰,我不敢拒绝对方伸过来的手。弗洛巴斯特精壮的手臂裹在厚实的布料中,摸着比卢阿尔粗了一倍。我们很走运,没摔跤,来到了最近的一家看着比较体面的小酒馆,沉默地找了张空桌坐下。

弗洛巴斯特的下唇高高噘着,像是上了浆的衣服褶子。这意味着他下了决心,精神十分专注。我试着想回忆上次我和他这么面对面坐着是什么时候，竟然没想起来。

女仆送来了一罐肉和一壶酸酒，弗洛巴斯特冲我点点头，哼了一声然后开吃。我很希望我们就这么把饭吃完，抹抹嘴，什么也不说直接回去。当然，这个想法很愚蠢。弗洛巴斯特从来不会半途而废，他今天的计划明显不只是吃饭外加欣赏我毕恭毕敬的样子。

我又猜对了。

他等我把排骨上的肉啃完（尽管心里有事，我的食欲还是很旺盛）。又过了一会儿，他喝了口酒，皱起眉。我耐心地沉默着。

他的两根眉毛几乎拧在了一起，下唇噘得更高了些，说道："你……你不是个傻子，坦塔莉。"

我沉默地点点头。

这个开头他本人也不喜欢，所以又皱了皱眉，就好像吃了什么特别酸的东西，继续道："所以……我很吃惊。那个贵族出身的小崽子有什么好？"

我被酒呛到了。

他的大手抓住了我毫无防备的手，紧紧按在桌上。"你并不傻……当然现在不一定了。你对我发过的誓你还记得吗，你怎么说的？说你不会结婚，你不会瞎胡闹。嗯，我当时就知道，时间一到，你就会忘记你说的话。行了，坦塔莉。或许你不信，你如果想走，我绝不会阻拦。前提是我发现，这个……你知道。发现……"他吸了口气，靠了过来，细长的眼睛认真地看着我，"可是现在……你的想法太愚蠢，坦塔莉。太蠢了。你就是一时冲动，不要和他混在一起。我不知道你为什么会这样，那个家伙只会伤你的心。我需要你在剧团！"也许是因为没找到合适的词，他的嗓门忽然变大了。他放开了我的手，严肃地看着我，说:"我需要你。"他一口气喝光了杯子里的酒,咚的一声把它放回桌上,转过脸去。

我默默地看着孤独的酒液顺着杯壁滑落。

弗洛巴斯特很难对付,他太敏锐,然而我没什么可解释的,他瞬间就能洞察一切,只不过他会用他自己的方式理解而已。

"我会留在剧团,"我面无表情地说,"我没打算……去哪儿……"

他再次倾身过来。"听着……你走还是不走……没有你我们也能挺好。吃亏的是你。"

我没忍住,哼了一声。其实我没有轻蔑他的意思,可他忽然满脸通红地说:"臭丫头……你……记不记得……"

他想指责我,想提醒我,是他把我从那个地方救了出来,想让我记起他为我做的一切。我欠他的,的确,这一点无可辩驳。他想羞辱我,揭我的伤疤,可是他忍住了,沉默地给自己倒了一杯酒,一口喝干。

他狠狠地羞辱我,骂我一顿都好。他这么克制,反而让我无力反抗。"我爱他。"我轻轻说了一句。

他举目望天,不,应该是望天花板。对他而言,"爱"只是悲剧里的情节。啊,当然也可能是滑稽剧的桥段。我理解他,因为我以前也是这么想的。

"你不傻。"他放柔了语气。

"我爱他。"我执拗地又重复了一遍。

他的眼底划过一道恼怒的光芒。

他在吃醋,我惊讶地想。他在显示权力,告诉我他才是那个唯一能够掌控我的男人。他没有滥用自己的权力,然而他拥有它,他也拥有我,他是我的主人……他是父亲,也是情人。他有

第三章

理由吃醋。

他知道我在想什么。他无声地咒骂着，脸冲着墙："你……你不该这样。我希望你能过得更好。"

"我又能怎么办呢？"我疲惫地问。

"别走，"他叹了口气，"别去找他，这就够了。"

"我做不到。"我内疚地说。说完我跳了起来，因为他一拳砸在了桌上。

"愚蠢！你太蠢了，和其他人没有区别……"

我缩着脖子说："他……很快就要走了。我……"

"随你的便吧。"他干巴巴地甩出一句，起身把钱付给女仆，离开了。

我目送他离去。宽大的门遮住了他宽厚的背，他的身影消失了。我一直盯着他离开的方向，直到身后传来一声轻轻的咳嗽。

"亲爱的坦塔莉……"

我转过身。一个身材极瘦长的黑发男子，下巴上满是青色的胡楂。他叫哈尔，是南方人头子，我们的竞争对手。

我惊讶得说不出话。哈尔像蛇一样盯着我，女仆麻利地从桌上把空餐具收走了。南方人的老大坐了下来，优雅地跷起二郎腿。

他并不老，说不定还挺年轻。衬衫精致的花边从外套领口露了出来，手指上的黄金戒指是正常戒指的两倍大，闪闪发光。这在南方是财富的象征。

"吵架了？"哈尔温柔地问，大嘴抿成了细线，两边唇角微微翘起，"怎么会这样呢？"

他完全不觉得应该说点什么来掩饰自己的无礼。我想直接一巴掌拍他脸上，问他这和你有什么关系？你监视我们？

继承者

"他给你多少钱，亲爱的？"哈尔明显不喜欢兜圈子，"可怜的小剧团，不适合有才干的人，对不对？一朵娇花种在一罐沙子里，它终究会枯萎……周围可是有很肥沃的土地呢。"

真是会拽词儿，我心想，决心把压抑了很久的怒火发泄到他身上。

他仿佛读懂了我的想法，和气地点点头。"没有冒犯的意思。我不在乎你们那些弯弯绕……你需要知道的是，只要你愿意，我能出五个银币。唔，不愿意，那也在你……"他不再矜持，忽然笑得露出了一口白牙，"去哪儿找我，你应该记得吧？"

他优雅地鞠了一躬，离开了。我愣愣地望着紧闭的门，心中充满了困惑、愤怒、迷茫，当然了，还有一丝得意。哈尔可是个高傲的人。高傲，且出名。这种人都屈尊来找我。愉快。

卡瓦伦的墓地因为一个古老的传统而闻名于世——几乎所有墓碑上都雕刻着疲累的鸟儿。

埃格特在父亲和母亲的墓旁站了一会儿。老索尔的墓碑上雕着一只鹰，强壮有力，只是在时光的重压下略显驼背，他妻子的墓碑上则是一只垂着头、神色疲惫的鹳鸟。埃格特用了很长时间才把雪从墓碑、鸟翼和冰冷的大理石脊背上扫落。

雪下的坟墓沉默不语。埃格特在周围绕圈，不断经过那些耷拉着脑袋的石鸽，蜷缩着身子的燕子和一只不知名的小鸟像。这只鸟蹲在墓碑上，脑袋偏向花岗岩上刻的字"我将再次飞翔"。

最边上有个没有立碑的墓。它周围新添了好些邻居，这些新墓之前也没有雕像，光滑的石板周围全是莠草，一团团枯黄的草茎从雪下探了出来。

第三章

埃格特停下了脚步。不把盖在上面的雪清理掉就看不清石碑上的文字，不过埃格特非常清楚地记得那上面写了什么。一个无辜的人被自己杀害了，想要忘记他的名字并不容易。

石碑上写着"迪纳尔·达兰"。此人叫迪纳尔，托丽雅曾经的未婚夫。埃格特·索尔在决斗中杀死了他，后来又以非常残酷的方式赎了罪。迪纳尔可能已经原谅了杀死自己的凶手，允许他同托丽雅幸福地生活。

迪纳尔死了，他的死是埃格特永远无法弥补的过错。可是法吉拉必须死，他的死天经地义，埃格特从未后悔杀他。法吉拉并未真正放手，他的报复开始了。

石碑上空腾起一片干燥的灰雪。

一阵风翻卷而过。枯黄的草地沙沙作响。

卢阿尔背靠树干站立着。这个墓没有围栏，一眼望去很容易被忽略。无论给多少钱，守墓人都不愿意照看它。卢阿尔自己动手把这一年累积的落叶清理掉了。

他很怕来这里，可又不能不来，更何况今天他就要走了。

他不想走。他害怕。他知道有人已经在道路的尽头等他了，可他并不期待和那人的会面。其实他根本不需要那个童年记忆中的旧护符。

然而他必须去。它之于他，是空气，是光明。

醉汉在暴风雪中匆匆赶往客栈，他可能会深陷雪地。满腔爱意与渴望的人翻越屋檐爬进心上人的卧房，他可能会摔断脖子。卢阿尔每天都在拖延，不断将旅程推后，然而驱使他去寻找护符的那股力量远胜他的恐惧。

继承者

我们躺在闷热的黑暗中,浑身懒洋洋的,十分幸福,就像两条美餐一顿之后正在晒太阳的蟒蛇。一只耗子在某个角落轻轻抓挠。壁炉里暗红色的火光穿过布帘的缝隙,映在卢阿尔的一只眼睛中,我只看得见他这只眼睛。卢阿尔仰面躺着,他的脸在我看来就是一幅风景画,是一个地形高低错落的国度,有山有谷,有丘陵,还有一片毫无睡意的圆形湖泊。一点红光就是这方天地中的夕阳……昏昏欲睡时我的脑海里总会出现类似的想法。

他稍微动了动,我还是只看得见一只眼睛,而他正看着我,对我说:"你还要睡吗?"

"不了。"我低声回答。我不想失去这抹昏暗中幸福的红,不想看到千篇一律的灰色晨光。

他轻轻抱住我,开口道:"听我说……很久以前,有一个法师,魔法师。他力量强大,能窥探未来,所以人们都叫他先知。"

我笑了笑。"一个女人会洗衣服,所以大家都叫她洗衣女。"

"别笑。"他的话音中有些气恼。我顺从地依偎过去,他叹了口气,用讲故事的语气继续说道:"嗯……这个人有个宝贝——先知护符……是个有刻纹的饰品。先知……看到了常人无法看见的景象。他力量很强大,活了很久,不过最终还是去世了。饰品,就是护符,被他交给了自己的继承者……也是个魔法师,后来也当了先知。从那时候起,他,哦不是后面的继承者,是最开始的那个,他成为了始祖先知……这种传承持续了很久。一代先知死去,护符又开始寻找新的主人……"

"怎么找?用鼻子闻吗?"我好奇地问。

卢阿尔没有笑。"说不定……说不定护符有嗅觉呢。它……

第三章

是很复杂的东西,这个护符。它能给主人带来力量,会杀死想擅自占有它的人。是很强大的东西。很危险。书中记载着先知们借助护符穿越时空……不过,这有可能是杜撰出来的。好几百年过去了。一个先知死去,护符就会传到下一个先知手里……"他沉默了,在他讲话时安静下来的耗子又开心地挠了起来。

"后来呢?"我问。

他叹了口气,接着讲道:"接下来……最后一位先知死了。他是个好人,也是个值得敬重的魔法师,他叫奥尔文。他死了,死于非命,护符没了主人。它找新主人找了好几十年了。"

"找谁?"我迟钝地问。

"先知。"他的声音带着忧郁。

我们又沉默了,很久都没说话,耗子很开心。

"你怎么知道这些的?"我提问的时候语气里带着丝丝戏弄。

他用手肘撑起上半身,两只几乎被黑暗完全掩盖的眼睛直勾勾地盯着我:

"这个护符……在我的外祖父,卢阿扬主任那里保存了很久。他是个魔法师……"

"你外祖父是魔法师?!"我从床上坐了起来。会编故事也很值得夸奖,可卢阿尔从来都一板一眼,这不是他的风格。我看向他的眼神认真了起来,问道:"你外祖父?是魔法师?"

而他竟以为我早就知道,反而有些惊讶地答道:"啊,是的……卢阿扬主任在城里很有名,大学里的人对他非常尊崇。他阻止了拉什教团召唤出的疫病。只是现在几乎没人记得了。"他的声音里透着苦涩,"他写了一本书,《魔法师传》,是本传记,大部头……我没看完,但是我看过那里面关于先知和护符的记载……"

Преемник
继承者

"等下等下，"我抱住膝盖，"你看过魔法师写的书？魔法师们的传记？"我看卢阿尔的目光已经完全不同了，这辈子我还没见过认识魔法师的人。

"是的。"他又叹了口气，"不过这不是关键，整件事情的经过还要有意思一些。外祖父将先知护符保存了很多年，在他死后……"

他顿了顿，沉默了一会儿，稳了稳情绪，干巴巴地说道："我外祖父死后，护符就……传给了我的……母亲。"

我弹了起来，又陷进了羽绒褥子里，好奇地问："你没开玩笑吧？护符在她手里？"

他似乎摇了摇头回答："没有。"

我失望地重新躺下，把毯子拉到下巴，问道："那在哪儿？"

"我也想知道。"他回答的时候脸上的表情很古怪。

"怎么了，被偷了？"

他隔着被子搂住我，似乎想岔开话题。我不得不承认他的尝试取得了部分成功。

"没有被偷，"他冲着我耳语，搞得我耳朵发烫，"它被……交给另外一个人保存了。你别问给了谁。我也不是很清楚……"

他的手开始无法无天起来，我软塌塌的身体里突然像安了弹簧似的，过了几分钟，耗子被吓得悄悄溜走了，褥子里大大小小的绒毛四散纷飞。

壁炉里的火熄灭了。

一片漆黑之中，我倾听着他的呼吸，安静、幸福、十分疲惫。刹那间我内心涌起一阵骄傲，是我救了他……那个时候……现在也是。

"卢阿尔。"我轻声说。

"嗯。"他快要睡着了,答应了一声。

"让我看看那本……魔法师的传记怎么样?"

"没问题……"他在黑暗中打了个哈欠,"去……吧。"

我做了一晚上的梦,梦里全是黑袍拖地的魔法师。

第二天,我给他买了个苹果。

没什么特别的,我去了趟市场,在一排排铺子之间走来走去,精挑细选,不停讨价还价,嗓子都说哑了。我来来回回转了太多圈,因为亢奋出了名。那帮卖货的看我的眼神非常不乐意。最后我买了个苹果,得意洋洋地看着他们,又大着嗓门告诉所有人:"这是我给未婚夫买的。"

"铜门"的仆人们早就认识我,看见我只点了点头。这次老板本人坐在门廊里。我和他打了个招呼,两只手把苹果扔来扔去,像平常一样走向楼梯。老板大声叫住我:"嗨,年轻的小姐!"

我转过身。老板笑得有些尴尬。"他走了……"

我没明白。苹果散发出的酸甜香气令人陶醉,存了一个冬天的苹果就是这个味儿。

"卢阿尔先生已经走了。您……难道还不知道?"

我双腿一颤,仿佛脚下的螺旋楼梯变成了个大钻头,不断扭曲抖动。我希望是老板觉得我看着好欺负,想戏弄我。

"什么?"我轻声问了一句。

他收起笑容说:"这个……他没告诉您啊,原来如此。我以为您会更清楚……这个,这样一来……"

他一脸了然的样子。恶心、粗俗。

我压下心中的屈辱，打起精神，尽可能平静地问："他什么都没留给我？没留张字条，留点儿什么东西？是不是放房间里了？"

他摇了摇头。"已经打扫过了……新房客都入住了，也不可能把房空着啊，我们这儿……还挺有名的……你看，才过两个多小时就有人来了……"

我咬紧牙关。"两个多小时？"

老板浅浅一笑。"时间也不短了……如果要追……"

我连自己怎么走出店门的都不记得了。"如果要追……"贵族少爷又玩腻了个姑娘，跑了。轻轻松松，还没花几个钱……混蛋。这个老板太混蛋了，脑子里都在想些什么……

我跑到了街上。他按原计划出发了。我甚至知道他要去哪儿，去干什么……

穆哈在刷马。我把苹果塞给他。"给。"

他惊讶地接了过去，在被别人抢走之前先飞快咬了一口，笑开了："真甜……"

"一切甜蜜都有代价。"我气呼呼地说。他瞪起眼睛，想看我是不是脑子出了问题。

杂毛小马从出生起就没套过鞍。我给它套上了笼头。穆哈吓得大叫，被嘴里的苹果噎得喘不过气却连忙喊道："喂！你要干什么！"

我跳上了光秃秃、滑溜溜的马背，就这么坐着很不舒服。"让开！快点！"

"蠢货！"他惊叫着，眼中流露出不加掩饰的恐惧，"弗洛巴斯特会杀人的！"

小马受了惊，十分烦躁。我用脚后跟踢了踢它，让它彻底明

第三章

白谁才是主人。它发出一连串嘶鸣,穆哈躲到旁边,我飞驰出门,宽大的裙子贴在马背两侧。

街上的行人面面相觑,看啊,女的!一个女的骑马,和男的一样!没套马鞍!哎哟喂!我踢了下马的侧腹,我骑马的技术很不怎么样,但是愤怒和绝望发挥了作用,我紧紧抓住这匹可怜的马,像虱子似的。等我死了才会放手,可我离死还远着呢。马察觉了这一点,知道听话才是对它最有利的选择。

长街那头骑马的人远远看见我后一阵闪避,有辆马车差点没翻过去。我冲过城门,撞倒了一名卫兵,呼呼的风声掩盖了他们辱骂我的声音。马蹄踏在桥上发出巨响,我终于上了大路,面前掠过一个人影,不过不是卢阿尔,是某个去城郊探亲的市民,一脸惊讶。

他走了多远?路上有多少个十字路口,会转弯多少次?!

杂毛马跑得不快。它的脚步逐渐变慢,每次踢它,它的回应都只是悲哀的、带着谴责意味的嘶鸣,似乎在质问我为什么这样对它?!它为剧团服务的时间比我还长,难道这就是回报?!

我环顾四周。周围全是积雪的田野,灰蒙蒙的,雪化的地方看上去就像是一个个黑色的斑块。路上空无一人,只有在森林的边缘,似乎⋯⋯

不知道是不是我的错觉,反正我狠狠给了马肚子一下,它差点没把我从背上摔下来。

森林边缘,一个骑着马的身影若隐若现。我们再次飞奔,马蹄下的泥水混合着潮湿的雪四处纷飞,我在马背上晃来晃去,马越往前跑我身上越痛,可是前方的地平线纹丝不动,那个人也和之前一样遥远⋯⋯

我意识到我没有弄错。那个人影不是我的错觉。我的屁股饱

继承者

受摧残,马跑到了一个岔路口,那人正好在思考走哪条路。

"卢阿尔!"我的声音既紧绷,又嘶哑,怒气冲冲的,仿佛一只病乌鸦在叫唤,就连我自己都认不出自己的声音了。卢阿尔转过身,本来伸出去拔剑的手又无力地垂了下来。"是你?!"

我跳到地上,更准确地说是从可怜的马身上滚了下来。我痛得嗷嗷叫,站起身,蹦到卢阿尔身边,一把抓住他那匹骏马的缰绳。"你……你当我是你的情妇?我是个给点钱就能搞到手的小玩意儿,是个玩具,啊?舔两口就扔了?"

我想揍他,可是他在马鞍上,太高了我够不着,我只能对着他瞪得溜圆的眼睛大吼大叫,口沫横飞地痛骂道:"你这个……小狗崽子。看我怎么收拾你,滚!你给我滚……"我拳头捏得死紧,朝他乱挥。天啊,不知道的还以为是他骑着匹没有马鞍的杂毛马,顺着破路追了我一小时呢。"滚!畜生!别再出现在我面前……你给我滚!"

我放开缰绳,转身就走,差点眼泪就流下来了。背上和腿上的刺痛让我的内心愈发五味杂陈。可怜的杂毛马惊恐地看着我,它肯定觉得我是个怪物,一个只会折磨别人的疯子。

卢阿尔抓住了我的肩膀,让我看着他,解释道:"我、我不能不走!我控制不住自己,我……"

他恳求的眼神让我彻底失控了,从孤儿院出来以后我就没这么哭过。

我们在路边站了整整半个小时,他抱着我,我一会儿想挣脱,一会儿又扑过去搂住他的脖子。旁边如果有人,他肯定会笑话我们,好在并没有人围观,卢阿尔那匹高头大马和我骑来的杂毛小马是仅有的活物。我那匹马没溜走仅仅是因为它实在没力气了,站着都很费劲。

第三章

卢阿尔浑身都在颤抖,他咬着嘴唇不停重复说他爱我,他会回来。我脑子里想的全是其他事情,我太累了,没心情去揣摩他心里的秘密。他告诉我他控制不住自己的行为,他很难受,说有什么东西在引导他,他必须离开。我俩谁也没提护符,没顾上。

半死不活的马和浑身是伤的骑手赶在城门关闭之前回到了城里,直到这时,"护符"这两个字终于出现在了我支离破碎的记忆中。

毫无头绪。只有一个奇怪的词——"护符"。

弗洛巴斯特拿起了鞭子。

我昂首挺胸,跟着他走到后院。穆哈被吓坏了,不断抚摸杂毛马湿漉漉的脖子,好奇的女仆站在厨房低矮的窗户后面盯着我们,一只毛都掉光了的老猫在垃圾桶上大吃特吃。巴里安在责备歌琦娜。我觉得这一切似乎都离我很遥远。心里忽然一阵惊慌——不!弗洛巴斯特从来没用鞭子抽过我!恐慌的感觉都失了真,软绵绵的,遥远而模糊。卢阿尔走了。护符。

弗洛巴斯特狠狠地瞪了那个好奇的女仆一眼,她迅速从窗户边退开了。弗洛巴斯特又凶狠地瞪了我一眼,我勇敢地承受住了他的目光。

他扯掉了我身上的斗篷。鼻子里呼哧呼哧的,一言不发,拉起我潮乎乎的裙子下摆。他瞪大了眼睛。脸上的表情依然凶狠,看见我的腿之后两只眼睛瞪得像铜铃。

我尴尬地弯下腰,顺着他的目光看了过去。后院里的光线十分昏暗,只有一盏孤灯,还有些从窗户里透出的零碎的光,夜色渐浓。半明半暗中,我看见自己身上全是可怕的瘀斑。是啊,谁

143

让你一个不怎么会骑马的人去骑马了,还不要马鞍。

弗洛巴斯特沉默了。我也没说话,等待着即将到来的惩罚。

他放开了我,吸了吸鼻子,拿起斗篷扔到我身上之后离开了,鞭子在泥地上拖了一路。

⚔

黎明时分,信使们来了,更确切地说,是来了一个信使,因为只有一个青年穿着红白制服,浑身是泥,只有他是戍卫队上尉派来的代表,剩下两个是他的护卫。

迎接信使的是一个睡眼惺忪的仆人。小伙子是戍卫队的中尉,他被直接带到了索尔,或者按照青年对他的称呼,索尔上校那里。

乌糟糟的会客厅给中尉留下了深刻的印象。领路的仆人累得有些站不稳。谁知道索尔先生的书房是什么样子。然而从桌旁起身迎接他们的是一个完全清醒的人,神情冷淡又紧绷,甚至还有些凶狠。信使打了个寒战。

埃格特从他手中接过那封信,上面是戍卫队亚斯特上尉的私人印信。他拿着信,本以为自己会激动,然而并没有,于是弄破火漆,打开了信封。

"恭祝索尔上校诸事顺遂,战无不胜。愿他的人生……"埃格特的目光扫过了惯常的客套话,"现告知上校先生,您突然离去,戍卫队陷入无人统领之境地,本人别无选择,唯有接过指挥权……"

索尔漠然地点点头。行。反正他也有意让亚斯特接替自己的位置……一切正好。

"……坏消息次第传来,令人无法安枕。往日于周边流窜的多个小盗匪团伙如今合为一股，唯索瓦马首是瞻……恶徒不仅抢劫落单之行人，还胆敢向商队动手。附近村民忧思深重，遣使求助。然因您缺席，我尚在犹豫是否开展大规模剿匪行动……情况日益恶化，上校，恳请您动身前往戍卫队驻地，指挥……"

年轻的信使有些不耐烦，身子左晃右晃，马刺叮当作响。埃格特抬起头，发现年轻人的眼神中融合了适度的尊敬、期待和谴责。

"请转告亚斯特上尉，"埃格特叹了口气，组织了一下语言，"告诉他，就说我正在处理要务，一旦情况允许，我将立即前往。现在就请上尉全权负责，我相信他的领导才能。"索尔为了忍住呵欠，叹了口气。

无比震惊的信使瞪大了双眼盯着他。

⚔

七岁的时候他生过一场重病，他一直记得那种浑浑噩噩的状态，当时他感觉自己脑袋下面放着的不是枕头，而是一袋滚烫的卵石。

他浑身是汗，周围一片昏暗，轻快的感觉悄然而来，眼前似乎出现了遥远的海上城堡，天上的星辰，高耸的桅杆，多鳍鱼和鸟，它们的眼睛漆黑如炭……

这趟旅程让卢阿尔想起了多年前的幻觉。不知道为何，他还想起了一枚红色的苹果，它掉进河里，随着水流缓慢漂游。苹果颜色鲜艳，一半沉在水下，漂过之后留下一道淡淡的水痕。卢阿尔偶尔会觉得脚下的路就是那条水流清缓的河，它像载着苹果一样引导着他。

他没有试图同水流对抗。起初随心而走的行程甚至有些令人

> Преемник
> **继承者**

开心。他的思维完全放空,只是懒洋洋地看着田地中的积雪在阳光下逐渐融化,看着云影在地面缓缓爬动,看着瘦小的鸟儿在雪化开的地方玩耍嬉戏。他的心里平静而空虚,现在的他不需要思考任何问题,也不想做任何事。命运的轨迹早就尘埃落定,无可更改,只是不知道书写命运的究竟是何人。卢阿尔决定以后再思考这个问题,目前用不着。现在的他已经丧失了自主意志,完全依赖不知从何而来的指引行事,已经接近完全放任自流的状态了。

日子一天天过去,每过一夜,每经过一个十字路口,他的内心都会多躁动一分。可能他距离目标越来越近了,然而随着时间的推移,卢阿尔心中那种不知从何而来的瘙痒感愈发强烈。这种感觉既像饥饿又像干渴,他仿佛回到了孩提时代,有人刚给他看了个玩具又把它藏了起来,他只能倒在地上,发脾气,要那人把玩具给他……

他不停催赶自己的马,骏马喘着粗气,浑身是汗,然而卢阿尔还是觉得它跑得不够快。

一天晚上,他睡在某户人家的后院,手指似乎摸到了黄金薄片的切面,真是久旱逢甘霖。戴在脖子上的金链子传来阵阵凉意,终于!

他睁开眼睛。手掌似乎仍然能够感觉到护符的重量,可是手中空无一物,浑身一阵痉挛。

他在干草堆里打滚,嚷嚷着一些意味不明的音节。人们提着灯跑过来,喧嚣之中,他听见了一个断断续续的声音:羊角风……羊角风……他就要死了……白沫不断从他的嘴里往外冒。他觉得自己是个麻袋,里面装着个锥子。他就快要把自己的五脏六腑全吐出来了。

第三章

他在凌晨醒了过来，内心的宁静已不复存在，取而代之的是对护符的狂热渴望。他觉得天上的云都是它的形状。他在溪水里看到金色的闪光，迎面走来的每一个人都像是非法占有了圣物。卢阿尔到处找金链子，他养成了个习惯：见到一个人，首先就看他的脖子。所有人都一边躲着他，一边在嘴里念叨着驱邪的咒语，大家一致认为他是个吸血鬼，四处寻找能扎獠牙的地方。

他散播出来的恐惧日益浓烈。如果卢阿尔是个随身带着铜镜的娇俏姑娘，他只需要照照镜子就会明白为什么路人看他的眼神如此诡异，为什么大家都害怕收留他过夜却又不敢不让他进门……对护符的渴望从体内吞噬着他，从他冷冰冰又直勾勾的眼神中渗透出来，愈发明显。

他总是彻夜哭泣。护符在呼唤他，就像母亲在呼唤迷路的孩子。这简直就是折磨，是脑子里挥之不去的执念。卢阿尔对身周的一切都漠不关心，一路向前，因为他知道，这趟疯狂的旅程就要结束了。

他还明白了一件事，某个人正在护符附近，他们注定相逢。

⚔

冰消雪融的过程很是漫长，好多天里一直满地泥泞。忽然有一天升起了明媚的太阳，于是所有人都意识到冬天终于结束了，春天就这么突然地降临了。

蓬乱的扫帚把粪便和污泥抹得到处都是，扫帚上的幼芽鼓胀了起来。城里的女人们赶着往自己常穿的连衣裙上添加适应时令的细节。杂货铺里有种装饰用的蝴蝶结卖得很好。门口的花园里本来全是枯草，现在也开出了黄色的小花，陷入爱河的青年们将它们拔起，送给心爱的姑娘。

Преемник
继承者

我们的收入有所增加，大家变得更喜欢看悲剧，听抒情诗。滑稽剧演得少了，这很好，因为我的腿瘸了很久。观众们的掌声十分热烈，冬季巡演快要结束了。

不用想也知道，到了真正春回大地的那天，剧团就得离开这个热情好客的城市，生活会回到原来的轨道——赶路、演出、集市、村庄、城堡里富有而傲慢的贵族、农场里淳朴又抠门的农民，就连小偷都很慷慨的市场，颠簸的路、连绵的雨、晴天的太阳……巴里安和弗洛巴斯特每天晚上都在旅馆里商量接下来去哪儿，过了个冬凡京明显胖了一圈，在边上一直点头，他俩说什么他都同意。歌琦娜在白日做梦，说想去海边看看。只有我阴着脸一言不发。我想知道，卢阿尔回来如果发现我不在城里，他会不会伤心？找个莫名其妙的"护符"需要多久？谁知道我什么时候会再来这里。再往后去哪里根本没法预测。漂在激流中的木屑竟然还在畅想未来……

融化的雪水从各家院子流出来，汇入到街上浑浊的泥流。城中石砌的河渠水位高涨，几乎要没过便桥。麻雀们幸福地叽叽喳喳。弗洛巴斯特越来越频繁地看太阳，眼神里透出疑惑，穆哈大声数着日子，因为他特别想上路离开。

每次在街上遇到大学生，我都会偷偷瞄他们，从鞋子一直看到带着流苏的黑色帽子。"护符"这个词在我的记忆中与"书"紧紧捆绑在一起。卢阿尔外祖父的书……那个叫卢阿扬的魔法师。直到现在我才明白，他之所以叫这个名字是为了纪念外祖父。他的外祖父受人爱戴和敬仰，写了本魔法师的传记。卢阿尔这个傻子书没看完，却把关于"护符"的内容看了，还允许我也看……

既然卢阿尔都允许我看，我心想，那我不看就是傻子。还有

第三章

个小问题，书肯定在大学里，不然还能在哪儿？托丽雅女士，魔法师卢阿扬那个不苟言笑的继承者，总不能把它放在自己的卧房吧。如果是这样就太糟糕了，因为托丽雅女士的卧室我无论如何也进不去。大学嘛……

有两个学生常来看我们演出，两人还送了歌琦娜棒棒糖和银币，还有那种从花坛里摘的小黄花。他们不怎么搭理我，毕竟我穿着《憨子特里尔》里面老太婆的衣服，吸引不到谁。

其中一个学生体格精壮，看着像农村人，跑到城里打拼，偶然进了大学。第二个应该是面包师的儿子，皮肤白白嫩嫩，脸蛋儿胖乎乎的像个糖饼，脸上的雀斑刚好就是糖饼面上撒的葡萄干。我非常了解歌琦娜的口味，断定她会把橄榄枝伸给大块头，第二个会输得很惨。

事实证明我是对的。在一个美妙的春日，歌琦娜和大块头去郊外散步，留下雀斑青年独自心碎。

我决定帮他排解孤独。

他高兴得满脸通红，笑着想牵我的手。歌琦娜瞬间被他抛在脑后，是哪个演员其实无所谓，头发的颜色也无所谓，他只想拉着小手走上一段，在路人面前显摆显摆，然后在朋友们面前吹嘘：欸嘿，看见了吗，这帮戏子！

他叫雅空，我一开始估计错了，他父亲不是面包师，不是！他爸是城里的医师，管儿子非常严格。雅空受了很多苦，现在还会挨打，在学校里也总是被嘲笑，被女人瞧不起，所以才无时无刻不想证明自己。

和大学里最强壮的学生交朋友（我也不知道医师的儿子怎么收买那头没心眼儿的蛮牛的），对女演员献殷勤，在我看来他这些行为都是想证明自己。可怜人简直不敢相信自己的好运，竟然

Преемник
继承者

有个女演员像个熟透的果子一样掉进他怀里,唯一妨碍他的是我的奇思妙想。对于一个女演员来说我的想法几乎等同于胡闹:我想去看看大学里面的样子。即使不参观整座校园,去图书馆看看也行,就要去图书馆,就要。

雅空费尽口舌告诉我这不行,说大学不欢迎外人。我不管,我就要。很难吗?容易的事情我自己也可以,还要满脑子情情爱爱的大学生干什么。

雅空最终还是屈服了。他不想失去这从天而降的幸福,不能放弃!他都安排好了——晚上,太阳落山之后,只有最努力的学生还在烛光下看书,其他的浪荡子都到酒馆惹是生非去了,这个时候教学楼里没什么人,一片昏暗,只有一个守卫在里面打转,图书馆里则只有一只猫在逮耗子,这是最合适的时间。雅空浑身颤抖,满头大汗地带着我跑过守在大学门口的铁蛇和木猴。

他喘着粗气,大步走在前面,闪烁的烛光映出了走廊、壁龛、立柱,还有石雕上的脸。空气中一股灰尘味儿。我不禁打了个寒战。这味道让我想起了祖母的破旧房子,是我长大的地方。

雅空转过身来对我说:"啊……这里……就五分钟,明白吗?看两眼我们就走……"

他在发抖,可能是因为害怕,也可能是因为期待。可怜人以为他满足了我的好奇心,我就会满足他的男性欲望。

巨大的门缓缓打开。黑暗中能看见三扇窗户,浓郁的夜色透了进来,其中一扇窗户后面甚至有颗小星星。雅空在我耳边吸了吸鼻子。

这里全是灰。几年,几十年积的灰。我的头忽然开始发晕,于是我抓住了书架一角。我的童年,妈妈……

那个地方也全是灰,没人打扫。每隔一段时间就有几本无价

第三章

的藏书被拿去引火。我在地板上一坐就是好几个小时，研究那些金边、皮面、书脊上的压纹。有些书被链子锁着，我觉得给书上锁很好笑，就好像书里藏着的智慧能被偷走，只留下泛黄的空白书页。

我从一本古老的识字课本上学会了阅读，每页都有好多图，每张图我都可以盯着看好几个小时。识字课本在一个冬天被扔进了炉子，我没有哭，因为它带来了片刻温暖……老鼠很讨人厌。有天我在街上遇到了一只满身跳蚤的瘦猫。旁边还有一对猎狗，就算那只猫已经脏得不行，猎狗骨子里的天性也没有受到影响。它们把猫赶得到处躲，谢天谢地它们没把它吃了。

狗很饿。我也很饿。小时候什么都缺，只有旧书堆积成山……

我回过神来。雅空着急了，因为他只给了我五分钟。可是这点儿时间根本不够，难道要在这里待到天亮？

我们在小桌上找到了个烛台。我点燃了烛台上的两根大蜡烛，开始研究架子上的书，雅空看见后吓得够呛。

"你是疯了吗？"他呼了口气，"这么亮的光……会被发现的……"

"太黑了我看不见。"我说。

"你要在这儿看什么？这些都是搞学术的书……你估计认字都……"

我没搭理他。书太多，时间太少。我知道一个人搞不定。能搭把手的只有他——被吓坏的雅空。我转过身，在脸上堆出热切又困惑的表情，对他说："是啊……我看见了，都是些学术性的书……你这是，"我的语调充满钦佩，甚至带上了颤音，"把它们都看完了？"

继承者

　　大学生尴尬得不行。他脑子里的东西在深度和广度上未必比得上那些努力的同学。我继续追问："你知道吗？我一直都梦想……遇见……认识……科学家……他们和其他人不一样。他们……你应该知道这类书在哪儿吧？"

　　他的脸上涌起一阵茫然。我咬了咬牙——真是受够了这个蠢货！最难的问题来了。我得告诉他书名，换句话说，就是要告诉他我的秘密。谁知道这个肥头大耳的雅空会把我找书的事告诉多少人。

　　不过他其实并不关心我的秘密，一把抓住了我的手，催促道："走吧……我们走……够了……你看也看了……"

　　我挣脱了出来。冷淡地噘起嘴："别拉拉扯扯。还不够。"

　　他轻轻哼了一声。我满意地点点头道："啊哈……雅空，你去给我找那本卢阿扬主任写的《魔法师传》。"

　　他似乎大为震撼。

　　他瞪大眼睛，默默朝全是灰尘的黑暗深处走去。我听见他一直叹气，压着嗓子骂骂咧咧。回来时他手里空空如也。"我不知道……之前这里有个副本来着……正本在托丽雅女士的办公室，我不知道……副本之前就放在这儿……"

　　我朝他走去，可怜的呆子往后一缩。"你听着，雅空……如果你不马上把这本书给我找出来，我就大叫求救，告诉守卫是你把我拖到这儿的……"

　　"不！"他的脸一下子白了，雀斑的颜色淡得几乎看不见，"你……你简直……"

　　"去找。"我冷冰冰地说。

　　他找了很久，那只狡猾的猫从黑暗中现出身形，想在我的裙子上蹭鼻子。雅空差点没哭出来。"没有……托丽雅女士……她有时候会过来……把书拿到系主任……办公室……"

"我们去办公室。"我平静地说。他差点没站稳。

"啊你……不行！只有托丽雅女士……只有她在场的时候……办公室上了锁，进不去！"

我咬紧牙关。看来我做的一切都是无用功，接下来只需要在医师家的胖小子脸上亲一口，给他个安慰……

我把烛台举过头顶，这样周围能亮一点，让我最后再看一眼这巨大的书库……那本书就在我面前。金色的压花书脊闪闪发光。唾手可得。

我伸出了手。

卢阿扬。《魔法师传》……记录了伟大人物的生平……

"是这本书吧？"我问雅空。

他吞了口唾沫，愁眉苦脸地点点头。

书很沉。它新得不正常，这都二十来年了，书脊上竟然还有皮革的气味。

两支螺旋蜡烛的光线落在洁白光滑的书页上。书的内容……我屏住了呼吸。

好多人名。他们的名字充满了魔力，巴利塔扎尔·埃斯特……拉尔特·列吉阿尔……隐士奥尔文……绰号马兰的鲁阿尔·伊力马兰涅恩，也就是守门人……

不知为何我打了个寒战。可能是因为鲁阿尔这个名字和卢阿尔太像了。也不奇怪……

雅空在我背后不停哼哼。哦，他已经不是在哼哼了，是在哭，哭得很绝望。

我把书往后翻。我越看越心惊，是他。始祖先知……如此古老的人物……旁边……

我轻轻啊了一声。旁边写着"长老拉什，伟大而疯癫之人"……

我的手心在冒汗。老天保佑，可得小心点，不能把书弄坏了，我开始寻找关于这个伟大而疯癫之人的记载。不可能是巧合，这个神志不清的老头儿和圣灵拉什之间有什么关联呢？二十年前整个教团的仆从都将他奉若神灵，他们放出了瘟疫，卢阿尔的父亲法吉拉就出身于教团……

这书可真不错。每一页都想认真看，可是不行，没时间了，拉什的章节在哪儿来着……

雅空像兔子一样尖叫了一声。图书馆里亮了起来。如果不是雅空一直不肯闭嘴，我可能都注意不到。他嘴里叽叽地说着谄媚的话，想用背挡住书，应该是不想让某个站在门口的人看见。

"啊……不……这……她……自己……"

当真是条狗，我恼怒地想。我才不管守卫，也不想搭理雅空，我要把这本书带走，偷走，我需要它……如果有必要，我可以为了它打一架。

"不……我……不是我……"医师的儿子哀嚎道。我咬紧牙关，一脸寒气地转过身。

托丽雅·索尔女士站在门口，手里拿着个和我一样的烛台，烛台上是两根螺旋蜡烛，俏丽的脸上满是怒火。

我所有的决心和愤怒仿佛撞到了一个潮湿的麻袋。托丽雅女士把烛台砸到自己儿子的脸上时估计也是这个眼神，要杀人的眼神。

"这位演员的好奇心很大啊？"卢阿尔的母亲问道。她的声音很小，有些沙哑，我似乎听到了蛇爬过石头的沙沙声。"亲爱的演员，你是不是还没出戏？"

第三章

她当然认出我来了。看见我,她瞬间想起了卢阿尔,想起了拉什的风帽,以及埃格特·索尔走之前说的话。

"她……"雅空哑着嗓子刚要开口说话就被无情地扫到一边。托丽雅朝我走来,她的双眼就像燃烧着两团冰冷的火焰。她怒斥道:"你在这里干什么,贱人?!"

我仿佛被甩了个耳光,屈辱感让我恢复了力量。我昂首挺胸地答道:"为什么夫人觉得自己有权……"

她的瞳孔放大了。她看见了我背后桌上那本摊开的、卢阿扬的书。"你……"

她把我像只猫一样推到一边。托丽雅合上书,烛光一阵闪烁,差点熄灭。托丽雅·索尔举着那本鸿篇巨著,一副想打我的样子。她步步紧逼,把我赶进了书架间的角落。"你怎么敢!"

"卢阿尔让的!"我对着那张因为愤怒而扭曲的脸高声叫喊,"是他让我看的,他有这个权利,这也是他的书!"

听到儿子的名字,她的脚步晃了晃,仿佛挨了一记耳光。她在原地站了一会儿,再次朝我走来,骂道:"你真是欠收拾。赶紧滚,畜生。"

我长这么大被骂了无数次,早就学会了把那些话当耳边风,可是现在我却心痛得想流泪。

"我是畜生?"眼泪不争气地流了下来,我带着哭腔大喊,"我可没有抛弃自己的儿子!"

她一只手捂住心口,另外一只手抓住架子以防摔倒,目光无力地从我身上划过,就像指甲挠过玻璃。我吓坏了。

"你……"她呼出了一口气。

我抽泣着说:"为什么……他……他有什么错?难道他对您的爱不是对母亲的爱吗?难道他不信任您?难道他要负责,就为了……"

我一个踉跄。不应该提这个，不。

她转身背对着我，脚下颤悠悠的，像个瞎子。她抓住书架，靠住桌子，一瞬间变成了个直不起背，抬不动腿的老太婆。她拿着烛台，朝门口慢慢走去。雅空被遗忘了，躲在某个角落里哭泣。想到他时我内心毫无波动，只当他是个和自己毫不相干的物件。

※

他的房间很干净，干净得很不正常。达拉每天都要去打扫一遍。可是那个乱放杯子，弄脏地板，乱扔书和东西的人已经离开了。

托丽雅站在门口，犹豫着要不要进去。小时候她很害怕进入那个停放母亲尸体的房间……

这里太过安静、整洁，仿佛屋子里放着一具尸体。

她的儿子死了，这是他的房间。

她最终关上了房门，没有进去。卢阿尔……

这个名字真是钻心剜骨。

※

她在夜里醒了，因为她感觉房间中央似乎曾经站着一个人，一言不发，冷若冰霜。

"走开，"她恳求道，用毯子盖住头，"走开……为什么……为什么？"

被关押在地牢时她就哭着问过这个问题。他花了很多时间对她解释，说既然犯了弥天大罪，那就必须受到惩罚……召来瘟疫，这可是令人发指的罪行，难道不是吗？她哭着说不是她做的……不是她的错……他充满理解地点点头，又说受惩罚的不一定是犯罪之人。牺牲品必须是无辜的，不然怎么能叫牺牲品？

对，他还想知道护符在哪儿……非常想。为了不继续受折磨，托丽雅本想告诉他，只是她太过震惊和痛苦，忘记了……

房间中央空无一人，只有皮肉烧焦的气味。恶心的味道。

……双手被皮带绑在木凳上。欣赏了一阵她的呻吟，他松开了她脚踝上的皮带……接着又把皮带完全摘掉了……她想用脚踢他，可她没力气了，只能在原地凄惨地扑腾，戴着手套的手分开了她的双腿……

戴着手套？难道他戴着手套？她记得他那双手令人厌恶的触感，温温热热，软若无骨……

夜色深沉。托丽雅站了起来，点亮蜡烛，穿好衣服坐到窗边。

就这样一直坐到了天亮。

男生在一名上了年纪的仆人陪同下来到了办公室。

"你就是雅空？"她冷冰冰地问。

男生不住抽泣。浅色的头发，一脸孩子气，胖乎乎的脸上长满了雀斑。

"你被开除了。"她把校长的命令拿到他面前晃了晃。

他瞪大了双眼，泪水夺眶而出，十分可怜。"夫人……我发誓……不要啊，夫人……为什么……我也不想……"

她冲仆人点点头，那人搂着男生的肩膀把他带了出去。走廊中传来了歇斯底里的哭声。

托丽雅不为所动,甚至还有点感到解脱,是时候忘记这一切了……

眼不见,心不烦。

⚔

河道蜿蜒曲折,清透的河水泛着些微的绿光。湛蓝的天空倒映在水里,春草在潮湿松软的土墩上摇曳。

卢阿尔勒住马。道路笔直向前,可是护符仍然没有踪迹。一个人在路边的缓坡上漫步,身量不高,他一会儿弯下腰去,斗篷都拖到了地上;一会儿又稍稍蹲下,伸出一只手挥个不停,似乎在跳舞。宽阔的河岸边只有他一个人。

卢阿尔屏住呼吸。疯狂的旅程结束了,他特别笃定,太阳下山之前护符就能到他的手里。为此他不惜杀人。

脚下传来哗哗的水声。半腐烂的枯草中夹杂着新生的嫩草,水流从中漫溢而出。卢阿尔暂时没工夫去观察前面那个人,他正一路小跑,所有的注意力都集中在脚下以防摔倒。他要拿出主人的气势,每一步都要稳住,不能乱。

河水的气味愈发浓郁。短靴不断陷进泥里。卢阿尔终于踏上了潮湿的沙地,他抬起头。

那人正用石子打水漂,没搭理他。

那人在河岸上的卵石中挑挑拣拣,选出最平整圆滑的石头,用中指和食指捏着它瞄来瞄去,姿态优雅地一挥手,石头青蛙似的贴着水面飞行、跳跃,划出一道完美的直线,本人则在边上大声数着石头跳跃的次数。看他郑重其事的样子,估计只有加冕和葬礼的重要性能和打水漂相提并论了。

卢阿尔站在原地没说话,像一个四处流浪的骑士,终于在石头迷宫中发现了宝藏,还遇到了宝藏的守卫——冰冷无情的恶龙。

"二十五、二十六、二十七……"扔石头的人面露不满,"二十七"在他看来就是失败。他俯下身子,认真探看,一块硬币样的石头嵌在卢阿尔的影子里。

陌生人犹豫了一下,似乎终于要抬头了。卢阿尔有些紧张,也朝他看过去,陌生人并未伸手捡石头,而是直接转过身。现在他背对着卢阿尔,面朝河水。此人瘦瘦高高的,挺拔得像一根笔直的棍子。直到现在卢阿尔都没有看见他的脸。

"我来拿属于自己的东西,"卢阿尔轻声说,"您手头有个东西是我的。"

陌生人慢慢转过身。

卢阿尔五岁时曾躲在大箱子后面哭个不停,因为他最喜欢的那个东西被交到了这个老人细瘦干枯的手中。老人当年的模样与现在别无二致。埃格特和托丽雅那时的年纪只比现在的卢阿尔大一点儿,他们在老人的目光下瑟瑟发抖,如今卢阿尔终于明白了个中缘由。老人出身成谜,谁都不知道他的来历。

"你长大了,"老人慢慢开口,"很像你的父亲。"

他的唇角略微翘起,似乎带着讽刺的意味。老人话中所指根本不是埃格特·索尔,卢阿尔仿佛被抽了一记耳光,浑身一抖,他想起了十四年前自己被迫同这个可怕的老人打招呼的情景。当时老人的笑容就是这样,隐隐透着挖苦,深邃的眼睛直勾勾地盯着卢阿尔,仿佛要把他串上烤肉的铁叉。老人当时就看穿了一切,他什么都知道。

"把我的东西还给我,"卢阿尔闷声说,"我也不需要别的。"

"别的还有什么呢。"老人一声苦笑。

继承者

卢阿尔没吭声,心里琢磨自己是不是被拒绝了,现在要怎么办。他的思维转得很慢,然而他非常笃定自己会坚持到底。如果需要,他会把老人推进河里淹死。

"有时候我觉得其实什么都无所谓,"老人抬起头,看着变幻莫测的天空,"我什么都见识过了……现在你来了。你要我把正在……消亡的东西给你。它和我们一样,和这个世界一样会消亡。我还没有决定管还是不管……"

卢阿尔看着老人,试图从他布满皱纹的脸上寻找他已经疯了的证据。老人看懂了他的目光,冷笑一声:"哟……孩子。在刑讯室中孕育的孩子……你是先知吗?你是奥尔文的继承者?"他笑了起来,笑容异常苦涩。他忽然敛起笑容,一丝不苟地挑了块石头,让它在水面跳跃而去。

"给我!"卢阿尔一声大喊,声音大得他自己都惊讶。老人没吭气。石头跳啊,跳啊,落到了对岸某个地方。

"我是先知。"卢阿尔说,这样的词汇组合第一次从他的嘴里冒出来。说完之后,他的舌头麻木了,不再听使唤。

"你当真为它而来?"老人看着对岸说。

他把手伸进怀里。卢阿尔朝前迈了一步,像个被人从背后推了一把的醉汉。老人粗粝的掌心放着块黄金薄片,上面是复杂的刻纹。

"它在生锈,"老人轻声说,"看见了吗,它在生锈。"

卢阿尔没听见他在说什么。老人掌心的宝贝就是整个世界。

"你……"老人又笑了一声,"从来没看过……始祖先知的《遗世书》。你不懂……"

卢阿尔伸出了颤抖的手。

"你为什么要它?"老人轻轻问道,"你真的需要吗,啊?"他的手忽然一动。

"不!"卢阿尔大叫一声。

金链子在阳光的照耀下闪闪发光。本属于卢阿尔的东西,历经磨难的先知护符开始在泛着绿光的水面上跳跃。

水滚烫灼人,他仿佛跳进了火堆。河底的污泥升腾而起,他忽然看见了在河水中散发着微光的薄片。它被细小的气泡包裹着,轻轻晃动,拖着细细的链子朝河底坠去,就像一颗金色的彗星。

他的双手伸进了冷暗的水中。他的眼中映出自己毫无血色的双手、绿色的河水、河底的白沙。他以为它消失了,定睛一看,发现精致的护符有一半被掩埋在淤泥中。它在召唤他。

他伸出手,终于碰触到了先知护符。

第四章

这天的阳光灿烂、明媚如春日，弗洛巴斯特宣布，明天——就是明天！我们将要离开城市，出发上路。

凡京像个孩子似的兴高采烈，巴里安事先已经知道了一切，穆哈心满意足地用鼻子大声抽气，歌琦娜则露出了神秘的笑容。只有我一个人脸色木然地站着，就像乡村新娘终于在婚礼上看到了新郎。

晚上大家一起去酒馆饮酒作乐，为春天和即将成行的旅程而欢欣鼓舞。我坐在角落里，呷了一口酸酒，盯着桌子发呆。

酒馆里依然人声鼎沸，弗洛巴斯特却不由分说地让大家去睡觉——黎明不会等待，大门在拂晓时分打开，道路不会迁就瞌睡虫的抱怨，只偏爱那些天不亮就出发的人。

我走在众人身后。弗洛巴斯特也有点落后——于是我叫住了他："老大！"

他可能有所预料——紧张地转身，甚至有些手忙脚乱。"啊？"

"我不去。"我说。

第四章

整个晚上我都在痛苦地斟酌这短短一句话,整个晚上我都不敢想象弗洛巴斯特的脸色会是什么样子,但巷子里一片漆黑——所以我终究没有看到他。

漫长的停顿。说话声、歌琦娜的笑声和穆哈沙哑的男低音都沿着街道远去。

"他会离开你的,"弗洛巴斯特平静地说道,"他会离开你,然后把你忘得一干二净。然后你只能找一家铺子当女佣,下半辈子都只能擦洗溅满灰尘的地板,还要天天挨骂。等肥头大耳的老板在储藏室对你动手动脚的时候,你会想起你那位高贵的骑士,流下悔恨的泪水……"

我浑身发冷。他淡漠地说着,同时又令人信服——就像个先知。

"……也许到时候你还会想起我。你对着你那发潮的稻草枕头说,原来老头儿说的是对的……你会追赶我们,但是白搭,坦塔莉。这种事情不可能被原谅。永远不可能。"

他吸了一口气。我站在原地,一动不动。

"你知道,"他冷笑道,"二十年前,我本来可以开一间铺子,养一窝孩子……但天赋不是烂抹布,可以用来换取别人偶尔的爱抚。曾经有个好心人让我明白了这一点……我一辈子都感激他。你明白吗?"

我沉默不语。他透过咬紧的牙关吸了口气。"现在告诉我,你只是开了个玩笑,我们就当什么都没发生过。"

漆黑夜色中,我们头顶上的风向标猎猎作响。一只流浪猫在尖叫,另一只出声应和。百叶窗吱嘎作响,脏水裹挟着咒骂泼到了猫身上,周遭恢复了安静。

我恨不得找个地缝钻进去。因为我的答案早就确定了。虽然

Преемник
继承者

不知道离开舞台和剧团我能不能生存——但离开卢阿尔我肯定活不下去。弗洛巴斯特不会理解这一点。我在他眼里……我不想去想我在他眼里是什么样子。我宁愿在孤儿院死于猩红热。

野猫音乐会在邻屋的屋顶重整旗鼓。弗洛巴斯特在黑暗中喘着粗气。

"我不去。"我轻声说道。

屋顶上的风向标发出了令人心碎的声响。

"随便你,"弗洛巴斯特闷闷地回了一句,"再见。"

他转过身,消失在夜色中。

卢阿尔站在广场中央,在春风的吹拂下,他的身影摇摇晃晃的,就像一棵小树。

他觉得自己就像一个久病初愈的人。他依稀记得一条路:全是凌乱的枯草,接着是冰冷的水,然后不知为什么拉什塔所在的广场忽然冒了出来,广场上法院门前那个绞架上吊着的偶人,法院大楼的地窖正是他被孕育的地方……

他惊讶地意识到自己很高兴能回来,而探寻护符的整个旅程现在看来就像一个睡前故事。这个想法让他不寒而栗。他探手入怀——谢天谢地,护符就在那里,他很想把它放在掌心,再次贪婪地检查它的所有细节……但他不能。卢阿尔莫名很害怕把护符暴露在旁人不经意的目光中。

他遗憾地放开了此刻挂在胸前的金质薄片,把斗篷拉得更紧。然而广场一如往常,对卢阿尔的秘密丝毫不感兴趣。广场上熙熙攘攘,四名身着制服的男仆气喘吁吁地抬着一顶装饰得索然无味的轿子走过,一只胖乎乎的手隔着镶有花边的窗户向面红耳

第四章

赤的卖花姑娘挥手。在塔的基座下，一个疯疯癫癫的老头儿穿着随风摇曳的破衣烂衫四处游荡，几个可能来自乡下的好事者好奇地盯着他，像看着一朵奇葩。不远处，一个小贩灵巧地将圆形的罂粟籽面包抛向空中，以此来吸引顾客。一个狡猾的街头男孩儿用手肘顶了顶小贩，捡起落在马路上的面包，准备溜走时惊扰了一群安静觅食的鸽子。鸽子飞向天空，拍打着翅膀，把粪便喷洒在广场上。人们眉头紧锁，擦拭着衣服上的新鲜印迹。卢阿尔忧郁地笑了笑。

他很高兴能回来，但也夹杂着一些诧异的懊恼——他已经走了很远的路，而现在回来却发现自己正处于旅程的起点，又回到了那个地方，就像时钟的指针。他觉得自己就像一只沿着木轮边缘无休止奔跑的老鼠。

现在他站在大学的大楼前，路过的学生中有人认出了他并向他打招呼——但卢阿尔没有看到。他的目光凝望着图书馆的窗户，那是两扇巨大的彩色玻璃窗，其中一扇微微打开。

不知不觉中他又探手入怀，觉得护符在他的手掌中跳动，尽管这很可能是他自己的血液在血管中跳动。

不可能一直自欺欺人，也不可能不想到那个女人……那个经常从里面打开图书馆的彩色玻璃窗，向坐在父亲肩膀上的男孩笑着挥手的女人……是的，准确地说，是坐在一个毫无血缘关系的男人的肩膀上，这个男人后来遭到命运的重击——在他最珍视的感情方面被伤得体无完肤……

卢阿尔讽刺地笑了笑——能怎么办呢？世上没有不透风的墙，就像怀里揣不住灼烫的煤炭……

他握紧护符的手仿佛被烫了一下。

165

继承者

他把自己锁在旅馆房间里,拉上窗帘,拿出护符放在桌子上——放在破旧的天鹅绒桌布中间。它静静地躺在那里,金边闪烁着微微的光芒。卢阿尔饶有兴致地研究着花纹雕刻的细微之处,同时尽量忽略暗淡的金色表面上滋生的褐色锈斑。

一件正在消亡的东西。那个用石子儿在水面上打水漂的老头儿是这么说的。他说:"一件正在消亡的东西。和我们一起。和世界一起……"

疯老头儿太多了,卢阿尔想。那个穿着拉什教团的破烂长袍,围着塔闲逛的家伙也喜欢预言世界末日。从一个疯老头儿那儿能听说什么……但生锈的黄金?卢阿尔习惯于认为黄金不会生锈。

他用手掌盖住护符,想象着它所有的细节——干净,没有一个污点……他把手拿开。锈迹并没有消失——似乎更多了。

那时,在河边,在一片凌乱的枯草中,有人说了一些让卢阿尔后来很诧异的事情。诸如"我是个先知"之类的话……如果这是真的,如果他真的这么说——那么他比这个疯狂的世界上所有的疯老头儿都更疯狂。

金链子躺在磨损的绿色天鹅绒上,就像草地上的一条暗流。随着时间的推移,卢阿尔越来越焦虑:护符已经离开他太久了,他需要随时感受到它,要将它挂在胸前。

当护符回到它的位置时,那种若隐若现的恐惧感就消失了。卢阿尔自嘲地笑了笑,不知道到底谁是谁的主人。他对这块金质薄片的特性一无所知,只怀疑它比它的新主人强大得多,然而,卢阿尔谦虚地希望有一天能与它相提并论。

无人可问。他积累了这么多问题,疯癫的守门人却把护符信手一扔,吝于屈尊解释。现在的卢阿尔与护符形影不离,相依为命，而唯一能帮助他的人是卢阿扬主任……他的外祖父，把漫长的一生都奉献给了一本厚重而睿智的书。

父亲的办公室让托丽雅忘记了一切。

她整天都坐在巨大的桌子旁，盯着前方，什么都不想。任何在这种时候从她门前经过的人都会不由自主地压低声音，踮起脚尖——无论是年轻的学生还是校长本人。嘘，托丽雅夫人在工作。

她确实在工作——经常熬夜，弯腰看书，勤奋地做笔记，为注定不会开始的课程做准备。她知道自己肯定会害怕走到讲台上去直视所有人的眼睛。

她也不知道所谓的"所有人"是谁。他们都知道她与儿子断绝了关系；也许他们知道她为什么这样做。那个不知道从哪冒出来的喜剧女演员肯定什么都知道……但她，托丽雅，向来就不在乎别人的意见。她内心有个自己的审判员不知从何时起在她心里扎根，这就够了。

办公室里不会有大惊小怪和评头论足，也不会有旁人的想法。托丽雅确信，在这里她只会想到伟大的历史事件，想到战斗和王国，想到魔法师和统帅……也会想到她的父亲，卢阿扬主任。

她绕了一圈又一圈，在办公室里寻找父亲曾经接触过的一切东西。她在图书馆收集了他所有的手稿——花了几个小时盯着书页，内容看不进去，只是欣赏他的书法。《魔法师传》中的所有章节都刻在了她的记忆里，精确到每一个标点符号。

她围绕自己建立了一个脆弱但密不透风的世界，不是平静，

Преемник
继承者

而是某种平静的幻觉。直到有一天,一个情绪激动的仆人来到办公室时,一切轰然崩塌。

"我的夫人!"他兴高采烈地喊道,"太好了,卢阿尔先生也来咱们这儿了,他在图书馆,您可以自己……"当看到她脸色的变化时,他不禁瑟缩了。

她用呆滞的声音表示感谢,然后在仆人走后锁上了门,打开她能找到的第一本书,坐下来开始工作——但她费尽千辛万苦建立起来的防线崩溃了,她握笔的手在颤抖,她的眼睛茫然四顾,她的耳边交替回响着法吉拉假意温柔的笑声和那个女孩的喊叫声:"我可没有和自己的儿子断绝关系!"她站了起来,差点儿撞翻椅子,手掌紧紧抓住父亲办公桌的边缘,似乎在寻求帮助和保护,然而什么都没有得到。她打开门,走了出去。

路上有人急忙闪开,然后惊慌失措地打招呼——却已经在她身后。她在走廊上踱步,脸上无动于衷,然而内心却纠结在恐慌、羞愧、懦弱的逃跑冲动以及害怕受责备的胆怯之中——还有一种她一直都说不清的感觉,当她弄清楚时,她却感到难以置信。

她想见到他。她必须见到他,因为在无数漫长的不眠之夜,她不止一次想到了他的死亡。在她的谵妄中,她几乎期盼这种死亡——而现在她很高兴自己的阴暗想法没有伤害到他,至少他还活着……

她走到图书馆的门口,退后,又回来。浮雕上的石质面孔用和她一样的空洞目光望向前方。迎面而来的一个学生鞠躬致意,他犹豫了一下,似乎是想问什么——然后立刻溜走了。空的。没有人。

门开了,悄然无声。

第四章

她觉得图书馆里似乎空无一人。一只干瘦的猫在窗下舔着皮毛,它用黄色的眼睛斜了一眼托丽雅,然后继续我行我素。

她瞬间松了口气——然后在最近的书架之后,有人动了动,叹息一声。

她压住想要逃跑的冲动,站了一会儿,缓慢地,如履薄冰一般,迈出一步,又一步。

他坐在梯子的脚下——在地板上,书在他面前堆积如山。托丽雅只看到一条伸出来的腿,破旧的靴底,耷拉着的肩膀和被金发遮住了的脸。

托丽雅无声地惊叫。埃格特。他坐着,一如往常——同样的姿势,同样落在眼睛上的金色头发。

她的呼吸急促起来。坐在地上的那人听到另一个人的存在,抬起了头。

年轻的法吉拉用空洞的、透明的眼睛从金色头发下窥视着托丽雅的脸。

翻倒的书籍从书架上掉了下来。她无声地尖叫着,用手捂着嘴,慌不择路地穿过一座座书架冲出大学,几乎是奔跑着匆匆回家。血从被咬破的手掌中滴落。

当天下午,托丽雅·索尔夫人匆忙地把阿拉娜和一脸茫然的保姆召集起来,动身前往乡间别墅。

南方人的舞台上,褪色的遮篷被风吹得鼓了起来。观众们围成马蹄形,不时爆发出粗野的笑声。我混迹其中,绝望地看着一场又一场演出。

哈尔行事颇有些出格。他想要不断取悦要求不高的观众,有

Преемник
继承者

时会采取最粗俗的手段。在一场滑稽剧中,他们用铲子把一坨真正的大便搬上舞台——在一通污言秽语的对话之后,他们把这堆香喷喷的大便扔到一个傻头傻脑的喜剧演员的秃头上。

众人笑得前仰后合。扒手们在人群中流窜,所以必须把装着财物的小包紧紧攥在胸前。我的耳朵因羞愧而发烫——无论是为我自己还是为哈尔,抑或是为那个秃头喜剧演员。我告诉自己,这不会持续太久。卢阿尔很快就会回来……

我几乎身无分文。老实说,我在旅店当女仆可能会更好。没有人会想起,弗洛巴斯特离开后,我一无所有;没有人会以为我不是为了过好日子而被带进哈尔的剧团……他们会说,是我见异思迁。哈尔自己会说,她是见异思迁,事实却是他诱骗了我……但这和哈尔有什么关系呢,流言蜚语又有什么关系呢?我自己都会相信这一点,这才是最不幸的。"见异思迁"……双重背叛。还不如在旅店里做个女仆……

但一想到旅店我就有一种莫名的恐惧,立刻会想到弗洛巴斯特的话——"下半辈子都只能擦洗溅满灰尘的地板,还要天天挨骂"……

我打了个寒战。围观的人明显变少了——滑稽剧换成了无聊至极的戏剧。哈尔不会表演戏剧,这也是他不喜欢戏剧的原因……

然后我意识到自己被发现了。窗帘后面——在那个破洞的地方——有一阵窸窸窣窣的动静,我觉得我甚至看到了一只眼睛在洞里闪烁。他们从舞台中央的道具树后盯着我,而演员们也在对白间隙用嫉妒的眼神斜睨着我。头上沾满大便的喜剧演员,有着出乎意料的稚嫩童声的老妇人,脸盘圆得像鼓、眼神腻得像油的男主角,任性地噘起嘴巴的美丽女主角……我未来的同伴们。我

第四章

将与他们在同一屋檐下朝夕相处，分享面包和酒，金钱和辱骂……

南方人的剧团颇具规模，至少有十个人。他们恐怕并不欢迎我这个外来户、陌生人和竞争对手。

演出结束了。盘子叮当作响，满满当当；我不由自主地伸长了脖子，计算着别人的收入。不是盘子，而是堆得像小山一样的盆子——我们一般赚不了这么多。哈尔向来知道如何哗众取宠。观众是愚蠢的。

观众们作鸟兽散，我也想离开。刚迈出几步，哈尔的大手像爪子一样抓住我的肩膀，捏痛了我。

"啊哈，是个好苗子，藏不住的才华终于找到了施展的地方，对吧，亲爱的？还是说你只是在散步？"

他细长的嘴在笑，但他的眼睛是严肃的——敏锐，同时又有些慵懒。用剃刀精心刮过的下巴上布满了星星点点的黑色胡楂。哈尔身上有香粉和昂贵古龙水的味道。关于我"散步"的猜测纯属虚伪，他早就收到消息，弗洛巴斯特的剧团已经离开了这里。

"你觉得表演怎么样？"他的声音里划过一丝颇为托大的意味。仿佛他为我感到高兴——我终于有幸看到真正的艺术了……

我无力赞美——但也不敢责骂。"哈尔先生不打算上路了吗？"我反问道。

他冷哼道："你关心这个？别担心，哈尔的剧团在路上完全不会受苦挨饿……不过，我打算在这里多待几个星期。"

他习惯于说"我"而不是"我们"。他一直很享受自己在这里的存在。我温柔地回忆起弗洛巴斯特——而他是个暴君……守财奴……刚愎自用……

哈尔表示理解地用手掌拍了拍我装财物的行囊，紧紧抓着我

171

Преемник
继承者

的手肘。"来吧，孩子。"他的语气就好像人们对售货员说"请给我把这个包起来"。

于是我去了。

新剧团完全按照我应得的方式来迎接我。

我一下子想起了孤儿院：背后的窃窃私语和讽刺讥笑，永远有人想要推搡或者掐别人一下，即使是说句话或者给个眼神都试图让人不痛快。所有人都像木偶一样属于哈尔——但是与木偶不同的是，他们为了让哈尔更充分地拥有自己而不断争斗。

第一天晚上，我躺在光秃秃的床上辗转无眠，一直试图想象我们的马车现在在走哪条路，弗洛巴斯特在做什么，巴里安和穆哈对我的离开说了什么……想这些让人心情沉重，我闭上眼睛，开始回想卢阿尔。

他一定会回来的，然后我就会告诉他真相。我要告诉他，再没有什么能把我们分开——我什么都不在乎，就算他的母亲诅咒他，他的父亲剥夺他的继承权。为了他，我不惜做出了闻所未闻的背叛行为——这难道不意味着我不能没有他吗?!

还有，我要请求他为我搞到那本书——《魔法师传》。我没能来得及阅读关于始祖先知和疯子拉什的内容——而现在，我莫名觉得这非常重要，是我必须阅读和记住的东西。

灰蒙蒙的早晨，善于经营的哈尔忙着安排他的新财产，也就是我；为此他决定更新一些过时的老旧滑稽剧。

我的新主人坚信，没有什么比在舞台上抬起某人的衣服下摆、在屁股上踹一脚以及撒面粉——无论对谁，只要多撒一些——更有趣了。我完全无法理解我角色的意义。哈尔很恼火，说

第四章

我是一头笨牛,打了个响指,要求我们重新做一遍。剧团众人纷纷开始调笑。

在第三次或第四次重来后,我不再生气和紧张——我不在乎了。只要等到卢阿尔回来……

仿佛感觉到了我情绪的变化,哈尔宣布排练结束,鼓励地拍了拍我的屁股说,虽然我资质平庸,但他还是会让我上台演戏。

我沉默不语。

剧团里负责杂务的老太婆不知从哪掏出一堆脏抹布叫我去洗。当我打来水、在水盆里翻动着完全不听使唤的粗麻布,从盆底捞起滑不溜手的肥皂时,那个任性噘嘴的女人和她的圆脸同伴并排坐在长椅上,嗑着瓜子,一边吐壳一边瞥着我窃窃私语。

我忍了。

晚上有一场演出——我被派去端着盘子收钱。我急切地打量着舞台周围人们的脸——万一,我想着,卢阿尔回来了正在找我呢……但观众就像哈尔的滑稽剧一样,厚颜无耻,愚蠢粗俗……不过,我可能夸大其词了。很有可能,当时在我心中任何不是卢阿尔的人都愚蠢且粗俗……

时间停滞了。我感觉每一天都同样地漫长和灰暗。

两三次排练后,哈尔决定不再让我吃白食——是时候让我登台赚钱了。他有一个可怕的习惯,就是在幕布后面看演出——一边看一边低声评论,其中最有威慑力的就是那句"没脑子的蠢牛"。演出结束后,哈尔通常会把剧团召集在一起,辱骂一些人,表扬另一些人。接下来就会爆发争吵,因为被辱骂的人会指责被表扬的人耍阴谋。我暂时站在旁观者的角度观察这一幕,只是暂时,因为有一天哈尔也会赞美我。

主人一走,我就知道了很多关于自己的好料:我是一个没有天赋的贱货,不择手段地"傍上了哈尔",所以进入了世上最好的剧团——但我也很蠢,因为我不明白,进入剧团并不意味着就能留在剧团里……我是个罗圈腿儿,不过这和主题关系已经不大了。

这些言论太过荒唐,以至于我直到听完都能保持出乎意料的冷静。当我问她们说够了没,得到的却是轻蔑的沉默。我张开嘴,向我的新同伴喷出了一句纯熟的辱骂——谁知道它怎么从我心中冒出来,我的嘴又怎么把它说出来的。

任性的女主角、她的圆脸女伴和她们身边的老太婆都变了脸,而我轻蔑地环顾空旷的战场,骄傲冲天地离开了。

晚上,我的床铺上赫然出现了一根弯弯曲曲的粗大别针。

我与"铜门"旅馆的女仆结下了友谊,她每天向我报告所有新来的客人;我推断卢阿尔会回到这家熟悉的旅馆,它就像家一样。我们在那里度过了许多快乐的夜晚……日子一天天过去,我给女仆买了无数蜂蜜饼干,记录住客名字的登记簿已经快被我翻烂了。卢阿尔的名字却不在其中。

有一次,我远远看到了托丽雅·索尔——她憔悴而苍老,但却不可思议地保持着美丽,仿佛躺在棺材里死去的美人。她正走向她的大学,背部不自然地挺直,就像穿着一件石制的紧身胸衣。幸运的是她没有看到我——而我就站在她身边。我所有的空闲时间都站在大学门口。我在等待卢阿尔的到来。

我终于等到了他。

他跟着一群学生走出大学,我的脚粘在了人行道上。我无数次想象过我们的重逢,以至这个场景几乎成了一场幻梦。

第四章

他径直向我走来,垂下的手漫不经心地挥动着书本——似乎又成熟了,也老成了,面容干净,波澜不兴,嘴角有严厉的皱纹——明显的、不复年轻的皱纹,以前是没有的……他自信地走着,仿佛在重复一条熟悉已久的道路。他看起来不像是一个刚从远行中回来的人——更像是一个在大学里听完一堂课的自由听众。他双目低垂,看不到街道和路人,当我挡住他的路时,甚至也看不到我。

"你好!"

有那么一阵子,他试图想起站在他面前的是谁。他点了点头,没有多少喜悦地回答:"是的……很好。"

我忍不住拥抱了他。我抱着他,鼻子凑到他耳边,闻着那股淡淡的香味,立刻唤醒了记忆中那个昏暗的房间,烧得只余灰烬的壁炉,以及卢阿尔仰躺时脸上的神秘地形……

他轻轻地挣脱了我的怀抱,叹息一声:"对不起。但我很忙。"

"我也是,"我认真地说,"我马上要办婚礼了。我要嫁给你。"

他并不欣赏这个笑话:"我很抱歉……以后吧。"

他继续走他的路——而我像狗一样跟在他身边跑,边跑边说话:"卢阿尔……你知道我离开剧团了……为了等你。你什么时候来的?"

他想着自己的心事,心不在焉地喃喃自语:"不重要。"

我放慢了脚步,然后急忙追上。"不重要?!"

他懊恼地看着我:"有些事情……更重要。请不要让我分心。"

我们在沉默中走过了一条街,他大步走着,我碎步跟上他,

继承者

仍然不愿相信。再一次。这一切已经发生过一次……他从卡瓦伦回来的时候严厉而疏远——但那时我们还不是夫妻。那时我们只是在风中的马车上度过了一个疯狂的夜晚,而现在我已经为他放弃了一切。

"卢阿尔……你不想要我了吗?"

他眉头紧锁。"现在不行。"

"他会抛弃你,忘记你。"

细嫩的春草从人行道的鹅卵石之间破土而出。我只剩自己。

⚔

他坐在岸边,浪涛拍岸,贪婪多汁的水花有时会飞溅到他的靴子上。他耷拉着肩膀坐在那里,定定地盯着那条由深蓝变白蓝的细线。

他身后的山曾经是一座火山,现在没有人记得它了,那是一座冰冷而又平静的山,被时间和风吹得崎岖不平。但他努力回忆着,还能想起炽热的熔岩在这个被刺柏覆盖的平缓山坡上流淌的样子。

面前的大海仿若一大杯苦酒。没什么,他喝过更苦的东西——他的一生中没有品尝过任何甜蜜。清澈小溪中的鳟鱼,炙热白沙上蚂蚁的战斗,某人捂住他眼睛的手,她的嘴唇……记忆就消失了,尽管他知道可以强行唤醒它。任何东西都可以被强行记住——但为了什么呢?

他曾经变成炽热的熔岩巨流,树木在他的触摸下烧得噼啪作响,化为灰烬……后来他又变回了人,在码头的酒馆里喝起了酒……现在也可以喝酒,可他永远也不能再化身熔岩——不幸的是,他既不希望变成熔岩,也不想喝酒。他只想坐在海边,看着

第四章

延伸到地平线的白色山脊,什么都不去想。

他的一生无功无过,后来发生的事并不符合众人对他的期待。许久之前的变故以后,他的生命之河一直流淌不息,毫无波澜,仿佛平整过的道路……他似乎已经活了几辈子,可是从第一世就偏离了轨道。

而现在,末日或许即将来临。他走了漫长的一圈,重新回到原点——那些浓烈的感情、那些恍然大悟、那近乎一个世纪的记忆,他回忆着曾经的自己。一切有痕……

现在,另一个有着相似名字的男孩正站在永恒的轮回中,却浑然不自知……这只是暂时的。不久之后,一切都将展现在他面前——然后,也许,他会选择自己的道路,轮回将被改变,世界将被改变——或者灭亡……

哦,这些悲情的话语真是令人厌烦。世界灭亡……那么他就不能像这样坐着凝望大海了,但他终究是做不到的,一切都该结束了,他毕竟不是不死之身……

他感到心底升起一股不愉快的寒意。谁知道呢?万一……呢?

海水愈发凶猛地拍击着海岸——他看到脚下的石头上有一只张开的水母,滑溜溜的一坨,背面有紫色的方块——就像一扇小窗户……

永生的念头多么狂野。是的,他已经活了很久——但那又怎样?他毕竟不完全是一个普通人……可以说,有标记……有烙印……

新一波海浪没有拍到水母——溅起了扇形的水花。

轮回,他心中五味杂陈。轮回正在闭合……只是我不再是那个人了。他不寒而栗地想到,我已经变得和曾经如此不同……

水母在滴水，从旁看去，就像阳光下的卵石上有一片混浊的冰。

他也没有想到自己会变成这样。说实话，不知怎么就成了这样……

他向前走了一步，俯下身子，徒手捡起那冰冷的胶状物，等到下一波浪潮到来时，他把水母放进水里，松开手指。

"回家吧。"

⚔

又一群差役找到了借酒消愁的埃格特。

索尔清楚地记得那个把密封的公文递给自己的人。戍卫队的老兵，年轻队员的教官，久经沙场，经验老到，右边眉毛上方有一道小疤痕；在最辉煌的时候他也一直保持低调——但现在他严肃的面孔显得很苦闷。

"恭祝索尔上校诸事顺遂，战无不胜。"埃格特毫不犹豫地跳过了几句日常的寒暄问候。然后他的目光一滞，精心书写的字母变得模糊不清。

"在此向您传达一个不幸的消息……亚斯特上尉，自您突然离开后，驻军指挥官的职责就落在他的肩上，已经不幸离世……"埃格特闭上了眼睛。亚斯特上尉刚过二十岁——一个有才华的年轻小伙子……希望。未来。

"五名商人仅逃出一人，血流满身，谒见市长时哭泣哀求市长为其主持公道……唯有城中驻军能负责道路和村庄之安全。亚斯特上尉无比震怒，召集队伍前去讨伐悍匪……然而非常不幸，行动遇阻，军团之士气和荣誉受到沉重打击……恶徒往昔皆单打独斗，如今合为一股，极度凶残。亚斯特上尉所率之分队遭遇伏击,全军覆没……为死者哀悼之时,市政府郑重呼吁,索尔先生,盼您速归,统率您忠诚的战士……匪徒之暴行不仅威胁到军团之荣誉,还威胁到周边地区之安全……"埃格特抬起了头。字里行间全是无声的责备。

信使默默地候着。埃格特久久凝视着他那张疲惫的脸,愁眉紧锁,嘴角凝出深纹。信使知道这封信的内容,他的脸上也写着无声的责备。

埃格特叹息一声,向后仰起头,听从了自己的内心——不回去。没有羞愧,没有不安,只有隐隐的苦涩。亚斯特的事固然令人遗憾……但他回去又能比别人好到哪去?

信使仍在等待,不敢流露出一丝不耐烦。

"我记得我的职责,"埃格特缓缓开口,"我会尽快回去,"他苦笑了一下,"只要……我手头的要事得到解决。"

昏昏欲睡的听差在门口打了个响亮的嗝儿。已过中年的中尉正盯着埃格特,他的眼神很有穿透力,固执地索要着答复。

"非常重要。"索尔淡淡地重复道。

春天的苍蝇在窗口嗡嗡作响。

⚔

母亲造访图书馆这件事让卢阿尔短暂地失去了理智——但只是一阵子。他慢慢学会了控制自己的想法,有些想法被禁止了,他花了一段时间,终究学会了服从。应该考虑重要的事情,最重要的就是护符和与之相关的故事。

除了卢阿扬主任的书(卢阿尔觉得自己有权保留这本书的副本),图书馆里发现了另一份重要的资料——《先知》,这是一本

继承者

由一个姓名非常拗口的古代魔法师写的书。在其目录中，卢阿尔看到了大多数著名先知的名字及其事迹。所有这些人，无一例外，都是魔法师——或多或少都是伟大的，似乎不言自明，无需过多解释。卢阿尔竭尽所能也没在先知名单里找到身份并非魔法师的同行；他感到疑惑，咬了咬嘴唇，决定先搁置这个困惑。至于护符，这本厚重书册的作者并没有解释它的用途——只是多次提到护符是魔法师的必备物品。

最近一位先知奥尔文的名字没有出现在旧书中，但卢阿扬主任曾经多次盛赞他。卢阿尔的目光掠过关于奥尔文的部分，只在一个地方停留——他的死亡地点。

"见证先知奥尔文之死的人，"卢阿扬主任写道，"是当时两位伟大的魔法师，拉尔特·列吉阿尔和巴利塔扎尔·埃斯特。后来二人对此事三缄其口，只影影绰绰地传出一些风声，说奥尔文胆大妄为：他曾试图利用护符越过世界的界门，那里当时正在发生后来被称为'守门人退位'的事件……奥尔文的尝试以悲剧告终——他死了，将护符留给了继承者……"卢阿尔的脊背上起了一层鸡皮疙瘩。他不由自主地感觉到自己与黑暗、模糊、可怕的事物以及事件的联系——世界的界门，听起来有点恐怖。但重要的是，奥尔文"试图利用护符越过……"他是如何"试图"的？为什么说他胆大妄为？什么是"守门人退位"？

他习惯成自然地把放在胸前的护符握在掌心。这个东西来自于远古时代，它是一条线索，从名声显赫的英雄和魔法师延伸到他，卢阿尔，可他目前仍然是一条无助的小狗……

他咬了咬牙。还有时间，我们走着瞧。

几次到访图书馆期间，他翻阅了所有关于魔法师和先知的资料（资料并不多，因为主要的"魔法师"文献都保存在主任办公

第四章

室,而卢阿尔被禁止进入)。到目前为止,他在卢阿扬的作品中浏览到了关于奥尔文的章节——只是因为其他书中对此人只字未提。后来,他像主人一样拿走了外祖父的遗产——这本书——回去把自己关在房间里,不急不缓地寻找问题的答案。

在路上他遇到了坦塔莉,这相当棘手——他正在冥思苦想,害怕失去来之不易的线索。他带着对所读内容的记忆,就像一个装满了的容器,很容易洒出来。当然,这个乖张任性的女孩完全不想理解这一点。但她很快就放弃纠缠了,卢阿尔既感到松了一口气,又感到隐隐的失落。

回到旅馆之后,他闩上门,坐在窗边开始阅读。

"关于始祖先知"。下一章是"长老拉什,伟大而疯癫之人"。

卢阿尔感到背后窜起一股寒意。风帽的坚硬布料……一个秘密像火焰一样在风中飘摇。秘密……拉什……法吉拉……

他闭上了眼睛。悠远的歌声,低沉、怀旧、充满仪式感……香料的烟雾味道有些刺鼻。富有穿透力的声音,忧郁而有力,像远古怪物的哀号……

这段文字非常晦涩难解——不断提到他没有读过的书,不断回忆他对之一无所知的人。卢阿扬主任煞费苦心地把几千年前的故事拼凑起来——一块一块,一片一片,不时指出可能的错误:"某某在某页某处说过某某,但也许是他出于某种原因而弄错了。"

卢阿尔用右手测量这本书的厚度——直到现在才意识到这本书让主任付出了多少心力,因为每一章写起来都是困难重重——反复阅读成千上万的鸿篇巨著,某人的随笔,某人的故事……

"……正如我们所见,拉什确实是一位强大的魔法师,千年之前他就已经星光闪耀——如此强大,其光芒至今尚存。完全有

Преемник
继承者

理由相信，他是传说人物始祖先知的亲密伙伴，也可能是朋友……关于这一点，许多受人尊敬的学者都曾向我们证明……"卢阿尔跳过了漫长而详细的注释。"……无论如何，始祖先知和拉什显然是同时代的，而且几乎是同龄人，在他们的后半生，他们之间的关系变得紧张起来，至少通过……就可以看出来。"卢阿尔揉了揉眼睛。"……像拉什长老这样一个毁誉参半的人的人生经历……"卢阿尔浏览了一张长长的表格，上面有大致的日期和不断提到的陌生的新名字。"然而，拉什长老的主要活动是为了在后来建立所谓的……"卢阿尔的心狂跳起来，他用手掌合上书页，茫然地盯着窗外看了好一会儿。

"……建立所谓的拉什教团，或圣灵拉什教团。长老是在极度糟糕的情况下死去的，而他，唉，那时可能已经疯了，后来曾不止一次以幽灵、鬼魂的形式出现在他的一些信徒面前。传说他正是以这种形式向追随者们传递了某个秘密，这奠定了教团的基础……"卢阿尔在颤抖，他用双手紧紧抓着肩膀以抑制颤抖。窗外已是黄昏，他急忙打开了灯，不知为何害怕黑暗的来临。

拉什教团，这个受诅咒的名词。对卢阿尔而言，这一定不仅仅意味着一群狂热分子身上的烙印。他的父亲法吉拉被某种强大的思想引领着——打开坟墓，放出瘟疫这一可怕的行动并非自杀行为……但是据卢阿尔所知，促成这一举动的不是地位仅次于大师的法吉拉，而是大师本人。也许是愤怒的人们以讹传讹，平白败坏了他父亲的名声……

卢阿尔瑟缩了一下。合理的、不合理的念头交织在一起——毕竟母亲被囚禁、指控和审判无论如何都不是谣言。他自己就是活生生的证据……

他禁止自己再想下去，强行让思绪回到原来的轨道。所以，

第四章

拉什教团……疯癫的拉什长老，一千年前就与始祖先知有来往。作为历史学家，卢阿扬主任并不总是能够保持公正——他的个性，他对他所描述事件的态度在字里行间都有所体现。也许这对学者来说不是一件好事……

卢阿尔坐到离灯更近的地方。

"……这些德高望重的历史学家的证据表明，在他漫长生命的最后几年里（拉什活了很久，可能也因此作为长老留在我们的记忆里），他紧紧靠近于某种使他更加伟大、却也令他发疯的东西……一百年后，一位不知名的编年史作家在《无尽黑夜之书》中写道：'在去世的前几天，拉什曾前往世界的界门处与外部之人交谈。'换句话说，在界门外有人想要进来，需要守门人的帮助来打开界门……"卢阿尔停了下来。他揉了揉鼻梁，试图把曾经在某时某处听到的故事碎片拼凑起来。他隐约感觉到，他没有瞄准就击中了某个靶心——现在他在猜想会得到什么奖品。

他一目十行地浏览着——一直看，一直看，他对卢阿扬有些恼火，因为卢阿扬总是关注在卢阿尔看来并不重要的细节，这只会分散读者的注意力。

"……因此，伟大的疯子拉什最后一次的壮举没能实现。在界门等待的人终究没能进来……然而，长老的'壮举'更应该算是一种闻所未闻的罪行，因为没有人知道为什么这股外部力量希望占据这个世界。世上最珍贵的书籍——始祖先知的《遗世书》中包含着一些隐晦的暗示。然而不幸的是，本来就寥寥无几的副本没有一个留存至今。我们失去了宝贵的消息来源。现在只能依靠那些曾经读过《遗世书》的人的只言片语……因此，从先知奥尔文以及拉尔特·列吉阿尔和隐士奥尔兰的话中可以知道一个关键环节，一个不可动摇的规律是界门之外的那个人的出现……也叫第三力量……引起了先知护符的回应。黄金护符……生锈了。"

卢阿尔盯着这一页,那些清晰的、像弦一样绷紧的一行行文字在他眼前不断颤抖着、扭曲着、舞动着。像蛇一样。一连串的蛇……

他的手早已放到了护符上,早就知道会看到什么,早就不愿相信,他从领口拉出护符,放在手掌上。

"……因为站在界门外的人,也叫第三力量,已经来了不止一次。谁知道……"卢阿尔把书推开,展现在他眼前的消息太过沉重。把护符藏进衬衣里,他强迫自己不去想,不去思考任何事情——禁忌话题的清单空前增长。至少现在不能想。一直到早上……他必须休息。他必须……

他跟跟跄跄地回到床上,顺便吹灭了蜡烛。在随之而来的黑暗中,有一种气味弥漫开来,让卢阿尔想起了风中的马车,拂在他肩膀上的柔软青丝、双手、双唇、笑声……然后……

他颤抖了一下,坐在了床上。闻所未闻。偏偏是这种时候,当他知道了这样的事……门口有怪物的深渊——然后突然产生了这种可耻的强烈欲望。坦塔莉……

他辗转反侧直到午夜,然后筋疲力尽,沉沉睡去。

现在我成了哈尔的傀儡。

日复一日。我仿佛在泥泞的道路上漫无目的地游荡,我生命中所有有价值的东西都被我远远抛在身后,而我的前方一无所有。

我像木偶一样上台表演,哈尔有时称赞我,有时责骂我,但即使没有他,我也知道我演得很糟糕,我和他手下所有的演员一

第四章

样,平庸得如同一袋面粉——这就是新同伴不再厌憎我的原因。那个光头的喜剧演员——他为我痴狂,送我糖果,他不知为何把自己想象成一个无法抗拒的男人,以保护者的姿态出现在所有他能出现的地方。我像赶苍蝇一样把他赶走,他无视我对他的不屑一顾,仍然相信他的关注是我的荣幸。

我已经无所谓了,忘记了恐惧、快乐和愤怒。

弗洛巴斯特的话像劫数一样笼罩着我。"他将离开你,忘记你",预言的第一部分以惊人的速度实现了。

我应该憎恨卢阿尔这个背叛者。可我还是受到了惩罚,咎由自取这个念头让我意志消沉,熄灭了任何强烈的感情,只余羞愧和悔恨。我不应该干涉他的命运。毁掉整个家庭的致命场面完全压在我的良心上——不只卢阿尔,埃格特和托丽雅也有足够的理由恨我。然而我根本没有勇气去想卢阿尔。

想到弗洛巴斯特同样令我痛苦——他是遭到我背叛的人,也是我遭到背叛的原因……

我不止一次想去追赶他。我在梦中看见我们的三辆马车在一片空地上,我跌跌撞撞地跑着,却无法接近他们,马车慢慢消失在地平线上,只留下我泪流满面,绝望不已。

我还梦见了卢阿尔,他喝醉了,躺在马路中间,我抱起他——但他不是醉了,而是死了,我徒劳地试图为他输入哪怕一点点空气……

卢阿尔是厄运的工具,这个想法让我挤出了一个悲惨而又扭曲的笑容。咎由自取。我确实体会到了跌落深渊的奇特的快感。活该,这是我应得的下场。

不知道我的自我放逐会达到什么程度。然而,在一次表演结束之后,哈尔既没有表扬我,也没有责骂我,而是扬起他狭长的

Преемник
继承者

嘴角冷冷一笑，搂住我的腰，把古龙水的气味直接吹到我耳边。"怎么……成熟了，嗯？"

我心中一沉。残酷的命运还留了后手，让我的不幸雪上加霜。显然，为了赎回我的所有罪过，我必须经历这一切。

哈尔那双看透一切的黑色眼睛欣赏着我的困惑，喷了古龙水的粗糙大手用庇护者的姿态摩挲着我的下巴："不错……傻了点儿，但有自己的味道，够味儿……来吧。"

他根本不在乎整个剧团都见证了这个命令式的邀请，女主角脸红得像个西红柿，而她的女伴瞬间屏住了呼吸，喜剧演员抬起眼睛望向天空，扮演暴徒和英雄的那个人呵呵笑着，老太太咬紧了下颌。显然，这就是他们的习俗。

当我在哈尔的陪同下和他一起穿过他租住的这座大宅子的院子时，很难说清我在想什么。我的头好像塞满了棉絮，我的腿脚也变成了棉絮，我的思绪似乎是没有头尾的怪胎，不是思绪，而是碎片：明天他也许会尊重这个女人……剧团会离开这里……或是哈尔，或是……记住并吞下眼泪……是你让我走到这步田地，卢阿尔。就让我们所有人都变得更糟……你会变得更糟……这是你自己的错。

想到要以这种方式报复背叛我的人，我完全高兴不起来。哈尔紧闭门闩，在房间里走了一圈，邀请我欣赏它的舒适和华丽，然后没有脱靴子就倒在床上，命令道："好了……就这样转过身来……"

他那只黝黑的手用不容拒绝的姿态让我知道该如何转身。他习惯于像摆弄木偶一样摆弄人，我一边想着，一边像集市上的货物一样转过来。

哈尔满意地点了点头。然后咂了咂嘴："嗯，脏丫头……放

第四章

聪明点儿,我给你买件新裙子、坎肩和斗篷……你想让我给你买什么?"

我呆呆地沉默不语,这很糟糕。他皱起了眉头:"不说话?好吧。我把所有东西都轮流送给你,你先脱掉身上哪件儿破衣裳,我就送你一件作为礼物。来吧。"

我的内心因为羞愧而一阵抽痛。我怨愤地想,无论我犯了多大的错,我为它付出的代价都过于惨痛了。卢阿尔,你看到了吗?!

我的手指已经在摆弄斗篷的扣子了。别弄脏了,我无精打采地想着,把斗篷扔到了椅背上。

"很好,"哈尔舔着他狭窄的嘴唇说,"斗篷。你会得到新的。然后呢?"

难道弗洛巴斯特不能原谅我吗?!他能,但他不想。因为如果我是他,我也不想。要是能回到那个时候,在巷子里,他让我告诉他我是在开玩笑,那该有多好……

但就算一切都重来一遍,就算没有卢阿尔我也可以活下去,可那会非常苦闷,我无法忍受。

我解开了坎肩的系带,把它扔在椅背上的斗篷上面。哈尔满意地眯起眼睛,鼓励道:"就是这样……继续继续……"

希望一切都快点结束,我疲惫地想。我希望爬进一个洞里,闭上眼睛,忘掉一切,不用看面前这副得意洋洋的嘴脸,也不要记得弗洛巴斯特的那些话。

我从头上扯掉裙子,解开紧身胸衣,衬裙像死蝴蝶一样摊在地上。我拿起它,机械地抖了抖,把它整齐地放在椅子上。只穿一件薄衬衫很冷——然而让我浑身颤抖的完全是其他原因。

187

Преемник
继承者

我们有五个人——孤儿院里的五个女孩,不顾禁令,溜去看流浪剧团的表演。歌琦娜当时还是个长腿少女,扮演着小角色,团里根本没有穆哈,凡京起码比现在瘦一倍,抒情的场景由多拉搭档巴里安一起演出,她是个丰满诱人的女士,几个月后,她成为一位富有贵族的情人,离开了剧团,我们在贵族的城堡里住了一个星期……但当时我并不知道这些——我沉浸在兴奋之中,瞪大眼睛,张大嘴巴,忘记了世上的一切,对这种生活羡慕不已,如此自由,如此光鲜,我对这件奇特而又美妙的事情羡慕不已,对这些舞台,对这些人羡慕不已,他们对我来说是特别的,与众不同的,几乎像魔法师……

演出结束后,虽然天色已晚,我的同伴们害怕被发现,催我回孤儿院,但我还是偷偷溜进了领头的马车,在汗流浃背、衣衫不整的演员中找到了弗洛巴斯特。

我跪在他面前,哭着求他,愿意做最脏最累的工作——只要他带我走,我不能再回孤儿院……

他耸了耸肩——为什么,我们图什么,我们养活自己都费劲,如果孤儿院的人不同意,派人追捕怎么办……每个地方都有自己的法律——不是可怜的江湖艺人能够违反的。你在说什么,小丫头……

我的同伴们没有等我就离开了,赶得再匆忙也没用——她们偷溜出去的事被发现了,于是所有人都异口同声地指责我是煽动者,事实也的确如此……我们因为沉迷于低级的戏剧表演而遭到无情的嘲笑,我强忍下不公引发的眼泪,甚至试图反驳,结果却遭到更加恶意的嘲弄,经过漫长的审判,五个犯错的女孩儿被处以公开鞭刑。

我不知道我怎么能受得了——但幸运的是,惩罚并不是注定

第四章

要发生的。

我至今都不知道弗洛巴斯特为什么改变主意,以及他用什么买通了孤儿院的人。用钱?不太可能。他在她的办公室待了一整个晚上——夜深人静的时候,当他走进卧室把所有人都叫醒的时候,那位嘴唇永远紧闭的女士让我收拾东西,那时我还不相信这突如其来的幸福,但我知道,这就是我真正的生活,它来了。

哈尔躺在床上,靴子都没脱。我站在他面前,只穿了一件衬衫,他餍足地眯起眼睛,就像一只猫,每天都有温顺的老鼠上门对它顶礼膜拜。怎么办?老鼠自己钻进了捕鼠器,现在这就是它的世界,只能适应和生存……还能去哪里?外面?做女仆?打扫溅满灰尘的地板?

哈尔龇着白牙冷笑着说:"来吧,你已经有很多礼物了,最后一件将是精美的衬衫,细腻的亚麻布,像你的皮肤一样细腻。来吧!"

我咬紧牙关,有那么一瞬间,他的脸从我的视线中消失了,被滑动的布料挡住了。然后我又看到他满足地张开的嘴,衬衫已经在我手里了。

他伸了个懒腰,关节咯吱作响。一只脚的脚尖钩住另一只脚的脚跟,懒洋洋地脱下靴子,然后是另一只。他解开胸前夹克和衬衫的扣子,露出野兽般的毛茸茸的胸膛。他不紧不慢地、傲慢地拍着自己的私处——我觉得他的裤子里有一条巨大的毒蛇。他对我勾勾手指。"啾啾啾……"

地板在我赤裸的脚下吱吱作响,我没有感觉到寒冷,哈尔喘着粗气,他的大鹰钩鼻子上有黑色的毛发在飘动。"啊,漂亮的小妞儿,只要你乖乖的,你就会很幸福,什么都会有的,富得流油……来吧。"他的手指微微颤抖着解开了皮带上的搭扣。

我站在床边,他浑身散发着古龙水的味道,抓住了我耷拉着的手臂,他的手掌像烙铁一样烫。"你会快乐的……相信我……"

我顺从地躺下——就在这一刻,回忆在我心中激荡。

我的记忆被我不知廉耻的顺从弄得失去了理智,开始像困兽一样咆哮。记忆将一幅又一幅画面塞给我——卢阿尔的眼睛,卢阿尔的头发,初醒时略显嘶哑的声音:"五岁的时候,我掉进了一桶雨水里……"温暖的手掌放在我的大腿上。卢阿尔,专横而又温柔地折磨我的人……像雨水一样纯洁……而现在,我枕在细瘦的手臂上,不敢动,不敢呼吸,整个身体僵硬到麻木,而卢阿尔仍然没有醒来,我斜睨着他的脸……

哈尔那张油光满面、下巴发青、精心保养的脸笼罩在我上方。

我尖叫起来。

我从他双臂下溜出来,被卷起的床单绊住,抱起自己的衣服,慌不择路地撞到了门上,就像一只蚊子撞上了灯笼的玻璃。碰伤的疼痛使我想起了门闩,我折断指甲,冲出房间,撒腿狂奔。坐在走廊里的胖房东太太呛得咳嗽了起来。也许不是每天都有赤身裸体的女孩瞪着圆圆的、疯狂的眼睛跑过她那座华丽宅院的走廊。

市长似乎喜忧参半。他立即请卢阿尔坐下,并询问他父亲和母亲的健康状况。卢阿尔对此早有准备,毫不犹豫地回答说,他的父亲身体健康,而母亲还没有完全从困扰她的疾病中恢复过来,不过显然已经在好转。"医生,"卢阿尔重重地点点头,"认

第四章

为她需要清静的生活，托丽雅夫人完全听从他们的建议。"

市长稍稍平静下来，又寒暄了几句之后，小心翼翼地问道，索尔上校何时能够重返成卫队指挥官的岗位。卢阿尔对这个问题也有所准备——只要处理好家族庄园的重要事务，他的父亲就会立刻回来。卢阿尔使用的这个词——"家族庄园"——巧妙地让人想起索尔家族的古老、贵族式的傲慢和世代以来的富庶，于是市长再次充满敬意并亲切地询问是什么事情让年轻的索尔先生造访这个卑微官员的办公室。

卢阿尔像猫准备跳跃前一样聚精会神。从表面看来，这似乎是年轻人自然而然的习惯，礼貌地等待年长者和上位者在安顿舒适之后听他说话。

"市长大人肯定还记得我父亲在揭露拉什教团的罪行方面所起的作用。"卢阿尔顿了顿之后说道。市长惊讶地点点头。

"市长大人知道，我的母亲托丽雅·索尔夫人，正在从事一些学术研究……她研究历史，继承她的父亲，我的外祖父，卢阿扬主任的工作。"卢阿尔又意味深长地停顿了一下。主任的名字也是一种武器，这样的名字不会轻易提及。"最近，她的研究需要一些资料……在市长大人的管辖之下。"卢阿尔预料到市长的惊讶，向前探了探身，"是的，是关于……因为我母亲在静养，她无法亲自……"卢阿尔对自己突然的忙乱感到愤怒，毕竟他向来镇定，从没有像小学生一样吞吞吐吐，慌慌张张，但他有生以来第一次不得不如此编织长篇谎言，他难道还有别的法子吗？

他依靠意志力强迫自己平静微笑。"是的，遗憾的是，我母亲不能亲自来拜访您。受她委托，我向市长大人提出请求：为了研究重要的历史文件，请允许我进入拉什塔。"

市长似乎已经提前准备好礼貌地同意托丽雅·索尔夫人的请

托,他已经露出了笑容——但卢阿尔的最后一句话让他瞪大眼睛靠回了椅背上。

沉默,一分钟,又一分钟。卢阿尔等待着,看着市长的脸上交替出现困惑和愤慨。

"呃,"市长终于开口说道,"我想,托丽雅·索尔夫人……呃,年轻人,您真的……您母亲肯定向您提供了一封以她的名义写的信,是吗?"

"信?"卢阿尔扬起眉毛。

市长懊恼地皱眉说道:"证明她委托您的文件……之类的。"

卢阿尔委屈地眨了眨眼睛。"但是……我从来没有随身携带过证明我不是骗子的纸条。"

再一次的沉默。二人隔着满是文件的巨大桌子互相凝视着对方。

"这不行,"市长叹了口气说,"要知道,多年来任何人都不得进入拉什塔。您不能,我不能,任何人都不能……里面有巫术机关,可能很危险。那里还存着一些不适合翻阅的文件……而且最重要的是,那里可能有瘟疫的残留物!"

卢阿尔闭上了眼睛。"瘟疫已经消失了,也不会卷土重来。二十年前,我的外祖父卢阿扬主任赶走了瘟疫,并为此付出了生命的代价……"

这一次,市长并没有充满感激。他的眉毛严厉地皱了起来。"年轻人,您所求之事绝无可能。很遗憾,我不得不向托丽雅夫人转达我的拒绝……"

"她会很伤心的。"卢阿尔若有所思地说道。

市长愤愤不平地摇了摇他那下垂的脸颊。"奇怪,难道她不明白,塔里可能有……而且几乎是肯定有……会带来麻烦的东

第四章

西。人不能像孩子一样……"

卢阿尔的思绪突然像开了闸的洪水。市长的语气中有某种东西，他紧张的眼底也有某种东西，让卢阿尔思索起来。

他在害怕！他真的很害怕，而且不是害怕传说中的巫术机关和带来厄运的物品，他害怕的是一些具体的、有形的东西，不是预示着城市或人们会有麻烦——而是他自己，这个脸颊下垂的市长，一个总体不错的大叔和可以忍受的统治者……卢阿尔意识到，他有一分钟的时间，在这一分钟内他必须搞清楚，不然就会失败。

"科学，"他慢慢地开口，希望能争取时间，"不是为邪恶而存在的。历史……只是描述事件。它们是什么样或者看起来是什么样……"

市长焦躁不安。他的手伸向了铃铛，时间到了。

拉什塔。拉什教团。二十年前，市长只比现在的卢阿尔稍微年长一些，他在瘟疫中幸存了下来。他对教团有直观的了解，甚至可能认识某个戴着风帽的人。这些人无处不在，人们对他们敬而远之。他们……

"市长大人！"卢阿尔的声音甚至刺痛了他自己的耳朵。市长没有听到习以为常的"老爷"，哆嗦了一下，拿着铃铛的手松开了。"很遗憾，您竭力保持拉什塔为禁地的原因并不完全光明正大。"

市长脸色大变，他双眉倒竖，几乎遮住他的眼睛。"你放肆！你……"

"城里个别家庭能够炫耀与教团成员有亲属关系。"卢阿尔抛出这句话，就像往兽穴里投石试探——要么是空的，要么就会有野兽跳出来吃人。

下一秒，市长一动不动地坐着，布满血丝的眼睛从眉毛下面露出来，然后他向后靠了靠，呛得直咳嗽，张大嘴巴呼吸着空气，卢阿尔知道自己赢了。

"您的秘密只是您的秘密，"他轻轻地说，"而它是安全的……当然，拉什塔里应当保留着教团成员的名单。但我不会从他们身上得到任何新消息。当然，"他停顿了一下，考虑是否值得再提个建议去激怒市长，"直接烧掉它们，以免不客气的人看到，这样肯定会更简单干脆……"

"您父亲知道吗？"市长声音嘶哑地问道。

卢阿尔认为最好还是照顾好自身的安全。

"当然，"他做出惊讶的表情，"他知道，在他眼里，这不是罪过。您也不可能对所有的亲属负责……"他等了一会儿，然后耸耸肩，"但是，当然了，大多数市民……对教团恨之入骨，所以……"

市长咬紧牙关，直勾勾地盯着卢阿尔。"你打算勒索我吗，年轻人？"

卢阿尔忽闪着睫毛。"大人，您知道的，我们的家庭……温暖重感情。请您相信，我本来永远不敢说这么无礼的话，更无意带来任何不愉快。但是，说到造访拉什塔，对我们而言极其重要——对您则相当安全。此外，"卢阿尔对突如其来的转折感到高兴，"我可以没收那些诋毁……抱歉，我无意冒犯，那些给您的家族蒙上阴影的文件……如果它们在那里的话，我会把它们带给您，作为给您的报酬……确切地说，是作为感谢。"

市长仍然眉头紧锁——但现在卢阿尔毫不怀疑他的回答。

"我那见鬼的岳父，"市长低声说道，"因为那个狂热分子，但是，"他瞥了一眼卢阿尔，"别以为你得逞了。知道这事儿并不

第四章

能帮助你，你永远无法强迫我做任何事……"

卢阿尔站起来欠身致意。

"你将得到许可，"市长咬牙切齿地继续说道，"戍卫队的中尉会和你一起去，他会在出口等你……"他烦躁地喘息一声，"还有石匠，他会把砖头拆开，然后重新装回去。任何人都不该知道……而且还知道得这么清楚……"他突然笑了笑，露出参差不齐的牙齿，"你不怕被关在里面吗，年轻人？"

卢阿尔微笑着回道："您真会开玩笑，大人。我可以想象我母亲会笑成什么样子！"

市长收起了笑脸，摇了摇铃铛召唤仆人。他低声对鞠躬致意的卢阿尔说道："出去……愿圣灵将你带走。"

⚔

弗洛巴斯特的预言很快就实现了，而且无可避免。我现在只能靠自己，唯一可能的出路就是去旅馆做女仆，去"擦洗溅满灰尘的地板"。

我身无分文。我的小箱子里那点微薄的财物都便宜了哈尔那群人——姑且当成是对他们的安抚吧。我一想到要回去就害怕，哪怕只是几分钟。一想到哈尔一定因为我的逃跑而震惊不已，我就不禁感到有些好笑。

我在城门前的篝火旁度过了第一个无家可归的夜晚。然而守卫警惕地防范着，确保只有"旅行者"才能享受他们的篝火的温暖，而不是"流浪者"。我必须在黎明时分离开这个城市，或者找到一个新的栖身之处。第二次出现在城门口是很危险的。

我在街头游荡了一天，喝了公共泉眼的水，可我饿得无法忍受。傍晚时分，我偶然发现了一家小餐馆，为了讨一碗粥，我自

195

告奋勇地洗掉了一晚上积攒的所有餐具。

当我在脏兮兮的稻草上睡着时,我能感觉到我吃过的粥在我饥饿的胃里辗转反侧。我几乎吃饱了,也几乎感到了幸福。

半夜,我梦见了长得像卢阿尔的陌生人。他的脸上没有什么可怕的东西——但我在半明半暗中看到了插在他胸口的铁钳,吓坏了。

"不是为所有人,"他轻声说,"为少数人……只为一人。"

我颤抖着惊醒,睁着眼睛躺了很久,祈求上天让我的下一个梦是关于我的母亲,关于那个古老的图书馆,或者关于舞台和弗洛巴斯特,最好是关于卢阿尔。

于是我梦见了卢阿尔。

卢阿尔站在齐膝深的火堆里,胸前插着铁钳。

沉重的锤子裹着麻布,但它敲击石头的铿锵声响仍然在夜色中回荡,吓到了春天的野猫,也惊扰了周围居民。戍卫队中尉很紧张,卢阿尔站在远处,围着斗篷,漠然地盯着越来越黑的天空,好像周围一切都与他无关。

石匠气喘吁吁,不时揉着左肩,坚固可靠的石块不情不愿地松动了。穿着破烂拉什长袍的疯老头儿躺在人行道边上,双手抱头,轻声呜咽着。

他们来到塔门前,破开砖石,打开了塔门,这一切给不幸的老头儿留下了深刻的印象。他冲到军官面前,含糊不清地解释着什么,语无伦次地喊叫着,挣扎着握住对方的手。军官嫌恶地后退了几步,然后老人冲到石匠面前,默默咬住他的肩膀。

接下来的一切都发生在一瞬之间——砰的一声,老人号叫着飞快地退了几步,军官向他走去,用武器威胁他,用脏话咒骂他。老人爬到一边,但没有离开。卢阿尔饶有兴致地看着,没有一丝同情。他的手放在胸前,手指抚摸着护符的缝隙。

他知道,而他们不知道。市长关心自己的好名声——与此同时却浑然不知有人站在世界之门的门口想要进来,想要拜访市长和数以千计的城市的市长,干一番事业,不仅仅是对市长们——而是要对世界做一些事情……

他,卢阿尔,知道一些事情,与之相比,他的身世之谜只是有趣的细枝末节。如果一个月前有人告诉他这些,他会和这人打起来。而现在,他默默地盯着夜空,试图了解这个世界究竟美好在哪里,为什么它能存在如此之久……

"呃,"石匠轻轻地抚摸着受伤的肩膀,声音低哑地说道,"要不,就这样?"

卢阿尔转过身来。十几块砖石掉了进去,墙上露出一个黑色的缺口,就像某人张大了缺牙的嘴。

"先生,这样可以了吗?"中尉询问道。中尉像害怕疯子一样害怕小索尔,像鄙视破坏原则的人一样鄙视他,同时又试图尊重他——像尊重最高长官的儿子。

卢阿尔走近缺口。身材笨重的人无法挤进参差不齐的黑洞,但瘦削的卢阿尔可以。

"可以了,"他淡淡地说,"我会在天明之前出来。"

石匠愤愤不平地抱怨着,抚着被咬伤的肩膀。疯老头四肢着地爬了起来,军官瞪了他一眼,于是他立刻又爬开了,嘴里嘟嘟囔囔地抱怨着。

"我只给您一支火把,"中尉对卢阿尔说,"为了您自己好,您要在它烧尽之前回来。"

Преемник
继承者

卢阿尔耸了耸肩。"您认为……就为了一支火把还要大费周章地返回?"

中尉没有对这句话作出回应,石匠竭力远离他所打的洞,卢阿尔很快就明白了原因。

气味。它已经存在多年了,浓稠得像焦油一样,简直可以在里面游泳。那是腐烂和死亡的臭味,发霉的潮气,沉淀的烟雾以及其他一些类似于香料的呛鼻味道。中尉急忙闪开,惊恐地回过头来盯着卢阿尔——可能在期待着这个疯子放弃进去冒险。

"咳,"卢阿尔淡淡地说,"也许它都点不着。"他把点燃的火把伸进洞口。

火光照亮了发霉的墙壁,石灰凝结的天花板,而走廊像肠子一样长。火把渐渐熄灭,但还没有完全熄灭,卢阿尔满意地点点头。

迈出第一步往往是最难的——但无论是中尉,还是石匠,甚至是那个疯老头,都没有看出卢阿尔有哪怕丝毫的犹豫不决。卢阿尔平复自己并不容易,但很快。连卢阿扬主任都没有这样的机会——亲自去了解拉什教团的秘密。而且,卢阿尔感兴趣的不仅仅是圣灵、始祖先知和护符上的锈迹——法吉拉的儿子有机会了解,是什么构成他父亲生命的意义,而父亲死亡的意义又是什么。也许说深坑中的黑暗并非一个被挖开的坟墓,而是一份世袭的遗产,父亲的家?

他阴郁地笑了笑,弯下腰,拿着火把探身向前,钻进了豁口。

神秘的地方。

他用袖子捂住脸,在厚重浓稠的空气中踯躅前行,绕过腐烂的水坑和霉菌的污渍。走廊分成两道和三道,圆形的台阶呈扇面

第四章

铺开，无声地发出登高的邀请。他像上满了发条一样走着，不怕迷路，也不怕找不到回头路——只怕停下来。因为他很快就觉得有一个看不见的人跟在他的身后。

并非他选择了道路，而是道路选择了他。所以，当他发现自己站在一扇巨大的绿色青铜门前时，他丝毫没感到惊讶。门上的锁被撬开了，卢阿尔没有理由拒绝。

他进去了。

投射在天花板和墙壁上的火把亮光立刻消失不见。一股近乎新鲜的、生机勃勃的空气扑面而来。他把手从脸上拿开，急剧地深呼吸了一口，接着忽然呛住了，因为火光照亮了他周围巨大的黑暗空间。

他觉得自己要么被抛上了星空，要么被一群敌人包围，每个人手里都拿着火把。他发足狂奔——火光也开始狂奔，于是他忍住恐惧，明白了它们的本质。

明亮的火光，像针一样刺眼，暗淡的火光，黑暗的虚空中微小的光，遥不可及，如微尘一般不可察。它们都是他手中火把的倒影。走了几十步后，他发现自己站在一面布满灰尘、爬满蜘蛛网的巨大镜子跟前，迎面看到了自己模糊不清的身影——一个忧郁的小伙子，脸颊凹陷，举着冒烟的火把。

镜厅。一个没有边界的黑色空间，在数百张满覆尘埃的棱面上分散和延续。火光在空间中飘荡，卢阿尔站了一段时间，摇晃着火把，呼吸着这里特别浓重的古老香料的气味。这是拉什塔的腹地……他的皮肤能感觉到，他已经深入腹地——但他需要进入拉什塔的中枢。火炬很快就会燃尽，是时候离开了……

走廊上的窗户从里面砌死了。某些地方有被破坏的壁龛——可能是被砸开的密室。在其中一个壁龛的深处坐着一具骷髅，残

Преемник
继承者

余的风帽落在白骨森森的额头上。卢阿尔退后几步，盯着空洞的眼窝。看守？囚犯？瘟疫的受害者？

隔壁的门虚掩着，卢阿尔只需要用靴尖钩住它，用力将其打开。

又是一股味道，一股不同的味道。湿气和香气。房间中间有一张巨大的桌子，周围堆满了纸——黏糊糊的、发绿的、皱巴巴的，像落叶一样。已经没有人记得究竟是谁搞的破坏——或许是发狂的市民在这里胡作非为，或许是教团成员们翻找自己的档案……总之，市长可以高枕无忧了——这些腐烂的碎片混杂着朽坏的地毯残余铺满地板，没有人能从其中看到他岳父的名字。

火炬噼啪作响，发出了警告——时间所剩无几。

小心翼翼地踏着垃圾，卢阿尔绕着桌子走了一圈，他把火把举得更高，观察着没有缝隙的光滑石墙。"我必须这样做。"他声嘶力竭地说道，似乎是对着桌子，又似乎是对着自己的影子，"我是他的儿子，我有权……我是唯一的继承者。"

寂静。可怕的气味，冒烟的火把和废纸的残骸。

他用指尖触摸着墙壁，小心翼翼地划过，仿佛在轻抚塔的石质躯体。他把手举得更高，又摸了一遍——随意地划过，不抱希望。

咔嚓一声，听起来像有人在挥鞭。卢阿尔一下跳开，滑倒了，又挣扎着站立起来。光滑的墙壁上露出一条缝隙，然后是另一条缝隙，接着是一个凹槽，然后是一扇方形的门，它无声无息地向一旁摇晃了一下。

卢阿尔意识到自己在颤抖。

接近密室甚至比迎着气味和黑暗踏进洞口更难。但现在没人看到他的恐惧，因此卢阿尔允许自己将已经干裂的嘴唇咬得血肉

第四章

模糊。

密室没有遭到破坏。它经受住了瘟疫的考验，经受住了拉什教团的溃败，无疑还将经受住更多的岁月和事件——如果不是法吉拉的儿子来这里继承教团的遗产。

密室内部涂上了树脂。卢阿尔在心里感谢建造者的先见之明，因为档案没有受到霉菌、腐烂或水的侵蚀。他把火把插在门上的圆环里，双手颤抖地掏出密室里面的东西，随后坐在地上，把珍贵的文件放在膝盖上。

苍天……教团成员的完整名单，以及每个人的简要档案——大师，也许这出自一丝不苟且迂腐的大师之手，也许这些信息中的一部分可以让教团保持铁的纪律……在城市和周边地区，有多少人愿意用他们的右臂来换取将这一切投入火中的机会？

某些密报中的只言片语——如果它们得以保存在档案里，可能就是最重要的……一本镶有金质护角的巨大厚重的文件——《圣灵拉什最令人发指的罪行清单》。他吹了声口哨，因为清单上第一项赫然写着"没有魔法天赋的人非法攫取魔法天赋……"接下来的字迹潦草得难以辨认："……就是这个人，与我们感兴趣的那人关系密切，极易控制……他很懦弱，害怕权力，他不快乐，渴望温柔……他的名字是埃格特·索尔。"卢阿尔口干舌燥。他迅速看向清单末尾——一个豪迈的签名，"法""拉"等几个字很容易辨认。

积雪覆盖下的坟墓。风在光秃秃的树枝间穿梭。告密，或是告发……父亲留给他的所有东西。他的生父。

埃格特·索尔懦弱？！啊，是的，那是咒语生效的时候，他的父亲……养父……该怎么称呼他呢？那时被诅咒了，因为一些事情被惩罚，因为在决斗中杀了人……

Преемник
继承者

卢阿尔无力地放下了双手。出乎意料的重量压在他的膝盖上。一本书？夹杂在档案文件中的一本书？

他把它从一沓纸中抽出来。封面被烧毁了——是的，这本书一定经历过大火，可能是二十年前，也可能是一百年前……这堆破烂儿都多少年了……

他艰难地剥开书页，打开了第一页。大火烧毁了它的一半——但精心绘制的深奥标题幸免于难。

始祖先知的《遗世书》。

火把烧得噼啪作响。

……主任，主任，您听到了吗？您看到了吗，卢阿扬主任？外祖父，你看，你可是说过，这个已经不复存在了！……

火把再次发出声响，最后一次警告：在黑暗中你将找不到回去的路……

卢阿尔焦躁不安。

书在他的衬衫里，在腰带下……他为这本书吃尽了苦头，他不会把它放在一个开放的密室里任其被霉菌侵蚀……档案他也要一起带走，应该来得及……

可他很快就发现无法把所有档案带在身上。外面，拉什塔的脚下，还有目击者在等他——被市长指派为密探的可疑中尉，阴郁的石匠，顺便还有一个疯疯癫癫的老头儿，谁知道他发起疯来会怎么样……卢阿尔决定带走最重要的，其余的扔掉。

最重要的就是成员的名单。《罪行清单》，扔掉；一叠密报，新的和旧的，无情地揉成一团，塞进靴筒——边缘露出来了，只好扔掉一半。

火把在他到达出口之前就熄灭了——但那位谨慎的中尉不希望得罪市长，也不希望得罪埃格特先生，更不希望得罪托丽雅·索尔夫人，他在豁口处放了一根蜡烛。

⚔

一周后，我找到了他。

他在广场附近租了一个房间，深居简出——我在街对面的门洞里守了好几天，也只设法见到他两次。

我在"心满意足"餐馆干一些脏活儿累活儿以换取食物。我的衣服上和眼睛里可能都写着无家可归和不安全感，因为有一天，一个穿着红白相间制服的卫兵拦住我，仔细盘问我是不是在流浪。幸运的是，我能够如此生动和真实地表达愤怒，吓得卫兵在稍作犹豫之后就还我清静。我被困在某个缝隙里，经历了很长时间的恐惧。城市对待流浪者毫不客气，这里的每个乞丐都或多或少有一个可怜的栖身之处——只有我一个人仍然在反抗命运，不急于受雇为女仆。

然而时间对我不利。戍卫队的事件迫使我开始认真考虑未来。三种可能的幸福未来：首先，我可以听从弗洛巴斯特的建议，在某个餐馆找工作。这也不失为一个好办法，因为一个勤劳的女仆迟早会为自己挣到新衬衫、鞋子和带荷叶边的裙子，然后可以碰碰运气，去一个体面的宅子里当女仆，在那里嫁给一个男仆，在温饱和满足中生活到老。第二，等待夏天，夏天的农村正值农忙期，到处都需要年轻健康的劳动力，就算没有技术，为了不挨饿，也愿意没日没夜地劳动。然后是秋天，在村庄里举办婚礼——年轻的女工，只要不是歪瓜裂枣，就有机会嫁给一个开朗的农民小伙儿……

我喘了口气。第三条路是最可疑的，几乎可以肯定没有出路，它充满了痛苦和屈辱——它被称为"卢阿尔守卫战"。

Преемник
继承者

我无数次和自己争论,向自己证明,我的爱人完全没有要伤害我的念头——他没有赶我走,没有推开我,也没有对我说过一句粗鲁的话。接着这些证据又被我自己不由分说地否决:他没有赶我走是因为他根本没有注意我。要是赏他一耳光就好了,至少会让他付出点儿代价……每次这种争论都以诅咒和忘记卢阿尔的名字而结束,然而几个小时之后又开始新一轮的自说自话。

我记得和他在一起的每个日夜的每分每秒——本来也没有太多。我逐一回想我们彼此说过的话,如同一个守财奴翻看箱子里的珠宝。我在记忆中恢复了从未见过的一幕——卢阿尔的母亲对他又打又骂,还将他赶出了家门。这一幕每次都以新的形式在我面前呈现,每次我都感到同样的悔恨。

最后,我开始回想托丽雅·索尔。一个不可理喻的可怕女人,深爱自己的丈夫和儿子,却在一夜之间同时失去了他们。在她年轻时经历了那些可怕的磨难之后,原本以为命运会对她有所垂怜……不要在同一个地方打击她两次……

我记得当托丽雅听到我说我绝不会放弃自己的儿子时,她那摇摇欲坠的神情。我不禁想,二十年后,如果我发现我和卢阿尔的儿子其实是个贱种,比如,是哈尔的后代,我会怎么办?

我打了个寒战。不,那个傲慢的有钱戏子岂能和法吉拉相提并论……况且我并没有受到折磨。我没有被带进地牢,只有地牢的火盆中才有烤得炽热发红的铁钩,我没有被铁链锁在长凳上,衣服也没有被撕掉……

丰富的想象力又开始折磨我了。我眯起双眼,双手抱住头,尽量不去想那些可怕的事情。不,托丽雅·索尔是托丽雅·索尔……我不会轻易评判她。要留神,苍天有眼……

埃格特。一个失去了儿子的人,一个无望的人。仿佛他爱卢

第四章

阿尔、养育卢阿尔、为他冒生命危险的那十九年都荡然无存……那时在城墙上，在围城期间……怎么，难道这些年都是谎言？

可是，请告诉我，他的妻子有什么错？她没有死于酷刑，她没有打掉胎儿？她一直活到某一天，一个不知从哪冒出来的疯女孩，让埃格特知晓了卢阿尔的身世？

每个人都有错。最错的就是卢阿尔——因为他出生了，这个畜生，没有被脐带勒死，没有在婴儿时期冻死，没有死于麻疹，没有受伤或溺水……大家会哀悼他，把他和秘密一起埋葬——然后大家会继续生活，在和平与爱中，带着美好的回忆。

我咬牙切齿，似乎不得不原谅这个傻瓜。他是个疯子，对自己不负责任，我自己也会发疯的……或者说我已经疯了。如果我头脑正常，就算是拿国王的宝座交换，我也不会离开弗洛巴斯特。

所有的眼泪都已经流尽了。如果我不打算嫁给一个听差，不急于成为一个红脸蛋的农家女，如果我认真地决心为这个人反抗命运……或者与这个人一起反抗命运……甚至反抗所有人……走着瞧。反正没必要困坐愁城。

我听从自己的命令，从不知被谁扔在穿堂中间的腐朽木桶里断然起身，拉起裙子，果断地大步前进——走过两条街之后，我决定了自己前进的方向。

我正在去卡瓦伦城的路上，我甚至不知道它在哪里。我要赶去见埃格特·索尔。

⚔

女房东给了年轻的大学旁听生一个房间，对这个小伙子的勤奋感到惊讶：他每天都听课，有一次还在图书馆待了一整夜。此后他的学习方式发生了巨大的变化——现在他把自己关在房间里，整日整夜地读书，只在吃女房东准备的餐食时稍事停顿。

卢阿尔确实花了大量时间来研究他从塔里偷来的珍贵资料：始祖先知的《遗世书》晦涩难懂，同时篇幅宏大——这些在大火中幸存下来的文本让他想到一个巨人正在用空间和时间拼凑字谜，而且是用人类的王朝和世代。卢阿尔读着书，不禁有些毛骨悚然——烧焦的书页上散发着远古的恐怖气息。"清水化为黑血……天空被剥了皮……炉膛里的木头都会令人羡慕……将成为它的仆从和代行者。"

满篇古代文字，卢阿尔对此几乎一窍不通。有一些图画，其中大部分被火焚毁，因此无法辨认画中所描绘的生物。这是一本名副其实的魔法书——他尽量只在白天、在阳光下阅读它，而从不在烛光下阅读。

圣灵拉什的信徒名单要单调得多，也有用得多。

法尔·法吉拉是所谓的头号信徒。一份简短的档案告诉卢阿尔，他的父亲曾经是一名击剑老师，在郊区有不少亲戚：母亲，一个兄弟，两个姐妹，还有两个侄子。一想到也许他的姑妈和表兄弟们还活着，还要与他们见面，卢阿尔就感到头皮发麻。

教团的三号人物，在大师和法吉拉之后，是一个叫卡拉的人，"圣殿守护者"。他的名字后面只有一句注解——"此人忠诚到癫狂"。奇怪的是，卢阿尔想，他究竟对谁忠诚——对大师？对教团？对这个"圣殿"？究竟是什么样的人，档案只有一句"忠诚"？法吉拉是否也一样"忠诚"，还是大师害怕他可能成为篡位者？教团的年迈领袖和贪图权势的法吉拉之间关系如何？

将名单读完后，卢阿尔拿起一张白纸，工工整整地写下了一行名字——以及可能的方向：如何找，在哪找。二十年，不是两

第四章

百年，肯定有人还活着。

他看完名单后，认真地拿起了秘密报告——他瞬间浑身冒冷汗，蜷缩起身子，把护符攥在掌心。

卢阿扬主任的名字。旁听生索尔的名字反复出现。在那遥远的岁月里，至少有两名大学生为拉什教团担任间谍。教团对主任很感兴趣——准确地说，对他办公室里保存的某个"黄金物件"感兴趣。教团想要不惜一切代价搞到这个"物件"，为此他们找到了旁听生索尔，一个与主任家关系密切的年轻人——此人被一种无法控制的恐惧所俘虏……那正是咒语发挥效用的时候。

卢阿尔从衬衫下拉出了那枚护符，锈迹变多了。卢阿尔闭上眼睛，把脸颊贴在金质薄片上。

他们知道什么？他们为什么需要先知护符？就是那些人，当时已经决定要制造"时代的终结"，并为此唤醒了瘟疫。

卢阿尔打了个寒战。在那里，在地窖里，他的父亲为了得到护符而折磨他的母亲。如果托丽雅·索尔没有经受住折磨，将护符交给法吉拉，不知道会发生什么。可她没有。

妈妈……他想跳起来，推翻椅子，跑到她身边，在她脚下哭泣，喃喃低语"我知道了"，他在期待什么？原谅吗？仿佛凶手的错在于创造了他，她的儿子？

他努力依靠意志力压抑住自己的冲动。她没有把护符交给法吉拉，但他依然来到了护符身边，即使是经由下一代之手。与命运抗争没有意义——必须及时弄明白命运想要什么，然后推波助澜……

卢阿尔试图用指甲抠掉金质薄片上那些新的锈迹，然而徒劳无功。他叹了口气，把护符塞进怀里，收起了教团前成员的名单，穿上衣服，向屋外走去。他告诉女房东，他要去参加一个朋

继承者

友的聚会,这位善良的女士为她的年轻房客感到由衷的高兴。

"不,"年轻女子惊讶地说,"这个名字……我在哪里听过……但这里没有这样的人。"

她的裙子后面藏着一个害羞的小男孩,他有一双调皮的黑眼睛。门口毛茸茸的狗没有咆哮,只是龇着牙——拴住它的链子却像绷紧的弦。

当女子想起法吉拉是谁时,她的表情变得阴沉起来,没想到一个陌生的年轻人如此直言不讳地打听法吉拉。她向卢阿尔淡淡地点点头,然后拉着身后小家伙的胳膊进了屋子。

"别提他,"男人劝道,同时用磨刀石磨着狭长的铲子,"别大声提起他,会招来祸事的。"

"这就是他们住过的地方!"膀大腰圆的老太婆从地窖里钻出来,揉着她的腰。"那儿……"她朝着栅栏外某个地方挥了挥手。"你,"她对那个男人说,"那时候还小,邻居们都死于瘟疫,还有他们的母亲,一个已经嫁人的女儿和她的孩子,一个还没嫁人的,还有一个年轻的男孩子,根本还是个小鼻涕虫……他们在同一天死了,然后那个穿斗篷的人来了,亲自把他们都埋了……"

"您瞎扯什么呢,"男人不悦地说,"他,"他冲卢阿尔扬扬下巴,"问的是法吉拉……您以为穿斗篷的都是法吉拉?没准儿还是圣灵拉什呢?"

"谢谢。"卢阿尔说完转身离开,感觉到身后有几道紧张的目光。

走过城门边的广场,他想起不久前他才见过三辆马车并排停在这里,坦塔莉就在其中一辆车上……他向她伸出手,而她就像

第四章

冰冷的瀑布一样扑到他身上,后来在"铜门"旅馆,那瀑布又变成了火焰……

穿着拉什教团斗篷的疯老头坐在拱桥下,一瞬不瞬地盯着运河漂满浮萍的水面。不相信运气,也不服从理智,只是顺应模糊的直觉冲动,卢阿尔在他身边停下来,轻轻地叫了一声:"忠诚的卡尔……"

他对接下来发生的事情毫无准备。

老人抽搐着,一阵抽搐贯穿了他的身体。慢慢地,慢慢地,他转过身来,看向胆怯的卢阿尔——他那双浮肿的眼睛睁得大大的,像是出于痛苦。"你……终于……"

卢阿尔向后退去。"此人忠诚到疯癫",多么准确的定义,到疯狂的地步。

"你……"老人嘶吼着。卢阿尔想到了他额头上的伤疤,那是早先用石头击打过的痕迹。"你……你回来了……"

卢阿尔现在真的吓坏了——唯有奇迹般的、难以想象的意志力控制着他没有羞愧地逃走。

"法吉拉,"老人喊道,"不是全部……只有少数……很快……已经……你要完成它。"

"是的,"卢阿尔说着,感觉到背后升起一股寒气,"我……很快,很快。"

"我发誓!"老人举起了他的手,"他……没有记忆,你是对的……他不值得……不是每个人都值得……卡拉值得……你是对的,法吉拉,你又是对的……你会完成它!"

"什么?"卢阿尔几乎是违心地低声说。

老人突然笑了——他的笑容很可怕,那么虚弱,那么真诚,却又那么谄媚,露出了没有牙齿的斑驳牙龈。

"你打算……对,法尔。不是所有人……但卡拉是值得的,对吗?"

"是的!"卢阿尔喊了一声,转身冲了出去。

那天晚上,他在镜子前站了很久,举着两根长长的蜡烛从两侧照亮自己的脸。

他想在镜子里看到老人所看到的东西。他想知道法吉拉长什么样。

受托照顾小阿拉娜的老保姆已经坐立不安很多天了。

索尔家的乡间别墅大而舒适,没有仆人,空荡荡的;居住者只有托丽雅夫人、小女孩和保姆。家务疏于打理,保姆忙得筋疲力尽,恨不得生出三头六臂,做饭、打扫卫生、喂马、清理马厩——同时尽力照顾小女孩,她变得越来越不听话。

阿拉娜的舒适世界已经彻底分崩离析。她失去了父亲和哥哥,现在又失去了她的家——她养尊处优的童年生活与现在的生活简直是云泥之别。她变得阴沉又任性,像困兽一般闷闷不乐,越来越频繁地公然粗鲁对待保姆的关心——善良的妇人不敢惩罚她,因为最近几天阿拉娜刚刚又失去了她的母亲。

托丽雅·索尔将自己锁在房间里,不想见任何人。保姆在她的门外站几个小时,请求她吃哪怕一个苹果或一片肉——一提到食物就会让托丽雅感到恶心。她没有绝食,她只是吃不下任何东西,只能贪婪地喝着保姆送来的水。老妇人从门缝里看到她,然后心疼地哭了很久——托丽雅仿佛老了二十岁,瘦得皮包骨头,红肿发炎的眼睛在青白交加的脸上闪烁着病态的光芒。

第四章

　　一天傍晚，保姆正在厨房里给阿拉娜喂冷掉的粥，这时夫人下来找她们。她摇摇晃晃地经过呆然不动的保姆，默默地抱起阿拉娜，紧紧地把她搂到怀里，紧到女孩的眼睛因疼痛而睁大了。托丽雅摇晃她，抚摸她，歇斯底里地亲吻她，手指插进她凌乱的头发，轻轻地呢喃着："我的宝贝……我的儿子……小小的……儿子……"然后阿拉娜意识到了眼前这一切的可怕，她吓得浑身发抖，扯着嗓子大哭起来，泪流满面。托丽雅似乎被这哭声惊醒了，不由自主地放下了手，小女孩滑到了地板上，她转身一言不发地离开了。

　　整个晚上，老妇人和颤抖的小阿拉娜呜咽着、哭泣着，紧紧地依偎在一起。

第五章

  他独自度过了早晨，就像前一天晚上和前一天早上一样。索尔家里的酒宴渐渐少了。在卡瓦伦早已尽人皆知，他不知何故不愿意去驻军履职——响应号召，带领驻军消灭强盗。即使在卡瓦伦，人们也听说了这些强盗异常残忍和厚颜无耻。这座城市仍然充满了谣言——但谣言不会永远持续下去，有些人已经失去了兴趣，有些人耸耸肩，有些人甚至直接宣布埃格特·索尔是叛徒和懦夫……

  索尔冷冷一笑。市民们可能会想到索尔并不在乎他们的意见——但他们无法想象，索尔对他们所有的闲言碎语不屑一顾到了怎样的程度。他坐在窗边，冷眼看着水坑在雨中冒泡，狗在院子里游荡，偶尔有挂着傲慢徽章的马车在人行道上呼啸而过。

  有人迟疑地敲了敲门。一个神情悲伤的男仆从缝隙中探出他圆圆的纽扣一般的鼻子。"先生……外面……有人……"

  埃格特淡淡地挥了挥手，他对任何来访者都不感兴趣。

  男仆离开了，但一会儿就回来了，有些激动地说："先生，她说……这很重要，她……"

第五章

"她？是个女士？"埃格特很惊讶，有女士上门拜访他确实是个奇闻。

男仆迟疑了一下，轻轻地叹了口气："一个女孩，老爷。一句话，就是……一个女孩。"

埃格特看着外面的雨想了想，这天气似乎并不适合登门拜访，所以他推断，也许这位神秘的女访客真的非常急于见他。

"让她进来吧。"他对男仆说。

男仆犹豫地说："她……浑身都湿透了，老爷，脏兮兮的，会把地毯弄脏……"

"你能做到让我摆脱不干净的人的拜访吗？"埃格特冷冷地问道。

男仆顿时慌了手脚。"那……赶走？还是……"

埃格特叹了口气，站起身来。

女孩在门口等着，她真的成了落汤鸡，黑色的头发粘在一起，冻成了冰凌，漏水的鞋底下已经积满了水，因此埃格特没有立即认出她，直到她走向他，鼻音浓重地啜嚅道："索尔先生……我来这里是为了……卢阿尔。"

她最好别提这个名字。他本来就清楚地记得那个秋天的假期，流浪剧团，引得众人哈哈大笑的优秀喜剧女演员，还有披着拉什教团斗篷的儿子。那个叫坦塔莉的女孩在他的记忆中与震惊、恐怖和真相大白的痛苦联系在一起——所以他现在眉头紧锁，仿佛非常痛苦。"什么——卢阿尔？"

她扑闪着睫毛，不时紧张地咽着口水。他的冷漠和不悦对她而言似乎是个意外的打击，现在她正使尽浑身解数寻找话语来安抚他。"卢阿尔的事……我想和您谈谈。索尔先生，是我错了，但事情就是这样，我恰巧知道一切……"

Преемник
继承者

好奇的男仆在索尔身后竖起了耳朵。索尔压制住了想把他赶走的懦弱冲动。

"怎么，说完了？"他故意大声问道，以此向自己和男仆证明，他对秘密有多么不在乎。但在内心深处，他确信这个女孩知道一些别的事情，一些小细节。

她吸了一口气。她瞥了男仆一眼，低声苦苦哀求："请您附耳过来……我告诉您……"

他耸了耸肩，侧了侧头；然后她将冻得发青的嘴唇靠近他的耳朵，几不可闻地说："他有一个护符……他去了墓地……但这不是他的错。他去过拉什塔……他会变得像法吉拉。这不行……您为什么要抛弃他？"

听差什么也没听见，不满地哼了一声。埃格特站着，忘了直起身来，于是女孩红肿的眼睛离他很近。可怜巴巴的，湿漉漉的，她被自己的无礼行为吓坏了。"索尔先生……我当然没有权利……但再没有其他人会跟您说这些……我很抱歉……"

他费力地挺直瞬间僵硬了的背部，艰难地转身，走到楼梯脚下，他回头看向她："你应该饿了吧？"

她沉默着，困兽一般盯着他，不知道对他能有什么期待。

他努力挤出笑容，说道："好吧，我请你吃饭。我们以后再谈。"

她急忙点点头，但他能看出她还想说些什么，想说却又不敢说。

"怎么？"他扭头问道。

她喘着气断断续续地说："如果可以，我想……洗个澡。"

她说，到卡瓦伦的路程花了"很多天"——到底多少天，她也说不上来；因为她在路途中的某个地方数不清了。她比埃格特最后一次见到她的时候变了很多——变瘦了，成熟了，眉眼间的快乐消失了一半多。不过，热水澡和丰盛的午餐让她恢复了一些活力，埃格特从眼角的余光中注意到，她随意地将餐巾搭在装饰餐厅的雕像弯曲的肘部上，使青铜牧羊人看起来像个饭馆服务员。

埃格特把她领进书房，她看到了织花壁毯上的野猪，以及肖像画上的女人和小男孩，随后她在一张扶手椅上坐下，就是几个月前卢阿尔坐过的那张。埃格特压抑着内心的苦涩。

她开始说话，先是艰难地克服羞涩，然后就说得越来越快，越来越放松，她的声音以令人惊讶的方式变化着，取决于当时谁是故事的主角。埃格特感到脊背上起了一层鸡皮疙瘩——这个他一知半解的女孩的嘴里清晰地传出卢阿尔的声调。她在说话，习惯性地控制着听众的注意力，在所有的角色中来回穿梭，任意切换——而他盯着她闪烁的黑眼睛，觉得她身上有托丽雅的影子——非常年轻，还没有经历未婚夫的死亡，满心只有崇高的科学和爱情……当然，坦塔莉无论是脸还是性格都不像托丽雅。但她眼中的光芒……

他让自己稍稍放松，就一点点，松开将他与世界隔绝的铠甲，想到年轻的托丽雅，她脖子上的痣，以及严谨而纯洁的卢阿尔的新婚之夜……

多么幸运，这几个月来，这个男孩并不孤单。

⚔

我把一切都告诉了他。当然，我的意思是，我告诉了他我认为他应该知道的关于卢阿尔的一切。某些细节，我当然略过了

Преемник
继承者

——不过我马上就被揭穿了,因为埃格特·索尔不是傻瓜。"

他站起来,走到窗前。望着他宽阔的背影,想到我终于来了,而他接待了我,几乎是以平等的身份与我交谈。我坐在他的椅子上,在他的地毯上暖脚,我们正在进行一对一的交谈——我一直认为这是完全无法企及的事情,就像高高的基座上的雕像一样……我又感到头晕目眩。

我闭上眼睛。当你从容地在马车里摇晃,有朋友相伴,且永远有丰盛的晚餐时,远行是美好的;但是独自赶路就完全不同了,要么是在崎岖道路上艰苦跋涉,要么是一路上忍饥挨饿,要么是在栅栏下风餐露宿……

我笑了笑。好心的村里人会付钱看我卖艺。我走到碰见的第一个人面前,表示愿意为他表演口技,只要他付我一个铜币。他纠结了很长时间,最终好奇心占了上风。我表演了弗洛巴斯特教我的一个小把戏,一个小节目,鼓起脸颊,扭动耳朵,最后是一个搞笑的口技。这样一个简单的戏法。

爱看热闹的儿童和年轻人会呼朋引伴、成群结队地过来,有时我能赚到一大把硬币,但有时也会出现一个彪形大汉在偏僻无人处截住我,抢走所有东西——我刚赚的和之前赚的,甚至连面包都不放过……

我的笑容消失了,忍不住叹了口气——索尔从窗边转过身,窗外仍然在下雨。我们的目光相遇了,我意识到我没有宣之于口的一切在他面前都无所遁形。

"是的,"我大声说,试图用自己的肆意来摧毁不自信和恐惧,"是的,我爱他。那又怎么样?"

他对于我的坦率始料不及。然后嘲讽地笑了,开口道:"那么你的意思是,我不爱他。他的母亲不爱他。"我噎嚅了一下,不知道该说什么。他又转过身去继续说道:"最近在这里我总是受到责备。要么说我没有尽到军人的责任,要么说我抛弃了儿子。我是说,虽然不是我的儿子,但是……但我还是应该受到谴责。因为我放任他听天由命……对吗?"

我站起身,走到他身边,跪了下来,对他说:"对。请您杀了我,把我扔出去……我都能理解。不管是托丽雅夫人还是您……虽然这与我无关。但卢阿尔什么也没有做错。为什么要对他……他的出生不是他的错,为什么要这么对他?如果他发生什么不测,那就是您的错了。现在您可以打我了,然后把我赶出去。"

他低头看了我很久,然后弯下腰,用他僵硬的手指抓住我的腋下,这甚至让我喘不过气来。他把我扶起来,我像只小猫一样站在地板上,我的脸与他的脸齐平。漫长的几分钟过去了,在此期间我努力屏住呼吸。

"好吧,"他叹了口气,"你需要很大的勇气才能开口告诉我这一切。现在我也要……表现出勇气。坐下吧……"

我顺着他的手势,坐回到椅子上。他在房间里踱步,倾听着自己的想法,然后在我面前停下来。我坐立不安,站了起来。

"你坐……"他轻轻拍了拍我的肩膀,站了一会儿,沉思着,叹了口气,"托丽雅·索尔二十出头的时候……她是个年轻的新娘,和她的未婚夫一起来到卡瓦伦。未婚夫不是我,而是一个名叫迪纳尔·达兰的大学生。"他顿了顿,观察着我的反应。我当然很惊讶,但我认为表现出来并不合适。他似乎对我的克制很满意,呵呵一笑,继续说道:"他们来卡瓦伦是为了一些与科学研究有关的事情。不幸的是,这里有个我,城里第一好斗之人和第一大众情人。我当然不会错过托丽雅的美貌。我表现得很糟糕,被激怒的大学生迪纳尔向我提出决斗,而我杀了他。"索尔又开

继承者

始在房间里踱步，一边斜眼觑着我对于这番坦白的态度。我一动不动地坐在那里——我莫名地有种感觉，从未有人如此有幸从埃格特那里得到这般坦诚的忏悔。我甚至开始害怕，这是荣幸还是惩罚？

"我杀了他，"埃格特望着天花板重复道，"可怜的家伙，几乎不会用剑……事情本来到此为止了，但那天正好有个人在卡瓦伦目睹了决斗，并且认为我犯了杀人的罪。顺便说一句，他说的没错，"他不由自主地颤抖了一下，"而他，这个目击者，向我提出决斗……"

索尔沉默不语。我看着他回忆，不，是重温接下来发生的似乎非常可怕的事情。

"他对我念了咒语，"索尔喃喃自语地说，他伸出手指，用力地从太阳穴划到下巴，在皮肤上留下一道红痕，"这表面上看起来就像脸颊上的一道疤。就是这道疤……它还是一道剥夺人勇气的咒语。我变成了一个令人无法忍受的、痛苦的懦夫，迷失了自我，被这只懦弱的野兽吞噬，我怕黑、恐高、怕疼、怕血……我害怕耻辱，但耻辱恰恰如附骨之疽一般跟随着我，因为懦夫总是被鄙视的。"他微微喘着气。

"埃格特先生，"我低声说，"要不，您别说了？"

他明白我想说什么，苦涩地笑了笑。"要说，坦塔莉，我希望你能理解……"他终于坐了下来，把一条腿搭在另一条腿上，手掌交叠在膝盖上，继续说着，"是的，我不得不放弃原来的生活，逃离这座城市。我经历了痛苦、污秽和耻辱，直到命运把我带到一座城市，卢阿扬先生是大学的主任，而托丽雅，托丽雅！是他的女儿……我想再次逃跑，但主任不允许我这样做。他在我的心中种下了希望——去见那个给我下咒语的人，并乞求宽恕……"

窗外的雨不再是倾盆大雨，而是绵绵细雨，蒙在玻璃上。埃格特沉默了，我本来以为他不会再说什么。他突然笑了。"那么卢阿尔现在是个真正的男人了？而且你很欣赏他，是吗？"

我吃惊地抖了一下，失去了对自己的控制，耳朵、脖子和脸都一阵阵发热，涨得通红。我垂下眼睛，低下头，徒劳地试图躲避埃格特的目光。

他的手放在我的后颈上。"嗯……为什么要害羞？"

我愣住了，怕抬起头会不经意间甩开他的手。他叹了口气，轻轻拍了拍我的后脑勺，然后回到窗前。

他继续诉说着回忆。别人残酷的生活如同一幅幻影画卷在我眼前浮现。我看到二十岁的埃格特·索尔第一次踏上庄严的大学门廊，我看到年轻的托丽雅漠然的脸庞，她把自己禁锢在自己的悲痛之中……太多的苦痛。这两个人走过了漫长而痛苦的道路，好不容易获得了幸福，却仿佛是为了给拉什教团机会去破坏这种幸福。"时代的终结"，被挖开的坟墓，被疯狂的教团唤醒的瘟疫……不知怎么突然想起了我的叔叔，脸色苍白，满脸粉刺，总是自怨自艾，振振有词地与我母亲争吵，歇斯底里……那时他还活着……然后我立刻起了一层鸡皮疙瘩，因为听着埃格特说话，就像亲眼看到卢阿扬主任，那位用自己的生命阻止瘟疫的魔法师。

埃格特顿了顿，脸色阴郁，咬着嘴唇，猛地朝我转过身。"法吉拉，那个人叫法吉拉。他试图让我背叛。我是个懦夫，我无法抵抗。教团的企图落空之后，他们把一切都归咎于卢阿扬，是他用魔法召唤了一场瘟疫，还有托丽雅。她被抓了起来……"

我打了个寒战。地牢和刑讯室。而那个人，卢阿尔的亲生父亲在逼问："到底在哪？护符在哪？"

继承者

"护符？"我下意识地反问道。

索尔似乎没有听到，接着讲述："……而控方的证人是我。准确地说，是极度恐惧的我。我不得不说法吉拉期望我说的话，因为我的恐惧战胜了我，让我成了它的奴隶……法吉拉清楚这点。"他再次坐下来，十指交叉，疲惫地叹了口气，"后来……当她进入法庭的时候……"

我闭上眼睛。每一步都是饱受酷刑折磨的身体的痛……还有围观的人群，密密麻麻的人群，仇恨的目光……嘈杂声，怒吼声，然后是死一般的寂静……还有证人登上的证人席……长桌后面的法官和为那个注定死亡的女人准备的长凳……

索尔深深吸了口气："她也知道，知道我会说'是的'。是的，尊敬的法官，以及众位善良的人们，是的，卢阿扬和她的女儿引发了瘟疫，是的，我就在当场，看到了一切……是的，是的。她允许我在场。是的。"

他的眼睛里闪过一道阴沉可怕的光芒。我屏住呼吸。

"我不知道怎么……"埃格特闷闷地说，"但我说了'不'。不，都是谎言，不，不……"他向后一靠，用手掌揉了揉自己的脸。"就在那一刻，咒语失效了，坦塔莉。疤痕消失了，一切都……好了。那些铁钳，它们被磨得很锋利……被插进了胸口。因为我没有其他武器，而他有一把带毒的尖刀……结束了。一切都被埋葬，被遗忘……"

他移开了手掌，他的眼睛是灰蓝色的，带有深重的黑眼圈，疲惫的病态的眼睛。"一切就是这样，坦塔莉。卢阿尔出生后，托丽雅病了很久。她再没有其他孩子——在很长、很长的时间里，仿佛法吉拉死去时诅咒了她……我们几乎放弃了希望，直到阿拉娜出生。而现在，现在你知道了……"他转过身，望着旧挂

第五章

毯上的野猪说道,"我这一生中有很多幸福的事,非常多,如今的惩罚对我来说似乎是公平的。托丽雅……她已经成为我的一部分,在我的身体里隐隐作痛。她……就像一座被亵渎的神殿,再也回不去了。你看,我从没对人说过,但不知怎么却对你说了。你知道为什么吗?"

我几乎忍不住再次跪下来。

"还有一个人,"他的手指不经意地划过野猪长着獠牙的脸,"他……我可以对他……但那是另一回事。他本就知晓这一切,毕竟是他给我留下了疤痕,给我下了咒语。他毁了我的生活……给我……我……"他叹了口气,"但我很怕他。我从没有像今天跟你说话这样和他说话。"

"是谁?"我小声地问。

"他被称为流浪者,"埃格特喃喃自语,好似不愿提起,"其他的名字无人知晓。他十分老迈。他不是魔法师,但……"

"下了咒语?"

"是的,他……没有人知道他是谁。卢阿扬主任认为他是前任守门人,他没有让站在门口的第三力量进入我们的世界。可是它的力量灼伤了他,还给他做了标记。哦,对了,你不知道这是什么,守门人,界门……你不知道。我也不太清楚。但每年有一次,在狂欢节的时候,他会来城里;我们在'悍妇'酒馆里见面,而我从来不敢和他说话。我们互相看着对方,喝一杯酒,然后他离开,我留下。"

他闭上眼睛,回忆着往昔,嘴角轻扬。"在过去的二十年里,他一点都没变,在我认识他后,他完全没有变化。对于人而言这很奇怪……然而谁知道呢。他……有一双冷漠的眼睛,好像对世间万物都漠不关心,眼皮上没有睫毛。若说我们人类的一些事情

Преемник
继承者

还能引起他的兴趣，那就很奇怪了。他肯定不关心。但在狂欢节这一天他总是会来，从不迟到。"

在很长一段时间里，我俩都在倾听淅淅沥沥的雨声。

"护符，"埃格特揉了揉额头，叹了口气，"卢阿尔得到了法吉拉一直渴望得到的护符，它被存放在卢阿扬主任的办公室里。主任去世后，托丽雅把它藏到他处，如此一来我这个懦夫就不会在酷刑之下交出它，而她自己……也没有告诉……他。当城市被围攻时，我们把护符交了出去，托付给了流浪者，因为我们知道他会将它保护得很好。所以，卢阿尔见过流浪者了，从他那儿得到了护符。也就是说，卢阿尔的确是先知……"

这个想法之前就在我脑海中闪过，但只有当埃格特大声说出来时，它才从胡说八道变成了命中注定。

"那现在怎么办？"我小声地问，"他……我觉得他在打算着什么。他拿定主意了——既然每个人都说我是法吉拉的儿子，那我就变成他的儿子……现在怎么办，埃格特先生？"

他笑了笑。"小姑娘，我可不是魔法师，我也不能让时间倒流。你想要什么？"

我精神一振。"我希望您回去，希望您找到卢阿尔，希望您请求托丽雅夫人的原谅。她……身体很不好。"

"所以你什么都不懂，"他忧郁地说，"在你看来，只要把砍倒的树放在树桩上，它就会开花……"

我生气了。理智只来得及惊恐地尖叫了一声"不要"，愤怒却已经扑面而来，我的脸再次涨得通红。"您、您只是……您抛弃了一个受伤的人。也许是致命的伤。您执着于自己的痛苦，这只会带来更可怕的孤独。其实您找不到任何为自己辩护的理由。为什么您要丢下托丽雅，还偏偏是在最应该……"

第五章

"住口。"他冷冷地说,他的声音里滑过某种东西,让我本来要脱口而出的话语粘在了我的舌头上。我竟然忘记了我在和谁说话,还想教训这人。老天保佑,我不应该得罪索尔上校。

我缩了缩脖子,低头看着地板,疲惫地想,我的任务就这么结束了,它可耻地失败了,现在我将面临的是回程路上继续卖艺、大雨和寒冷的夜晚,我将面对的是年轻的法吉拉而不是卢阿尔,然后我不得不默默地从他面前走开……

窗外已经暮色降临。在昏暗的房间里,我只看到埃格特一动不动的身影,就这样过了大约整整一个小时。他像石头一样坐在那里,而我不敢起身离开。

"你的剧团呢?"他突然轻声问道,"无法想象,剧团没有你会怎么样。"

我的喉咙发紧,没有回答。

"因为卢阿尔?"他仍然轻声地问。

我点了点头,希望他在黑暗中看不到我点头。但他看到了。

"永远?"

"埃格特先生,"我小声说,"也许我该走了,很抱歉,我走了。"

他起身走到桌子旁,点燃了一支蜡烛。一片黑暗中,先是手掌亮了起来,然后是他的脸,出奇地平静,甚至无动于衷。我即刻起身,拉起裙子,说出告别:"那么,我走了,可以吗?"

"坐下。"他头也不回地慢声说道。我感到很害怕。

"坦塔莉,"他盯着火堆开口道,"跟我说说你的情况。"

我苦恼了很久,试图编几句谎话敷衍过去,并嘀咕着"就是这样"。我没有心思也没有勇气去撒谎。我很长时间都无法相信他会对我的事情感兴趣,然后我内心的某种情绪爆发了,以坦诚

Преемник
继承者

回报他的坦诚，重温我的童年、我的孤儿院、我与弗洛巴斯特的相识、我与卢阿尔的相遇……我告诉他我们在马车上的初夜，然后是"铜门"旅馆，这样他就会明白。这一次我没有隐瞒什么，把所有羞耻和不体面和盘托出，我沉浸在自己的忏悔中，就像找到最后一口尚未干涸的水井的旅人沉浸其中。我有生以来第一次理解了孤儿院的那些女孩，她们为什么喜欢向我哭诉她们的人生经历。

"是啊，"他在我沉默的时候说，"我觉得，我告诉卢阿尔男女之别好像才是不久之前的事。"

他笑了笑，然后久久地、严厉地看着我的眼睛，直到我也笑了起来。

"你是个好女孩，坦塔莉。真可惜，一切变成了这样。真遗憾……"

楼下某处，门砰的一声关上了，传来了说话的声音，我不由自主地打了个寒战。仆人轻轻地敲了敲门："埃格特先生，信使……卫兵先生们又来了，有封信……"

埃格特脸上的笑容消失了，整个人一下子变得苍老而佝偻，他转身走到黑暗的窗户前。

"埃格特先生，"我竭尽所能说服他，"我们走吧，埃格特先生，我们一起，我一个人不敢回去。"这个糟糕至极的理由刚刚浮现在我的脑海中——我欣喜若狂，提高声调重复道："对，我很害怕。路上有强盗，埃格特先生。"

仆人从门口探出头和拿着蜡烛的手。"怎么办，先生？让他进来？"

埃格特慢慢转向我。"坦塔莉，你等一下，先出去吧。"

当我跟着仆人离开的时候，听到了在走廊里等待的信使们紧

第五章

张而焦躁的声音,然后楼梯上传来脚步声和马刺的撞击声,接着我发现自己在一间小客房里,仆人鞠躬致意,给我送来了晚餐。

⚔

面包店的入口上方有一个黏土做的面包,里面戳出一把巨大的木刀。卢阿尔等着又一拨顾客离开,然后自己走了进去。

柜台后面站着一个约莫十二岁的男孩,看到卢阿尔,他习惯性地露出了真诚的笑容:"先生想要点什么?白面包、花形甜面包、热面包……"

卢阿尔窘了一下,犹豫着要不要买块白面包然后离开这里,但之前促使他呼唤桥下那个疯老头的冲动已经占据了上风。

"我想见见特拉克坦先生。"卢阿尔对男孩说。

男孩有些为难地仔细看了卢阿尔一眼,耸了耸肩。"这里只有阿克坦先生,也许您把名字搞错了?"

"是的,"卢阿尔顿了顿说道,"我记错了。"

男孩嘟囔着道了声歉,然后钻进了铺子最里面,那里是面包房。

"爷爷!"卢阿尔隐约听到一声,"爷爷!外面有人找你,我不知道是谁。"

一位看起来是老主顾的精致女士走进店里,男孩赶忙去为她服务。不一会儿,一个身材魁梧、满面红光、围裙上满是面粉的胖乎乎的面包师出现在门口。

"呃……孩子,谁找我?"

男孩冲卢阿尔扬扬下巴。面包师惊讶地盯着眼前陌生的男青年人。"呃,请原谅,年轻人……面团发起来了,面团可不等人……到底……什么事?"

Преемник
继承者

卢阿尔心里一动，说道："您好，拉什教团的特拉克坦。"他低声说，之后的整整一分钟，他看着面包师的脸上血色尽褪，面白如纸。

那位老主顾拎着满满一篮子东西离开了，男孩带着惊讶和担忧盯着他的祖父。卢阿尔静静等待着，最后，面包师张大嘴巴急促地呼吸，就像一条被钓离水面的鱼。"我……"

"我不是您的敌人，"卢阿尔冷冷地向他保证，"我想和您谈谈。"

面包师在围裙上紧张地擦了擦手，然后又擦了擦，似乎想擦掉手上某些可耻而又丑陋的东西。他回过神来，环顾了一下铺子，对男孩嘀咕了几句，然后冲卢阿尔点了点头。"好吧，呃，我们走吧。"

昏暗逼仄的走廊里充满了浓郁面包香气，令人垂涎欲滴。白色的蓬松面团发酵得像枕头一样，溢出了大桶边缘。面包师停下了脚步，似乎不知道下一步该去哪里，他又在围裙上擦了擦手，问道："您从哪里……"

"这不重要，"卢阿尔打断了他，"虽然……请您仔细看看我。"

面包师用力眯起眼睛，将含泪的眼睛凑近卢阿尔的脸。走廊里很昏暗，所以过了足足一分钟，面包师才颤抖着后退几步，额头上汗如雨下。卢阿尔隐隐有些失望，因为他在这一分钟内一直暗暗希望拉什教团的前成员特拉克坦不会认出他。

"您是谁？"他用尽力气挤出一句。

"我是他的儿子，"卢阿尔淡淡地说，"我有一些问题要问您。"

面包师的腰更弯了，他手中的围裙早已变成了灰色的、脏兮

第五章

今的一团,紧张地在手掌之间来回。"我……以为……再也不会……我老了,我有家庭,有孩子,有孙子。我早就改了名字,以为一切都结束了。我有什么罪呢?"

"我不怪您。"

面包师在发抖。"这些年,是的,我活了下来,虽然我拿着铁锹走到那里,到了山丘上……我不知道自己在做什么,我以为拉什……"他捂住嘴,惊恐地环顾四周。店里传来男孩殷勤待客的声音。

"是谁下的命令?"卢阿尔温声问道,"是谁下令挖开山丘的?大师,还是法吉拉?"

面包师浑身发抖。"没有命令……是拉什的意愿。我、我接触不到机密,我不是圣……您为什么要问这个?"

"可毕竟死了这么多人。"卢阿尔若有所思地说。

面包师再次环顾四周,双手合十哀求道:"听着,请您离开,我什么都不知道,我想忘记,我没有罪,您懂吗?塔里也有人死了……我本来也会死,但老天要我活着……我的孙子不知道您是谁,为什么来这里,为什么……"他讷讷起来。

卢阿尔干笑一声。"我是他的儿子,记得吗?"

面包师像被放了气的球一样缩了起来。他恳切地低声说:"您走吧。我什么也不知道。"

卢阿尔站着,盯着那张突然衰老、灰白、布满皱纹的脸,然后叹了口气,说了声再见就走了,在门口向惊讶的男孩点点头。

他在街道上漫步徘徊,还没走到住所,面包师沉重的身体就被一条短短的鞣皮带吊在上锁的储藏室里。

我在索尔家住了五天,在这段时间里,他没有对我说"行",

继承者

也没有说"不行",他从未同意跟我进城去找卢阿尔,却也没有拒绝我的恳求。我已经筋疲力尽了。

索尔处于一种昏昏沉沉的状态——仿佛只剩他的躯壳漫无目的地凝视着窗外或在街上游荡,他的精神却在云天之外的某处徘徊,而云层之上弥漫着棉絮般的寂静、安宁与冷漠。他是怎么形容流浪者的?"对世间万物都漠不关心。"我从他不经意的只言片语中了解到,一名担任信使的卫兵——这显然已经不是第一个信使——曾当面称他为懦夫,这着实把他逗乐了。他曾这样说过,"逗乐了"。如今,在知晓了关于他的一切之后,我明白他不是在炫耀,也不是在信口雌黄。

第六天,我离开了。我潦草地写了一张平平无奇的纸条,把尽可能多的食物装进包袱里。我没有意愿,也没有精力再留在这种充满不确定的沉闷环境中。

我带着糟糕的心情离开。不过百花齐放的春日渐渐从我脑海中赶走了所有不愉快的念头。我像蚂蚁爬过花坛一样漫步走着——周围的一切都在绽放,在摇曳,花粉洒落,繁衍后代,蜜蜂嗡嗡作响,忙着授粉。我用力地呼吸着,春意盎然的大地上就连空气都沁人心脾。

在我停下来歇脚的第一个村子里,到处都在谈论强盗。

附近有个农庄被烧毁,粮食储备被洗劫一空,居民们只能吃荨麻,直到下一个收获的季节。抵抗的人被绞死示众,一周内不允许放下来。一位死者家属在期限之前放下了尸体,结果他们回来把家属也绞死了。

一个草黄色头发的年轻小伙子吵得声嘶力竭,说,索瓦干出这种事简直就是个傻瓜,他应该和农民做朋友,他这样会激怒所有人,农民们不会杀他,但会把他交给戍卫队。小伙子郁闷地被大家团团围住，被封住舌头……军政长官……已经——杀死了十几个强盗……然而那个村庄的余烬都凉了。而戍卫队呢——他们远在天边，也根本不在乎，即使他们在乎，他们也抓不到索瓦，森林那么大……

头发上绑着小皮圈的暴躁老头儿怀疑：所有强盗都听索瓦指挥，这是真的吗？强盗简直太多了，到处都有，而且是不同的帮派，莫非这和索瓦有关系？

他也被打断了：所有强盗都是索瓦……谁敢嚼舌根，就会被挂在树枝上吊死……以前是强盗兄弟，现在……现在很残酷，所有人都由一个人主宰。他对你而言既是权力，也是惩罚，所以闭嘴，保持沉默……

坦白说，这些谈话都让我打消了独自上路的念头。我犹豫了一下，问旅店老板，他知不知道是否有车队或者马车出发去城里。或者，他店里有没有住客打算继续赶路？老板摇了摇头："世道不好，不太平，而且一堆活儿要干，春天……哪有人出行。"

我感到很沮丧，晚上在不知谁的四轮大车下的草席上潦草度过，彻夜无眠。然而到了早晨，阳光明媚，一片宁静，我最终决定继续我的旅程。我不是强盗先生们眼里的大肥羊，为我犯险不值当。没准儿能碰碰运气……

我这样推想，试图让自己振作起来。在一个荒凉的十字路口，我遇到了一个同路人。

他是一个高大的老人，和我前进的方向相同——只是他才从路的另一边出现。我停下脚步，按照习俗打了个招呼，他点头致意。他的眼睛让我大吃一惊，圆圆的、亮晶晶的、没有睫毛、非常冷漠，仿佛"对世间万物都漠不关心"。

继承者
Преемник

我问自己，如果索尔给我讲喷火龙的事会怎么样？我看到的第一个旅人难不成浑身鳞片，会腾云驾雾？

老人并不急于继续上路，他站在那里，像打量佩针上的蝴蝶一样打量着我。而我也觉得自己像佩针上的蝴蝶一样自在舒适，然后我生气了，不甘示弱，反过来也瞪着他。

不知道他多大年纪。他的脸上布满皱纹，如同戴着个木头面具，长长的鼻翼翕动着，仿佛在不停地嗅，两只眼睛像两个冰球一样凝望着。但是最不可思议的是，他的腰带上别着一把插在昂贵剑鞘里的长剑，这是乡野罕见的贵族武器。我打了个寒战，暗骂自己多疑，但我突然相信，他不是我想象出来的。他可能真的是索尔故事中的那个人物，主宰埃格特命运的人，那个不知名的流浪者。

也可能不是。或许这只是一个严厉的老人，去邻村看望儿子，饱受痛风折磨，不喜欢自己的儿媳妇……

我微微一笑，最后一个假设帮我克服了胆怯，于是我趁热打铁，笑容更加灿烂。"请原谅，尊贵的先生，如果咱们同路，您能不能护送一下可怜的姑娘，一个人赶路真是令人恐惧。"

他的嘴唇微微翕动："你这么说就错了。最糟糕的事情往往就发生在至少有两个人的时候……孤独意味着安全。"

我眨了眨眼睛，试图理解他的想法。与此同时，他的脸色略有变化，我惊讶地意识到他在笑。随后他开口道："虽然，呃，我想我们也不是那么同路……"

正当我试图弄明白这是答应还是拒绝时，他突然向我伸出了手——一个漫不经心却又充满骑士风度的手势，于是我别无选择，只能搭在他的胳膊上，并在心里暗骂自己的鲁莽和无礼。

他的一步几乎是我的两步。

第五章

田地里散发着粪便的味道，还有不知从哪里飘来的烟味——要么就是农民在烧旧东西，要么就是强盗在烧农庄。我在奇怪的陌生人身边跟跟跄跄地赶路，思绪也起伏不定，就像奔跑在凌乱车辙上的车。仅仅走了十几步，我就成功地说服了自己，我的猜测完全是愚蠢的——胡说八道，不是他。然后，用余光瞄了瞄那张波澜不兴、被时间雕刻的脸，我浑身直冒冷汗，双腿软成了棉花。"……没人知道他是谁，他念咒语……念咒语……"苍天，我居然与能施咒的长者手挽手走在一起。总能找出一些错处来怪罪的……即使走在我身边的只是一个严厉的老人，去找他儿子，患有痛风，不喜欢儿媳妇……我可千万别惹恼他或者得罪他。不然……

"你认为……"他开口道。习惯了他沉默的我猛地一哆嗦，我的手几乎从他的肘部滑落。我的耳朵一下子涨得通红：怎么能以这么拙劣的方式暴露内心的恐惧？！

"你认为，"他停顿了一下，然后仿佛什么都没发生过似的，继续道，"人为什么需要名字？名字是为了让人呼唤吗？喂，你，某某……是为了在街上有人喊'喂'时，不会感到疑惑吗？"

我从来没有考虑过这些事情。我沉默着，希望不需要回应。

他叹了口气道："要是没有人呼唤呢？要是没有人叫呢？名字有什么用？'你叫什么名字？'可是没有人叫过我的名字。没有名字。忘了。"

我沉默不语，心念电转，疯狂地试图想出一些礼貌的、无意义的答案。

"每条狗都有名字，"他漫不经心地继续说道，"所有的狼都在没名没姓地奔跑。"

然后我想到了。"如果一匹狼想呼唤另一匹狼怎么办？它怎

Преемник
继承者

么叫它？"我的双脚被愚蠢的大脑激怒，连续绊了三个趔趄，我的同伴面无表情地哼了一声。然后又是一片寂静。我们走在路上，周围的世界沐浴在阳光之下，回暖的大地上有蒸汽缓缓升起。剑鞘轻轻地拍打着老人的小腿，我想，佩带武器的绅士们更习惯骑马远行。

然而我很快就发现，作为行人，他比我坚强多了。走在他身边，我先是气喘吁吁，然后汗流浃背，接着一瘸一拐，肋部一阵阵无情的刺痛。但他自顾自地走着，从容而又轻松，漠然地看着周围的美景，看着绿油油的田野和远处的树林。我喘着粗气，拼命忍住嘶哑的呼吸，不敢发出声音——但他一直在走，我心中诅咒了不下十次，然后决定和他说说话。

然后他问了我一个问题——从语调中能听出来这是个问题，但由于耳鸣，我一个字都听不清楚。他没有等到我的回答，于是转向我，然后停下来打量着我，眼神并不惊讶，不，准确地说是很疲惫。

我的喉咙早已经干得冒烟，所以只挤出一个可怜的笑容。

"我也不知道。"他放开了我的手，叹息着说。他走到路边，坐在一块半埋在地下的灰色石头上。

我疲惫的双腿颤颤巍巍，勉强迈开步子走到路边，坐在稍远的地方——我的行囊上。

"你未必阻止得了他，"他说道，仍然漫不经心，"但值得一试。"

我的背后仿佛爬过一条湿漉漉的毒蛇。我抬头看向他的双眼，迎上那双清澈眸子里的漠然眼神。

"我还没有决定，"他继续慢慢说道，"你——另当别论，试试看吧。"

第五章

一只不知从何而来的淡黄色蝴蝶在他瘦骨嶙峋的膝盖上盘旋，落在他的剑柄上。他没有看我，而是盯着天空，他的鼻孔翕动着，喃喃道："我从不与人同行，也没有人会叫我。没人叫我的话，还要名字干什么……"

他静静地等着，直到蝴蝶彻底飞走，才轻快地起身继续前行。我坐在自己的行囊上，震惊地盯着他。

⚔

他不再对自己的运气感到惊讶了。不过，他在废弃的塔楼里找到了他唯一需要的房间，并且出乎意料地发现了密室，这仅仅是运气使然吗？是运气驱使他与老疯子交谈吗？是运气带他来到曾经的教团成员、现在的面包师特拉克坦的住所吗？无独有偶，在不同街道的不同地方发现了一家肉店，老板的名字和法吉拉的另一个老伙计的名字一样，这难道又是运气？

然而，所谓的好运气一次也没能帮他达到目的。无论是疯子还是面包师都无法向卢阿尔解释，为什么拉什教团二十年前要从坟墓中释放出瘟疫，致使人们大量死亡，以及为什么法吉拉需要先知的护符。卢阿尔无法理解圣灵的动机——这很可能是大师本人的动机，要么就是法吉拉（他出于某种原因渴望得到护符），要么是卢阿尔不认识的其他人。

肉店的入口上方画着一头闷闷不乐的粉红色猪。卢阿尔走进去，费力地推开了东倒西歪的门，店里没有人，只有挂在钩子上的肉滴滴答答地渗着血，还有小牛被砍掉的头，被插在一根铁棍上，双目无神。

卢阿尔从小就不喜欢市场上的屠夫和肉摊，现在他发现自己完全无动于衷——以前会引起他恐惧和反感的动物头颅，如今看起来就像一个摆件儿,譬如,放在角落的空桶。

"老板!"卢阿尔喊道。

很长一段时间都没有回应,然后,从铺子最里面传出一声低沉的咒骂,像橡木柜子一样又矮又宽的屠夫从柜台后面黑黢黢的门里走了出来,没好气地招呼道:"要什么?"

卢阿尔默默地打量着他。屠夫五十岁上下,宽大的手掌上留有长期干重活的痕迹,但他的脸并没有卢阿尔以为的所有屠夫都该有的迟钝和麻木。这是一张属于一个强壮而又痛苦的人的脸,紧张,愤怒。

"怎么?"他已经有些恼火地问道。

"您好,教团成员科夫先生,"卢阿尔叹了口气说,"我是您一个故人的儿子,可惜他现在已经去世了。我想和您谈谈我父亲的事情。"

屠夫浑身一颤,哼了一声:"怎么,您瞎了吗?不识字吗?我的店门上挂着牌子——'肉'!我是卖肉的,不是陪人胡扯的。所以,要么买些排骨,要么就滚蛋。"

"瞎的是您,"卢阿尔冷冷地回击,"好好看着我,管住舌头,可爱的先生,否则您的招牌会遭遇不测。"

屠夫从柜台后面蹿了出来。他比卢阿尔矮一个头,但是有卢阿尔两倍宽,每个拳头都只比卢阿尔的头小一点点。他不客气地威胁道:"臭小子,要么立刻滚到外面去,要么被我打掉牙齿扔到外面去!我给你……"

咆哮声戛然而止,屠夫张口结舌。卢阿尔淡淡地看着他眯起的眼睛,早已料到对方会"认出"自己。如果他们都能认出他,那该怎么办?!

屠夫喘过气来,抿起薄薄的嘴唇,露出一丝苦笑,走回了柜台，用平常的声音问道："要排骨，还是里脊？"

"我是他的儿子。"卢阿尔疲惫地说道。

"我看出来了，"屠夫靠在被干涸的血迹染成褐色的柜台上哑声说道，"我看出来了，你不是女儿。但是我可没叫你来，臭小子。没什么可以吓唬我，你大可以对着整个街区喊话。你喊吧，这样大家就都知道了，喊吧，我并不感到羞耻！"他朝地上吐了口口水。"教团是支柱！它本来是一个宝座！它本来……要不是那个混蛋，你的父亲，挑拨离间，背信弃义。他想要的是权力！他想……像个娼妓！权力！而神殿对他来说，呸！"他又啐了一口，既可悲又愤怒。"你想要什么？他……那时候就应该……应该一不做二不休，彻底干掉他！可他……那个畜生，是个击剑教练……我本来应该亲手……然后呢，然后一切都结束了。你尽管去对着全城的人大喊大叫，我不在乎！"他第三次吐了口口水。

"有人派杀手去杀他？"卢阿尔上前一步，目光一直盯着屠夫充满血丝的眼睛。

屠夫气喘吁吁地说："杀手，杀手会干掉，应该这样，击剑教练，弄死他……"

"谁派的？"卢阿尔无法相信自己的耳朵，"大师？"

屠夫浑身颤抖，揪住他的衣领，再次咆哮起来："滚出去！让你老子的鬼魂……我不害怕。就算他本人从坟墓中爬出来，我也不害怕！我会告诉他，都是因为他！这一切都是因为他！教团的没落都是因为他！"

"你们为什么要挖墓？"卢阿尔低声问道，端详着他头顶上方的脸庞，"你说，为什么要引发瘟疫呢？"

屠夫松开卢阿尔，眼中第一次闪现出类似于恐惧的情绪。"你这个……骗子。败类。走吧，我求你了。"

Преемник
继承者

"谁在寻找护符?"卢阿尔几乎是温柔地笑了,"是哪个,法吉拉还是大师?"

屠夫转过身去。卢阿尔听到一个低沉的声音。"我不知道,什么都不知道,别问我。如果你想问,就去找……去找索瓦吧,这是他现在的名字。教团成员特菲姆。现在是个强盗,索瓦……我什么也不知道……"他重新转回身来,卢阿尔惊讶地看到他眼中愤怒的泪水。"如果不是因为法吉拉,我现在……怎么会卖肉……怎么会……畜生!"

卢阿尔耸了耸肩,走了出去。小牛默默看着他的背影,它是在场的第三个沉默的对话者。

⚔

集市很冷清,人烟稀少,主要售卖铁锹和水槽、皮带和马具、小狗和刨花板——我对这些东西一点都不感兴趣。我在食品摊位上买了一块老猪油和一大块面包,已经把我卖艺赚来的钱都花光了。索尔家厨师做的食物在前一天就已经吃完了,所以我没有找僻静的地方,而只是像现在这样,边走边嚼面包,然后是猪油。

就在这时,一阵喧哗穿过人群的吵闹,传到我耳边:"噢,不良的风气!噢,放纵和淫欲!噢,真是个灾难!堕落无处不在……就算我成了一条拴上铁链的狗,放荡无耻的目光也永远不会……"我的脚仿佛粘在了地上,一块面包卡在我的喉咙里,让我咳得喘不过气来。我认出了这个声音。没有其他哪个剧团用诗歌演绎过《戴绿帽子的丈夫》的滑稽剧,也没有其他哪个演员能复制那些悦耳的音符,这是对浪荡妻子的贞洁的神圣信心……

我想转身拔足狂奔,也确实这样做了——但跑了十几步之后

第五章

我停了下来。只是远远地、偷偷地看看，然后离开。他们不会发现我的……

我自欺欺人地安慰自己，按下心中突然隐隐生出的希望：如果我跪倒在弗洛巴斯特面前，难道他的心不会动摇吗？难道巴里安不会为我说情吗？难道穆哈不会站在我这边吗？

我加快步伐朝小广场跑去，人群一点一点地涌向那里。我心中充斥着一个不可抗拒的念头：这是我的戏！谁在扮演妻子呢，难不成是歌琦娜？！

然后弗洛巴斯特的声音被响亮而又尖细的陌生声音所取代。"啊，我的朋友，多么复杂的花纹，多么美妙的图案！"我踉跄了一下，然后又一下。这个如此简单自然的想法从未在我脑海中浮现。我确信，没有我，他们只能艰难度日，勉强过活。他们一定在暗暗期盼着我的回归。

我本该转身离开，但人群已经把我带到了广场，那里有三辆车，一辆是敞开的，两边各有一辆，遮雨篷在舞台上方飘荡。

弗洛巴斯特老了，我一眼就看出他老了。但他仍然很自信，仍旧演技精湛，众人都捧腹大笑，而且他没有像哈尔剧团的演员那样挤眉弄眼，装腔作势，他只是谈论妻子的困境和忠诚，以感人的严肃态度进行评判，而他的脸上依然严厉，甚至有些悲哀。"我是否应该去找我的爱人，是否应该去看一看，看看我的妻子和她的朋友正如何穿针引线……"巨大如餐桌的绣架前有两个忙碌的身影，是这几个月里长抽条了的穆哈和一个大约十五岁的女孩。女孩满脸雀斑，蓝眼睛，小圆鼻子，硬邦邦的红发浓密蓬松，正在卖力地表演。我站在哈哈大笑的人群中，是唯一一个没有笑的人。

然后，穆哈穿着歪歪斜斜的紧身胸衣和不断滑落的裙子从绣

237

Преемник
继承者

架后面走了出来。我紧张起来,因为那个女孩也跟着跑了出来,现在轮到她的台词了。

她记住了自己的台词,甚至很有天赋——那种必须先被看到才能发展的、尚不成熟的天赋。她的一举一动就像个木偶——但这些瘦削的肘部、肩膀、膝盖都是少年人的缺陷。一年半以后……

穆哈拿着收钱的盘子从戏台上跳了下来,我没有去看他,只望着弗洛巴斯特和代替我的那个人鞠躬致谢的场景。盘子出现在我面前,我回过神来,往后退了退,迎上了穆哈那双震惊的、圆溜溜的黑眼睛。

快跑。

有人气冲冲地大叫,有人闪到路边,有人骂骂咧咧,还在我的背上踢了一脚——我扒开挡在我逃跑路上的一众身体,冲出人群,疯狂地攥着我的包袱,把眼泪吞回去。

枉费我自欺欺人了一场。我不应该相信的。这不是一条可以丢下手套随后又回来拿的路。没有什么可以挽回的。没有什么能够重来。

"姑娘……"有人将手放在我的肩膀上。我愤怒地跳了起来——一个金发碧眼、有些难为情的乡下小伙儿被我吓得往后一退。但他还是出声问道:"你……你别哭,你饿了吗?"

幸福的小伙儿——同时也是不幸的,还以为人们只会因为饥饿而哭泣。他的名字叫米哈尔。他带了五袋面粉来到集市,但只卖出了两袋。他有一辆套在一匹忧郁的驽马身上的车,于是我们上路了。是不是可以说,马车上心思单纯的小伙子比拿着剑、说着莫名其妙的话的陌生老头更适合做旅伴?

半个小时后,我坐在稻草堆里,背靠着袋没卖出去的面粉,

第五章

疲惫的双腿隐隐作痛。我听着车轮的吱嘎声，以及米哈尔稳重的倾诉。

他讲了很多，尤其是即将到来的婚礼。他仪表堂堂，家境不错，是家里唯一的儿子，其余的都是女孩……时间到了，秋天马上就要结婚，但他还没有见过新娘，他妈妈给他提供了很多，但他的心里总觉得索然无味。他，米哈尔，可以不要嫁妆——因为他是家里唯一的儿子，其他都是女孩。

我抬头看了看午后的天空，无精打采地想，这可能就是命运。除了米哈尔的婚礼，我竟无处可去。只是那些话是什么意思——"你无法阻止他，但请试一试"……

"你不怕强盗吗？"当我们走到田野尽头，开始有树枝在头顶摇摆时，我问道。

米哈尔叹了口气道："当然怕了，索瓦抢得很凶。好吧，我们给他一袋，我留一袋——为了孩子们。就当付报酬了。"

我的心里一阵刺痛，我坐直了身体，问道："如果他们全都想要呢？"

米哈尔看着我惊讶地说："为什么你……怎么会全都……他们想干什么，这不可能。全都拿走，这不可能。强盗一直都有——每次一袋、一头猪、一桶……但是全都拿走——这不可能。"

我再次靠在麻袋上，疲惫不堪地闭上眼睛。一个拿着长剑的冷漠老人立即出现在我面前。"你阻止不了他……但请你试一试。"

阻止不了——谁？还是说这一切都是无稽之谈，我在徒劳地寻找谜底？还是……

好的，就当他是流浪者，那枚该死的先知护符以前由他保管，现在却在卢阿尔手里……那么是他，流浪者，心甘情愿地交

Преемник
继承者

出了护符。我无法想象卢阿尔会为了夺取护符，和这个会诅咒人的可怕老头战斗。然而他并不是魔法师，不是魔法师——却在路上遇到我时认出了我，告诉我应该去阻止……卢阿尔？！

"你这么说就错了。最可怕的事情往往就发生在至少有两个人的时候……"

卢阿尔仰躺在枕头上的容颜……看似坚硬的双唇亲吻起来是那么温柔……那么温柔。那不是伪装，不是诡计，也不是游戏，更不是习惯，他对我真的很温柔。真真正正的。像对自己的爱人……

"但要试一试。试试吧。试试……"

耳边突然传来的口哨声如同当头棒喝。马抽搐了一下，我立马起身，瞬间就变得满身冷汗，像只老鼠。米哈尔拉住缰绳，脸色苍白。从树干后面悠闲地走出五个穿着毛边无袖上衣的大汉不客气地问道："小子，你车上拉的什么？马不嫌重吗？"

"拿去吧，伙计们，"米哈尔嘟囔着，把最边上的麻袋从车上推下来，"拿去，有什么呢，乡里乡亲的……"

我沉默不语，把包袱紧紧抱在胸前。这些"伙计"看起来平平无奇，却又自大得令人生厌，就像哈尔一样。抢劫的时刻对他们来说，与其说是发家致富的时刻，不如说是掌握权力的时刻。真是好样的。

为首的人，看起来是个头目，愤怒地踹了一脚车上掉下来的麻袋，发火道："这是什么，你个臭小子？我还得背着它吗，啊？混蛋。"

我看到米哈尔手足无措。他，作为家里唯一的男孩，似乎不习惯这种待遇。与此同时，强盗们已经包围了马车，翻了翻稻草。不知哪个用冰冷的脏手捏住了我的腿。我瑟缩了一下。

强盗头子哈哈大笑。"没什么,弟兄们埋伏了一天,终于有点儿油水捞了。好一个小妞儿,啧啧啧啧……"

我惊呆了,缩成一团。

"听好了,"头目对米哈尔下令,"钱放这边,把驽马卸下来,所有麻袋都放马背上,爷们儿懒得背。放好就快点儿滚,小毛崽子,这个妞儿归我们……"

米哈尔慢慢地站了起来,从车上跳下来,面如寒霜,有那么一瞬间,我以为他不会放弃我。"怎么是……所有麻袋?"米哈尔声音颤抖地问道,"给你们一袋,马是我的,没有马我怎么办呢?还要干活儿呢……"

"你的活儿关老子们屁事,"头目被逗乐了,咧嘴一笑,"放你一条活路你就谢天谢地吧。你,"他对我扬了扬下巴,"下来……"

我凄惨地笑了笑,解开了我的包袱,说:"各位大哥,我什么都没有。"

"你什么都会有的,"其中一个小伙子温声安抚我,他的圆脸因为向着四面八方野蛮生长的胡须显得更圆了,"什么都会有,眼光要长远些……"

他的同伴们眼里闪烁着淫邪的光芒,兴奋地大笑起来。

"一袋!"米哈尔愤愤不平地破口大骂,"给你们一袋,不能再多了!"

有人从后面抓住我的腋下,使劲儿把我拖下了马车。我的包袱掉了,我挣扎着扭头,试图从周围人的脸上找到哪怕一丝怜悯。

米哈尔挥舞着拳头朝头目扑去,这种欺男霸女的行为使他大为震动,似乎忘记了恐惧——他不停咒骂和威胁,仿佛是这五个人在坐车赶路,而他,勇敢的米哈尔,在森林中间拦住他们抢劫。

"走吧。"我被拖到一边,惊惧得全身发麻,无力反抗,只能顺从地移动着脚步。米哈尔的责骂声在我身后渐渐变成了绝望的叫声,而这叫声又被一句细细的"不要"打断了。

我转过身来。

在一棵开花的树的粉红色树枝后面,米哈尔已经不见踪迹,只有他的脚在离地面很低的地方挣扎,挣扎着,抽搐着,然后一动不动。

夜幕降临在我的眼中,一片漆黑。

强盗们带着半昏半醒的我穿过森林。他们在泉水边停下来,用了很长时间小心翼翼地向我喷水,又让我喝了点水。一个圆脸男人古怪地挤眉弄眼,挨个儿向所有的同伴使眼色,接着抓住了自己的皮带扣。

"你想被吊在树上?"头目制止了他,"我们要给索瓦看看猎物,如果索瓦说'不要',那你可以尽情享用。如果索瓦说'要',那也没关系,你稍后就会得到她,而且对你没害处……"

"过索瓦的手还能没害处?"圆脸大汉很愤慨,"他会把她碾成馅儿饼,那些女人都是被索瓦玩儿死的!"

我的胃抽搐了一下。

头目眯起眼睛看着圆脸大汉。"怎么,你不喜欢索瓦?他打女人?"

他的四个同伴都移开了视线,大声地哼了一声。

"没准儿索瓦发现不了呢……"不服气的圆脸男人嘀咕道,"他可能以为本来就是这样呢!"

第五章

"我会告诉他一切，"我接话道，同时用泥水涂满自己的脸，"全都告诉他，还有你的事，"我指着圆脸大汉，"还有你。"我随意朝一个脖子上系着三角巾的瘦小青年扬了扬下巴。

"关我什么事？"小伙子理所当然地大发雷霆，"我怎么了？"

"说吧，"头目眯起了眼睛，漫不经心地从牙缝里挤出一句，"说吧，然后我们会把你绑在松树上，狼群会谢谢我们。没有人会知道，有没有一个妞儿……"

"会知道的，"极度的绝望让我粗鲁地打断他，"五张嘴巴——不是一张，总有人会说漏嘴的，其他几个就会人头落地……"

头目怒火中烧，狠狠地甩了我一巴掌。我蹲下身子，抽泣着，看到他们五个人在交换愤怒而又紧张的目光。

他们没有把我绑在树上，而是把我的手绑在马尾巴上——无论是不堪重负的年迈驽马还是等待着最坏结果的我，都在反复咒骂这漫长而艰辛的旅程，穿越春日里百鸟争鸣的森林。

黄昏时分，我们来到一个隐藏在灌木丛中的据点——这是强盗们的临时营地。简而言之，就是一个巢穴。

埃格特·索尔半夜惊醒，因为梦见自己的脸颊上有一道伤疤。

他满头冷汗地惊坐而起，双手紧紧地捂住脸——没有疤痕，早在二十年前，当怯懦的魔咒被打破时，它就已经消失了。

但这种讨厌的感觉从何而来呢？为什么总觉得疤痕虽然已经看不出来了，但它却依然在这里？

"你抛弃了一个受伤的人，你只顾着自怨自艾，不要找借口，

Преемник
继承者

你无法为自己辩护……"他讥讽一笑，下撇的嘴角就像一个尚未愈合的伤口。可怜的傻姑娘……

不是痛苦。现在已经不是痛苦。现在是潜伏在他灵魂深处的最卑鄙的东西，最恶劣的东西，播放着一个又一个暴力的场景：淫邪的法吉拉，淫邪的刽子手以及十几个拉什教团的团员在他们的长袍下赤身裸体……可耻、可鄙、可恶的画面……他用手掌使劲儿拍打着自己的脸。幻象消失了，徒留自己的无能为力和满嘴的苦涩滋味。

仆人战战兢兢地敲门问道："埃格特先生，先生，您怎么了？什么事……"

"备马，"他嘶哑地挤出一句，"还有一匹，还有另一匹，立刻。"

门外传来一阵吆喝。

顷刻间，漆黑的索尔宅院里亮起了十几盏灯，受到惊扰的马匹从马厩里走出来，睡眼惺忪的仆从们举着火把四处奔忙，被惊醒的邻居们趴在窗边张望。

清晨，卡瓦伦被一个消息震惊了：索尔上校，大家早就习惯了他奇怪而又孤僻的离群索居，居然在半夜里匆匆离开了这座城市。

强盗营地里气氛有些阴沉，又有些亢奋。早上，索瓦亲自率领一队人马突袭了一座农庄，抢了不少东西。但是有个农民，他的女儿被太多强盗蹂躏，于是他疯了，狂怒不已，虽然他已经被打倒在地，但却给了索瓦一刀，刺中了他的腿，在膝盖上方。农民当场被刺死，但索瓦也成了瘸子，心情糟透了。

第五章

当我被绑在马尾巴上,在一个坚固的新窑洞前等待自己的命运时,我从他们的谈话中知晓了这一切。窑洞顶上有一束大鸟的羽毛,可能是猫头鹰的,我淡淡地想。

我不确定当时营地里有多少土匪。在我看来,他们乌泱乌泱的,多得可怕,而且都贪婪地看着我,就像蛇看着麻雀一样。不过他们的目光已经不足以让我感到害怕,因为前面等着我的是索瓦,"那些女人都被他玩儿死了"。我宁愿在见到他之前死去,而不是之后——但现在我说了不算。

我垂下被反绑着的双手,疲乏的双脚交替站着,窝棚和窑洞排列成一个圆圈,圆圈中心燃着一堆篝火。伙夫——强盗们居然有个伙夫——正在三口沸腾的大锅前挥舞勺子。闻着大锅散发出的气味,我下意识地咽了下口水,然后惊讶地想到,为什么眼前火烧眉毛的事情都没有打消我的食欲?

不远处的泥土里埋着两根刨得光溜溜的柱子,钉在顶部的横梁上晃动着一根绳子。我的胃又开始痉挛,我弯着腰站了很久,盯着被践踏的草地,吞咽着泪水。

索瓦的窑洞入口处有一幅门帘。春天的苍蝇在粗糙的布料上撒欢儿,时不时还心满意足地摩挲几下小细腿儿。仿佛苍蝇也是一个强盗,为它的猎物狂欢不已。

我很想伸手打它,但就在这时,门帘被掀开了,走出窑洞的是那个把我带过来的匪徒头目。他目光冷漠地越过我,高声呼唤站在不远处的一个小伙子。小伙子听完简短的命令之后就离开了,很快和那个圆脸男人一起回来,也就是那个撺掇同伙们违抗索瓦关于被俘妇女的命令的家伙。现在他的圆脸似乎被拉长了,像冰柱一样苍白。

在窑洞里待了短短一会儿,这个叛逆者的脸变得更长了,胡子也耷拉下来。一个冷漠的青年押送着他走到了埋在土里的那两根柱子前,我担心他会被立刻绞死。圆脸男人扯掉了衬衫,站在柱子中间,顺从地让人绑住他的双手。青年从腰带上取下鞭子,一本正经地在手掌上吐了口唾沫。圆脸大汉和我都得到了一个教训,就是不要和索瓦犟嘴。圆脸男人被打得皮开肉绽,浑身鲜血淋漓,惨叫连连。我在旁边看着,蜷缩起身体,紧咬着手指,避免发出尖叫。

鞭刑还在继续,窑洞入口处的帘子再一次被掀开。抓住我的强盗头目默默地解开了我手腕上的绳子,抓着我的肩膀,把我推到里面。

踏入黑暗的一步对我而言如同过了一千多秒的漫长时间。我从未如此接近死亡,在关于家和母亲、孤儿院和弗洛巴斯特的无序记忆中,卢阿尔的面容浮现在脑海——仰躺在枕头上的脸,阳光普照的世界……

窑洞里面很闷,很潮湿,火把在燃烧,有泥土和烟的味道,还有男人不洗澡的身体散发出的体臭。暖炕上随意地铺着厚厚的彩色毯子,一个大胡子坐在上面,皱着眉头,猫头鹰一般的圆眼睛在半明半暗的灯光下显得格外漆黑。外面传来受刑之人的哭号,我像被捕鼠夹逮住的老鼠一样盯着索瓦。

"嗯,不错。"他低声道,不是对我说的,而是对我身后的头目说的,"嗯,就这样,出去吧。"

头目一言不发地走了出去,紧紧地拉上了门帘。索瓦把头歪向肩膀,火把的光落在他的脸上,我看到他的眼睛里充满了痛苦。

"站到这儿来。"他用手指了指炕旁边的地板。我双腿发软慢吞吞地走了过去,让他盯着我看了漫长的几分钟。

第五章

"你是那个⋯⋯"他的声音里似乎有一丝惊讶,"我是不是见过你?"

我沉默不语,试图忍住抽泣。

"是的,好像⋯⋯"他若有所思地点了点自己的鼻子,"是你,那个男人戴了绿帽子,就是你这个荡妇骗了他。"

他对我的行为补充了一个非常肮脏、非常准确的定义。我终究还是忍不住抽泣起来。索瓦先生居然还是个戏迷。

"那么你,"他讥讽一笑,"糟蹋了很多男人,给人戴了多少绿帽子?你是个贱货,嗯?"

"这不是真的。"我低声恳求道,"那是演戏,虚构的,我不是那种人。"

他似乎并不相信我,狡猾地笑了笑,伸出手掌抓住了我。我咬紧牙关,不让自己发出痛苦的叫声。他的手习惯于抢夺和谋杀,所以这个本意味着温柔的手势在我胸前留下了五道瘀青。

"你演得很好。"他满意地说,然后站了起来,炕在他庞大沉重的身躯下吱吱作响。这时,索瓦的脸上露出痛苦的扭曲表情。"啊,你⋯⋯"

然后他又加了一句准确但极其龌龊的话。

"我被刺伤了,"他恶狠狠地龇牙咧嘴,"一个贱民刺的。不然我就把你⋯⋯小妞儿,要是⋯⋯"他兴致勃勃地握紧毛茸茸的厚实大手,想象着他会对我做什么,会怎么做。我惊恐地用手掌按住自己伤痕累累的胸口,想起了那个圆脸男人的愤慨:"他会把她压成肉饼,那些女人都被他玩儿死了。"

这一点毋庸置疑。是的,确实会死。似乎是在回答我的想法,索瓦若有所思地对我招了招手。

我本来就站在他面前,现在更近了,我觉得我能听到血液在

Преемник
继承者

他强壮的身体里奔腾。索瓦的呼吸变得急促而沙哑——即使是痛苦的伤口也无法压制他狂热的兽欲。

"荡妇,"他低声说,几近轻柔,"小娼妇,真是灵巧……"

在他的嘴里,这些词可能跟"小东西""小可爱"差不多。我打了个寒战,搁在我脊背上的铲子一样的手掌捕捉到了我的颤抖。他安抚道:"别怕……"

他身上有汗味儿和血腥味儿,他的呼吸像火炉一样灼热,他不是在努力解开我的衣服,而是在撕扯它们。我咬着嘴唇,感觉到自己温热的血液在沿着下巴流淌。他在暖炕上翻了个身,把我拉了下去;沉重身体压在我身上,让我难以承受,肋骨几乎快要裂开。在火把的光照下,我看到他的眼睛就在我正上方,双目凸起,有棕色的斑点——我闭上眼睛,盼望着立即死去。我不知道自己在做什么,把膝盖顶到身体上方的黑暗中。

充满情欲的喘息变成了低沉的咆哮。索瓦滚到了一旁,我终于有了喘息的机会——但我没有抓住这个机会。我紧紧抓住他那如树干一般粗壮的脖子,把自己压在他身上,呻吟着,喃喃道:"来吧,我受不了了……受不了了……"

我的膝盖再次蹭过他的伤口。他号叫着把沉湎于情欲的我从他宽阔的胸膛上扯下来。我委屈地抽泣起来,问道:"啊?!疼吗?"

火把的光亮落在我的脸上——在这光亮中,他能读出我脸上的渴望,也读出了埋怨,怎么会?

"唉……"他痛苦地慢声说道,"这么个姑娘……唉……"

很快,整个营地都知道我是一个罕见的小东西,我的丈夫头顶上有一片绿油油的森林,而我已经热切地、无法自拔地爱上了

第五章

这位首领。受伤的索瓦如孩童一般的轻信,令人震惊。他习惯用武力夺取他遇到的所有女人,却因为我对他突然迸发的爱意而感动不已。男人都像孩子一样,我闷闷不乐地想。这时我已经坐在强盗们的篝火前,周围全是胡子拉碴的嘴脸,就像一群狗娘养的……

索瓦的伤口还有两三天就能痊愈,我毫不怀疑他会像狗一样痊愈得很快。逃出营地是绝无可能的——能走出闷热的窑洞就已经是莫大的幸福。我向索瓦背诵了悲剧中的爱情独白,他像大多数刽子手一样多愁善感,流下了甜蜜的泪水。我目测了他小腿后面的匕首的距离,估算了一下扑过去然后刺中他的可能,就立即皱眉抛开了这个愚蠢的想法,我不可能在真正意义上刺中索瓦。小打小闹的擦伤毫无意义,所有人都记得上次抓伤他的那个可怜虫的下场。

"我的爱就像一场暴风雨,
如此热情地爱抚着树枝,
撕掉了它们的饰物,
并在激情中让它们露出树根。"

我毫无感情地背诵着,索瓦托着脸颊倾听着,我想杀了他。

然而他那强迫性的柏拉图式爱情并不影响其他的发泄需求。有人设下埋伏,带着他们的战利品回来;那些空手而归的人因玩忽职守而受到鞭打,而隐瞒部分战利品则是一桩特殊的罪行,他们会因此被套上绞索。索瓦邪恶凶残,又手握大权,领导着这帮强盗——他巧妙地笼络了一些人,并挑唆他们与其他人互相敌视,这种奇特的方式让我想起了哈尔。没有人可以高枕无忧,今

Преемник
继承者

天坐拥财富，明天则可能会一贫如洗，遭到鞭笞甚至被夺去性命。我现在明白了为什么强盗们对他们的猎物如此无情。他们每个人都生活在刀尖上，担心的不是被俘和被处决，而是自己弟兄们的报复和失去首领索瓦的宠信。

索瓦是那种不仅会薅羊毛、还会一次剥掉三张羊皮的主儿。他身上有种疯狂的毁灭欲望——毁灭他自己和他周围的一切。我心中把他视为一个辣手摧花的园丁，一个捕杀鱼苗的渔夫，他不考虑明天，我感到奇怪的是，他的权力竟这么大，维持这么久——究其原因，是索瓦反常和疯狂的意志，一个疯子的意志奴役了整个队伍。

大家对索瓦又敬又怕。按照他的命令去鞭打同伴被视为勇气的特殊体现。作为索瓦的奴隶，强盗们臆想自己是商人、农民和过往行人——也就是世界其他地方的统治者。这些蓬头垢面、邋里邋遢的人，穿着破烂的裤子，戴着金首饰，在他们自己的眼中几乎就是世界的主宰。在他们中间待了两天，我几乎快要发疯。

恐惧每一天、每一秒都无处不在。每当索瓦把我叫进窑洞，我都在向这个世界告别。他像孩子或野兽一样自信，把我恐惧的颤抖理解为情难自抑，拍着我的背鼓励我，对我说，再忍一忍，不会太久了。

他的伤口正在愈合。我就像被判了缓刑的人，备受煎熬。

晚上，听着树林里猫头鹰的叫声，我认真地想过自杀的方法。一想到这个怪物迟早会碰我，我就想让自己从世上消失。我躺着，透过云杉树枝搭建的屋顶仰望星空；星星也在看着我，它们并不关心我的眼泪。

哭过之后，我咬紧牙关，嘴唇几乎不动地低喃。我所有的祈祷都是以"卢阿尔"一词开始的。

第五章

卢阿尔,我几不可闻地哀求。你看到了吗?救救我,卢阿尔。我自己无法脱身……难道你允许吗?!在他完成他的狗屁大业之前,我会因为深恶痛绝而死去。如果我活下来,我会诅咒自己,该死的婊子——要是我没有勇气在那之前就吊死自己。我很害怕,卢阿尔,我不想死,但为了索瓦的欲望而活着是绝不可能的。卢阿尔,你听到了吗?卢阿尔……

第三天,索瓦感觉良好,带着十几个手下去了某个遥远的村庄。他骑着马离开,那天晚上我用了很长时间亲吻他那匹筋疲力尽的马,因为它奔跑时牵动了索瓦的伤口。索瓦回来时疼得脸都绿了,恼羞成怒,皱着眉头瞪着我,一巴掌打在某个心不在焉的小伙子脸上。我的死期又被推迟了几天,令人痛苦的日子。我仿佛从昏迷中醒来,又带着新的绝望尝试各种逃跑的法子,甚至引起了一个勤恳哨兵的怀疑——但他终究没有向愤怒又痛苦的首领报告。

我不得不再次作罢,惊恐地等待不可避免的下场。我坐在窑洞门口有阳光的一侧,漫不经心地用树枝在沙地上乱画,把巨大得跟老鼠似的灰蚂蚁扒拉开,记忆的碎片在我眼前起起落落。

半梦半醒之中,我见到了卢阿尔。炙热的壁炉,现在我明白他的温柔来自哪里了。在那些日子,我对他而言是……他在爱的沐浴下成长,埃格特和托丽雅彼此相爱。卢阿尔以此为生……苍天。壁炉,红色的火舌,温柔的爱抚……母亲、情人、女儿、妻子……水晶花瓶、新生的幼崽……我们睡吧,卢阿尔,这里很温暖,我们睡吧。我与你交织在一起,像大地之下的两条根系……我们将在潮湿的黑暗中度过漫长的时光,直到某个晚上我们把几个土块撞下悬崖,看到那里,下面,有一条河。

卢阿尔,你还记得我是怎么把水倒在你的背上和你的后脑勺

Преемник
继承者

上的吗。你洗脸,我在盆中看到你的笑脸的倒影。然后水流哗哗响起,倒影随之消失……然后重新出现。水滴从那张脸上落下,仿佛你是春天的白桦树,滴着白桦树汁,我已经很多年没有喝过了。一串蚂蚁,白色树干上的甜蜜树汁……

我睁开眼睛,身旁没有人,伙夫在稍远的地方晒太阳,让自己圆圆的、光秃秃的肚子凑近阳光,不时地用手妖娆地搔几下,眼睛高兴地眯了起来。

我又陷入一阵恍惚。卢阿尔站在我身边,他的存在就像太阳、树枝和蚂蚁一样真实。我打了个寒战,然后恍然大悟,太阳和蚂蚁还在,卢阿尔却不在,也不可能在,只有他的声音回响在我记忆深处。

我出了一身汗,把手指插进了草地。声音……老天,我已经出现幻觉了吗?!

卢阿尔的声音,就在不远处,在窑洞的另一侧。我迟钝地看着自己的双手,沾满了绿色的树液,又神志不清了……

"是的,这将由谁来决定,"卢阿尔一字一句地说,"我们走着瞧。"

我的腿已经不听使唤了。窑洞里传出索瓦愤怒的咆哮,门口传来脚步声,还有一个很像是卢阿尔的声音,冷冷地、嘲弄地对某个人说:"我们不需要证人。走吧。"

我的嘴唇无声地颤抖着。当然,说话的人不是卢阿尔。卢阿尔的声音永远不会同时包含如此多的冰冷和苦涩。

我还没有意识到,藏身在窑洞外的我看起来像个间谍,然后又疲惫地闭上了眼睛,无所谓了。

"你是谁,你个狗东西。"索瓦在窑洞里咆哮。我不由自主地打了个哆嗦。那个我以为是卢阿尔的人轻声回答了一句什么,然

第五章

后窑洞里陷入了长时间的沉默。

"你,你……"索瓦最终失声惊呼,"是,我……"

陌生人再次说了一句几不可闻的话,接下来又是久久的沉默,然后,即使是在外面晒太阳的我都听到了索瓦的喘息声。

"不。"索瓦终于说话了,他的声音不像是他的声音,他发自内心地感到震惊,又惊又怕——就像狼穿着蕾丝短裤一样令人惊讶。

"看着我,"陌生人更大声了,他的声音如金属一般铿锵,"看看我,你就会明白一切。我为你而来,特菲姆。"

"不要叫我这个名字,"索瓦恶狠狠地嘶吼道,"你,不管你是谁,只要我吹一声口哨,他们不仅会把你吊死,而且会把你扔进油锅!"

陌生人冷冷一笑。这笑声让我脊背发凉,索瓦显然也不喜欢,为了掩饰自己的慌乱,他咕哝了一些含糊不清的威胁的话。

"好吧,我们谈谈。"陌生人又冷笑一声。我的背上又划过一阵寒意:这声音是多么像啊!相似得令人难以忍受!

索瓦沉默不语,呼哧呼哧地喘着粗气。

"我们谈谈,特菲姆,教团成员特菲姆,"陌生人冷酷而清晰地说道,"关于我已故的父亲,你没听说过这样的传说吗?在孩子出生前死去的父亲,他们的灵魂会进入他们儿子的灵魂中?你没听过?"

两只勤劳的灰蚂蚁相继爬上我的腿,离我最近的云杉的树影伏倒在我的脚跟边缘。我坐在那里听着耳边的声音,在心里说:谢谢。谢谢你,洞察世事的老天。我不关心他现在是谁,但他来了。谢谢……

窑洞里的交谈声现在很低沉,唯一能辨别的是索瓦习惯性地

Преемник
继承者

在最简单的句子里夹杂的脏话。我喃喃地说着"谢谢",一动不动地继续偷听,听得耳朵都痛了,直到又一道影子投在我的脚边。一个不动如山的影子,那个圆脸强盗,因为我而对索瓦生出了异心的家伙,还为此挨了顿鞭子。从那时起,他就没有理由爱我了,现在他双手叉腰站在那里恶狠狠道:"偷听,贱货?偷听首领说话?"

我慢吞吞地伸了个懒腰,用整副表情证明我在打盹儿,刚刚被一个无礼的傻瓜吵醒了。

露着肚子的伙夫饶有兴趣地望向我们。窑洞里的声音沉寂下来,我站了起来,也许比需要的速度更匆忙一些。圆脸男人的眼睛眯成了一条缝,不怀好意地说:"你这个贱货,他们说的都是真的。你知道多管闲事的人会被砍掉什么么,啊?"

我朝他的脚下吐了口口水,思索着如果里面的是卢阿尔,我该做些什么才能救他?毫无疑问,卢阿尔需要救援,无论他对索瓦说什么。索瓦是个野兽,他解决问题的办法就是杀人。也许命运赐予我唯一可能的幸福就是与卢阿尔共赴黄泉……但是,不。我必须想尽一切办法引诱索瓦,最终接受考验并死去——等卢阿尔安全了以后。

我自己都为这想法的天真和可悲而感到恶心。圆脸大汉意味深长地哼了一声,眼睛一直盯着我,不慌不忙地不知从哪儿掏出一坨木胶,塞进嘴里,同样意味深长地嚼了起来。伙夫把肚子挠得啪啪响,于是在脏兮兮的皮肤上留下了五条红痕。

突然爆发的无尽忧愁让我的双腿一阵发软。

窑洞的门帘摇晃起来,第一个走出来的是索瓦,看起来有些凶狠。接下来是他的访客,起初我的眼前一黑,因为我觉得这不是卢阿尔。透过包围着我的重重迷雾,我看到他走在一瘸一拐的

第五章

索瓦旁边,并没有注意到我,走到了埋在地里的柱子前——现在我反应过来了,那是他,而且他们要绞死他。

一切就像做梦一样,我得跑,但腿不听使唤。我抽泣着吸了口气,看到卢阿尔的马被绑在一根柱子上,索瓦放了客人,让他自由离开。

我全身麻木,看到他解开系带,跳上马鞍,对索瓦说了些什么——索瓦强撑起主人的身份,扫了一眼自己的人。但我知道事情没这么简单,索瓦已经失去了一些非常重要的特质,被解除了武装……

而且他会把气撒在我身上。

我试着喊,却喊不出来。卢阿尔正在调转马头。

我跳了起来,像病狗一样咆哮着,我的腿麻木得没有感觉,已经不是腿了,而是两个沙袋。卢阿尔在马屁股上拍了一下,马蹄下的沙子如喷泉一般飞溅。

我的尖叫声迸发——刺耳的、漫长的尖叫,我这辈子都没有这样喊过。尖叫声就像一条涂满树脂的长鞭,击中了卢阿尔的后背。

可怜的马站了起来。我坐在火堆旁的灰烬里,看着马和骑手慢慢地、慢慢地转身,卢阿尔的目光,机警而又坚毅,落在我的脸上。

他怎么瘦成了这样……

他的眼睛里有一些微妙的变化,一边安抚着马匹,一边转向索瓦,开口问:"这是谁?"

索瓦黑着脸保持沉默。

他可以说"这是我的妞儿"。但那样的话,我惊讶地意识到,那样的话卢阿尔会用同样严厉和暴躁的声音回答"不,是我的"。

然后索瓦可能会把伙夫、圆脸大汉和所有其他见证他耻辱的人都宰了。

索瓦沉默不语。卢阿尔缓缓舒展嘴唇:"你说你已经厌倦了她。"

或许是我出现了幻觉,但是,索瓦被卢阿尔的外交伎俩惊呆了,迷惑了,他甚至很高兴,于是挥了挥手道:"带她走吧。"

我身后的圆脸男人发出了一声压抑的低吼。

一秒钟之后,我就坐上了卢阿尔的马鞍。

⚔

托丽雅神志不清了,她觉得自己怀孕了。

她孕育了他,漫长的九个月。某天,她第一次感觉到另一个生命在她体内;现在,她神志不清,在屋子里乱转,用手掌压住平坦的小腹、空荡荡的子宫。

他从自己温暖的红色世界来到其他人的世界,她震惊地盯着他手掌和脚后跟上的线条纹路,他额头上跳动的皮肤和纯真无知的蓝色眼睛上的长睫毛。

他是她的一部分。在很长的一段时间里,他都小小的,和她心意相通。她在远处也可以感觉到他什么时候快乐,什么时候悲伤。她总是试图忍住悲伤或突然的烦恼,因为她知道,他也会立刻哭泣……

她在房子里徘徊,听着自己的声音,听着心中尚未出生的卢阿尔的声音——她没有注意到气喘吁吁、病恹恹的保姆,没有注意到角落里无人照料的女儿,也没有注意到索尔家族乡间别墅的混乱和荒凉。她仍然粒米未进,只靠喝水续命,她正在失去力气,慢慢地饿死。

第五章

法吉拉再没有来找过她。她觉得,他的坟墓就在她的窗下,当她穿过院子时总会喃喃自语地自我安慰:"躺着吧……"

她担心现在她的儿子将永远不会出生。

⚔

我的双腿找不到支撑,晃晃悠悠,马背颤颤巍巍,抖得厉害。迎面而来的是翠绿的树枝,在阳光的照射下,灰色和棕色的树干以浓郁的蓝色天空为背景,交织着镂空的阴影。我的手指紧紧抓住一块儿坚硬的布料,是卢阿尔斗篷或上衣的花边和带子。卢阿尔的手肘护着我,防止我从马鞍上滑落。马在灌木丛中左冲右突,辗转腾挪。我心里幸福得直冒泡,脑袋里因为震惊而乱成了一锅粥,五脏六腑因剧烈的颠簸而错位。望着从两侧飞驰而过的树林,我比以往任何时候都更加清楚地意识到,被称为人生的奇妙事物是多么美好、多么畅快。

然后马儿跑到了大路上,改成了匀速而又温和的小跑。卢阿尔一直沉默不语。

"他没碰我,"我笑靥如花地说,"他被刺伤了,真是头野猪。他想碰我但是没碰,杀千刀的狗东西……"

是我的错觉,还是夹着我的卢阿尔的肘部真的稍稍放松了一些?好像是松了口气?

他还是沉默不语。我费力地转过头去看他的脸,继续跟他说话:"我是不是神志不清了,还是你一下子成了先知、伟大的魔法师和强盗头子?"

他发出了一声带着鼓舞的吆喝——当然不是对我,而是对马。一周前我和可怜的米哈尔一起进入的树林终于走到头了,沿路蔓延的是绿色的田野。

"卢阿尔，"我低声呢喃，知道他在风声中什么也听不到，"感谢你的到来……"

道路转弯，午后的阳光一下子照得我睁不开眼睛，在我和世界之间筑起了一道炙热的白墙。

"我见到你父亲了，卢阿尔，"我低声对自己说，"我见到了埃格特。"

他用马刺刺了马。这只不幸的动物背负着双重负担，无论如何也没有想到主人会如此鲁莽残忍。它浑身抽搐了一下，开始疾驰。

"啊！"我哀嚎一声，手、下巴和膝盖紧紧贴住卢阿尔，"啊！"

马也哀怨地叫了起来。卢阿尔紧抿着嘴唇，拉住缰绳——马猛地一挺身，我扑到了卢阿尔身上，于是近距离看清了他那双狭长而绝望的眼睛。

一直到晚上，我俩都没有说过一句话。入夜，卢阿尔发现路边有一家看起来很气派的大旅馆后，果断地骑着筋疲力尽的马拐进了大门，那晚我得到了丰厚的回报。

他不再是一个男孩，已经是一个成熟的男人，狂野而温柔，知道如何热情地温存——就连他光裸脖颈上的护符，那个一直出现在我们之间的吊坠也没有让我感到不安。我们几乎把旅店里的破床碾成碎片，然而最珍贵的是，我们在灰蒙蒙的晨光中同时醒来，还没来得及睁开眼睛，就摸索着拥抱在一起。

一只山雀在窗下快乐地鸣叫，好兆头——鸟儿在黎明前歌唱。

"这一切很快就不会再发生了。"卢阿尔说。

我等了一会儿，小心翼翼地问："那会发生什么？"

第五章

"不知道,"他叹了口气,"等我知道的时候……"

山雀像铃铛一样叽叽喳喳。吊坠从卢阿尔的胸口滑落到显出肌肉轮廓的白皙肩膀上。现在我嫉妒地望着先知的护符,就像望着我们爱情的见证,没有意识到金质薄片上的褐色斑点只不过是锈迹。

"别看,"卢阿尔闭着眼睛说,"你看的时候我很难过。"

我把目光转移到他的脸上,夜里深情缱绻的卢阿尔在我眼前又变回了一只全副武装的怪兽,把索瓦踩在脚下。

"它生锈了吗?"我小声地问。

他睁开眼睛,用手掌盖住护符,把它藏在被子里。"是的,锈迹是个标志,界门外的家伙又出现了。"

窗外的山雀安静下来,吱嘎作响的酒店楼梯上传来细碎的脚步声——上上下下。

"卢阿尔,"我柔声问道,"你是魔法师吗?"

他近乎惊恐地看着我。"我不知道……"

"那索瓦呢?"我更小声地问。

他很惊讶。"什么,索瓦?索瓦肯定不是魔法师。"

"索瓦是什么人?"我忍不住问道,"特菲姆?"

他挑起了眉毛。"所以你都听到了?"

我把脸贴在他的肩膀上,过去几天的所有恐惧都在眼前浮现,我抽泣着,直到他的手温柔地在我的耳后轻抚,我才平静下来。他告诉我:"索瓦是教团成员特菲姆,拉什教团的成员,他曾经是我父亲的仆从,我是说……你知道是谁。"

"所以你是在吓唬他!"我欢快地猜测着。

卢阿尔皱着眉说:"我干吗吓唬他,我以为他好歹能知道……他们为什么释放瘟疫。是谁下的命令,大师还是法吉拉?"

Преемник
继承者

女仆们在门外大喊大叫。

"为什么我们总是在客栈里,"我漫不经心地问,"总是在客栈,我希望我们能有一个家,还有孩子。"

"它正在门口,"卢阿尔不经意地说,"伺机进来,那个第三力量。"

"那么它是什么性别呢?"我若有所思地嘀咕道,"从外面来的那位,是男是女,是人还是东西?"

他皱着眉头,责备地看我一眼,转过身去。

"卢阿尔,"我用胳膊肘撑起身体,"如果你是先知,就应该能看到未来!你看看……那个将来名叫埃格特的小男孩儿。"

他盯着天花板沉默了很久。

"它来干什么?"我最后问道,"那个第三力量?"

"要进来一统天下。"他闷声回答。

"要不,能不能,就让它进来?"我不确定地建议道,"未必会比现在更糟糕。"

"而守门人会成为它的仆人和代理人。"他喃喃地说。

"鲁阿尔·伊力马兰涅恩,绰号守门人。"我冷不丁地脱口而出。

他在床上一跃而起,又坐了下来,惊讶地问:"你怎么知道的?"

护符在他的胸前晃动,我无法把目光从它中心的镂空上移开。

"你拿到书了?"他冷静下来问道,"专门去找的吗?嗯……"

"卢阿尔,"我低声说,"埃格特和托丽雅彼此相爱,即使是在瘟疫爆发的时候……他们知道他们只剩下几天时间了,但仍然幸福开心,或许,我们也?"

第五章

  他没有穿衣服就站起身走到窗前。我偷偷地看了看，很高兴地确定我丈夫的身材一流。

  "你不相信我，"他叹息着说，"我自己也并不总是相信，这个……真的悬在世界头上。不知道是什么。总之，始祖先知的《遗世书》把第三力量的降临描述得惨绝人寰：'哭泣吧，活着的人们……天空被剥去了皮……'"

  我颤抖着把被子拉到下巴上。脊背上爬过一阵寒意，我怀疑卢阿尔根本不是在开玩笑。

  "我需要和人分享，"他突然绝望地说，"我不能老是一个人……独自承担这些。我不是魔法师，不知道如何预言，我不会，也无人可问，我不知道该怎么办。我以为法吉拉知道，但他们都保持沉默，他们不明白，他们不记得，甚至连索瓦……他还有一些法吉拉的东西，藏在某个地方，他答应弄出来，但连他也不知道为什么。而这个……"他把护符拿在手里，"为什么法吉拉想要它，为什么他折磨我母亲——就为了得到这个东西……"

  他突然用手捂住脸。护符从他的手指间滑落，在链子上摇晃。

  "坦塔莉，去找她。去吧，我没法……拜托了。"

  马车停在路边，无助地站着，车辕耷拉着。我简直不敢相信自己的眼睛，紧紧地抓住卢阿尔，他一言不发地拉住了马。

  "是你？"穆哈坐在地上，用拳头揉着肿痛发红的眼睛。突然间衰老的巴里安见到我无惊无喜。歌琦娜紧张地攥着红发女孩的胳膊。凡京不知所措地扇动着长长的金色睫毛。

  "你……你好……"我的视线再次掠过这些面孔，再次有了不祥的预感。马车的侧面被扯开，箱子被掀翻，车辕空空如也……

"他们抢走了一切,"凡京说,"包括马……"

"弗洛巴斯特呢?!"我轻声尖叫。

巴里安转过身去,明显很吃力地指了指其中一辆马车。我习惯性地打起精神,爬到破烂的车篷下。

有人已经把他的手臂交叠在一起。他躺在地板上,骄傲地抬起头,既不愿意、也不屑于隐藏被割断的喉咙。他的眼睛不愿闭上,透过破损的车篷冷冷地望着晴朗的天空。

卢阿尔正好在我身边,是他拉住了我。

我尖叫起来,我诅咒索瓦,也诅咒自己——明明曾经就在凶手旁边却没有干掉他。我对天发誓要索瓦不得好死,我要把森林和田地烧成灰烬,我要报仇,我要杀光所有人,如果有必要,我一辈子都不会放过他们,我会报仇……卢阿尔从背后抱住我,我在他怀里挣扎,泪流满面,不停咒骂,他没有放开我,直到我像一块破布一样瘫在地板上,倒在弗洛巴斯特的脚下。

卢阿尔低声与巴里安交谈了几句,如同隔着棉絮,我依稀听见几句:"不应该……狗东西……把大家都绑起来……他一个人……我不知道……现在已经无所谓了……"我泪眼蒙眬,双目无神地看到卢阿尔将一个鼓鼓的麻袋放在木板上。

"别嫌弃,巴里安,我欠你们的。为那场演出……你记得的。我一生中最重要的一场表演。拿去吧。买马。"

"你哪儿来这么多钱?"有人震惊地问,好像是歌琦娜,我不确定,也不在乎。我想,弗洛巴斯特到死都没有原谅我。就算他原谅了,我现在也无从知晓了。

永远都不会。

第六章

很久以前水就对他有着莫名的吸引力。现在他正在做自己最喜欢的事,靠在拱桥干裂的栏杆上,看着绿色的河面上水流汩汩,笨拙的蜻蜓在盘旋,几乎要相撞。

以前也是这样的。他想起了另一条宽阔的河流,那里也有这样的蜻蜓,捕鱼的男孩们带着自制的渔网和骨钩。

那些男孩早已不在人世,衰老、死亡。蜻蜓则已经繁衍了不知几代。

他笑了。很久以来,他是第一次没等到狂欢节那天就出现在这里。破天荒。

第三力量喜欢传统,来了以后似乎还遵循着礼仪,一直在界门外踌躇不前,等待着邀请。第三力量……

"必将一统天下,哭泣吧,活着的人们……守门人将成为它的仆从和代行者……"

他皱起了眉头。在过去的一百年里,他的记忆中积累了太多乱七八糟的东西。

"……万一一匹狼想呼唤另一匹狼怎么办?它怎么称呼对

Преемник
继承者

方?"他凝视着自己的倒影,在缓缓流淌的水面上的漆黑倒影。他渴望被呼唤。

然后他俯身在水面上,将肘部放在护栏上。

"鲁阿尔。"他的嘴唇轻启。

倒影沉默不语,被呼唤自己名字的声音惊呆了。

"我明白……"他又自嘲地笑了笑,"但你又是为了什么?"

一阵风吹来,水面泛起层层涟漪。他觉得这种情况之前就发生过一次。

就在这时,另一道目光落在他的背上,锐利而又黏稠,如同焦油一般。他不用转身就知道,身后除了空旷的道路和一道道如柱子一般扬起的尘土之外什么都没有;他知道这一点,但还是转过身来。

另一道目光并没有消失。

他撇嘴一笑,觉得这种情况似曾相识。很久以前……

彼时他还是守门人。现在他是谁?那个想要进来的第三力量,到底对他哪一点感兴趣?

"鲁阿尔。"他在意识的边缘喃喃自语。一道回声,一个触摸,久远的呼唤的回声……

他等的就是这个,然而还是颤抖了一下,早已遗忘的感觉瞬间袭来,皮肤上划过的一阵寒意。

周而复始。

我的胸膛里如同扎着一根粗大的针。有时我会僵住,茫然无措,呆呆地盯着眼前的道路,这时针尖只会造成钝痛,挥之不去。但是,一旦我放任自己的思绪,回忆就如潮水一般涌来——

第六章

心中那根针就会受到惊动,然后再次刺伤我;我连续失去意识好几十次,然而疼痛并没有减弱。

卢阿尔沉默不语。面前是一条灰蒙蒙的路。

花马踱着步子,习惯了悠闲的旅程,习惯了烟的味道和铁皮的轰鸣,习惯了好奇的人群,习惯了布景、道路、宫殿、集市的无休止的切换。

我颤抖了一下,清醒过来。关于两个人的记忆交织在一起,像交配中的蛇一样纠缠在一起。我忘了谁在我身后,是冷静的、眼含讥讽的弗洛巴斯特,还是另一个导致一切终结的人……

这一切都结束了。弗洛巴斯特试图留住我——也许他预感到了自己的可怕结局。如果我还在那里,他就不会被杀。至少他们会先杀了我……

他是我的什么人?他究竟是什么人?

道路上方有一片云,看起来像一只无助的、垂死的手臂。一只黑色的鸟从天空的手掌中溜了出来,此刻在天空中翱翔。

如果他到死也不原谅呢?!

一个陌生的骑手在荒无人迹的小树林里追上了我们。一脸阴郁的老头子,蓄着像刷子一样坚硬的稀疏胡须,威严地挥了挥手——我很害怕,但是有点无精打采,还有点不自然。卢阿尔拉紧了缰绳,把我放到了地上。我的双腿如棉絮一般无力,看着他与那个干瘦的老头子谈论着什么,老头突然鞠了个躬,调转马头飞奔而去。

"那是谁?"在路上走了半个小时后,我问道。

卢阿尔不情愿地皱了皱眉。"是索瓦的人。这个老滑头终于挖开了自己的密室,找到了我需要的东西。我跟他约好了。"

Преемник
继承者

他的话慢慢传到我耳中,就像扔进沼泽里的石头激起的涟漪慢慢到达岸边。

"把马停下来。"我低声请求。

这样的要求本来并无不妥,但我的声音却剧烈颤抖着。卢阿尔轻轻勒住马,仔细地端详我。我笨拙地从他怀里挣脱,滑落到路上。

我们互相凝视着对方,他在上面,我在下面;他眼中都是疑问和不解,我眼中都是绝望和愤怒。我质问他:"所以,也就是说,你约了他?索瓦?"

他点了点头,仍然不明白。我草草地吸了口空气,继续道:"他是个杀人犯。杀人犯和刽子手。而你……"我想对他倾诉的太多了。太多的言语,太多的感情,反而让我结结巴巴地停了下来,嘴巴张着,像一条搁浅的鱼。

卢阿尔疲惫地叹了口气,跳下马,站在我身边,安抚道:"好了,停下来,冷静一点,你想的话,咱们就走路。"

"你在那里做什么?"我大声喊道,终于控制住了自己的情绪,"你在强盗的巢穴里做什么,你自己是强盗吗?他们……你看到了……你……"我又沉默了,这次是因为喉咙痉挛,眼泪夺眶而出。

卢阿尔耸了耸肩,答道:"不要胡说八道,我不关心索瓦是谁。他知道一些我想知道的东西,他有我需要的东西。我不在乎他是强盗还是什么人……"

"你真是个混蛋,"我轻声说,"你,原来……你真是个混蛋……"

在他明白我在说什么之前,我打了他一巴掌。又一巴掌。我的指甲刮破了他的皮肤,血迹斑斑。那一刻,我甚至想要杀了

第六章

他——悲伤和仇恨的浪潮淹没了我。躺在马车地板上的弗洛巴斯特,索瓦的淫笑,臭烘烘的体味,那些恶棍,可恶的嘴脸,享受着他们无法无天的权力……然后又是躺在血泊中的弗洛巴斯特。

情况越糟糕越好。我无比希望自己的喉咙也被割断,整个世界似乎都是卑鄙小人和混蛋的集合体,而杀死弗洛巴斯特的罪魁祸首就站在我面前,眨巴着圆圆的眼睛。我喷出诅咒,我羞辱他,否定他,击打他,朝他脸上吐口水,歇斯底里地认为他比其他人更坏,是一个冷漠的人渣,毁了我的生活……

"走开!"我尖叫道,绝望得喘不过气来,"走开,你这个杂种!你给每个人都带来不幸,你为什么要出生,走开!"

我不记得我还对着他那张苍白冰冷的脸喊了什么,在那些时刻,那张脸似乎是一张狰狞的死亡面具。

后来我发现自己坐在路上,一辆路过的大车上有个农夫正小心翼翼地斜睨着我,远处的马蹄声早已停歇,尘埃早已落定。

城防戍卫队的驻地遭遇了一场堪比多年前那次围困的灾难。索尔上校,先前毫无征兆地消失,遁走遥远的卡瓦伦城,一度被认为不会再回来的戍卫队指挥官,近来只在轻蔑的窃窃私语中被偶尔提到的英雄和军事领袖——就是这位索尔先生,犹如饥饿的艾鼬闯入了毫无防备的鸟巢一般,闯入了总部。

气喘吁吁的瓦奥尔中尉本就发福显老,近来似乎成了戍卫队的指挥官,他穿着皱巴巴的制服从家里跑来,一边跑一边试图擦掉手掌上的果酱——看起来是樱桃酱。风尘仆仆的索尔上校摆出一副凶神恶煞的面孔,眯起的双眼闪烁着奇怪的光芒。他把碰到的几个倒霉蛋关了禁闭,还砸碎了在值班军官的柜子里找到的一

Преемник
继承者

瓶酒，随后坐到他自己的指挥官座椅上。他不在的时候，这把椅子被瓦奥尔中尉的重量压得稍有松动。

那双异常灼热的眼睛几乎要把中尉盯出两个洞来。中尉无措又困惑地向突然回归的上级报告事态的发展。

情况糟糕透了：索瓦团伙不仅没有被消灭，反而越来越肆无忌惮，导致城市已经出现了商品短缺，包括最重要的商品。商人害怕被强盗包围的道路，附近的农民不再将面包和肉运到市场，被洗劫一空的农庄和村子的义愤填膺的代表们日夜守在市政厅外。他们这辈子都按时纳税，现在他们希望得到帮助和安全——但是哪里能得到呢？连亚斯特上尉那样的英雄都惨死在强盗的埋伏中……没有人愿意受雇于成卫队，年轻的小伙子们忘记了誓言，放下武器四散而去；他们试图要求市长增加薪水——没门儿！人们已经在背后称城市卫兵为懦夫和寄生虫……

就在这时，瓦奥尔中尉诉苦式的汇报被猛然砸在桌上的拳头打断了。索尔上校转动着布满血丝的眼睛，粗暴地斥责中尉，还恶狠狠地威胁道，立刻把所有不在位的卫兵集合起来，穿好装备，准备行动，不然他必死无疑。

当听到行动二字时，中尉退缩了。索尔悍然宣布，他会亲手绞死那些企图逃避围剿行动的懦夫，这更让中尉惊恐万分。

中尉一筹莫展。就在这时，市政厅的信使来了，索尔上校的压迫转向了另一方，中尉如蒙大赦。市长听说索尔回来了，想马上见到他。

瓦奥尔中尉一边唤醒整座营地，派信使去军官们家里，一边对索尔上校平静地待在遥远而安静的卡瓦伦家中的美好时光表示怀念。

第六章

　　如果说市长本来准备开口责备，但当他望着索尔那双炯炯有神的炽热眼眸时，所有的斥责都偃旗息鼓。对行动的渴望让上校饱受折磨，还没坐下，他就宣布抓捕强盗索瓦的分队将在今天集结完毕，明天就出征剿匪。市长怀疑地抿嘴摇了摇头，但什么都没有说。

　　市长大人有一张巨大的办公桌，但上面就如光秃秃的田野一般空旷，只并排躺着三条细细的钢链。三条井链的碎片。

　　"坏消息，上校。"市长揉着脖子喃喃说道。

　　索尔颤抖了一下，说道："料理索瓦是我的责任，尊贵的市长大人。您可以相信我，抓他只需几天。"

　　市长撇了撇嘴道："我也想，我非常想要相信，埃格特。但我叫您过来不是因为这个……"

　　短暂的停顿。对行动的迫切渴望让索尔上校无法安坐，他站起来，在办公室来回走了两圈儿，然后坚决地盯着他的对话者。

　　"呃……"市长按摩着太阳穴说，"托丽雅夫人……还好吗？"

　　埃格特竭力控制住了自己，脸上一派云淡风轻。市长不知道，埃格特昨天整夜都站在自己家门前的马路上，凝视着黑漆漆的窗户。他不寒而栗，没有勇气跨过门槛……

　　早上，女仆达拉被主人的归来惊呆了，她告诉主人，托丽雅夫人和小女儿在乡下休养。埃格特咬紧牙关，强迫自己暂时忘记。他告诉自己，先解决索瓦。这是最重要的，这是责任。先……解决索瓦。

　　"她很好，"埃格特声音毫无起伏地回答，"她非常健康。"

　　市长用指尖轻轻地摸了摸肿胀的眼皮。"说实在的，索瓦。是的，索瓦……但是，埃格特，索瓦好歹还在外面……可是这里……"他的手摸了摸桌子上的链子。钢环发出轻微的叮当声。

Преемник
继承者

"已经死了十几个人了，"市长闷声说道，"你会说这是法官的事。是的，这是他的事，他的人在搜查，但我想让你知道。"

埃格特沉默不语，咬着嘴唇，尽量不去想自己的家，一个原本幸福的家，现在人去楼空，一片漆黑。他在说什么……死了十几个人？

"都是孩子，"市长叹了口气，"他专挑孩子下手，五岁到十二岁，用井链勒死他们。有人看到了他……是的，埃格特，法官正在搜索那个人，那个凶手，已经有人看到过他，两三个人。他身材高大，穿着连帽斗篷，带有宽大风帽的斗篷。是的，埃格特……"

索尔瞪大的眼睛停留在空荡办公桌上的几节铁链上。市长点了点头，继续说下去："是的，就是这样。是他用链条勒死的，似乎没什么目的。我想他有一种特殊的……癖好或是什么……非正常的行为……"

还有什么能比被铁钳穿透胸口杀死更不自然的呢……

埃格特打了个寒战。斗篷。现在，任何关于连帽斗篷的回忆都像生锈的爪子一样挠着他。连帽斗篷很少见吗？为什么"斗篷"这个词好像关联着一个名字……他记得这个名字，但不会平白无故地反复想起。市长说得对，这是法官的事……埃格特的职责是处理索瓦，强盗，而那个疯狂的杀手……

"那个疯老头，"他嘶哑地说，"他……"

市长叹息一声："他被杀了。在第三或第四个受害者之后，他被用石头砸死了，埃格特。您知道传言有多快，但受惊的人们的报复更快……没有人受到惩罚。没用的，埃格特。那个老头儿被埋了，脑袋被砸得稀烂。几天后，恐怖的事情又发生了，又是一个脖子上挂着链子的孩子。那个穿斗篷的疯子白白被杀了，埃

第六章

格特，但我并不可怜他。"

"这是法官的事，"埃格特闷声说道，"让安辛去找吧，城里总是有机灵的法官们……"

市长手里拿着那节铁链，又把它放回桌子上，问道："埃格特，卢阿尔和他母亲在一起吗？"

索尔不自在地绷紧了身体，仿佛是被那只生锈的爪子碰了一下。"卢阿尔与此有什么关系？"

市长耸了耸肩。"没什么关系……"然后立即单刀直入地问，"您……您也不喜欢拉什教团，是吗，上校？"

"您知道的，市长。"埃格特停顿了一下说道，"这里的每个人都知道我的情况。"

市长迟疑了一下，似乎在犹豫是否要告诉埃格特一些重要的事情。索尔等待着，咬着嘴角。他的等待是徒劳的。市长决定保持沉默，于是不自然地笑了笑。"我很抱歉，埃格特，我无意冒犯任何人。所以，索瓦蹦跶不了几天了，是吗？"

埃格特果断地抬起头答道："是的，我凌晨时动身。就这样。"

就算市长对仓促的决定和草率的行动有想法，他也不敢对索尔上校说教。"祝您好运，"他认真地说，"不会是一件坏事的，已经有太多的麻烦了，索瓦，还有这里……城市乱成了一锅粥，我焦头烂额。再这么下去，我可能只能卖掉这身官袍了。"

最后一句话是个玩笑，埃格特礼貌地笑了笑，握了握市长伸出的手，然后便与来时一样，疾风骤雨般地赶往驻地，直奔瓦奥尔中尉所在。

✗

在距离法院大楼不远的广场上默默站着一群戒备地皱着眉头

271

Преемник
继承者

的人，面有菜色、衣衫褴褛的人们跟在衣冠楚楚的城里人身后张望着，朝穿着制服的仆人脚下吐口水，飞快躲开过往的马车。被强盗蹂躏的村庄派遣使者们来城里寻求援助和正义，但城市却无动于衷、麻木不仁、充耳不闻……

卢阿尔骑着马缓步慢行。人群郁郁、厌恶地看着他，他好不容易才克制住纵马疾驰的冲动。

他骑着马，护符在他的衬衫下晃动。卢阿尔的皮肤可以感觉到金物件的表面随着马的步伐而颤抖——仿佛脉搏在跳动。

卢阿尔骑马前行，如同夹在两团火之间，腹背受敌。第一把火在他的内心燃烧，那是再次复活的护符，这个苛刻的、令人痛苦的物件，仿佛早已成为他身体的一个器官，而且是个病态的器官；第二把火是这个城市，它冷漠而多疑，显然对所有外地人和陌生人都充满敌意，紧闭的百叶窗，空荡荡的商店，紧张而又凶恶的戍卫队严阵以待。突然在自己的家乡变成了陌生人，卢阿尔感受到了人们斜睨的、警惕的目光。

有那么一瞬间，他感到非常难受，难受到在马鞍上摇摇欲坠。一桶焦油中的青蛙，脸上套着丝袜的猫，被许多脚踢来踢去的破布球。还是说命运，不过一个被宠坏的淘气包，一个能把活青蛙扔进焦油中的孩子……

唉，母亲是多么生气，多么担心啊——他真的感到羞愧，他竭尽全力改正错误。母亲声音颤抖地对父亲说："哪里来的？他是个善良的孩子……他……这是从哪来的？"这是他从捕鼠器里偷出来的一只活老鼠，他把它绑在椅子腿上，用壁炉钳压住它的爪子。

他为什么要这样做？也许是因为前一天他去看了身兼卫生员的理发师，那人用同样的钳子（只是更小一点儿）拔掉了卢阿尔

第六章

的一颗牙？于是卢阿尔认为，理发师很乐意弄疼别人，这是他的面包和生活必需品。他很羡慕理发师，而且也想这样做。老鼠……

有那么一瞬间，他确实感觉很愉快，可怕又有趣。但后来他哭着请求原谅，他真诚地忏悔，甚至想要被鞭子抽一顿。但他的母亲只是转身离去，整整一个星期都没有和他说话，他苦苦哀求，发誓再也不会……甚至连一只苍蝇都不会……

确实再也没有了。连一只苍蝇都没有。但他记得那件可怕又有趣的事，尽管他把它当作可耻和恶心的东西驱离心中。

卢阿尔吃力地从马鞍上下来，坐到了圆形石墩的底座上，就是那个在法院门口摆放着玩具绞刑架的石墩。

衬衫下的护符很烫，现在真的很烫，它在燃烧。卢阿尔呻吟一声，伸手想从怀里拉出吊坠——但终究放下了手，没有伸出去。

这是他的负担。这是他的烙印。这是无端降临的惩罚。护符应该被烧掉……也许是为了那只老鼠。这也是一种奖励——他需要身体的疼痛来帮助他处理另一种不知为何变得非常难以忍受的疼痛……

现在他觉得，做一个无故地被亲人诅咒的天真男孩很容易，做个可怜的男孩更容易——有悲伤、有怨恨、但还有希望，一切都是错误，一切都会得到纠正……

此时此刻，他坐在绞架模型之下，吊在上面的人偶晃悠着破布缝制的腿，全剧终。不再有怨恨，不再有希望，什么都没有，灰蒙蒙的天空，恶心的感觉，针垫儿应该不会痛……

他自嘲地笑了笑。他的保姆有些小东西，其中有个笑脸针垫儿。针头扎进了粉红色的脸颊和欢快的眼睛，而嘴巴还一直笑

Преемник
继承者

着。绞架上的人偶也不会疼，它不在乎自己已经被吊死多年，而且不得安宁……

然而，他们似乎一直在更换人偶……线头在风吹日晒之下变得松动，破布褪色……而正义的祭品必须看起来让人印象深刻。

苍天啊，哪怕绞死世界上所有的布偶，只是别再往我身上扎针了，好吧，我是个杂种，好吧，我带来了苦难，我都认，但我能怎么办……

一个又高又胖、穿着红白相间制服的卫兵站在一旁俯视着卢阿尔——并没有认出他是索尔先生的儿子，对他说："站起来。你不能坐这里。"

卢阿尔看向俯身对着他的那张脸，有那么短暂的一秒钟，卫兵的眼睛在他看来就像蓝色的别针顶部。两根别针，针尖深深地扎入卫兵的面庞。

"好吧，"他淡淡地说，"我现在就走。"

他站起来，突然眼前一黑，他强迫自己不要倒下，甚至不要把手掌放在脸上，就这样站了一会儿，茫然地盯着不知何方，等待着眼前的黑暗消散……

然后他感觉好多了，牵着马慢慢穿过广场，在那里，铁蛇和木猴以威严的姿态定格在高高的楼梯两侧。

"您要去哪里，年轻人？嘿，嘿，年轻人，您有成为大学生的光荣吗？您凭什么跨过门槛，那可是……"

卢阿尔疲惫地推开喋喋不休的仆人——一个穿着满是灰尘的长袍的老人，就是那个曾经喜欢站在大学的圆形阳台上显摆自己，抖落丝绸地图上的灰尘，或是把黄色的人体骨架擦得锃亮的老人。

第六章

令人惊叹的是，老人居然没有认出卢阿尔。拉什教团的人一下子就认出来他——而大学里的老油条却犯了低级错误，不认得托丽雅的儿子，那个在你眼前长大的孩子，老头儿……看来卢阿尔已经变了。

"这太不像话了！"老头儿抓住了卢阿尔的袖子，"立刻，出去！"

卢阿尔目光沉沉地盯了他一眼——老头儿紧握的手指不由自主地松开了。

"我是卢阿尔·索尔，"他缓声说道，每当念起自己的假名字、曾经的名字，他内心都充满享受，"我有这个权利。"

他沿着走廊前行，精准地选择了正确的道路，而那个老头儿则嘀嘀咕咕，缩手缩脚地跟着他。路上遇到的学生们疑惑地看着卢阿尔的脸，有些人惊讶地扬起眉毛，有些人避之唯恐不及。有那么一瞬间，他仿佛看到了十五年前的这条走廊，身穿由硬挺的布料制成的新衣服，学生们像高塔一样庞大，惊讶而温柔地盯着一个走得摇摇晃晃的幼童，他第一次出现在母亲工作的、科学的神秘天地。

他回过神来，重新成了自己——一个长大成人的杂种，而年轻学者的眼睛里透出来的不是温柔的同情，而是恐惧，阴郁的恐惧。毕竟我很可怕，他满意地想。

护符随着他的步伐在胸前颤动，每走一步，他都更加确信自己浪费了这么多时间，他找错了地方，走错了路，但到了最后，终于有重要的东西，唯一重要的东西，出现在他面前，他只需要忍受金质薄片的那种灼热的疼痛……

这时，他有生以来第一次对那些古代伟大学者的浮雕和石质面孔感到恐惧，这些面孔让他觉得既死气沉沉又冷峻严厉……石

Преемник
继承者

头尸体……

人们画火的时候他也很害怕。他认为他们画的火会出现，然后变成火灾，就是保姆害怕的火灾……

"停下！"仆人惊慌失措地喊道，"没有托丽雅夫人的允许，谁都不能进去！"

卢阿尔抬起头来，他已经站在一扇锁着的门前，或者说，站在门和挡住门的仆人面前。

"主任办公室，这是一座神殿。您知道它是锁着的，只有托丽雅夫人可以……"

"主任是我的外祖父，"卢阿尔对着拱顶天花板说，"您认为他会反对吗？"

仆人的脸上闪过迟疑——但只是一瞬间，他坚持道："只有托丽雅夫人允许了才可以。只有她在场的时候……您无论如何也打不开！"

"那您怕什么呢？"卢阿尔很惊讶。

仆人犹豫了一下，他皱着眉头，翻了个白眼，不情愿地退让了："好吧……希望您不会把门弄坏，卢阿尔先生？"忠于大学的老仆在说出最后一个词时似乎将某种难以言表的恶意包蕴其中。卢阿尔扬起眉毛，仿佛有些不认识自己的名字。

"您没有钥匙？"

"钥匙在托丽雅夫人那儿！"老仆人重振精神，"如果我告诉她，她恐怕会不高兴的。"

卢阿尔费力地转动着铜质把手。沉重的门旋即打开，没有吱吱作响，像在梦中一样平稳地打开。老仆人愣住了，瞠目结舌地呆在原地。

房间里弥漫着青草的味道。灰尘、书籍，还有某种说不出名字的东西,卢阿尔确信他以前闻到过这种气味……

老仆人仍然沉默不语。

卢阿尔跨过门槛,当着仆人的面砰的一声关上了门。

⚔

埃格特·索尔上校率领着全副武装的部队,狂狮般追赶前方的蜂群。

埃格特驱策着手下奋勇追击,无视危险——可是每次都只能追上被遗弃的营地,篝火余烬冰冷,草地一片狼藉,野味儿的骨头被啃得干干净净。索瓦一次次躲过陷阱,如同沙子从指缝间流走。索尔的队伍人数众多,动作迟钝,任何一个哪怕有一丝好奇的人都可以镇定地打听清楚他的动向,提前做好准备。

被激怒的索尔试图与当地村民结成盟友,几乎是对他们进行了审问,但一无所获。村民们害怕强盗的突袭,在愤怒的卫兵面前瑟瑟发抖,一想到强盗的报复就更加害怕。索瓦睚眦必报,人们并不指望他会很快落网……

一周后,粮草告罄,战士们怨声载道。埃格特这些天几乎没有离开过马鞍,他的脸已经变黑了。他向自己的部下承诺,要么是奖赏和荣誉,要么是法庭和绞架,他只能把疲惫又饥饿的部队痛骂一顿,设法让他们或多或少进入作战状态,鼓励他们发动最后一击——绝望又凶猛的一击。

临近傍晚时分,先遣侦察队意外发现了索瓦的踪迹,出乎意料的新鲜消息,刚刚出炉;日落时分,一个幸运的年轻战士碰巧抓到了索瓦的哨兵——一个,但他们有多少人?

近在咫尺的战斗气息——这种期待已久的气息使索尔上校的鼻孔像帆一样颤动起来。

Преемник
继承者

第二天早晨，全城都被一个可怕的新消息震惊了——一位规规矩矩的市民的窗户下，躺着一个卖牛奶的小女孩，脖子被牛链勒住，白色的牛乳从翻倒的小桶里溢出来，旁边有一只偷腥的猫伸出粉红色的舌头大快朵颐。所有的迹象都表明，这个孩子刚刚死去。市民们四散狂奔——有些人害怕地躲回家，有些人怒气冲冲地沿着周围的小巷和门洞奔忙。据说，有人看到街道尽头有一个穿着长斗篷的身影，一个戴着风帽的瘦高个儿……

短短几个小时内，谣言四起。惊恐的母亲们将孩子锁起来，于是这些不幸的小囚徒只能透过窗玻璃仰望自由。年轻的女仆和小贩们挤在一起，不时张皇失措地环顾四周，仿佛听到了铁链的响声……

中午过后，新一波的谣言袭来，以至于凶手被暂时遗忘。拉什塔，广场上那座被钉死的塔，发出了一声低沉粗重的模糊呻吟，让附近的人寒毛直竖。一个被吓坏了的醉酒看门人告诉好事之人，每晚走过广场时，他不止一次听到塔内的声音和沙沙声——好像是大老鼠在作怪。

城门比平时提前一小时关闭。整个城市的百叶窗都关上了，每张桌子旁、每间卧室里都充斥着恐惧，如果不是恐惧，那就是等待厄运降临的焦虑和紧张。

卢阿扬主任的书房灯火彻夜通明。老魔法师的外孙在钻研一堆奇怪而可怕的书，那些连主任的女儿都不敢碰的特殊书籍。

从没有人教过卢阿尔这些标志和符号，它们甚至不是文字，只代表着一些尚未成形的概念，而且，让卢阿尔浑身发颤的是，他知道自己在自欺欺人——这根本不是阅读……即使合上书，他

第六章

也会听到、感觉到它的存在,即使他闭上眼睛,这些标志也不会消失……

他的外套搭在高高的椅背上,白衬衫的扣子全部解开,一个吊坠在赤裸胸膛上闪着微弱的光芒。又一个早晨来临,也许已经是第三个早晨了,他已经忘记了时间,陷入诱人的巨网,分不清自己到底是蜘蛛还是苍蝇。

主任办公室里仿佛有几十只眼睛盯着他,现在他无法想象人们在毫不知情的情况下无知无畏地进入其中——但主任是明智的,就让人们蒙在鼓里,办公室里的所有秘密都被隐藏或陷入沉睡……或被封禁,就像戴着镣铐的老鼠。卢阿尔不会惊扰外祖父的回忆,他需要的是别的东西,他有护符,干吗还需要别人的秘密呢……

黄金薄片又带给他新的一波灼痛。卢阿尔痛苦地嘶了一声,笨拙地站了起来,扫视了一下办公室,接着像个醉汉一样摇摇晃晃地走向远处的角落。

圆桌上铺着一块布满灰尘的粗糙桌布,桌布下面的线条和标志被磨蚀了一半,交织出了五彩缤纷的图案。

卢阿尔向后退了一步。他双手环抱着肩膀,蜷缩着身子坐了很久,试图回忆一些美好的东西来平息自己的颤抖,比如小草在积雪覆盖下生机勃勃地摇动,比如母亲教他跳舞——赤脚在温暖的沙地上……

那是一个温暖而又刺骨的夜晚,他们穿过一片稀疏的松树林来到某处——现在已经不记得是谁在追赶谁了,母亲的形貌突然变得和男孩一般,就像他一样,只是动作更快、更敏捷、更狡猾,他笑着、尖叫着、徒劳地追逐着她,试图抓住那条飘逸的蓝色裙子……然后她环顾四周,双手抓住衣裙下摆,露出白皙纤细

继承者

的小腿,像小鹿一样轻松自如地在灌木丛中奔跑……卢阿尔气喘吁吁,不敢像母亲那样跳跃,急忙绕开灌木丛。他因奔跑和兴奋而满脸通红,飞快地在树林里穿梭,松树被斜阳照亮,前方某处有一条裙子在风中飘扬,像天空一样蓝……他的母亲比任何人都跳得好……

他终于追上了她。

她站在那里,脸颊紧贴着松树的棕红色树皮,一动不动,就像巨大的树干本身一样,不苟言笑,神秘莫测……而他却没有去抓她的裙子,而是拥抱了对面的另一棵树。两人对视良久,卢阿尔能感觉到松脂在散发香气,感觉到黏稠的液体将他的脸颊粘在松树粗糙的表皮上……不,她不是他的同伴,她的美好无与伦比。

陌生的感觉来了又去,但柔情仍在,于是他向自己发誓,至死都要保护母亲——即使这意味着要忍受世界上最可怕的折磨,比如那个拔牙的理发师。

然后在一片有残余阳光的空地上,他们看到了一只有小凤头的鸟,色彩如此斑斓的陌生鸟儿,母亲的嘴唇动了动:"鸡冠鸟。"

一个小枝杈粘在她的裙子下摆——松针……

卢阿扬主任的办公室里一片寂静。

卢阿尔胸前的护符仍然等待着,那张布满符号的圆桌也在等待着。

他站起来,点燃了三根蜡烛。他的外祖父曾是一位魔法师,难道他,卢阿尔,现在所做的事情——难道这反常吗?!

他的手颤抖着从烛台上拿起蜡烛,放到圆桌上。先摆好蜡烛然后再点燃它们,这是更正确的程序。然而卢阿尔的理智沉默

第六章

了，让位于某种更加强大、更有权威的神秘。

一支蜡烛掉地熄灭了。卢阿尔小心翼翼地把它重新放好——但从熄灭的灯芯中涓涓爬出的烟雾让他眯起了眼睛。

苍天，难道一辈子都要在蜡烛熄灭的气味中度过吗？

紧致、有力又灵活的身体。还有带子，裙子上的带子，束身衣上的带子……像小斧子一样的肩胛骨，啪啪走在旅馆地板上的赤脚。那个清爽而又明亮的清晨，彼此的手自然而然地握到了一起……后颈流下的冷水，洗脸盆里的水流声，笑声……冰冷的壁炉前摆着一只孤独的鞋子。

啊，一个壁炉。模糊的黄色光团……火钩擦过烤炉叮当作响。寒冷的夜，卢阿尔颤抖的身体，旅馆咯吱作响的床榻，都是命运的安排。这简直和捉住一缕天光一样……害怕吓到她，也害怕伤害她……是你吗？单纯的女孩？那些夜晚火热的源泉？怎么会这样？不明白……

手臂、肋骨、乳房，不知是幸福的笑声，还是幸福的啜泣……

走开，你这个杂种，你为什么要出生……

三支蜡烛静静地燃烧着，三朵火焰，三棵火红的杨树，黑色的树干……

他深吸了一口气，三朵火焰同时开始颤抖，它们以同样的方式弯曲，互相探出身子，试图在桌子中央汇合。它们汇合了，汗珠大滴大滴地从卢阿尔的背上流下来。

他的手几乎违背了他的意愿，摸到了护符，并慢慢把它带到他的面前。

一个高大的老人在扔石头。卢阿尔对他说了什么？"我是先知？"他的手最后一次颤抖，卢阿尔透过护符上的镂空刻纹看去，

继承者

看到了三重火焰，它的光芒与刻纹的形状一模一样，落在卢阿尔的脸上。

沉默。护符的另一边没有蜡烛，只有……

"你?!"黄金薄片坠落，扯动了金链，紧接着卢阿尔摔倒在地上——无声无息，像个布偶。

夏天的雨下了又干，干了又下。我站在十字路口，脚下是一个椭圆形的水坑，像阔太太妆台上的镜子。

大路像一条脏兮兮的毛巾，一端向前延伸，朝着隐约可见的城墙，另一端向后延伸，在我的身后远去。一条依稀可辨的小路拐向旁边，穿过田野，伸向远处的小树林——那是一片绿油油的、生机勃勃的、被雨水冲刷过的小树林，熬过了严冬，进入了夏天。我知道索尔家的乡村别墅就隐藏在那片小树林后面。就是那栋房子，宽敞的庭院被大自然改造成了流动的剧院……

很久以前我的犯罪现场。凶手总是想要去看看受害者血流成河的地方，这是真的吗?

我自嘲地笑了笑，被雨淋湿的厚重裙摆映在水坑的镜面上，像帘布一样晃动着，再往上就是我那张憔悴瘦削的小脸的倒影。先生们，这就是年轻愚蠢的流浪女子的样子。

说实话，我能指望什么呢?我在那所房子里忘记了什么，还是会有一个活生生的弗洛巴斯特来迎接我?难道卢阿尔会出来?小男孩儿卢阿尔，神情严肃得令人感动，同时又是那么无忧无虑，出来对我说：没什么，你只是开了个玩笑，我什么都不记得了，让我们一起忘记……

我的鞋尖划过水坑旁边红褐色的潮湿黏土。怎么会忘记呢?

第六章

被人指着鼻子骂杂种，被人驱赶和诅咒……而且这一切都见鬼地接二连三地发生——母亲、父亲，甚至是原以为永远都不会这么做的人……如果有人直接问我：我为什么要出生，我会怎么答？

他是法吉拉的儿子，在寻找法吉拉的踪迹，在最阴暗发臭的角落里寻找，来吧，让我们谴责他……不过，我很好奇，如果我自己的父亲（虽然我也不记得他），如果他是一个杀人犯，像索瓦一样。是的，我想知道，如果我突然想了解他，也就是那个刽子手的黑暗灵魂，我会怎么做？

我很想朝水坑里吐口水，但在最后一刻，我觉得这样做对不起倒映在里面的蓝天。向天空吐口水是件糟糕的事，既无用处又很恶心。对我来说更珍贵的是……

我又走了几步，离开了大路，一瘸一拐地踏上半年前走过的那条路，那是弗洛巴斯特的三辆马车走过的路，三辆马车和一个领路人——一个学生模样的青年，一个不识女人滋味的小伙子，敬爱自己的父亲，那位围城时的英雄……

插在我胸口的那根针再次蠢蠢欲动，还是那根针，略微变钝了些。可能一辈子都会这样，我想着，冷漠地看着跑过马路的野兔……

很难说我想在索尔家的房子里看到什么。除了我和自己玩的那个幼稚游戏，这条小路仿佛把我带回了过去，仿佛一切都回到了从前，我重新在院子里看到摆好的桌子，欢乐的客人，以及繁琐的演出准备——当然，是在弗洛巴斯特的领导下……

房子从周围的树木中影影绰绰地探出头来，我一眼就看出这里没有人住，几乎是松了一口气，于是放慢了脚步，然后我看到了炊烟，厨房的其中一个烟囱上方冒出了稀疏的、无精打采的烟雾。

继承者

仆人？有可能。这里应该会有看门的人，因无聊和孤独而昏昏欲睡，他不会拒绝招待一个迷路的女孩，也可能是一个找工作的女孩，或者是给某位主人带来消息的女孩，我还没有想清楚，随机应变吧。

大门紧闭，但没有上锁。我不禁想，世道不太平，看门人应该更加小心谨慎才对。

这个宽阔的院子唤起了我无数的回忆，可现在到处都是脏东西、乱七八糟的垃圾、粪便和马栗。我想象自己处在托丽雅夫人的位置上，会立刻让看门人卷铺盖走人。

屋子里一片寂静。前门被木板封住了，但后门显然有人居住——一条小路沿着许久没有打扫的台阶通向虚掩的门。饭菜的香气飘了出来，我敲了两下门，然后自顾自地推门进去——生死有命。

房子里面看起来比外面更糟糕，仆人的住处满是尘土和蜘蛛网。我心底的惊异更多，胆怯地唤了几声想象中的看门人——因为我的眼睛在黑漆漆的侧面走廊上觉察到了一些动静。

说我一点也不害怕是假的，其实我的第一个念头就是悄悄离开。我站了一会儿，等疯狂跳动的心脏稍稍平缓之后，才鼓起勇气向旁边迈出了一小步，用一只眼睛向门孔看去。

厨师（或是女仆，或其他人）的房间有随意打扫过的痕迹，床边的地板上坐着一个蓬头垢面的小姑娘，缩成一团。

我困惑地站了一会儿——如果这是一个偷偷溜进上锁房子的流浪儿，那么她成年的父母兄弟就有可能在这附近，万一碰上了，我要怎么办呢？还是说看守怜悯这个女孩，瞒着主人偷偷地让她进来的？

小女孩似乎哭过，眼睛都肿了；她惊惶地望着我，双眼瞪得溜圆，神似一只被猎获的小兽。

"别怕，"我柔声说道，"不要害怕，我是个好人，你不用害怕。"

小女孩呼哧呼哧地喘着气，爬到床底更里面的地方。我不得不蹲下来看她；她颤抖着贴到墙上，快速舔着嘴唇——她的动作让我觉得有些似曾相识。在我意识到这一点之前，已经汗流浃背。

女孩轻轻地呜咽着，像一只无助的小狗。

"阿拉娜，"我叫道，几乎难以置信，"阿拉娜?!"

她安静了，又紧张起来。她的眼睛现在阴沉而又邪恶。

"阿拉娜，小丫头，"我嘴唇轻启，低声说道，"你怎么了?!"

她沉默不语。

我冲了出去。

我飞快地穿过杂乱的走廊，扫视空荡荡的、布满灰尘的房间；厨房里的桌子上放着一锅盖着盖子的烧焦的稀饭，散发出酸臭味。这里肯定有人，我喃喃自语，握紧了拳头。我想象出一幅可怕的、相互矛盾的画面：小阿拉娜被抓来当作人质……死去的托丽雅，她肯定是死了，否则孩子不会沦落到这种地步……看门人这个混蛋、疯子、人贩子……

然后我停了下来。我听到了吃力而缓慢的脚步声，仿佛走路的人肩上扛着沉重的麻袋。接着前门发出砰的一声。

我跟在后面，像猫一样无声无息地走着。女仆的小房间里已经没有人了。关于阿拉娜的猜想刺激了我，我不知道自己在做什么，我捡起了角落里的壁炉钳。如果那个怪物敢碰小女孩……

阳光照进门洞，在布满尘土的地板上投下一道清晰明亮的条纹。我走出去，眯着眼睛适应了日光；谷仓后面的某个地方有哗啦哗啦的水声,就像在洗衣盆里涮着没洗干净的衣服:哗啦,哗啦,水倒进去,又湿了——哗啦,哗啦……

我像猫一样悄悄地走近。

圆润的驼背挡住了铁皮洗衣盆,肥皂沫从红肿的手下飞溅到地上。太阳跳动着,在布满泡沫的水面上飞舞,老妇人拿着抹布在洗衣板上有节奏地用力搓洗:哗啦……哗啦……

然后她尖叫一声,转过身来。

我的老熟人——保姆,她已经老了,整个人变得臃肿,那双淡色的、泪汪汪的眼睛突然睁大了,她吃惊地唤道:"啊……你……姑娘……"不一会儿,她就趴在我的胸前抽泣起来。我呆住了,迟疑地抚摸她柔软而佝偻的背部。

阿拉娜不尊重任何人。保姆吞下眼泪,不停诉苦,说她像喂养幼崽一样养着这个女孩,说孩子已经几个星期没有洗过澡了,说阿拉娜会挣开她的手,像松鼠一样咬人,而她这个生病的老妇人没有力气把她强行按到水盆里……

阿拉娜坐在门边的地板上听着保姆的抱怨,这样就可以随时跳起来逃跑。她皱着眉头,警惕的双眸里闪烁着阴沉的目光。

保姆小声地谈论着托丽雅夫人,带着某种压抑的呻吟。保姆从小就害怕疯子,精神失常的夫人把她吓得要死,可她既害怕,却又很可怜夫人,因为托丽雅夫人一直是个善良高贵的女主人。苍天啊,与其这样受折磨,还不如直接死去……最聪明的头脑和最纯洁的心——现在什么都没有了,也不再有托丽雅夫人……

我听着,发丝在头上颤动。脑海中浮现了图书馆里的那一幕,她那被愤怒扭曲了的脸和我的尖叫:"我是畜生?!我可没有不认自己的儿子!"

第六章

"她哄孩子睡觉，"保姆说道，"有时哄着哄着睡着了，有时洗澡，一直洗。我给她送水，她就洗，我听到她洗了一天又一天，然后……姑娘，我没法儿再继续了，可我要是离开了，小女孩儿怎么办……她不会跟我走的。可要是离开她们……我只离开她们一个小时，只是去镇上买面包……我回来以后，心都跳出来了——怎么会这样？可要是去城里……姑娘，你简直是老天派来的，请你把埃格特先生带来，他是神志清醒的，让他带着孩子，至少……"

我沉默着，用勺子舀着烧焦的粥。埃格特……他的错，我的错……难道这也是我的错吗？

"你去找她，而我不能……"

你看，卢阿尔，我就是这样按你的要求做的……

阿拉娜拿着一块又干又硬的面包，吃得津津有味。她警惕地看着我，怕我把它抢走？

"埃格特先生现在是远水解不了近渴，"我慢吞吞地说，"但他会来的，一定会。"

保姆叹了口气，摇了摇头，似乎在说：那样就晚了……阿拉娜已经啃完了干面包，现在下巴贴在双膝上，坐在地上。有那么一瞬间，我非常想把她紧紧搂在怀里，但我刚动了一下，小女孩儿就跳了起来，准备逃跑。

"是的，"保姆疲惫地点点头，"可怜的孩子，在孤儿院都比……这样好。"

你对孤儿院又了解多少，我黯然地想。阿拉娜站在门口，充满防备地看着我，但又杂夹着一丝好奇。

"他们到底为什么会受这样的惩罚，"保姆几不可闻地轻声说，"都是好人，他们都是好人。他们……如此相爱，姑娘，却要受这样的惩罚。苍天，苍天啊……"保姆吃力地站起来，呼哧呼哧地握住水桶的把手，想把它提起来放在炉子上。

我一言不发，接过她手中沉重的水桶。

巨大的篝火旁围坐着一群人，有的人起身走到黑暗中，有的人突然出现。还有一堆小的篝火，供两个人专用，只有一个专门指定的男孩不时地添加一些干树枝。卢阿尔分神想到，索瓦喜欢舒适的生活。

"再没有了，"索瓦眯着眼睛看着篝火说，"你知道，都腐烂了，还有两个密室，但都腐烂了……那些文件。"

"文件都很珍贵。"卢阿尔冷冷地说。

索瓦垂头丧气。"金子不会腐烂，但是纸……你的父亲……也在找文件，找文件……"

他眯起眼睛，陷入对往事的回忆。看着他那张凶神恶煞的脸，卢阿尔再次徒劳地极力想象那个青年索瓦，几乎还是个男孩的索瓦，一个忠实的、狂热的仆人，完全就是个奴隶……卢阿尔低下了头，他的膝盖上放着一件卷起的灰色斗篷和一个涂了树脂的小袋子。

"我一直在想，"索瓦拖长声音说，"你是不是在撒谎。"说完他扯出一个笑容。

这种笑容可能不止一次让哪怕敢于同索瓦对话的人都直冒冷汗。但卢阿尔无畏而冷漠地看着他说："什么？"

索瓦慢慢地移开目光，嘀咕道："是的，就是这样，父亲的灵魂转移到在他死后出生的孩子身上……"

现在轮到卢阿尔笑了。索瓦瞥了他一眼，然后胡须下的脸色变得苍白。"你……这是……"

卢阿尔收起笑容看着他。索瓦向后挪了挪,好像在忙活着让自己舒服点——实际上是在控制想要在主人面前站起来的冲动。卢阿尔叹了口气,凝视着火光。索瓦不会告诉他任何关于法吉拉的事情。法吉拉是"主人"。对于这种等级的主人要保持沉默,要尊敬他们的儿子,因为害怕灵魂的转移。

他注意到自己的手在怀里攥着温暖的护符,叹息一声,稍微放松了一点,把手抽了出来,抚平了腿上的包袱。

这是他父亲的斗篷。这就是他留下的所有东西……

他本来暗暗决定,等到了城里才打开那个涂了树脂的袋子。在索瓦和一帮强盗面前阅读可以被认为是遗嘱的东西,在他看来既愚蠢又怪异。然而他觉得,如果现在犹豫不决,不立即打开麻袋,那才不正常。

破旧的线头在他的手指下散开,打消了他的疑虑,露出了厚厚的一沓纸的边缘。厚厚的布质封面,像货物登记簿一样的书,书页有的地方被撕掉了,有的地方发了霉,书页发黄,密密麻麻的涂鸦。

卢阿尔把索瓦和强盗抛在脑后,靠近火堆看了起来。法吉拉写得密密麻麻,为了能够写得下,所以很潦草——写给自己看的,不是写给别人看的,也不是写给儿子看的,哪怕二十年后儿子要为了辨认这些字迹而苦恼。"花销也有二十……整个春天——三十五、十四、九……第二头牛必须买。给婴儿的嫁妆——预留五……要修……给屠夫……剩下六……还有孩子的鞋子——二……"卢阿尔急切地用手掌划过破旧的纸张,仿佛试图抹去横亘在他与法吉拉之间的阴霾。起初他以为这是教团的账目,但很快就意识到这只是一个精打细算的户主的记录,一家之主记录收

Преемник
继承者

入和支出的账本。谁住在那里的郊区？一位母亲，一个姐姐和她的孩子，一个未婚的妹妹……还有一个弟弟，是个年轻小伙子。这就是一家之主，精确地计算每项花销，让每个人都能吃饱；后来又在一天之内把他们都埋葬了……

旁边有火堆在燃烧，但卢阿尔还是打了个寒战，好像是因为冷。为什么——瘟疫？他亲手放出瘟疫，下了命令——到底为了什么？就为了个大墓？！

他眯着眼睛，咬着嘴唇，一页一页地翻阅着；微薄的家庭收支交替出现，卢阿尔认为这就像一本日记——偶尔心血来潮时，会在干巴巴的记录的空白处随手写下："法尼娅昨天用鞭子把男孩抽了一顿，说是因为他很固执，很粗鲁……孩子看着惨不忍睹……如果再有下一次……我这么跟她说，用树枝打孩子……她未必能明白，但她不会再这样做了……"接下来又是数字和日期。卢阿尔翻过几页："……一件像样的武器，但它哪里比得上那把剑……没有平衡，没有磨砺——有生命，是一个活物，像野兽……而剑就像猫……我想用它来做事，但是拉什看到了……"这句话中断了，超出了纸张的页面。紧接着，就在它下面，开始了另一句话："给新来的人留下深刻印象……自以为是在这里是行不通的，我们的新人小白又聪明又狡猾……我不需要自以为是，善于等待的人终究会赢……毕竟我看起来不那么威严。我也不会喊得这么大声……"卢阿尔无精打采地坐着，缩成一团，尽量不代入自己的想法——只阅读："……可能是个挺好的年轻人。再见一两次面我就能把他争取过来，我不想使用武力。是的，拉什看到了，就不必……"远处的某个地方，夜行鸟叫了——卢阿尔感到索瓦浑身一震，紧张起来。安静了一会儿，然后耳边传来一声响亮清晰的强盗的口哨声。

第六章

整个营地顿时行动起来。索瓦咧开大嘴,露出野兽一般的笑容,嘟嘟囔囔地咒骂那些没头苍蝇似的乱跑的狗腿,然后他们终于开始做该做的事,整理好衣领,点燃火把……卢阿尔皱起眉头,对被打扰感到不满。

远处响起填装火药的声音,枪声在枪杆之间此起彼伏,有人狂叫一声,可能是被马撞了。卢阿尔悠闲、仔细地把自己的遗产收进马鞍上的袋子里。

在篝火被践踏之前,他还看到了索瓦,像酒足饭饱的猫一样满足,一只手攥着一把宽大的斧子,另一只手拿着绑在绳子上的三爪钩。紧接着传来了兵器交锋的声响。卢阿尔作为一个旁观者,在半月的微光下看到了自己人生中第一次真正的战斗……

除了那次"围城"。而"围城"完全可以忽略不计——对一个小男孩而言,在城墙上看到的蚂蚁一般的人群有什么意义呢?那时他并不为父亲担心。他知道,父亲会获胜。

而他真正的父亲已经去世多年,坟头上的石头都能用做投石机的炮弹了……

事实证明,索瓦用三爪钩是要把骑兵们从马鞍上拽下来。

⚔

早在战斗开始之前就能看出来,索尔上校一心求死。

他自己并没有意识到这一点——但只有疯子才会不等主力部队赶到就只身冲锋,蛮横地、孩子气地、野兽般地左冲右突,全然不顾敌众我寡。而上校的运气很好,他的疯狂行径搅乱了双方的计划——本来不打算英勇作战的戍卫队士兵现在不得不随他硬闯,而强盗们反过来又被前所未有的压力弄得人仰马翻,士气受挫。

继承者
Преемник

　　如果当时有人告诉埃格特,他正在进行一场漫长的自杀,他会感到非常惊讶,因为他坚信自己是在履行职责。篝火在他的马蹄下四溅,他挥剑砍向匪徒的头,却瞬间感到一只铁爪直插进了自己的肩膀。

　　他的身体有自己的本能,与他的思想分开行动——他还没来得及思考这是什么,他就已经伸手抓住了紧绷得像弦一样的绳子。索尔像蛇一样扭动着从马鞍上摔下来,在黑暗中打了个滚,才把肩上的三爪钩扯下。三爪钩在草地上立刻嗖地一下滑走,取而代之的是一只挥舞斧子的手。尽管穿着厚重长靴,埃格特奋力抬腿踹中了那只手的手腕。月亮一动不动地在天空中俯视着一切,埃格特迅速翻身,于是某人的短剑只刺到了他刚才躺着的地方。他四肢一蹬,全身跳起以头撞向某人的大肚皮。肥胖的强盗忍不住咆哮,埃格特翻滚两圈,没看一眼便一跃而起。然而他面前却出现了一道门那么宽的庞大身影,凶狠地进逼,埃格特立即挥剑,挡开斧子的袭击,并顺势利用长剑的优势反攻。大个子出乎意料地撤退了——漆黑中突然刺出另一把剑,跟埃格特的剑很相似。

　　埃格特大喝一声,用战斗号角告诉他的队伍,领袖还活着,将会严厉责问那些懦夫,告诉大家胜利就在眼前,阵亡将士将被风光大葬。他眼下的对手身手敏捷,埃格特想快点和他作了断,好尽快赶去援助他的部下。

　　他心中焦急,难免出错。黑暗中,脚下的树根盘根错节,绊得索尔踉踉跄跄,他怒吼一声,再次进攻。这个强盗显然接受过长期的剑术训练——他不仅仅是会,而且招数娴熟,但他的剑术缺乏埃格特擅长的那种自如和见招拆招。埃格特心中暗暗指出对手那些失败的招数,随即便责备自己在战斗中分心简直太不应该。他应该把这个青年拿下,在混乱中找到索瓦。不过他为什么会认为他的对手是个青年?

他终于冷静下来,一把抓住对手的手臂,由于动作迅猛,他的剑刃也趁机钩住对手的武器,顺势抽掉了敌人的剑。电光石火之间,他的剑刃就架在了对手的脖子上——他问自己一个迟来的问题:为什么?他并不打算俘虏这个青年,这场搏斗中哪有什么俘虏,至少应该打伤对方,最好是……

"见鬼!"被解除武装的对手恼火道,"什么……"

埃格特顿觉手中的剑如灌了铅一般沉重,重逾千斤。战斗中的粗重喘息和兵刃相接的刺耳声响都向后退去,耳边只有自己血液奔腾的声音。皎洁的半月在天空中低得不可思议,青年站在埃格特面前,让青年难堪的不是死亡的临近,而是自己居然输了,仿佛这一切都发生在训练馆……

"真是见鬼。"年轻人疲惫又恼怒地重复道。一缕黑发落在他汗湿的额头上,像一条哀悼的丝带。

埃格特的手终于撑不住重量,慢慢地放下了。

"这是理所应当的结果,上校,您的剑术更优秀。"卢阿尔带着一丝羡慕说,"我从未如此……"他耸了耸肩,弯腰从埃格特的脚下捡起了自己的武器。埃格特一动不动。卢阿尔又耸了耸肩,转身走入黑暗中。埃格特全身僵硬,一下子失去了勇气和意志,看着他跳上马鞍。

马蹄声响起,埃格特的耳朵从激烈的战斗声中捕捉到了这道并不响亮的声音,但马蹄声很快就消失了。此后,战斗也立即平息下来,强盗们撤退了,战场上留下了几具尸体。损失了六个人的戍卫队不敢追击,尤其是在没有命令的情况下。

不屈不挠的索尔上校刚刚还毫无惧意地冲向敌人,现在却显得不知所措，往昔的威风荡然无存。就连他下令部队回城的手势都莫名显得犹疑。

他之所以只做出这个手势，是因为在遭遇重挫的夜晚，索尔上校不知为何失去了声音。

⚔

托丽雅·索尔生活的世界与其他人的世界越来越不同。环绕着她的空间就像蜻蜓的眼睛——无休止地破碎，崩裂。托丽雅的时间也被撕裂了——日子不是按部就班的，而是凌乱的，子夜之后立刻就是傍晚，早已逝去的过往和现在的生活交杂在一起。她的母亲来过，曾经被冻在雪堆里，把五岁的托丽雅留在父亲的怀里；她的父亲来过，但很少而且很短暂，她徒劳地请求他留下来安慰她……有时她的世界里一片寂静，然后她就会休息很久，凝视烛火，回忆美好的过去。但更多时候是黑暗和风暴，然后法吉拉就会出现。

每次在他出现之后，她都会叫来保姆。这个老妇人是她的世界中的一个人物，和其他人一样不忠不义。她总是让保姆送一桶热水过来，然后进行漫长的、仔细的、病态的沐浴。

她认为污垢可以用水洗掉，她认为水可以洗去他那该死的种子。她几乎把自己瘦削的身体搓出血来，洗净每一颗痣，每一根头发，然后精疲力竭的她勉强走出浴桶，得到短暂的解脱。

卢阿尔一直没有来。她神志不清，用没有生命的、瓷器般的眼睛哄着别人家的陌生孩子睡觉。

有时迪纳尔会出现在她的幻想中，那个严肃的年轻人，她第一个未婚夫，不幸死于索尔之手。她惊叹不已，现在他几乎和卢阿尔同龄，差不多也可以做她的儿子了。他的脸很模糊——这么

第六章

多年过去,她已经忘记了他的长相,只能想象一双白皙的、手指修长而无力的手,从黑色的袖口里伸出来……

迪纳尔变成了一个陌生人,年轻,愤怒,狭长的嘴角带着一丝嘲讽——这个人也曾经见过,但托丽雅不记得他的名字。流浪者冷漠地看着,他的脸颊上有一道疤痕。幻象发生了变化,不停流转,像水银球一样散开。托丽雅·索尔的世界就像冲出胸腔的心脏一样悸动:血液仍然在流动,但生命正在一点一点地流逝……

有一天,她的世界出现了裂痕。

一连几天她都幻想着空荡荡的房子里有响亮的声音,她听到门外有人窃窃私语,听到偷偷摸摸的脚步声,而且一些画面莫名在她的脑中浮现:院子中间的戏台,埃格特惨白的脸,她之前的整个生活都爆炸了,就像火药桶在围城中爆炸一样……

八音盒。交错的齿轮以及在圆盘上跳舞的木偶。在戏台上跳舞的人们——脸上戴着面具。托丽雅看着,想要制止——因为转瞬之间一切都会崩塌,一切都会公之于众,如何抓住时间让它倒流,让卢阿尔永远十五岁,或者十岁更好,五岁最好……

麂皮长裤的膝盖处沾上了绿草的印迹。这就是了,冻结的世界,儿子还没有长大。永远都没有人会知道他是谁的儿子……而她,托丽雅,不会猜到。他的靴子总是合脚的,粉嫩粗实的脚趾也不会伸出凉鞋的缝隙……

冰冻的世界像玻璃杯一样破裂,震耳欲聋的声音粉碎了和声。因为她的幻觉与和谐并不陌生,她已习惯生活在一个犹如蜻蜓眼睛的玻璃球里。

别人的声音。烦躁就像鞋里的小石子一样,微小却让人不舒服,现在已经成为她生活中的常态,但又没有力气摆脱尖锐的碎

Преемник
继承者

片，离开房间就意味着彻底撕破遗忘的薄膜，打破来之不易的平衡。

托丽雅惧怕新的痛苦。自欺欺人的平静更像是死亡，像是做了防腐处理的尸体——只是现在香料已经失效了，她那死气沉沉的平静自行腐烂，就像所有死物都会腐烂一样。

几天后，她听到了一种早已遗忘的声音，令人恐惧至极。

笑声。有个孩子在笑。

⚔

当卢阿尔深夜到达大学时，没有人阻止他。不知什么人的目光一路跟随他穿过黑暗的走廊，但这次没有人敢挡在卢阿扬主任的外孙和禁地之间。

他关上身后的门，在黑暗中坐了很久，双手扶住低垂的头。他可以禁止自己去想那个多年来被他视为父亲的人，他已经学会了扼杀自己心里那些禁忌的想法，但他无法切断那一串不连贯的图像、气味、回忆、触摸……

男子汉不该自怨自艾。否则不配做战士，也不配做魔法师，因为他似乎是个魔法师。

木地板，被刷洗过的木头的清新气味，白色的牛奶滴落后散开。夜晚，一顶帽子，里面有一只圆圆的、蜷缩的刺猬，身上的刺像瓜子一样。它不喝你的牛奶。如果你被抓住了，就让它走吧……

动作幅度过大的进攻，没有明确的目标，没有丝毫天赋……在饭厅的角落里，几把椅子挤在宽大的桌子周围，即使在这里，在这个训练室里，能把剑使成这样也得不到原谅。

为什么他……那个人……从来没有在母亲面前用过剑？男人

第六章

们通常都会骄傲地展示漂亮的招式……

法吉拉不希望他的姐姐鞭打孩子。

卢阿尔抬起头,窗外那轮半月变得更加饱满。他费力地站起来,将包袱放在椅子上,在窗边站了一会儿,脸颊贴着温暖的窗帘,点燃了三根蜡烛。

他在害怕。他可能只是个半吊子魔法师,不然为什么这么害怕?他读到的那些魔法师都能体会到施法的快乐——但他,卢阿尔的喉咙仿佛被肿块堵住了,但他还是这样做了,因为他不能不这样做,否则他就会窒息……

法吉拉把他的两个姐妹、他的兄弟、他的母亲和侄子们埋在同一个坟墓里的时候是什么感觉?

……亲手体验?

烛火微微弯曲——三根黄色的火焰獠牙。卢阿尔发出了一声长长的、呜咽的叹息,然后从怀里掏出了护符。

又来了。苍天啊,帮帮我……

阳光照在他的眼睛上。炽热的太阳,炽热的岩石,一个他从未去过的地方。一座红白相间的山。正午时分,影子很短,仿佛堆叠的天鹅绒。

很热,好热……太阳当空,如同蓝天中间一只凸起的眼睛,远处有一口井,下面……

有个人站在悬崖边的石台上。卢阿尔看到他身后有个空旷的、热气蒸腾的院子,院子深处是一座房子,房门前有个诡异又熟悉的人影。

那是个男孩,大约十四岁,他的脚边有个装满冰水的水桶,水面荡漾着,几乎溢出边缘。

"帮帮我。"卢阿尔低声请求,他紧张得抿住嘴。

男孩缓缓地摇了摇头。"我不能……"

"帮帮我,"卢阿尔再次请求,"你,卢阿扬……"

这个名字帮助了他,他又说了一遍,品味着每一个发音。"卢阿扬……"

男孩垂下了眼睛。太阳在他脚边的水桶里破碎了。他重复道:"我不能……"

"为什么?"卢阿尔绝望地喊道,"难道我不是你的外孙吗?难道我在你面前也有罪吗——就因为我是法吉拉的儿子?!"

男孩头顶上天空突然像腐烂的布一般爆裂成边缘卷起的碎片。

"我不能……"

"为什么?"

"因为我是守护者……"

阳光褪去,岩石和小院消失了,卢阿尔闻到了泥土的味道,满面是泪。

"永远的守护者……"

卢阿尔跟跄了一下。他觉得自己脚下的地面仿佛如水晶一般透明,地底深处有一个可怕的生物,一个关节众多的死神,黑色瘟疫的化身——还有地牢门口的守卫,一个白发苍苍的老人用手掌捂住脸。"别,小家伙,别看……"

卢阿尔尖叫着后退,地面不再透明,黑得比以往更加深邃。

护符掉了出来,挂在链子上。卢阿尔看到高高在上的拱顶,疲惫地闭上了眼睛,他晕倒了……

不幸的是,意识并没有离开他。

黎明的光芒越来越大胆地爬上天花板,脚步声在走廊上响起,孩童悦耳的叫喊在广场上响起:"牛奶——"

第六章

这一切是为了什么,躺着的卢阿尔想。

如同行走在余烬之上,步步皆是疼痛。

⚔

男孩正赶着一头棕红色的奶牛穿过小溪,惊讶地斜睨着头发花白的高大老人,因为旁边有桥,但他却涉水过河。

老人走了过去,男孩怯怯地瑟缩了一下。陌生老人圆圆的眼睛虔诚地盯着远方,嘴唇翕动,仿佛在自言自语。

上了年纪的人们经常这样做。而这个人更像疯子。男孩退缩了,躲在自家的奶牛身后,不过这没什么用,因为陌生人根本没有注意到他。

他只是没有看到牧童,就像他也没有看到桥梁,也没有看到道路。他的双脚自行丈量着无尽的道路,但他的思想被其他事情占据。幸运的是男孩永远不会知道哪个是哪个。

老人走着,目光紧张而呆滞地直视前方。

他已经太久没有感受过恐惧了。现在他颤抖着,不停地加快匆忙的脚步,感觉自己比以前更像个人了。他老了,没什么好怕的——但他是人,所以他害怕。

因为盯着生锈的护符和冷眼旁观世界的命运是一回事,而感受到别人的目光完全是另一回事。等待的存在。那个熟悉的讥讽的笑声撕扯着大脑。

你很幸运,马兰。

是的,这是我的名字之一,他恶狠狠地想,是的,我很幸运,但我从来没有快乐过。事实上,我很快就会死。一个自言自语的老傻瓜。

不要自欺欺人,当你在很久以前拒绝我并放弃了使命时,你

Преемник
继承者

就已经疯了。

又是一阵笑声。他觉得自己几乎已经在跑了，却仍然一动不动，像浪花中的水母一样在地面上打转，影子又小又黑，粘在路上。

他强迫自己放慢脚步，咬紧牙关，完全停了下来。然后他看到了远处的一条小溪，一片荞麦地，上面有一团蜜蜂，还有一个牵着一头棕红色奶牛的男孩。

就是这样，鲁阿尔。只是一瞬间，而你已经老了，已经不适合做守门人了。

真可惜，他讽刺地笑着想。

我很抱歉，鲁阿尔，你这个傻瓜，你又输了。

不知来自何处的目光，如磨石般滚滚袭来。老人狠狠地发了火。"我不是在和你玩游戏！"他说话清晰明了，把战战兢兢的牧童吓了一跳。

这里的每个人都在玩游戏。任何想活着的人都会被卷进来，而且规则对所有人都一视同仁。失败者会痛苦，失败者出局。你输了，但我要给你一个机会。

"你这个喋喋不休的老哲学家。"那个叫鲁阿尔的人若有所思地说。

一阵笑声传来。是的，鲁阿尔，我会跟你谈谈。在他给我打开门让我进来之前。

"你进不来！"他愤怒地扔下一句话。

我会进来。新任守门人将比你更强大，他无所畏惧。

"那就去跟他说吧。"鲁阿尔咬牙切齿地建议。他的内心深处有个挥之不去的希望，希望发生的所有事情都是疾病、发烧和谵妄。

第六章

笑声再度响起,这次几乎是善意的笑声。我不想把他吓跑,他还年轻,他必须成熟。

"他成熟的时候,你先用棍子教训教训他。"鲁阿尔面无表情地建议。

是的,他将为我开门。

一张女人的脸出现在鲁阿尔头顶上的云层中,转瞬间又化为一堆杂乱交叠的图案。

"那么,"他慢慢地开口,"要是我找到他,要了他的命呢?"

沉默。路旁已经抽穗的田野被风吹起一阵波浪。

你试试看,你试试看,鲁阿尔。很多人都想杀了他,他影响了所有人。如果他也影响了你,那倒也不错。

太阳从灰白色的云层中迸发出来——它的光芒像巨大的圆柱,稳稳地落在右边的田野以及前方的道路上。圆圆的,金黄的,像蜡烛,像有力的手指。

"我很同情他。"鲁阿尔缓缓说道。

你找不到他的,你虽强大,却并非万能。

"是,不过我很同情他。他跟我很像。"

他就是你的镜像,你们连名字都这么像。

"我知道,我其实也为这个世界感到遗憾。"

又是一阵笑声。

你只是在害怕。

目光消失了。如此突然,无迹可寻,以至于路上的老人瞪大了眼睛,仿佛在寻找丢失的东西,震惊地问自己:难道他真的疯了吗?

棕红色的奶牛若有所思地啃着路边的草,牧童躲在沟里,等待这个陌生的路人离开。

老人再次环视四周,接着艰难地移步离开。

⚔

这片黄花不需要照料,它们会像杂草一样夺去其他植物的生命。卢阿尔春天在这里种了一株发育不良的黄色灌木,当时他就知晓了这点。坟墓上面仿佛覆盖了一层地毯,小树林中的一座黄色小丘,有人可能会注意到,不过任何人都没有被禁止在任何地方种花……

他在草地上盘腿而坐,旁边是一件灰色的斗篷。

很久以来,他第一次享受到平静,或者至少是平静的幻觉。这里有他,还有他那令人费解的父亲,以及十几只蚱蜢和一只长筒袜似的绿色毛毛虫。远处,在遵纪守法的良好市民安息的公墓的栅栏里,肩上披着蓝色围巾的美丽女孩站在某人的墓前。

卢阿尔甩掉一只爬上他衣袖的蚂蚁,这种漫不经心的放松动作让吊坠在衬衫下晃个不停。

色彩斑斓的蝴蝶栖息在灰色斗篷上。美丽的景象——夜间的篝火,扑火的飞蛾。

但现在是白天,蝴蝶没有什么危险。灰色的布料对它来说就像一个巨大的尘土飞扬的平原。

卢阿尔手指划过,抚平了褶皱。蝴蝶飞走了,就像被风吹走的糖果纸。

实际上他早就想这样做了。在那里,在办公室的时候他不敢。在曾经是他家的房间里有一面镜子,但他不好意思在镜子前戴上先辈的遗物,觉得这样很粗俗、很可笑……

布料很滑。他的手舒服地伸进袖子里,身高和肩宽都恰到好处;他犹豫了一下,戴上了风帽。绽放的世界瞬间被囚禁在了灰色的框架里。

卢阿尔站着,感觉风懒洋洋地摩擦宽阔的地板。毕竟,就身高而言——正好可以看到埃格特·索尔。

黄花的味道依稀可以辨别。金色的花萼上停歇着棕色的蜜蜂。在群花与绿草相连之处,法吉拉的坟墓看起来像个生锈的奖章。

护符最终到了卢阿尔的手中,他不记得自己是什么时候拿出来的。阳光从缝隙中穿过,护符在卢阿尔的手掌上投下一个小影子,影子中心有一个斑点——一个形状复杂的亮点。

他感到一阵眩晕,跪了下来,看也不看地伸出手——一只不安分的蜜蜂毫不留情地刺入他的手掌。

"疼吗?"一大滴汗珠从卢阿尔的脸上慢慢滚落。"不要在没有问题的地方寻找问题。"

卢阿尔这才缓缓闭上眼睛,一片泛红的黑暗中,三团黄色的火光亮起,斑驳地蔓延开来。掌心传来一阵刺痛——同伴的存在像太阳和蜜蜂一样清晰。口腔中有铁的味道……

"别问了。答案会自己显现。"

"但我要问,"卢阿尔低声说着,把护符紧攥在拳头里,用力得手心发痛,"我需要……"

"你已经拥有了你需要的一切。你有它……"

"它生锈了……"

"是的,是的。为我说句话。"

卢阿尔摇晃了一下,宽大的帽檐垂在他的眼前,于是灰色取代了蓝天,在他的视野前方勾勒出一条新的天际线。在这个突然出现的世界中,卢阿尔看到一栋带门廊的高大房子,房子的台阶上站着的是他自己,穿着陌生的、剪裁考究的短外套,戴着一顶

> Преемник
> 继承者

高高的无边帽，腰间系着一把剑。画面陡然逼近，仿佛他是一片秋叶，朝着台阶上的年轻人飞去，飞快地穿过他的影子。卢阿尔明白了，不，那不是他，那个人有另一个名字。

然后他看到了低矮的天花板，天花板下有个圆脸的老人拿着一套文身针，他自己的手就放在他面前的桌子上，袖子卷到了肘部，手臂放松地躺着，但对疼痛的预期却让自己"起了一层鸡皮疙瘩"，幸运的是，地下室很冷，可以把自己的懦弱归咎于寒冷刺骨的潮湿。老人挑起眉毛：用剑谋生是高贵的。可你不是一个受雇于人的杀手，孩子，你是一个剑术老师……而现在你属于这家店，现在你完全有权……

老人变样了，突如其来的满头白发使他的头看着像是中空的月亮。新来的老人黑色的双眼就像两个大头针——但在它们深处却充满恐惧，卢阿尔也害怕，目光迎上一个穿着灰色斗篷的人，淡色的头发和淡色的眼睛，手腕上有个文身——一间特权商店的标志。

回答我，卢阿尔无声地呐喊道。为什么？！你为什么要召唤瘟疫，你为什么要寻找护符，回答我，你在刑讯室播下了种子，要不你也与我断绝关系吧？！

那个站在他面前的人，胸膛被铁钳穿透，散发着疯狂的求生欲望。他的意志就像一把铁钳——卢阿尔后退了一步，被这种意志的冲击所麻痹：我不会离开你。

那就回答我！卢阿尔无声地喊道，还是你要我也诅咒你这个人人唾弃的家伙？

陌生人放缓了进逼的脚步：我没有做坏事。

你？！卢阿尔咧嘴一笑。

我没有犯下任何罪行。你会明白的。

第六章

他麻木的脸颊感受到了青草的触感。风帽滑落,他的脸暴露在阳光下——也暴露在别人的注视下。

然而附近没有人。

只有远处的城墙边上有三四个心事重重的人站在浓密的树荫之下,他们眯起冰冷的眼睛,盯着那个身披灰色斗篷的孤独身影,听着守墓人困惑的解释。

但卢阿尔并没有看到他们。

⚔

几天后,我完全相信我也即将失去理智。

在我到来之前居住在这所大房子里的三个生物——一个女孩、一个女人和一个老妇人,在我看来都有不同程度的疯癫。我从门缝里看到了托丽雅·索尔,我宁愿自己没有这么做。我以前就有点害怕卢阿尔的母亲,现在她简直让我恐惧。

保姆向我保证,夫人什么都不明白,但我看到了,我的出现并没有逃过她的眼睛。无论我在哪里,无论我在做什么,托丽雅·索尔都在反锁的房间里阴魂不散地盯着我,我听到哪怕最轻微的沙沙声都会发抖,瞥见一丁点儿偶然的阴影就立刻转身。

最初的几个晚上,我蜷缩在给我安排的床铺上哭了。床很好,按我的标准简直算得上豪华,然而我一秒钟也没睡,听着沙沙的声响,凝视着黑暗,吞咽着泪水。难道这就是结束吗?一个美丽而坚强的女人的结局,她无法忍受悲剧的发生,她崩溃了,现在带着无辜的女儿……

女儿。在我看来,阿拉娜有时是一种比托丽雅更难以捉摸、更令人恐惧的生物。在黎明之前,我想象着各种恐怖的事情——女孩疯了,失去了理智,失去了人性,现在不得不用铁链将她锁

Преемник
继承者

在畜栏里度过余生,就像在集市上看到过一次的那个怪物一样,没有形状,可能是个年轻的生物,有一张野兽的脸和邪恶的狩猎的眼睛,帐篷的主人收铜板"供人观赏"……我咬着自己的手指。不可能,阿拉娜的目光意味深长,她可以被带回人类世界,她必须被带回来,如果救不了托丽雅,那么至少要拯救这个孩子。

保姆也有点疯疯癫癫。她完全陷入愚忠,任何其他人要么早就抛下一切和所有人(那是最坏的情况),要么把女孩带到城里再做下一步决定,毕竟终究要寻找她的生父……

在这几个夜晚,我就能告诉埃格特·索尔我对他的行为的一切看法。也许如果埃格特亲自来了,我就不会害怕当着他的面重复这一切了……但他并没有出现。

白天的我完全忙着干活儿。真是令人惊讶,在我来之前,这位年迈多病的妇人竟然独自完成了所有的工作。现在,保姆可以幸福地让自己偶尔休息一下;她唯一不信任我做的事情就是照顾托丽雅。

保姆用托盘给她送的水和食物,每次都是原封不动地端回来。保姆揉了揉发炎的眼睛:她撑不了多久的,这样下去光是饿都会饿死。

"她会死的,姑娘。"有一天,她用肿胀的拳头撑着脸颊说道。我迅速瞥了一眼窝在角落里的阿拉娜,女孩似乎无动于衷。"她会死的,"保姆断断续续地叹息道,"我,请原谅,我这个傻瓜。我想着,希望她不要受苦。不如马上……"我费力地咽了下口水。恐惧从空荡荡的房子深处袭来,像一张湿漉漉的麻袋包裹住我。

第二天早上,我在她锁着的门前待了一个小时,托丽雅感觉到了我的存在。当我蹑手蹑脚地离开又回来时,我想起了在索尔家的秋季假期和我们在图书馆的不快对峙:"我是畜生?我可没有不认自己的儿子!"我的错。说出口的话不是扔进池塘的石头。石头只是在水中转圈,沉入底部的淤泥,还有几条鱼像水花一样跳跃……但没有人知道说出一句话的后果。进入一个未知的、黑暗的、破碎的灵魂……

我来到院子里,把斧头从板子上取下来,用它相当精准地劈砍原木,木头裂开了,斧头的刀刃嵌进了缝隙。高贵的工具现在在我手里就像一只脸上套着丝袜的猫,我笨拙地想把木头从斧头上甩下来,而接下来却在一个干木桶的阴影里看到了阿拉娜闷闷不乐的脸。

女孩看到我的目光后躲进了她的藏身处。我放下斧头,走到晾晒的衣物旁,从晾衣绳上扯下保姆的宽大花头巾。

这是个老把戏。我以一种奇特的方式调整衣服,把自己张开的肘部变成一个瘦长生物的肩膀,用一个小无花果代替它的头。我进入角色,快步走回柴堆,无花果惊讶地看着周围的一切,点点头,抽动着"鼻子"。

"这是什么,啊?"最后,无花果像老妇人似的颤巍巍地问道,"这是什么,木头到处乱放,嗯?"

透过头巾的缝隙,我可以看到干涸的木桶,阿拉娜没有现身。

无花果耸了耸"肩",继续说话:"我不理——解……摆放得乱——七八糟,哎呀呀……"

木桶后面的人轻轻地咯咯笑了起来。受到鼓舞的无花果热情地点了点头,说:"哎呀,找个伐木工人吧,饥肠辘辘的,能吃掉您的木柴,咔嚓咔嚓咔嚓……"

Преемник
继承者

阿拉娜看向外面，忘记了谨慎，我都已经忘了她的笑容是什么样子。她的几颗门牙不见了——换牙……已经到了换牙期了……

"你在笑什么？"无花果气呼呼地问。

阿拉娜哈哈大笑起来，笑声响亮而纤细，这让我的喉咙一阵发紧。

"你在笑什么？"我用自己的声音提问，放下了自己的手，"我们就要没有柴火了，怎么煮粥呢？"

"这不是真的。"阿拉娜声音沙哑但自信地说，"这是一场表演，我知道。"

埃格特·索尔已经很多年未尝这等失败了。

耻辱和绝望的情绪笼罩着驻军。上次远征中阵亡将士的遗孀们都在诅咒索瓦，但首当其冲的是索尔。幸存的士兵们怨声载道，责备和控诉无处不在，闷闷不乐的烦躁低语在索尔的背后此起彼伏。

埃格特把自己关在办公室，在那里吃饭、睡觉，对着一张破旧的地图度过一个个不眠之夜。不时有专门派来的探子向他报告——消息寥寥无几而且并不可靠，探子不敢太靠近，只满足于村里妇女们七嘴八舌的传言……经过长时间的努力，他们终于成功抓到了一个年轻、蛮横、鲁莽的强盗，但他在进城的路上打伤了一名士兵，试图逃跑，为此他立即被怒不可遏的战友们杀死。埃格特见到的是一具没有呼吸的尸体——能够审问尸体的人还没有诞生……

在埃格特自己的眼中，他就像一只筋疲力尽的、病态的啄木

第六章

鸟,以执拗的毅力敲打着石头,日夜不停地敲打,甚至弄伤了自己的喙,只要不停下来就好,这样就不会意识到,他的耻辱和惊恐之处在于,他的儿子,一个陌生的男孩,为了一群杀人犯而战斗,与他拔剑相向……

城里又有两个孩子被杀。在普通的夜间响声中,市民们仿佛听到了井链的叮当声。埃格特蜷缩在办公桌前,不愿听也不愿想。

索瓦……索瓦夜间出现在他的面前,搂着卢阿尔的肩膀,笑着玩弄那截链子;夜里的蝴蝶又大又黑,像猫头鹰一样双眼凸出,在蜡烛周围盘旋。

成群的猫头鹰。满天的猫头鹰。

而埃格特自己变成了索瓦,在半梦半醒中带领他的部队穿过地图上的森林和道路。他采购粮草,储备水,在营地里生起篝火,设置哨兵,向各个方位派出探子。他不再是索尔上校,他是一个阴郁的强盗,口中念念有词,渴望毁灭一切。

在另一个梦中,他正在教卢阿尔如何用剑。卢阿尔感到绝望,丢掉了剑,于是他不得不上前安慰,说服孩子再来一遍……

索尔上校半夜起来,拿起武器,花了几个小时温习复杂的招式,用剑刃切割蜡烛的火焰,慢慢地,一点一点地,把蜡烛削短,直到桌子上只剩像硬币一样薄而平坦的蜡烛底部。

夜间巡逻队看到了一个穿斗篷的人,那人对要求他站住的命令没有反应,然后就像遁地一样消失了。瓦奥尔中尉将一截链子作为战利品交给索尔上校。人们的议论并没有减少,谣言在城里流传,一个比一个更可怕。而在梦中,埃格特从自己儿子的手中打掉一把剑。

从法吉拉的儿子手中。

以前，在地图前坐了一整夜之后，他会在早晨将手指伸进跳动着的烛光中，随后他就会重新恢复清醒。围城期间就是这样。

但那时他正在保护他的妻子和儿子。

城市法官在日落时分出现了——要么是偶然，要么是经过精妙的计算，因为对埃格特来说这是最好的时间，是最平静、最清醒的时间。法官亲自出面，没有用邀请函麻烦上校。瓦奥尔中尉垂手直立，因为法官历来是城里最可怕的人。

埃格特起身相迎，他伸出手来，试图弄清楚来见他的是老朋友还是大法官。法官的手指僵硬而冰冷。

"你对自己太狠了，"法官坐在为他准备的椅子上，"希望我们的敌人一生都像你现在这样……难道战略上的担忧真的让人没有时间睡觉吗？"

"我会有时间睡觉的。"埃格特轻声回答，他还笑着补充了一句，"就像我们所有人一样……"

法官点了点头。"是的，我的朋友。但是索瓦会在我们之前退休，不是吗？"

他突然笑了，平静而坦诚，埃格特心中松了一口气。他与城市法官有着长久而复杂的渊源。在围城期间，这个叫安辛的人是索尔的战友，而且是重要的战友。埃格特的勇敢异于常人，但当必须对十几个强盗和劫匪进行公开处决时，他的勇气就离他而去。

在市民眼中，这样的惩罚是英勇的，是权力的体现，几乎是一项壮举——但索尔一想到他在通往胜利的道路上必须学习刽子手实施绞刑的手艺，尽管是借他人之手，他也会冒出一身冷汗。

就在这时候，一旁的安辛默默地将这件秽事揽在自己身上，

第六章

他亲自下达命令并监督行刑,埃格特只需要咬紧牙关拒绝赦免。因此,索尔在自己的眼中保持了纯洁,在市民们的眼中保持了善良。他很清楚安辛为他所做的一切,安辛后来成为城市法官的助手,接着自己成为了法官。他知道,安辛也知道,埃格特欠他多少——但他们当中没一个人在谈话中提到过这个话题。埃格特只能猜测,多年前的那场处决对于他这位心甘情愿的帮手到底意味着什么——牺牲?或者是职责,或者是例行公事,或者是考验,或者是精神满足?安辛是否意识到自己躺在泥地里,让高贵的索尔保持了白袍的纯洁?还是他觉得自己是个英雄,从胜利者的手中夺走了最甜蜜的权力?

安辛笑了笑,摸了摸索尔的手。"不,埃格特,我不会让你苦苦猜测我来的原因。艰难的时期,伙计。比……那时候更糟。我担心……我给你带来坏消息会让你痛苦。你准备好了吗?"

"我已经习惯了这种程序,"埃格特停顿了一下说,"开始吧。"

法官靠在椅背上。"埃格特,首先,我是你的朋友,我知道你不这么认为,别打断我。在你听到主要内容之前,只要明白我是你的朋友就可以了。"

索尔感到一种强烈的等待的渴望涌上喉咙。"是的,说吧。"

法官咬了咬嘴唇,嗫嚅了一下,揉了揉自己苍白的脸颊,开口道:"呃,埃格特。我们不知道到底有多少孩子遇害了。有些时候意外发现尸体的人会把尸体藏起来,为了减轻自己的嫌疑。几十个孩子。而且许多水井的链子都丢失了,这些你都知道。"

埃格特点了点头,试图咽下堵住他干涩喉咙的肿胀。法官的手指紧紧握在一起,继续道:"凶手穿着斗篷,和拉什教团的成员们穿得一模一样,你记得很清楚。"

埃格特再次点了点头。他在发抖。

"那个疯子,那个老头,死了,为别人的罪过而死。他死后,谋杀继续发生……"

埃格特沉默不语。法官的手指又长又白,交织在一起,像篮子里的树枝。他开口问道:"是的,告诉我,埃格特,卢阿尔现在在哪儿?"

索尔看着他复杂的手势。迟早有一天,一切都会公之于众,但至少不是现在,不是安辛。

"埃格特,"法官叹了口气,"我明白一些微妙的事情,但我真的需要知道。请告诉我,拜托了。"

"我不知道,"索尔声音嘶哑地说,"我不知道卢阿尔在哪里。"

在索瓦那里,他惊恐地想,他居然在索瓦那里,苍天……法官又叹了口气:"你不想告诉我?"

"我不知道,安辛,"埃格特看着桌子说,"我已经很久没有见过他了。"

法官的手指停止了动作,交错着定住了。"好吧,那么托丽雅在哪里,你知道吗?她和女儿在乡下的房子里,只带了一个保姆,她们的隐居并不像无忧无虑的假期。是的,索尔,职责所在,我知道的比你以为的要多很多。哪怕我不是城市法官,埃格特,我也能看出你的家庭发生了悲剧,瞎子才会看不出来……"

埃格特缓缓点头,很难否认显而易见的事实,法官是对的。

"你知道吗,安辛,"他缓缓开口,"如果我们能把关于我的家庭的谈话放到以后再说,我会很感激你。等我……抓住了索瓦。"

法官无奈地摇头。"不,埃格特。因为这件事不能等,你知道你儿子经常去法吉拉的墓地吗?"

索尔慢慢抬起头来,安辛从遥远的地方,从一个黑色的狭小空间看着他。

"是的,埃格特。去墓地,公墓栅栏外的坟墓,那里甚至连块石头都没有。而他,卢阿尔,在那里种了花。"

索尔的手指沿着破旧地图上错综复杂的道路慢慢游走,然后攥成拳头,把树林和田野、溪流和村庄都弄皱了。他恶狠狠地说:"我……要诅咒他。亵渎神灵,我要诅咒他。"

法官扯了扯嘴角。"还不止这些,索尔。不久前,你的儿子拜访了我们共同的朋友——市长,还敲诈了他。你儿子让那个可怜的家伙为他打开了进入塔楼的通道——你知道我说的是哪座塔吗?而且,根据目击者的说法,小伙子在那里待了一个多小时,他在里面做了些什么——无人知晓。"法官突然向前倾身,再次用指尖触碰索尔紧握的手,"等等,别这样,听我说完。"

索尔头也不抬地点了点头。他眼前出现了一轮半月,树枝的黑影像法官的手指一样交错,而那个男孩,脸色像月亮一样苍白,从他——埃格特——的脚下拿起了剑。曾几何时,他把男孩抱在怀里,夜夜如此。

法官重新靠回椅背上。"是的,我们还知道,卢阿尔·索尔先生依次拜访了一些人。我倾向于认为他们也曾一度穿过灰色的斗篷。有消息说,有人在索瓦那儿看到过卢阿尔——但我不会轻易断言,这太严重了,很可能是谣言。"

索尔担心自己的眼神或者手势暴露心中所想。安辛在玩把戏?还是他知道篝火旁的那场战斗?他值得信赖吗?

"埃格特,你的家里到底发生了什么事?"法官低声问道。

你为什么不说话,法吉拉问道。勇敢而诚实的索尔,向你的

Преемник
继承者

老朋友解释一下你家中的变故。来吧，抬起你的眼睛，说……"

"你为什么要知道，安辛？"埃格特轻声问道。

又是一阵停顿，接着法官的拳头砰的一声砸在桌面上，差点震翻了烛台。法官连声追问："您不明白我在说什么吗，上校？！还是说您在装模作样？难道要把一具脖子上挂着链子的小孩尸体送到您面前吗？！"

出乎意料的是，法官的喊声让埃格特感觉轻松了一些，他甚至认真地想，他应该在谈话最后也放任自己做一些类似的事——那么门房里的人就不会记得"法官对上校大喊大叫"，而是"他们在对骂"……

法官喘了口气，又揉了揉自己的脸颊，几乎是哀怨地请求道："埃格特，别逼我，你就像一个对医生隐瞒病情的病人。"

索尔仰起头笑了，他用手捂住脸："安辛，我的朋友安辛，如果你能治好我，如果世界上有人能治好我，我发誓会给他我所有的金钱，所有的荣誉，所有的生命。但一切都无法改变，没有人关心发生了什么……对不起，但我不会说，即使要受尽酷刑折磨。若是问我任何其他问题，我必定知无不言，我发誓……"

法官皱着眉头注视着索尔那张顽固到几乎是决绝的脸，他的手指再次交错，嘴角抿紧。随后他还是开口了："索尔，我有理由相信，你的儿子已经神志不清了。就是他，你的儿子，思想上受到了伤害，正在犯下令人发指的罪行，使整个城市陷入恐慌。"

埃格特起身走到窗前。傍晚时分，年迈的灯夫爬上自己的梯子，埃格特觉得他都能听到老人费力的喘息声。

说实话，现在如何？法官以为他会有什么反应，他以为自己会有什么反应？是微笑着确认"不，不"，还是愤怒地大喊"不！不！"或者假装他不能理解，因为这太可怕了？

第六章

那个孩子在索瓦的老巢里做什么？他为什么要打这场仗？他怎么敢，这个小鬼，怎么敢去打理一个人的坟墓，那个人……

"埃格特。"法官在他身后唤道。

……让他的母亲痛不欲生？刽子手和强奸犯。难道血缘关系真的是如此强大的纽带，其他的一切都无关紧要吗？

那他自己呢，埃格特？是什么力量让他赶走了他曾经的儿子？他明明可以毫不犹豫地为其付出自己的生命！难道这不是同样的血缘关系，哪怕是被撕裂，被扭曲，被玷污的？

"埃格特，"法官走过来，在他身后停下，"昨天有人在法吉拉的墓前看到他，他还穿着斗篷……"

"也就是说，他已经在城里了？"索尔突然问道。

"你在城外见过他？"法官立刻发现了端倪。

灯夫终于弄好了灯笼，逐渐昏暗的街道上投下了昏暗的暖光。埃格特沉默不语。

"我认为他生病了，"法官轻声说道，"但如果我说的一切都是真的……我来找你，埃格特，因为我是你的朋友。我要求你带走卢阿尔，否则他将被杀死，就像那个疯老头一样……因为人们不是瞎子。"最后一句话暗含着对埃格特的责备。

"不是他，"索尔沉声回答，"难道不能对他进行监视，然后证明他不在场吗？"

法官叹了口气："他……无法被跟踪，索尔，你的儿子有一些奇怪的能力，他凭空消失，又凭空出现，就像从地下冒出来的一样。然而他每天都会去大学，去卢阿扬主任的办公室。"

埃格特咬紧牙关，接受了这个新的打击。法官点了点头，继续道："是的，卢阿尔面临着很大的麻烦。整个城市，所有的亡魂都在等待血债血偿。无辜的老人丢了性命，我想市民们不会进行讯问，我来负责审讯，而你——你负责抓捕卢阿尔。立刻。"

"索瓦，"埃格特咬着牙说，"明天我要出征去追捕索瓦。"

这个决定非常突然，但他立即向自己保证，出征的日子早就事先定好，没有回头路可走。

法官在半明半暗的办公室里踱步，没一会儿便停了下来，皱起眉头道："如果在此期间又发生了谋杀案……"

"不是他！"埃格特低声喊道，"索瓦……每天都在杀人。而卢阿尔……不是杀人犯。你会看到的。等我回来，我就去找他。"

法官犹豫了一下。

"不是他，"埃格特竭尽全力说服法官，"一切都会像你说的那样……我会带走他，把他关起来。你会看到的，但不是现在。我必须先抓住索瓦，这是我的职责，我必须这样做，否则我不能……你已经等了很久，再等几天，不要碰卢阿尔，我亲自……"

法官的脸上写着怀疑，可看了一会儿埃格特的眼睛之后，他缓慢而用力地点了点头。

午夜过后，塔楼前的广场空无一人——近几个月笼罩着这座城市的恐怖谣言和邪恶事件早早地把居民们赶回了家，巡逻队很少露面，拿着警棍的看门人也选择远离。因此卢阿尔没有费什么力气就神不知鬼不觉地走到被封死的大门前。

他的右手死死攥着挂在脖子上的护符。异常敏锐的眼睛在黑漆漆的砖石中辨认出十几块新的浅色砖，那是曾经让卢阿尔进入塔内的缺口。

他闭上了眼睛。护符把攥紧的手掌刺得生疼。

因为上次让他进去是个秘密。

第六章

他觉得砌体背后有许多声音在交谈,不是夜间那种阴森恐怖的声音,而是日常而又活泼的声音,如同在阳光普照的广场上交谈。

他以前从未出现过这种幻觉。

神秘是意义之所在,其余的一切日后终将展示在你面前。

他看到了砌好的墙——因时间久远和雨水冲刷而变得漆黑,中间有一块明显格格不入的浅色部分——这是明显的证据,证明了市长不守原则,他……

与新入教者谈论拉什的深奥圣礼是没必要的,但世上还有什么信仰比这更光荣的吗?

卢阿尔跨过砖石。大门事实上是自由通行的,里面有声音传出来。

他大步走过灯火通明的走廊。戴着灰色风帽的人们在他面前让出一条道路,恭敬地低下头。他点头回应,然后继续前进,绕过楼梯和过道。前面有一个人隐约可见,他不能落后。

一扇有栅栏的窗户把广场上的声音和气味传递进来。卢阿尔从旁走过,急于跟上自己的向导。不一会儿,一堵厚重的天鹅绒墙出现在他面前,浓郁的香气让人头晕目眩,下一秒又传来一股烟味,因为一个火点在黑色天鹅绒布的中间蔓延。

卢阿尔看着黄色的火舌吞噬厚重的布料。火势呈环状迅速蔓延开来,圆形的窟窿越来越大,里面似乎站着一个孩子。他穿着红色的衣服,手里拿着一个漏斗或是烟斗,里面飘出了香料燃烧的袅袅烟雾。

然后有个声音让卢阿尔不寒而栗。它听起来就像一个古老的怪物在尘世的灰烬中发出的尖叫。

天鹅绒墙上燃烧的窟窿变成了金质薄片上的一个洞。一个穿

> **Преемник**
> **继承者**

着肮脏灰袍的小老头用手指威胁潜伏在阴影中的人："不是为了所有人……没有所谓的为了所有人……把你那个生锈的玩具留下。你阻止不了……"

燃烧的天鹅绒无声地落下，卢阿尔踉跄了一下。

垂下的斗篷，垂下的风帽下闪闪发亮的眼睛，遥远而低沉的吟唱：来了，来了，天空被剥了皮，清水化为黑血……千坟同开、万灵同哭……从外面……从外面进来……求你了，别打开……

斗篷们让出了道路——那个灰色的小老头蹲着，手里拿着一条被半开膛的、浑身湿滑的、眼睛浮肿的鱼。

"不是为了所有人，"鱼开口说道，"只为了被选中的人……再一次。新天新地……注定到来。"

"拉什——"穿着斗篷的人们嘶吼着，"拉什——秘密，服从秘密……"其中一面镜子破裂，参差不齐的碎片纷纷掉落下来。裂缝处站着一个身材矮小、脸色蜡黄的男人，他举着拳头，拳头上挂着一条金链子。

"一切存在皆为真实，"他含蓄而嘲讽地喊道，"不存在即为虚假。生锈为真，你的门闩生了锈。拉什的名字充满了诅咒。强大的力量……"被开膛破肚的鱼翻了个白眼，死了。

"谁来设限？"穿灰袍的老人问道，他的声音出乎意料地低沉，"谁会为强大的力量设限？它会进来，为我服务。"

镜子裂缝处站着的那个黄脸男人放下了他的手。"傻瓜。不是它。是你。"

一个身穿斗篷、风帽边缘上粘着鱼鳞的老人跳了起来。"主人只有一个！"他喃喃自语，一股紧绷的空气打在卢阿尔的脸上，"一手遮天……我的手，还有新作物的第一批萌芽……"

"蠢货，"黄脸男人说，"是它的手。别打开。"

"拉什。"斗篷沙沙作响。"拉什……啊……拉什……秘密……强大的力量……权力……"

"我是主宰，"灰袍老头平静地说道，"拉什。"

"不。"黄脸男人反驳道。

卢阿尔的眼睛模糊了，大厅不见了，镜子也不见了。他看到自己是一只野兽，一只昆虫，一个渺小的生物，仰视着巨大的、黑漆漆的门，锁上的门闩就像攻城用的撞锤。

接着"嗤啦"一声，布料破裂了，卢阿尔意识到自己已经躺了很久，所躺之处还很柔软。他转过头，几乎被尖叫声呛到——他身下是半腐烂的尸体，堆积如山，一座温暖的、肉冻一般的山。

他自己的尖叫与灰袍老人的低沉尖叫融合在一起。老人扯下风帽，露出自己的蓬乱长发。"不，不是这样的……不是这样的，不是……"

"是这样。"黄脸男人说。

淹没在臭气熏天的混乱中的卢阿尔，疯狂地咬住了金质护符。

寂静和黑暗。他又躺下了，这次是躺在坚硬、潮湿的木板上，气味不是香料或腐肉的味道，而是潮湿和荒凉的味道。

"一个游戏，"法吉拉说，"一切都是游戏。只不过我们不是玩家，我们是玩物，卢阿尔。"他就站在旁边，一张疲惫的、不再年轻的脸，灰蓝色的眼睛眯成冰冷的缝隙，风帽随意地甩在肩上。

"你不要害怕。一开始是很可怕的。但是，这将只是另一个游戏。对你而言……有罪的并非熄灭灯火之人，而是创造黑夜之

Преемник
继承者

人。拉开门闩的不是恶人，树立界门的才是恶人……我也没有恶意。强大的力量是好事。不要批评我……去做……去完成……"

卢阿尔看到他伸出的手，踌躇了一下，伸出了自己的手，却只抓住了空气。

娃娃的破布身体被弄得脏兮兮的，破旧不堪，但瓷质的脸上完全没有困苦的痕迹——它仍然是白皙的，又圆又大的眼睛，看起来诸事顺意。人也这样就好了，我几乎是嫉妒地想。

"需要一件新衣服。"我若有所思地对阿拉娜说。

她气喘吁吁地跑了出去，回来时拿着一块锦缎——谁知道她从哪里弄来的。不过，这并没有让我感到难过。

娃娃被包裹在闪亮的黄色布料中，已经改头换面，现在看着都快开始散发贵气了。

我点了点头。"这个当然是公主了，那战士呢？现在需要一个高尚的战士来解救……"

"从哪来？"阿拉娜就事论事地问。

我挠了挠下巴："会找到的。只要找到那个勇士就行了。"

她又跑开了。听着她在空荡荡的走廊里急速交替的脚步声，我想起孤儿院的女孩们为了争着抚摸一只褪了色的麻布小熊而大打出手……

阿拉娜带着木头士兵回来了。它看起来很有男子气概，但它的身材几乎只有假定的新娘的一半。

"没什么，"我轻快地决定，"问题不在于身高。嗯，现在你看。很久很久以前，有一位公主，美丽善良，她被绑架了……"我环顾四周，厨房的角落里有一块抹布和一个装煤的簸箕。"她

第六章

被怪物绑架了!"我用可怕的声音宣布。簸箕被裹在破布里,像披着斗篷一样,阿拉娜立刻害怕地用双手捂住脸颊。

"呜!"可怕的簸箕喊叫着,把公主拖到炉子后面。锦缎沾满了灰烬,但这是应该的,毕竟是被绑架了。

"然后呢?"阿拉娜问道,既紧张又兴奋。

"然后公主的父亲叫了起来。"我环顾四周寻找新的角色,偶然瞥见了一个水罐,"他,也就是国王,承诺只要有人能救他的女儿……首先,可以娶公主为妻,其次,可以永远拥有一个巨大的金质水罐,就是这个,"我把罐子给阿拉娜看,"在这片土地上,没有比这更大的宝藏了。于是,勇敢的战士……"

"怎么,他是为了那个金罐子吗?"阿拉娜理所当然地感到愤慨,"那公主呢?"

"也为了公主,"我安慰她,"首先,他想要娶公主。他并不害怕怪兽,我的意思是,他当然害怕,但他更多的是勇气,于是他出征了……"

这位勇敢的战士跋涉了将近半个小时,他在厨房里漂泊,途中遇到越来越多的障碍。阿拉娜用尽全力帮助他,保姆在门外静静地看着她,默默垂泪。我担心保姆的多愁善感会吓到女孩,但幸运的是阿拉娜完全没有注意。

战士和怪兽终于相遇了,打响了前所未有的战斗,最终,邪恶的簸箕被剥去了长袍,并被囚禁在炉子里。阿拉娜开心地笑了起来,笑得和猪叫似的。保姆非常感动,退到自己的房间里哭了起来。

有那么一阵子,我和阿拉娜只是那么坐着,百无聊赖,回忆着勇士经历的冒险的细节。我提议为战士和美丽的公主举行一场婚礼,但阿拉娜皱着鼻子说这很无聊。我很惊讶,小女孩通常对

Преемник
继承者

婚礼最感兴趣,而不是战斗场面。然后我立刻反应过来,毕竟她有哥哥,而且她的父亲是围城时的英雄。因此她当然会更多地把自己看作是一个男孩,也因此有叛逆的天性和粗鲁的性格。

我想摸摸她的脖子,但我不敢。一举一动都很重要,一个不谨慎就会让一切重新开始,毕竟已经走过了这么长的路……现在吓跑阿拉娜,就像从爬了很久的冰山顶上滑下来,把自己的指甲都摔断,前功尽弃。

"现在还要。"她小声地要求道。

"关于谁?"我欣然问道。

"关于我的哥哥,"她小心翼翼又悲伤地看着我,"他如何与坏人战斗。"

很安静。大路上的十字路口,渐渐远去的马蹄声。

"没有什么比这更容易的了,"顿了一下,我笑了,"当然,坏人有很多,看得见的看不见的,但我们的卢阿尔可以击败他们所有人。"我手里又拿起木头士兵。"你看,卢阿尔在路上走着,走啊走啊,迎面来了一个……"

"你是他的未婚妻吗?"阿拉娜厌恶地问道,"你要娶他,对吗?"

一只蟑螂的胡子战战兢兢地从炉子后面的缝隙中探出头来。

"女人结婚说嫁,"我干巴巴地纠正道,"男人结婚才说娶。"

"随便吧。"阿拉娜抿了抿嘴唇。

我们都沉默了一会儿。我不知道该做什么,也不知道该说什么,我手中的木头士兵看起来笨手笨脚的,一无是处。

"那么接下来呢?"阿拉娜严厉地眯起眼睛。

"他走啊走啊,"我闷声说道,"迎面来了一个……魔法师。"

"坏人?"阿拉娜一下子就猜到了。

第六章

"坏人,"我疲惫地点点头,"世界上已经没有善良的魔法师了。我会把你,卢阿尔,变成一个怪物,魔法师说,外表像人,但内心就像瘟疫,残忍无情……而你,卢阿尔,会忘记你的家人和朋友……他们会与你断绝关系。你会成为过街老鼠,人人喊打……"

"然后卢阿尔给了他一剑?"阿拉娜打断了我的话。

"不,魔法师还没有讲完。他说,我要这样对你,永远没有人会爱你,你也不会爱任何人,因为我的魔法比钢铁还坚不可摧。"

"然后卢阿尔给了他一剑?"这个嗜血的女孩顽固地问道。

"还没有,嗯……我的魔法比钢铁还坚不可摧,没有人能够帮你解开魔法,因为人们都是弱者。人们不知道如何正确地去爱,如何正确地去恨,但他们知道如何遗忘……永远。所以人们会忘记你,卢阿尔……"

阿拉娜嗤了一声:"傻瓜!卢阿尔会刺他一剑。"

"是的,"我叹了口气,"他立刻给了那人一剑,对方甚至没来得及尖叫……"

"那卢阿尔呢?"

"上床睡觉了。"我把木头士兵放在桌子对面,"他累了。我也是。你呢?"

阿拉娜听从了自己的感觉。"我也是……"她不确定地说道。

"那么我们走吧。"我起身向她伸出手,然后顺着她的目光猛地转过身。

太晚了。那个憔悴女人的身影退缩了,消失了。

第七章

埃格特在出征前集结了自己的部队，打算发表简短的讲话。

他本想在艰难危险的远征前夕为战士们打打气，但当他看到那一张张或阴沉或冷漠的面孔时，他突然感到愤怒，于是他的讲话也就完全变了味。

即便在心情最好的时候，索尔上校也很善于嘲弄别人。此刻的他简直就在朝下属喷吐毒液，斥责的话语尖刻又残酷，他奚落他们，嘲讽他们，最后又痛心疾首自己为何没有在围城期间与最后的守军一同战死……阵亡的守军们很幸运，因为他们在有生之年没有遭遇这等奇耻大辱，而他们的后代，这些如今手持武器的人，能做的只有被人嘲笑和繁殖后代。

这时，上校突然产生了一个新的想法，说要向市政当局请示，把最懦弱、最愚蠢的卫兵阉了，以免这片土地上继续滋生庸人。三个随军妓女亲眼目睹了这一幕，彼此交换了一下眼色，露出了忧郁的讪笑。兵士们满头大汗，咬牙切齿，不时瞥向首领的眼神中充满恨意，互相之间则根本不敢对视。

最后，索尔耗尽了所有的力气，轻蔑地看着面红耳赤的部

第七章

下,下令出征。

门口的卫兵向这些出征的同志敬礼。索尔闭上眼睛,想象着消息紧随部队从城门传出,它传递的速度甚至超过了军队行进的速度……情报的网络就像水面上的涟漪,信使和间谍从一个农庄溜到另一个农庄,给索瓦传递消息……

他咬了咬嘴唇。如果说他身后的队伍是一头穷凶极恶的熊,那么索瓦统领的就是一群黄蜂。要么胜,要么死,没有其他选项。死了更好,一个死了的索尔不大可能回城逮捕自己的儿子……逮捕那个快二十岁的人。

他策马突进,他的战士们一边恶狠狠地咒骂,一边急匆匆地追赶。太阳终于冲破了稀疏的云层,照亮了摊在上校面前的彩色作战地图:远处的小树林,一个十字路口,还有一个遥远的村庄。甚至不用闭上眼睛,埃格特此刻也能看到地平线所遮盖的一切:一条绿色的绸带,上面绣着树林和田野、大大小小的村庄、河流与小溪、茂密的荒林——那是强盗的地盘。

埃格特感觉自己似乎分裂成了两个人——一个"他"正在赶赴可能会危及性命的狩猎行动,另一个"他"正沉着脸潜伏着,收集着消息,等候着猎人的到来……

埃格特声嘶力竭地喊了一嗓子,再次策马向前。他身后的战士骑马追赶,嘴上咒骂着世界上所有疯狂的上校。

很快他们就明白了,索瓦根本就没打算藏起来。在他心中,全世界只有一个猎人,就是他自己。出发后第二天中午,埃格特的战士们闻到了一股烟味儿。

这既不是篝火的味道,也不是烟囱里腾起的烟气。索尔面色

Преемник
继承者

阴沉的部下精准地判断了着火的方向，然而此时大火爆燃之处已经成了废墟。

农庄就坐落在岔路口，只有几栋小屋和大片的田地。一条狗在马蹄之间打转，惊慌失措地吠叫不停。鸡群若无其事地在被踩坏的菜园子里找食吃。受惊的小牛脖子上挂着一截绳子，四处游荡。大谷仓里空空如也，只有风在扯拽着脏兮兮的干草。

屋子被烧毁了一半；大火不知为何放过了它，并没有将它彻底摧毁。主人的尸体就悬挂在窗前的一棵树上，毁坏的程度比小屋更严重。埃格特瞥了一眼，立即移开了目光。

总共几十人聚集在一起，默默地站在那里。他们的家园和生活尚且过得去。看着那具被火烧得面目全非的尸体，即便失去了金钱、牲畜、面粉、物资和其他财产，他们也不得不认命，只有一个中年妇女在一个十六岁左右的女孩尸体旁呼天抢地，瘦弱的女孩大睁着死气沉沉的眼睛，撕裂的裙子上血迹斑斑……

索尔的队伍停了下来，挤在一起，身上的武器叮当作响。村民们沉默不语，皱着眉头看向他们，心想，这些人又会对他们做什么？会有新的灾难吗？

路中间哭泣的女人平息了片刻，草丛中响起了蚱蜢声嘶力竭的鸣叫。

女人抬起了头；有一瞬间，埃格特感觉他们的目光似乎相遇了，但那只是他的错觉，女人没有看向任何人，也没有看向任何东西，索尔以及全副武装的部队对她来说就如同那些蚱蜢一样无关紧要……

村民们都在观望，望着守卫，望着女人，望着周旋在马蹄之间的狗，还有那具已经面目全非的焦黑尸体。

埃格特·索尔上校将手臂举过头顶，调转马头，驰骋而去，

第七章

还没从震惊中恢复过来的部队也随之离开。

入夜后追击暂停了。

埃格特很快就确信自己距离索瓦始终有一步之遥,然而后者就这样公开地耍弄他。强盗们四散逃窜,从农庄拐出来的牲畜莫名地消失在大大小小的村庄中,村民们全都发誓说这一辈子从未见过什么强盗。暴怒的埃格特照着一个强壮的青年就是一记耳光,因为他眼神躲闪,显然在撒谎。小伙子大喊一声,顶着通红的脸庞哭诉起农民任人蹂躏的悲惨命运……

傍晚时分,部队开进了森林。索尔派出的侦察兵们搜索到了强盗活动的零星痕迹,然而渐暗的天色掩盖了它们。上校咬紧牙关,下令休息。

篝火逐渐熄灭,炭化的枝条在其中抽动不停。有人伸手用一根细棍翻动着带火星的灰烬。埃格特看着他的动作,脑海里突然浮现出和卢阿尔一起坐在篝火旁的情景。卢阿尔喜欢夜里的篝火,喜欢这样的小树枝,喜欢暗夜中转瞬即逝的各类红色图案。

埃格特抬起头。年轻的卫兵捕捉到了他的目光,感到难为情,于是转过脸去,将小棍儿扔进了火里。

他们沉默着,彼此不发一言。夜里,只有来自大自然的声音,还有哨兵的踱步声和火堆的噼啪声。火光从很远的地方就能看见,索瓦比索尔上校掌握了更多的信息,他又成了局势的主宰,难怪圆眼的猫头鹰[①]在黑暗的森林中鸣叫得如此得意……

埃格特把马鞍卸下当枕头,躺下后又把斗篷盖在身上。层层叠叠的黑暗笼罩四周,空中浓云密布,星辰不见踪影,头顶的树

[①] 人名索瓦的原文为 Сова,俄语意为"猫头鹰"。

Преемник
继承者

冠也被夜色掩盖，周遭的一切都是未知……

他深深吸了一口气，全是泥土和森林的味道，手指颤抖着紧紧攥住了潮湿的草皮。他就像趴在巨大地图上的一只蚂蚁。地图上用丝线绣出了夜色中的森林，这里没有道路，只有星星点点的篝火在闪烁……村里的房屋，蜿蜒流入蓝色河流的小溪……丝绣的小桥，这里，还有这里……渡船。峡谷的轮廓。地图上没有的断木……树枝抽打着脸颊。别人的意志变成了自己的意志，埃格特·索尔坐在自己的巢穴中咧嘴笑着，等待着次日清晨另一个自以为是猎人的埃格特·索尔再来一次无望的突袭……无望，因为……

埃格特坐了起来。蜷缩在附近的瓦奥尔中尉吓得一蹦而起，惊叫一声："啊?!"

一头熊在追赶一群大黄蜂。一头非常勇敢、非常愚蠢的熊……

埃格特向中尉点了点头，再次躺下。一颗黯淡的星星从头顶的云缝中探出。埃格特惊讶地发现，这颗星不是白色的，它颜色偏绿，像只猫眼。

他闭上眼睛，在一片漆黑中看到了一个星座。纤长脖颈上的痣排成的星座。不是现在……不可以。

次日清晨，埃格特的队伍对上校下达的命令感到震惊。他悖于常理，命令他们放弃昨日的追捕路线，突然向北，朝河边行进。

卫兵们满腹牢骚，咬牙切齿，面面相觑，就连像怕火一样害怕索尔的瓦奥尔中尉都大胆地提出了反驳："那……我们发现的踪迹……农庄……上校先生，没这个道理啊？"

第七章

上校大人龇牙一笑，拔出了他的剑。瓦奥尔中尉退缩了，但上校只是把武器举过头顶，发誓说，下一个质疑他命令的人将第一个被吊在结实的大树上。

瓦奥尔中尉不再做声，然而不满的情绪并没有减弱。索尔率领的部众全都相信，回城后大家肯定会公开造反；卫兵们苦恼于即将到来的失败，磨磨蹭蹭地跟在索尔的后面，而他则疯狂地挥动马鞭，一路狂奔。这支队伍在森林中急速穿行，衣服被树枝刮破，没人有时间说脏话，他们所有的精力都花在了绕行和穿行上，以免撞到树干或弄伤马匹……

然后，森林变得稀疏了，疯狂的上校策马狂奔。

没过多久，天光开始在前方的树木之间闪烁；几分钟后，队伍便来到了一块空地上，又向河边行进而去。沿着河边有一条路，远处还可以看到渡口，一条宽大的摆渡船开到了河中央。渡船超载了，同时运了十几匹马和十几个骑手，摆渡人的动作看上去很吃力……

岸边还有更多的骑手在等候渡河，埃格特默默地数了数，大约有几十人。他感觉这个场景似曾相识，他似乎在梦中见过这个渡口，以及这些转身看向他的面孔。这些人的表情似乎一模一样，不过，从远处根本看不清楚……

在他身后，有人"啊"了一声。就在那一刻，河面上同时传来一声刺耳的哨音，渡船上的马匹惊恐地嘶叫起来。

猜中了，埃格特惊讶地想。小时候，他闭着眼睛扔小石子自娱自乐，有时候竟能打中陶罐的狭窄颈部，难度不小……随手瞎扔嘛……每次打中之后他都会又惊又喜……

但这一次他并不盲目。就在今天，就在这一刻，带领他来到渡口的直觉仿佛比任何人的眼睛都更有洞察力。他知道会是这

Преемник
继承者

样,但他还是忍不住感到惊讶。

渡船在河中央开始晃动,上面的人四处跑动,马匹惊惶不安,上了年纪的摆渡人双手抱头往下一蹲。留在岸上的人挤成一团。马还没站稳,埃格特就已经意识到,那不是受惊的普通人,而是一支准备战斗的队伍。很好,埃格特肃然地想。索瓦就在对岸,那么……如果没有索瓦,他们早就溃逃了,再追击会宛如大海捞针……不,现在不会了,他们就在附近,近在咫尺,他们逃不掉了……

他思忖着,举过头顶的手自然而然就发出了命令,无须再多言。在他身后,众人纷纷策马转身,重整队形,马蹄扬起灰尘,刀剑出鞘发出铮铮的响声。急行军时他已经估算出了敌人的实力,想好了作战方案。然而奇怪的是,在那一刻他对敌我双方的人都漠不关心。天啊,难道卢阿尔……

索尔不知道如果在这群杀人犯中发现那张熟悉的面孔自己会如何。卢阿尔不在这里,他看第一眼就知道,其实,他以前就知道……没错,就像他对安辛法官说的。卢阿尔不在这里,也从未来过。我的任务是料理索瓦。

料理索瓦,他一边想着,一边仔细端详渡船旁那些骑手的苍白面孔。索瓦才是目标。他要亲手逮住他。

匪徒在人数上不占优势,其中一些人被困在河中央,显然还在犹豫是来助阵还是逃跑。埃格特用余光看到摆渡人躺在木板上,一只胳膊没有生气地耷拉着,垂到了水面。埃格特心想,为什么?真是一群畜生,为什么要杀害他?

不过他瞬间就明白了为什么。匪徒们已经无处可退,他们习惯了在刀口舔血,习惯了不是你死就是我亡。这种死亡不是在广场上被绞死,而是在对决中弄丢性命,即使对手力量更强,死的

第七章

时候也要多拉一些垫背的……他们会屠杀所有人,埃格特如此想道,他们可能连马都不会放过。

卫兵们,哎……他们也退无可退。在埃格特椎心蚀骨的一番发言之后,在他们看到那个惨死在路上的女孩之后,看到那个在自家窗前被活活烧成焦炭的男人之后……他们的心中只余一个念头,冲锋……

双方展开了残酷的厮杀。

埃格特厮杀得越来越猛,并没有意识到自己是直奔兵刃而去。他用身体承接致命的刀刃,那股奋不顾身的狠劲儿把杀人如麻的盗匪们都吓得战战兢兢;在旁人看来,他的勇猛无畏简直超出了人类的极限。索尔从未喜欢过的那把护身短剑已经沾满了鲜血。

他的眼前迅速掠过被马蹄无情践踏过的土地、飘着细密云朵的天空,然后是一张双目凸出的脸,上面有一道血淋淋的伤口,然后是另一张脸,嘴巴因尖叫而扭曲,腐烂的牙根清晰可见……然后是躺在地上的链锤,一把长柄斧头自上缓缓落下。一张神情惊讶的脸,脸上全是络腮胡,还有自己那只拿着短剑的手,他猛地一推,自己差点从马鞍上翻下去,天啊……发狂的马发出一阵嘶鸣。沉重的肉身倒下;然后是喘息声、咒骂声;他在最后一刻击退了来自右侧的两记连续重击,护住了肩和腰。一个拴在铁链子上的刺球,画了一个圆圈,擦着他的鼻子呼啸而过,他似乎都闻到了潮湿的金属味……

空气中弥漫着死亡的味道。血气和混杂着潮气的金属味。嘴里也是金属的味道,血液的咸腥味。他多么痛恨这一切,恨意如此强烈……

即便在城市被围困的日子里,他也没有像这般枉顾生死。那

Преемник
继承者

  时的他坚信自己必须活下来,要拯救托丽雅,拯救他的儿子,还要拯救这座城市。那时情况不同……有意义……也有目标……

  索瓦!想到这里,他的动作忽然加快,顺手挡开了某人刺来的剑,身形变转,在厮杀的人群中寻找可能的头目。战斗沿着河岸展开,现在每个人都在为自己而战。埃格特看到两个卫兵正在追赶一个企图逃跑的歹徒,诛杀目标之后立即返回,强盗的尸体被马拖着,任凭命运摆布……

  他阴郁地冷笑了一声。他的战前动员很成功,成功地点燃了士兵们的愤怒。而且索瓦自己也激怒了他们。强盗们一个都别想跑。

  死亡的国度。为了阻止死亡的脚步,必须以杀止杀,现在不杀,就得把他们送到广场中的绞刑架上,最好现在就动手。

  他的牙齿咬得咯咯响。天啊,只有他知道这种愤怒、这种渴望撕裂一切的欲望有多么恶心,这比血腥更可怕。此时此刻,厮杀在一起的这群人被多么令人厌恶的情感所控制……

  他大吼一声,终于控制住了自己。他是一名战士,如果别人的痛苦和愤怒不断影响到他就糟了……他再次加入战团。战斗的呐喊声令他窒息,他竭力搜寻索瓦。有人割断了连接两岸的绳索,渡船被水流缓缓冲走了。一个都跑不了……强盗的人数越来越少,沙地上血迹斑斑,水边站着一匹马,马鞍上空空如也,这匹马踱着步子,犹豫地望着河面。

  埃格特躲过了一击,他甚至没有回头看袭击他的人。没有骑手的马……十几匹受惊了的马在河岸飞驰,身上沾满了别人的血……油光水滑的纯种马,极好的马……

  索尔再次退出战局,他像个近视眼一样眯起眼睛,目光在水面上搜寻。没有?他看错了吗,没有?

第七章

巨大的芦苇墙在对岸的风中摇曳,渡船越漂越远,岸上的人穷追不舍……这到底是不是错觉?

他终于等到了。就在一瞬间,一个黑色的脑袋钻出水面,旋即又消失。马背上依旧空空荡荡……

埃格特知道,他所有的直觉都在尖叫,告诉他要采取行动。每一秒钟的迟疑……

卡瓦河。温暖的卡瓦河,那是古老的卡瓦伦城的骄傲。埃格特·索尔少时在河里游过泳,游得还不错……天啊,他的少年时代已经如此久远!

河水和当时一样温暖。

他一下子想起人们一般是怎么游泳的。穿着长裤和衬衫不方便,不过他想到把外套和靴子留在了岸上。还有剑,也是多余的负重……

到对岸的距离似乎没有缩短。有那么一两次,他感觉自己似乎看到了前面有一个游泳者的头;接着他呛了一口水,于是开始咳嗽,几乎喘不上气来。水流带着他跟在渡船后面。

安辛,索尔想道,和蜂蜜一样泛黄的河水冲刷着他的身体。安辛法官,我会履行承诺。你也要履行承诺……我会把……绑回来。但你,你要把我的儿子还给我……多么无稽的指控,你会看到……而我,我会履行承诺……

他已经靠近了芦苇墙,这时一双强健有力、湿漉漉的手从水中伸出,紧紧扼住了索尔的喉咙。

彩色的斑点在他眼前游动,亮晶晶的光点上下闪烁,水面变成了鱼泡一样模糊的薄膜。环绕在他脖子上的那双强健有力的手臂愈发使力,埃格特感觉自己正在失去意识,于是他使尽浑身力气猛地拱起身子,第一次近距离地看到了索瓦。他的黑发和胡须

> Преемник
> 继承者

像海藻一般晃动着，半眯的双眼流露出幸灾乐祸之色，宽大的鼻孔中冒出一连串气泡。

渐渐无力的索尔摸向腰间的匕首。

随后那张幸灾乐祸的脸因愤怒和痛苦而变得扭曲；河水变得浑浊，扼着索尔脖子的手也松开了。眼前的黑暗散去，光明重现。索尔呼哧呼哧地喘着气，用鼻子，用嘴，用皮肤的毛孔和干瘪的肺吸取着空气。

下一秒钟，他的手截住了索瓦紧握武器的手。索尔看不到武器，只看得见金属的反光以及泛黄河面上白色的闪光。索瓦外表看起来似乎并不阴险，头发紧紧贴在脸上，阻碍了他的视线……

他们沉默地搏斗了一阵，一会儿沉入水底，一会儿浮上水面。索瓦很强壮，保养得很好，吃得也不错；而他的对手是把铁钳插入法吉拉、也就是他亲爱的"主人"胸口的凶手。强盗头子一眼就认出了索尔。埃格特的匕首伤到了他，令他愤怒，不过也就这样了。河水一直混浊不清……

埃格特也很强壮；搏斗的前几分钟里他还有些慌乱，但随后心头涌起一阵狂喜，终于找到了。经历了多少漫长而空虚的日子，多少无果的自我斗争，此时此刻，他面对的是真正的敌人，就在眼前，身强体壮。不必再左思右想，只需要听从身体的命令……他拥有战士的身体，从小训练有素，既强壮又灵活，只要赋予它意志……

埃格特费了很大的力气才挣脱那只扼住自己喉咙的手。这场搏斗的核心要义只有一个，那就是自己呼吸，闷死对手。只要对方松劲儿，立即发力将其按进水里。愤怒或恐惧都会推开胜利的机会，因为一个冷静、自信的人可以更长时间地憋气。在这一点上索尔更有优势，因为索瓦并不冷静。索瓦满心仇恨，急躁而又

第七章

狂热，因此更容易被憋死。然而他总能在最后一刻冲出水面，索尔无论如何都无法将这个强壮又充满求生欲的大块头完全压制住。

埃格特的匕首和索瓦的屠刀早就沉入了河底；两个纠缠在一起的对手漂流到了浅水区，搏斗在淤泥中继续进行。索瓦竟然站了起来，死死地抓住埃格特的肩膀，全身都压了上去。索尔巧妙地躲开了，随即将索瓦打翻在地，令他丧失了优势，再次陷进淤泥……

附近的芦苇有一人高。有那么一瞬间，埃格特弄丢了对手，他连忙四处寻找，很快就发现了他。对手已经爬上了岸；埃格特以为他要逃跑，然而索瓦只是发现了一件索尔上校没有发现的东西。有一条小船卡在芦苇丛中，那是在慌乱中逃跑的渔民遗留下来的。索瓦涉过齐膝深的淤泥，来到了小船边，抓住了船尾的桨，它和铲子一样宽，还有个粗重的手柄。

双方的力量瞬间失去了平衡；索瓦开始向埃格特进攻，他那张巨大的嘴咧到了耳朵。水从他的黑胡子里流出来，他的眼睛在燃烧，穷凶极恶，得意洋洋，索瓦不仅在捍卫自己的生命和自由，还在为他早已死去的主人报仇。

两个人的脚都陷进了淤泥，四周被惊扰的青蛙纷纷跳进了水里，蠓虫在温暖的泥沼上盘旋。埃格特感觉到柔软的淤泥在他赤裸的脚趾缝间挤过，这是一种早已被遗忘的感觉，是他小时候的感觉，很奇怪也不合时宜……

索瓦咧嘴一笑，用船桨捅向他，动作熟练且坚决，短促而有力。知名剑客埃格特·索尔躲开了他的攻击。索瓦紧接着将船桨挥向他的下半身，埃格特的双脚被淤泥困在了原地，跳不起来。尽管他预料到了对手的动作，竭力想要躲开，可索瓦还是击中

Преемник
继承者

了他。

船桨击中了埃格特的膝盖上方。他眼前一黑，大脑也陷入了停滞，片刻失神后，他发现自己正仰面躺着，索瓦湿淋淋的、头发蓬乱的脑袋在高高的蓝色天幕下晃来晃去，龇牙咧嘴地挥着船桨朝他当头砸来……

索尔翻了个身。船桨击中了淤泥，索瓦一声咆哮，他的脸瞬间靠近，彼此甚至能看到对方棕色眼睛里的黑点。

"啊，啊，啊……"

船桨横在了埃格特的喉咙上。他喘着粗气，无助地徒手反击，他的右掌在淤泥中摸到了一块圆形的东西，边缘锋利，类似镜子碎片。索尔急忙把摸到的东西攥在手里，看也不看就打向自己面前的那张脸。

索瓦尖叫一声；埃格特不断出手，他手里拿着的是一块大贝壳的碎片，宛如一把形状不规则的刀。索瓦的手松开了，红色的血从他的脖子里汩汩流出，从他受了重创的额头往下滴落，遮蔽了他的双眼，顺着他的络腮胡不断流淌。

埃格特用尽最后的力气推开压在喉咙上的船桨，再顺势砍向索瓦那只伸出的手臂，而后滚到一边，趴在地上。锋锐的贝壳之刀碎成了两块美丽的无用碎片。

索瓦一边咆哮，一边紧紧按住肩上的伤口。一缕黑色的头发耷拉在他的脸上，像森林中的灌木丛一样遮蔽了他的视线，他圆瞪的双眼中充满了痛苦和仇恨。

"投降吧。"埃格特嘶哑地说道。

索瓦猛地站了起来，举起了他的船桨。"啊……啊……"

船桨挥得比预期的要高，索尔矮下身，抓住了索瓦的腿，用

第七章

力地将其拉向自己,强盗头子仰面倒在了混浊的积水中。埃格特一跃而起,成功地用桨柄抵住了索瓦的咽喉。

接下来就很简单了。埃格特不断用力,直到对手的眼神从戏谑变成绝望,再由绝望变得无神,最后翻起了白眼。索瓦发出了嘶嘶的气声,满脸都是泥浆。

索尔脱了力,在斗败的对手身上坐了好一会儿,然后他呻吟着爬起来,抓住索瓦的胡须,一下子拉起他的头。强盗头子已经没了反应。

索尔跛着脚,咬紧牙关,喘着粗气走到船边,在船底找到一张渔网和一捆绳子,而后折回索瓦身旁,吃力地将他沉重的身体侧翻过去,用那捆粗绳把索瓦瘫软的双手绑在了背后。然后从他肩膀上扯下本是白色,而此刻看起来却像一面海盗旗帜的衬衫。索尔有条不紊地在一个相对干净的地方冲洗了一下,拧干,然后将其撕成碎条。

索瓦躺在那里,周围的淤泥浸透了血。埃格特咬紧牙关,为强盗头子包扎好了伤口;在索瓦血迹斑斑的脖子上晃动着一条丝带,索尔不经意地看了一眼缝在上面的小皮囊。

里面有一块打了个小孔的鹅卵石,一枚灰突突的硬币,还有一枚圆形的扣环,似乎是斗篷上的。这是一个纪念品,还是一个护符?难道他把这个当成圣物带在身上?索瓦有圣物?!

一阵风吹过芦苇荡,沙沙作响;埃格特打了个寒战,回过神来,这才看向对岸。战斗早已结束;草地上、道路上的场景有些骇人。卫兵们把尸体堆到了某人的板车上;活下来的强盗们背靠背坐在稍远的地方,旁边站着一位手持长矛的哨兵。漂走的渡船已经不见了。埃格特大老远就认出了瓦奥尔中尉,就是那个正挥舞手臂的胖子,他用手指着河面、指着远处岸边的芦苇,指着埃

Преемник
继承者

格特和索瓦……

强盗头子微微动了一下。他的眼睛重新聚焦,仇恨倾泻而出。如果能用眼神勒死人,那么索瓦会用它像绳索一样紧紧缠住索尔的脖子。

"站起来。"埃格特不动声色地说。索瓦龇牙咧嘴,一动不动。索尔站了起来,抓紧船桨道:"站起来,你这个人渣!听到没?!"

索瓦挣扎着企图挣脱,痛得不断咆哮,试了两次才费力地站了起来,踉踉跄跄,差点再次倒下。

"到船上去。"索尔说道。

索瓦的眼神疲惫又阴沉。他的目光中没有丝毫顺从。强盗头子根本不打算投降。

埃格特用船桨戳了戳他的肩胛骨,然后久久地看着,看着被捆绑的索瓦挣扎着上船,看着小船在水中摇晃,听着芦苇在风中沙沙作响。

终于,索瓦费劲地翻过船舷,眯起眼斜瞟了一下索尔,然后在船上安顿好自己,坐了下来;索尔把船推入干净的水中,随后爬至船尾,这时他才发出了痛苦的咝咝声。

他那条受伤的腿渐渐肿胀,行动变得迟滞。埃格特咬着嘴唇划起了船,划得缓慢而又笨拙,小船正在被水流冲走,就连正在指挥中的瓦奥尔中尉也很快就要从视线中消失了……中尉表现得很有干劲儿,正在发号施令,他非常想帮助自己的指挥官可又没那个能力。应该把他提拔为上尉,埃格特怏怏地想。

他的手掌被割得伤痕累累,不知道是因为贝壳还是屠刀;索瓦就坐在他对面,背靠着长椅,眼睛死死地盯着他。强盗头子的头发、胡子乱作一团,埃格特忽然想到了他曾经在卡瓦伦城附近

第七章

的森林里见到过的一头死狼。蓬乱的皮毛……混浊的眼睛……都结束了,埃格特想道,任务已完成。如今你还能说什么,安辛,如今你要……

索瓦的目光变了。他的瞳孔似乎放大了,埃格特的心中闪过一丝不安和紧张。

索瓦猛地向后一仰,踢了索尔一脚。

小船摇晃了起来,两侧开始进水。埃格特痛苦地蜷身,索瓦再次发动了攻击,这次是用头。这一击对于索尔来说本可能是致命一击,然而强盗头子失去了平衡,咆哮着落入水中。失去了大部分载重的小船像浮标一样弹了一下,差点翻转过来。索瓦落水的地方,一些气泡冒出了水面。

如今你还能说什么,安辛,浑身是血的埃格特冷漠地想道。

如果一个大胡子溺了水,想抓他最方便的办法就是抓他的胡子。埃格特呛了水,几乎窒息,一直在原地打水,直到有人把他拽起来,拉到岸边,瓦奥尔中尉在那里忙碌着,年轻的卫兵们在那里瞪大眼睛看着这一切,幸存的强盗们愁眉苦脸地背过身去,五名索尔的战士静静地躺在草地上,未能等到胜利。

四人合力费了很大劲儿才抓住索瓦的腿把他从水里拉上来。一股水流从他口中喷涌而出,仿佛喷水的不是人,而是只巨大的木桶。强盗头子随即开始咳嗽,卫兵们纷纷发出了胜利的欢呼。

埃格特坐在草地上,茫然地盯着车前草叶上红黑相间的甲虫。曾经那个简单又危险的目标如今成功达成;索尔试图把肿胀的腿放得舒服一点,他承认,他宁愿选择死也不愿意接受这种成功。因为如今他再也没有理由继续逃避,只能面对自己,面对安辛法官。

不得不面对。

⚔

卢阿尔被书房门外的沙沙声和骚动声吵醒。"他在吗？"有人压低声音清晰地问道。卢阿尔挣扎着抬起头，若有所思地揉了揉自己已经发麻的脸颊。昨晚他在书桌前睡着了，那本被他当作枕头的大部头魔法书在他脸上留下了一道热乎乎的印痕。

主任办公室的门外人来人往，窃窃私语。卢阿尔并没有从椅子上站起来，他伸手去拿桌边上的墨水瓶，却将其碰翻到了地上。

一声巨响。走廊上传来了急促且渐远的脚步声。卢阿尔俯身探过桌子，看了一眼他刚刚失手造成的后果。

铜制的墨水瓶侧倒在地板上，周围的一摊墨水勾勒出了一个正在跳舞的女人轮廓。卢阿尔甚至揉了揉眼睛，没错，女人舞动中的手臂，飘动着的裙子……

他费力地站起来，绕过巨大的办公桌向走廊望去，他感觉有人就藏在其中的某个壁龛里。不过，他并没有去查验。就让他们忙活吧……

他回到翻倒在地的墨水瓶前，跪下来，毫不费力地将墨水慢慢吸回到了铜瓶里。地板上跳舞的女人的剪影消失了。

为什么，卢阿尔疲惫地想道。

墨水瓶又回到了桌子上，铜制的瓶盖啪的一声盖上了。不知为何，这让卢阿尔感到厌恶。

他稍稍拉开黑色的窗帘，久久地伫立在窗前，让自己的脸沐浴在温暖的夏日阳光之下。大学里早已空无一人，学生们都已放假离开，只剩下一名老仆人，无法接受主任的办公室竟然成了他

第七章

外孙的居所……

到了该吃早餐的时间，早餐他有面包和熏鸡腿；但当他打开包裹这些食物的破布时，卢阿尔意识到自己并不饿。他皱起了眉头，花了很长时间回忆自己上一次感到饥饿或口渴是什么时候；他根本想不起来，这让他感到不安，于是开始强迫自己吃东西。

他想，满足自己的欲望是一种乐趣，他用布擦了擦手。糟糕的是他根本就没有欲望。无论是美食还是性都无法令他提起兴趣。他对任何东西都没有欲望，甚至他对知识的渴求也变得淡漠。他强迫自己进食，强迫自己阅读，很快他就不得不承认自己连活着都是勉强的，只是一种习惯而已，他耻于回忆过去，恐惧面对未来……

办公室中央的一个银碗里装着水。卢阿尔若有所思地把手伸了进去。制作这面水镜花了不少功夫。他带着五个罐子去了五个泉眼，念了两天咒语，在水面变暗并开始出现黑影之前，他无数次绝望，而后又振作起来。那时他用手掌拼命地击打水面。而现在，这只毫无用处的碗摆在那里，水面空空如也。

卢阿尔沉思着从地上捡起一张掉落的白纸，折成了一艘小船。纸张的四边必须完全对齐，否则小船会歪……哦，正如他母亲曾经骂他那样：纸不是用来做这个的，为什么要毁掉一整张纸，再也不要这样做了……

为什么他还是拍碎了镜面？是害怕，还是羞愧，又或是没什么可看的？

天啊，他多么想见到母亲。还有坦塔莉，还有他的妹妹。他非常想，非常想，为什么他要拍碎它？！

众多魔法书的书脊正严肃认真地望着他。一只拴着锁链的老

> **Преемник**
> **继承者**

鼠标本正目不转睛地看着他；整个房间都期待地盯着他看，就像法官或是考官。

没什么可看的，卢阿尔说。我还以为魔法会帮助我。什么破玩意儿，就像我的老保姆常说的那样。什么东西，真是白期待了，我还以为我的魔法会有多强，不过和只老鼠差不多……我是说，我倒是可以靠这个在集市上赚点钱：我可以把弄洒的墨水重新装回墨水瓶里，用一个普通的碗做一面水镜，然后开始痛苦纠结，害怕担忧它会展示的景象……

小杂种，老鼠语带责备，你本就不该出生……你取代了他们的儿子，埃格特和托丽雅的儿子，那本来是个能带来幸福的善良孩子……你把他赶出了这个世界，你杀了他，只因为你要出生……你身上有一个封印，宝贝儿。这就是为什么坦塔莉要诅咒你。这就是为什么连你母亲都要抛弃你。你让她如何面对一个杀害自己儿子的凶手？！法吉拉早已入土，连同那把铁钳一起被埋葬。同样的铁钳也在等着你。会轮到你的，宝贝儿，因为这样才对，那个为你折纸船的好叔叔，他曾经把你背在肩上，还教你怎么耍剑，你还叫他"爸爸"……

卢阿尔慢慢地把手抽了回来。他的手指绷得很紧，不断颤抖；一股白色的火焰从他的指尖喷发出来，喷向老鼠那张龇牙咧嘴的脸。

一阵风吹过办公室，某处的护窗板砰地响了一下，传来玻璃破碎的声音，不知谁家的狗也叫了起来。那只标本老鼠的眼睛闪动了一下，表现出了不可思议的愤怒，或许这是卢阿尔的错觉。锁链随之哐当一声落下，老鼠标本也倒下了，变成了一张空洞的、腐烂的皮。

卢阿尔瘫坐在地，手抖个不停。他做了一件大事，十分可

第七章

怕，却徒劳无益，因为不是那只老鼠在对他说话，哦，不是那只老鼠，是他终于将真相……大部分的真相告诉了自己。谁知道这只死老鼠在这儿蹲了多少年，他又把它杀了，它这次死得很彻底……老鼠皮噼啪作响，像被火烤过一样卷了起来；几分钟后，锁链之间只剩下一撮灰。窗外，暴风雨来得比预计的早。

你很坚强，法吉拉恭敬地说道。

我很软弱，卢阿尔心想，我很可怜。我在这个世界没有立足之地……

"在这个世界没有立足之地。"

窗外划过一道闪电。随后，雷声震耳欲聋，就像笨手笨脚的主人在厨房里追赶一只蟑螂，他的木鞋却总是拍到蟑螂一分钟前出现的地方……

"在这个世界没有立足之地，但也许……"

雨水敲打着玻璃窗，瞬间变成了倾盆大雨。

怎么会，你怎么会不想当魔法师呢？法吉拉奇怪道。

卢阿尔走到窗前，把窗帘拉到一边；窗外的世界隐没在一片灰色的雾气中。是时候坐到火堆旁，依偎在父亲温暖的身边，听他讲述曾经的丰功伟绩，讲述战斗与出征的故事，讲述那些厉害的武器和溃逃的敌人。

可是，可是，小杂种，老鼠的幽灵说道，为什么会如此多愁善感……雨水正在侵蚀着泥土，前年有猎人被狼群咬死，他的尸骨暴露在峡谷里的某个山坡上……

卢阿尔伸手摸了摸胸前的吊坠。雷电交加，卢阿尔看见了天幕上的蓝色电网；借着下一道闪电的亮光，他看到了手掌中的护符，吊坠整个都生满了锈。他透过吊坠的镂空刻纹看到了下一道闪电。听到震耳欲聋的雷声，他如同挨了一记闷棍。

Преемник
继承者

有人坐在大键琴前,他的手放在琴键上一动不动,旋律自动响起。一首古老的牧羊人小曲,以颂歌的庄严方式被演奏出来。

"嘘,"那人咧嘴一笑,"不要干扰我。"

他的一只眼睛能看见,眼神阴郁,带着嘲讽;另一只眼睛是瞎的,一动不动,看着像一块玻璃碎片。本来的旋律被打断了,此刻坐在那儿的人只是用枯瘦的长手指敲打着琴键,声音乏味而单调,毫无音乐性。

"问他吧,他应该知道……他的优势在于他还活着……这该怎么说呢……唔……早晚的事儿……我是已经赶上了。"那人喃喃自语着,漫不经心地把头歪向肩膀,再敲了下琴键,奏出了个完全不和谐的和弦。

"您是谁?"卢阿尔问道,他自己的耳朵都没有听到自己的声音。

坐在大键琴后的那人耸了耸肩道:"他们为什么要糟蹋他的名字,还把名字给了你。虚伪的家伙……"他突然啪的一声把琴盖合上,胳膊肘抵在了上面。卢阿尔急忙躲开,那只目光清明的眼睛牢牢盯住了他。

"不要生气……"陌生人叹了口气道,"即便让乌鸦在面粉里打个滚,它也不会变成天鹅,对吗?"

"是的。"卢阿尔道。

陌生人突然冷笑道:"难道天空有皮肤?蓝色的皮肤?还有血和脓液?还有燃烧的书?我知道是为了什么……可他已经走了。是啊。"陌生人悲伤地点了点头。

"我要走了。"卢阿尔低声说道。

"也没人留你啊。"陌生人心不在焉地说,再次打开了大键琴

第七章

的盖子。他身后是一面直戳天花板的巨大镜子，镜中映照出一个忧郁的黑发男子，一双眼睛肖似狗眼，病恹恹的。

"把蜡烛点上吧。"坐在琴边的陌生人说。牧羊人小曲再次响起，悲戚如哀乐。

他睁开了眼睛。

办公室里一片漆黑，窗外下着雨。书桌上不知从何而来的蜡烛流淌着眼泪。

⚔

正午时分，全城的人都放下了工作，放下了玩乐，放下了爱情；餐桌上没吃完的午餐已经凉了。一个令人震惊的消息把商人、女裁缝、学生、屠夫、平民、贵族、成人、儿童和老人都赶到了街上；一大群人涌向城门，卫兵们不得不一次次地伸出长矛来制止蜂拥而至的人流。

消息简单而惊人：索瓦正被押送回来！

这一历史事件的见证者们知道，他们迟早要向子孙后代讲述自己看到的一切。

城门口挤满了人，卫兵们喊得声嘶力竭，不断舞动手中的长枪，甚至击打某些人的脊背。然而群情激动，毫不胆怯，不过最终还是给行进的队伍让出了一条通道；索瓦坐在板车上，傲慢得像正在被臣民迎接的国王。

人群一片欢腾。大家不停叫喊，互相亲吻、道贺，把帽子抛向空中，眼角挂着解脱的泪水；索瓦似乎是大多数市民和村民唯一的心病。如今他们奔走相告，好日子来了，所有的不幸都已经成为过去。瞧，他就是罪魁祸首，活该！

345

Преемник
继承者

　　索瓦的脖子上缠着一块脏兮兮的破布，戴着镣铐的他冷淡又傲慢地望向四周，不幸与之对视的市民立即移开了自己的目光。

　　板车前后是骑马行进的胜利者们。他们打败了传说中的强盗，消灭了他的团伙。人群高兴地欢呼着，卖花姑娘们将鲜花抛向卫兵们，完全不考虑自己的损失。

　　另一辆板车上载着一群被活捉的匪徒，他们即将被处决。那帮人眼睛低垂，胆大的市民甚至用石头很精准地砸到了他们。

　　终于，走在队伍最后的埃格特·索尔上校出现了。人群顿时陷入了疯狂。

　　他疲惫不堪，有伤在身，稍显紧绷的骑姿也暴露了他的伤势。即便如此，索尔仍旧英俊非凡。胜利让他那张高贵的面庞散发出威严的光辉。情绪化的女士们痴迷得忘乎所以，自制力稍强的则在使劲儿地鼓掌，声嘶力竭地呼喊。男人们抛起帽子，大声欢呼，不放过任何一个可以亲吻身边漂亮女士的机会，表达喜悦。整座城都洋溢着感激之情，随后几天出生的许多婴儿都得名埃格特。

　　索尔再次证明自己是一位杰出的军事指挥官，许多人在那天都想起了围城的日子。无上荣耀！一声声欢呼飘过人群的头顶；觥筹交错，鼓声隆隆，酒流成河，就像在过狂欢节，不，比过节还要更热闹。

　　索尔，感激的市民们喊道。荣耀归于索尔，荣耀，荣耀！

　　索瓦沉默不语，他脖子上仍旧缠着破布，现在正用手揪着挂在胸前的小皮囊。

⚔

　　整整三天，全城欢欣鼓舞，众人狂饮不止。第四天，市政大法官前来拜访凯旋的索尔。

前来报告的瓦奥尔中尉浑身酒气。当看到老熟人安辛大法官时,埃格特觉着自己还是装醉比较好。

法官点头回应他善意的微笑,说道:"恭喜你……"

索尔像新嫁娘似的低下了头。

法官没再说话,只是把一截铁链放到了上校面前的桌子上。

房间里沉寂了几分钟。埃格特盯着那条铁链,渐渐清醒过来,清醒又抑郁。没等对方邀请,法官就在访客的椅子上坐下,双手交叉放在腹部。

"又来了?"索尔声音嘶哑地问道。

法官点了点头。

"什么时候?"

法官两手交叉,转动着两根大拇指道:"就是今天凌晨,一个女孩。十岁。"

埃格特盯着桌子。他觉得自己仿佛被人从睡梦中粗暴地揪起来,让他直面那沉重如铅、无可逃避的冰冷事实。现在该怎么办?

"现在怎么办?"他低声问道。

法官双手合拢,十指指尖相抵,说道:"现在,索尔……现在仆人的证词……"

埃格特飞快起身道:"什么?!"

法官淡淡地笑道:"是大学里的仆役,埃格特。不是拉什的仆从。一个温顺的小老头,对古老的学校非常忠诚。不过,我为什么要对你说这个呢?"法官向他投以审视的目光。

埃格特想起来了。的确,那是一个不起眼的小老头,对女主人托丽雅心存敬畏……这个名字像炭火一样灼痛了他。

埃格特咬着嘴唇道:"怎么?"

法官叹了口气道:"这位老人前来提告。女主人莫名其妙地消失,她的儿子不顾他这位老人的反对,住进了卢阿扬主任的办公室里。此外,这位年轻人还在那里积极从事魔法活动,仆人担心他的这些行为有问题,可能怀着邪恶的目的,老人亲耳听到了雷声,看到了闪电……诸如此类。"

"我认为,这个小伙子有权继承外祖父的衣钵。至于雷电……火蝙蝠没飞出来吗?龙出现了吗?"埃格特缓缓地说道。

法官冷笑了一下,久久地注视索尔的眼睛,说道:"埃格特,到目前为止,我的人已经逐一审问了你抓来的所有人,除了索瓦。其他所有人都已经审问过了。"

索尔发现自己内心的恐惧不断增加,如铁爪般抓住了他的咽喉,他几乎要失控了。"那又怎样?"他的语气很尖锐。埃格特本不想和法官起冲突,然而他声音中的颤抖反而让情况变得更糟。他要控制住自己到最后。

法官松开了自己的手指,身体前倾,用莫名其妙的眼神看着他说道:"这些人,不管是谁,都异口同声地回答说:是的,见过这个人,他与首领交谈过。首领称这个年轻人为'卢阿尔先生',对他很是礼貌,简直称得上恭敬。正是这种恭敬的态度让他们震惊,于是他们记住了。所有人都重复着同样的话。不过,这不要紧。据他们中的一些人说,这个年轻人参与了绑架妇女、抢劫和盗窃。不过他们的证词并不完全一致,可是他们又都异口同声地说,这个年轻人收了索瓦赠与或转交的礼物,某些被索瓦藏起来的东西……"

法官沉默了一会儿,然后小心地碰了一下索尔的手臂,问道:"你能走路吗?瘸得厉害吗?派人过来吧。如果你希望,一

第七章

切都由我亲自处理……事情是要做的，埃格特。"

"那不是他。"索尔气愤地说。他身侧开始剧烈疼痛，于是他弯下身子，试图喘口气，转移下注意力……天啊，他的生活有过美好的片段，幼年的卢阿尔，快乐的托丽雅……水桶里的小纸船……再往后就什么都想不起来了。一切都变成了痛苦。阿拉娜，被他忽视了的女儿……托丽雅……

他勉强忍住了即将脱口而出的呻吟。现在不行，不能在安辛面前……最好……最好现在就有尊严地死去……没有痛苦地……

"那不是他，"索尔嘶哑地重复道，"我的儿子……不……"

法官又把十指交叉在了一起，说道："他不是你的儿子，埃格特。我一直想向你解释……我知道一切。我知道这是什么时候被发现的。听着，这几个月来，我也一直保守着这个秘密……"

索尔闭上了眼睛。眼前出现了索瓦那张扭曲的脸，还有拔出的刀……水咕咚咕咚地漫了过来，他越沉越深，无法呼吸……

"那不是他。"埃格特几乎认不出自己的声音了，"不管发生了什么……是我养育了他，安辛，那不是他。"

"你已经很久没有见过他了。"法官语气低沉地回应道，"他看起来很像……你知道像谁。索瓦认出了他……而索瓦，我敢向你保证……是法吉拉的仆人，一直效忠于他，像奴隶一样。"

"我会审问索瓦，"埃格特觉得眼前仿佛出现了一条希望的引线，"我会亲自审问……"

法官把铁链拨弄得哗啦作响。"索尔，我们已经耽搁了很久，又一个被杀害的人……我们要为此负责。一天也不能再等了。要么是你去抓卢阿尔，要么是我亲自去抓……当然你去更好，可你受了伤……"

"我自己来吧。"埃格特低声说道。

Преемник
继承者

法官将手指交叉在一起道:"好吧……那就你自己来。不过你要清楚一点,他已经不再是卢阿尔。他现在是法吉拉的幽灵,你要小心,索尔,索瓦在他身边只是个仆人。我会派我的人去帮你……"

"不用,"埃格特低声说道,"我自己可以。"

⚔

二十年前,一支戍卫队来到大学,逮捕了卢阿扬主任的女儿托丽雅。埃格特还记得那些日子里萦绕在心头的恐惧。现在他亲自率领穿着红白制服的队伍,精准地重复着前人们迫害托丽雅时走过的每一步。一步接着一步……

他没有流露出丝毫软弱。市民们恭恭敬敬地让出了一条路,女人们屈膝行礼——一个强大的人来了,一个打败了索瓦的人,他是击退围城强盗的英雄,索尔上校来了,要向他致敬……

铁蛇和木猴也转过脸来。要在这象牙塔内使用暴力吗?先生们,这可是科学的殿堂,不能携带武器进入……

他对自己发誓,他不会在门口停住脚步,也不会抬起头,然而他还是停了下来,抬起了头。他看到了那个窗口。就在多年前的那个清晨,她打开了那扇窗,而他,那个不幸被下了咒的索尔,与她的目光相遇了……

他身后的卫兵们都恭敬地等待着。索尔上校的任何古怪行为都可以被谅解,既然他抬起了头,那么抬头就是正确的……

仆人已经在等候了。他迈着小碎步走上前来,埃格特恨恨地盯着他那发红的秃顶。叛徒……你对大学的那份忠诚真该死。你对索尔家族的忠诚真该死……

这条通往主任办公室的路他曾走过无数次,有过恐惧,也有过希望，有过苦闷，也有过快乐的期待。那时卢阿扬还在世，当时的他也健康完好……办公室也是他们的家，可托丽雅一直不愿意在那里亲热……主任办公室是圣地……他就是喜欢在那里，在那些神秘的魔法物件中间亲吻她……哎，如果她当时愿意该有多好，但不行，那是圣地……两把高背的扶手椅……墨水和书上的尘灰……

卫兵们拔剑站到了门的两侧。何必呢，埃格特无精打采地想道，他其实不会反抗。

那个小老头在他身边转来转去，不时看一眼埃格特。他似乎说了些什么，埃格特仔细听了一下，明白了：原来这位老人对卫兵们拔出武器感到惊讶。他真诚地希望卢阿尔先生一切正常，因为他不是罪犯，但他的行为……为了他好，必须制止他。为了年轻的卢阿尔先生，只是为了他……况且主任的办公室是圣地，可武器……

"您走吧。"索尔说道，老人离开了。

埃格特逐一看了看麾下的士兵们，所有人都充满了责任感，只待一声令下。让他们去杀卢阿尔，他们会去杀。让他们去救卢阿尔，他们会去救。破门而入，这很容易。

"退回到楼梯那边去，"索尔低声命令道，"待命吧……我叫你们，你们再来。"

卫兵们听令行事，虽然心中惊讶却也没表现出来。他们的脚步声消失在了走廊的拐角处。

埃格特疲惫地靠在了门框上。他仿佛又回到了二十岁，脸颊上有一道疤，办公室内是卢阿扬主任，一个魔法师，一个可怕又难以捉摸的人……

"卢阿尔，"埃格特轻声叫道，"是我，开门。"

屋内没有任何动静。里面有人吗,埃格特突然燃起了希望。也许办公室是空的……

他紧张起来,竖起耳朵仔细听。他仿佛听到了门里轻柔又缓慢的脚步声。他想起了法吉拉那双软靴踩在地牢地板上的声音。不合时宜的回忆。

"卢阿尔,"他疲惫地开口,"我曾经不得不站在这扇门前,可每次只要我敢敲门,你的外祖父就会让我进去。他是……我不知道该怎么解释。如果他在,他肯定可以帮助你,卢阿尔,你是他的外孙,你的名字就是为了纪念他。你来这里是对的,卢阿尔。现在我请你让我进去。"

悄无声息。在楼梯的某处,卫兵们站得有些累了,吸着鼻子,不时咳嗽几下,武器偶尔擦碰到一处,发出轻微的叮当声。

埃格特背靠着办公室的门,慢慢坐到了地上。"多年以前,我在一次决斗中杀死了你母亲的未婚夫。这个错误无法补救了,后来发生的事情似乎也是如此。那是一段漫长而又痛苦的时光……再后来你出生了。我以为我终于可以赎罪了……我犯下的可怕罪孽……"

他深吸了一口气。他试图想象卢阿尔专注的神情却没能成功。他眯起眼睛,想要回忆那个阳光明媚的日子,回忆在暖洋洋的沙滩上跳舞的情景,脑子里却空空如也。于是他再次深吸一口气说道:"瞧,原来,我的人生路还没有走完。你的……才刚刚开始。事情就是这样,卢阿尔。生活中,可怕的事情时有发生。没关系,一切最终都会过去。如果你……可是如果你要继承……那个给了你生命的人的名字,继续他的事业,我无法忍受。因为是他带来了瘟疫,是他百般折磨了你的母亲……"

他似乎感觉到门里面有了动静。他把头往后一仰,后脑勺贴

第七章

在已经发黑的木头上，继续说道："卢阿尔，你可曾记得……我不得不惩罚你的那一天？是你自己求我，让我来动手罚你，而不是你的母亲……你不知道这对于我而言意味着什么。我宁愿用那根木条……抽打我自己的心。后来我不止一次地做梦……难道非这样不可吗？！"

他咬了一下嘴唇。他的心怦怦直跳，他做了几次深呼吸想让自己平静下来，继续低声说："你的外祖父……他从未见过你。他赴死是为了我们能活下来。你的母亲，我，还有你，还有我们这座城市……他在与瘟疫的战斗中死去。而他没有想到……"他拼命用拳头敲打大门。"开门，我想看看你！难道你……不相信我吗？！"埃格特低声唤道，他不想让在楼梯处的卫兵们听到，他的喉咙本来也已经很难受了，"儿子，难道你要让我相信这一切？你让我……不。你告诉我，这一切都是无稽之谈，哪怕是看在旧日的情分上，可怜可怜我吧，尽管我对你来说是外人，但我也是个人啊！索瓦他……这太骇人听闻了，卢阿尔，你明白吗？别不说话。快开门。"

办公室里仍然很安静，楼梯上却传来了几个人的声音。有人咆哮了一声，命令大家安静，埃格特听到走廊上的脚步声在慢慢靠近。他急忙站起来，甚至不顾腿上的疼痛。一名卫兵正忧心忡忡地从拐弯处走来，后面跟着那个胆怯的仆人。

"你们在那等着，这是命令！"索尔呵斥道。卫兵被指挥官的怒火吓得往后一退。老人却没有丝毫尴尬，双手兴奋地比画着。"埃格特先生，在图书馆……那里……我走过去，看到，那里放着……天啊，哪儿来的，本来没人啊……一个人都没有，可是那里就放着……"

"报告。"卫兵嘶哑地喊道，索尔这才注意到他拳头里攥着一截灰色的钢链。

他脚下的地板晃了晃。河中央的一艘船。他已经麻木的手里攥着一只船桨。还有芦苇墙……

"哪儿来的?"他听到了自己平静的声音。

卫兵犹豫了一阵,本已开口,却被老人抢过了话头:"在图书馆捡到的,埃格特先生!真是怪事!那里没有人,也没有过链子。我刚走过去一看……我本来,只是……嗯,您知道……大家都知道……没有人进来过。我可以发誓,学校里没有人,现在是暑假……"

你不舒服吗?法吉拉同情地问道。

不能示弱。已经有两个证人了,还有第三个,最可怕的、看不见的那个,不存在的那个证人……

我就是,法吉拉说,我永远都是。如今,卢阿扬主任的血脉将永远与我纠缠在一起,这是一个死结,永远无法解开……但你忘了第四个证人,你的所谓的良心,啊?

索尔盯着高高的办公室门上的纹理。他以前没注意过……仿佛地图上的道路,也仿佛脸上的皱纹……

你怎么能看得到,这里这么黑,法吉拉吃惊道,你在自欺欺人,索尔。你真可耻,你不能一辈子欺骗自己……现在你认为这条链子不是证据,斗篷也是巧合,和你交手的不是索瓦而是另有其人……还有坟头上种的花,那是他的权利……坟头的花总是长得很好,索,因为纤长的根系能吸收大量的养分……

埃格特勉强控制住自己不去捂耳朵。所有部下都已经站到了他身边,他们的后背挡住了走廊,远处的窗口射进一缕阳光……

"把门撞开。"埃格特低声命令道。

老人一阵忙乱。一阵脚步声响起。索尔走到一旁,找到了一

第七章

处壁龛，把脸颊贴在了冰冷的石像上。

一切都按照程序进行：先是一阵响亮的敲门声加上气势汹汹的大喊："奉正义之名！"而后是有节奏的撞击，几个人用强壮的肩膀撞击主任办公室的门，那扇门早已老旧，门框从上到下都出现了裂缝，很快门闩就会飞出去……哪怕这是一扇坚固的门，可以说是这所古老大学里最坚固、最受尊敬的门。

原谅我，主任，埃格特心里默默恳求道，原谅我们这种暴力、这种亵渎……该怎么办呢，如果……

卫兵们汗如雨下，他们停下来，擦了擦汗。老人一直在旁边等着，手里拿着的那截链子晃个不停，毒蛇似的，仿佛是它自己在动。

天啊，难道这是真的吗？埃格特像盲人一样走上前去。他一把推开挡在前面的那人，其他人自动让出一条道，神色恭敬，甚至有些惶恐。

索尔在门口停了下来。法吉拉笑道：是的，埃格特。是的，来吧。来吧。我又来了。我们来较量较量。

他咬紧了牙关，想起了受刑后的托丽雅。

"你还不开门吗，杂种？"他大声地、冷酷地斥问，"还是要我亲自打开？"

门里传来了一个声音，不知是叹息还是笑声。

埃格特咬着牙拼命向门撞去，仿佛想要撞穿自己的命运，撞向另一边……

主任办公室的门再也承受不住了，它完好无损地矗立了几十年，此刻它裂开了，挣脱合叶的束缚飞了出去，向房间内倒去。沾了一身灰尘和木屑的埃格特冲进了主任办公室，以前他从不敢不敲门就进来。

Преемник
继承者

屋内有一股刺鼻的焦味。在那把高背扶手椅上挂着件灰色的斗篷,两只空荡荡的袖子看起来就像伸出来戏耍旁人的手臂:来啊,咬一口……

办公室中央的地板上画着错综复杂的奇怪符号,图案中央有一根蜡烛,蜡烛的棉芯飘出一股细烟。桌子上摆着一堆书,书的金边、书角的包角铁和锁都生了锈,变成了褐色。

窗户被窗帘挡得严严实实;年轻人已经消失得无影无踪。

⚔

孩子们在宽敞的院子里玩耍;一个奇怪的陌生人在篱笆旁的一棵老树下休息,他正用眼角的余光看着孩子们快乐地玩耍。大家已经习惯了他的存在,没有刻意去关注他;他一动不动地坐在那里,就好像他的年纪和这棵树一样苍老,同粗糙的黑色树皮融为了一体。

事实上,这棵树更年轻一些。他还记得它还是小苗时的样子,也可能他不记得了。如果他当时多观察一下的话,他应该会记得……

一个女人走进了院子,冲着淘气的孩子们大喊一声,斜睨了一眼陌生人。在她那双专注的黑色眼睛中,他仿佛看到了一丝不安。

房子很老了,其他的附属建筑都是之后才出现的,它们令人困惑,干扰了回忆。红砖台阶……

"先生在找什么人吗?"那女人问道。听到她的声音,他不禁颤抖了一下。

这里没有什么可找的。让他到地下去找吧;曾经熟悉的那个人如今只存在于他的记忆。留存在记忆中的还有温暖的河水和嬉

第七章

戏的鱼，滚烫沙地上的蚂蚁和滚烫额头上的手掌……

院子里的女人皱起眉头问道："先生……要不要我去给您倒点水？"

他摇了摇头。"不用，谢谢了。我马上就走，我只是在这里休息一下……"

她点了点头，回到屋子里去了。他已经"休息"了几个小时，她不可能没注意到。不过这并不重要。还有一段时间才会天黑，他还可以靠在树干上，闭起眼睛，好好回忆回忆……听听她曾孙们的声音。那个独一无二的女人……

脑海中出现了一声冷漠的轻笑，随后是沉重的目光。

你本可以拥有她，你这个傻瓜，这是你自己的选择。

老人决定不去回应，如果孩子们看到他在自言自语会受到惊吓。

现在你看到了，你彻底输了。怎么，最后还要再给你一次机会吗？你会为我开门吗？你能让我进去吗？

"为了什么？"他小声地问道，"你能给我什么？我已经什么都不需要了……"

一声轻笑。

哦，对，你是自己的主人……你不需要什么，你也不被需要，鲁阿尔。新的守门人很快就会出现在门口。

一个又高又瘦的小女孩在院子里追赶自己的弟弟，他从她的手里拿走了……貌似拿走了什么东西。可能是一条丝带。

"怎么会这样？"他轻声问道，"你不是需要一个失去法力的魔法师吗？我到底还是不是魔法师？"

那个从深渊里望着他的人哈哈大笑。

没人需要你。

Преемник
继承者

"你为什么要和我说话?"鲁阿尔吃惊道。

小女孩终于追上了惹她生气的人,把他推倒在地,试图将鲜绿色的丝带从他紧握的手中拽出来。

我没有其他人可以说话。

"那就不要说话!"

但我有话要说。

"为什么要跟我说?"

胖乎乎的小男孩儿看着一堆枯枝败叶,若有所思地捡起一颗掉落在草地上的苹果,用前襟擦了擦,犹犹豫豫地咬了一口,表情很痛苦;他对准他的兄弟,把苹果朝正在打架的孩子们砸了过去。

你是我的亲人,鲁阿尔。我恨你,但你是唯一能听到我说话的人。你今天所拥有的一切都是我给你的礼物。

"我什么都没有。"鲁阿尔耸了耸肩道。

你的长寿,你的力量,所有这一切都是我给的。你承载着我,你拖累了我,你之于我,如同黑夜对白昼。

他突然觉得很冷。潮湿的土地上吹起一阵散发着腐烂气息的微风。

"你给世界带来了什么?黑夜?"他缓缓地问道。

此刻的黑夜。

当这些话随着外在的压力进入他的脑海时,鲁阿尔不禁打了个寒战。

此时为黑夜。白昼会降临。你真是愚蠢。你在害怕……害怕黑暗的人将永远不会理解光明。你不让我进去,那些活着的人又得到了什么?你拒绝了我,辜负了我的期望。你自己又得到了什么?你的生活……你只是一只在苹果上爬行的蚂蚁。它心想,我了解永恒。苹果是圆的……这条路没有尽头。你无限渺小,也无限伟大,因为你承载着我的一部分。

"外来者,你真是丝毫不谦虚。"

一声轻笑。

我们很快就会见面,鲁阿尔,我们会亲眼看到彼此。

他又颤抖了一下。他的肉体和他的理性都还记得曾经感受过的恐怖。

别害怕,做好准备吧。

小女孩终于夺回了她的丝带;两个对手此刻正在和平地商讨着投掷骨棒的规则。那个胖乎乎的小男孩在地上画了一条弯弯曲曲的线;而最小的那个男孩一边吸吮着手指,一边看着自己的姐姐把一片长长的薄木片插到了地上。

鲁阿尔克制住了自己,笑着问道:"那你的守门人呢?"

是的,是的。他很快就会成熟。他被排斥,遭受背叛,被诅咒……正如曾经的你。

"你在寻找被排斥的人。你需要的是愤世嫉俗的人……"他若有所思地喃喃道。

不是愤世嫉俗的人,而是自由的人。

"我还想要复仇。"

这也是我所寻找的。

"我不明白。"他现在放松了下来,跷起了二郎腿,"这个世界上有很多混蛋愿意放你进来,并不需要原因,只是出于无聊就想把你放进来。是吧?"

你觉得任何人都能做到这一点吗?

觉察到了对方的愤怒,鲁阿尔笑道:"难道不是吗?"

你就没做到。

Преемник
继承者

孩子们轮流站在插着薄木片的地方向栅栏的方向扔骨头。那个胖乎乎的小男孩扔得最准,也最幸运,他的弟弟总是踩过线,而小女孩每次都会揭发他。那个最小的男孩儿若有所思地舔着自己的手掌。

"他,那个新的守门人,他能吗?"鲁阿尔低声问道。

仿佛一阵风吹过树梢,掉在草地上的苹果碰撞到了一起,孩子们为了享受落到他们面前的美食而中断了游戏。

他比你更强大。他的力量会成倍增长,直到和我比肩……他是法吉拉和卢阿扬的继承者。他是当之无愧的先知。他无端受罚,遭遇背叛,身怀诅咒。他自由又愤怒……他将成为我,我们的力量将融为一体。

黑眼睛的女人出现在了门口,她瞥见了坐在树下的老人,她为最小的男孩擦去了口水,叫了其他孩子去吃饭。又高又瘦的小女孩固执起来,随即挨了一记耳光,打得不是很用力,但是干脆又响亮。

"然后呢?"鲁阿尔缓缓问道。

和你有关吗?你拥有的将只剩记忆,其他的一切都将烟消云散。

"那他们呢?"他再次问道,看了看孩子们身后正在关闭的门。

你不明白。你面前有一座美丽的殿堂,而你却在数脚下的虫子。这就是为什么你很愚蠢,为什么你做不到。

"你难道是美丽的殿堂吗?"

我是建筑师,我也是建设者。

"那他呢,守门人?"

他将成为我。

"那我呢？"

你喜欢当旁观者，你已经习惯了这个角色。

女人再次走出来。井边的水桶叮当作响；她砰的一声掀开了盖子，转动辘轳。她在做这一切的同时，目光并没有离开鲁阿尔，警惕且不友好。

一切都会改变，鲁阿尔。只有你会保持不变。你还是记忆中的你……尽管你未必会为此感到高兴。在一个不断变化的世界中很难做到保持不变。

"为了取悦你而改变？"他似乎问得太大声了，那个女人透过辘轳的吱嘎声仍然听到了他的声音，哆嗦了一下。

一声轻笑。

世界必须改变。因为它不完美。你是个傻瓜，鲁阿尔，但你还没傻到否认这一点。

"你完美吗？"

世上没有完美的东西。

"那究竟为什么……"

世界已经停滞不前。要让它变化。生命在于变化。情况不会变得更糟，现在已经够糟了。特别是卢阿尔，我们的守门人。他的情况最糟糕。

女人弯腰从井里拎出了一只满满的水桶。她的目光严肃又警惕。那一刻，他想起了另外一个女人，她的祖母。

"蜥蜴。"他小声说道。

你已经失去了很多，鲁阿尔。

一阵突如其来的风再次吹过树梢。鲁阿尔浑身泛寒，起了一身鸡皮疙瘩。

"是的，而且这还没有结束。"他轻轻说道。

Преемник
继承者

⚔

埃格特不喜欢地牢。谁会喜欢呢，那些在囚室的烂泥里打滚多年，或者接连遭受几个星期酷刑的囚犯肯定不喜欢。索尔清晰地记得法吉拉和行刑者押着自己走过这条走廊的情景，记得刑讯室的气味，还有隔着厚厚的墙壁传来的叫喊。

埃格特面前的行刑者起立致意，他与自己的前辈，就是二十年前为索尔点燃火盆的那个人惊人地相似。然而烧红的烙铁并没有印在埃格特身上，而托丽雅……

他内心的某扇门忽然被关上。现在不行……不要想……

他向陪同的狱卒点了点头。那人将火把递给了行刑者，然后消失在旁边的走廊里。后者看起来更像个工匠，疑惑地歪起了头。索尔咳嗽了一声，清了清嗓子道："怎么样？"

"准备好了，"刽子手语气平稳，"等着呢。"

低矮的铁门在上校面前徐徐打开。索尔低下头走进了刑讯室，也就是多年前法吉拉跟他谈话的地方。固定在铁环中的两个火把比索尔想象的更明亮一些。一个三条腿的火盆闪着红光；墙边是一把扶手椅和一个低矮的圆凳。火盆前放着一张宽大的木床。此刻，一个浑身赤裸、筋肉虬结的人躺在上面，此人毛发浓密，大汗淋漓，把木床压得嘎吱作响。囚室内弥漫着烟味，其中又夹杂着男人浓重的体味。

索尔把椅子移到稍远的地方坐下来，双手搭在扶手上。行刑者开始挑选工具。索尔没看他；听到那令人厌恶的叮当声，索尔想起了安辛法官那意味深长的眼神和话语："这不关你的事，索尔……不过我知道你为什么要来审讯他。"

索瓦在等待。他的眼睛比平时更像猫头鹰，额头上的皮肤裂

第七章

开了，露出一道长长的伤口，那是索尔的手笔，那一下救了索尔的命。强盗头子的胳膊和腿被牢牢地捆在木床上，胡须和头发被巧妙地修剪过，他肩上的伤口已经愈合，可脖子和先前一样缠着破布条；布条上浸满了血。

行刑者完成了他的准备工作，站到了椅子后面，等待命令。埃格特的思绪沉重又混乱。他一个问题也想不出来。可是这般坐着不说话也是一种折磨……

索瓦微微一动，重重吐了口气。他的胸口起起伏伏，胸前有一道灰蓝色的陈旧疤痕，小腹下面是行刑者未曾动过的鬈曲阴毛，硕大的阳具无力地歪在一旁。

埃格特移开了视线，可索瓦截住了它。索瓦眼底闪过一丝得意，这让索尔非常惊讶。行刑者换了下重心。

索瓦此刻正直视着埃格特的脸；这根本就不是一个受刑者的表情。如果绑在木床上的是索尔，索瓦会以同样的眼神看他。埃格特再次感到惊讶，索瓦可以什么都没有，但一定不能没有勇气。

火盆里的铁钳已经烧得通红。索尔想象了一下肉体烧焦的味道，难受地皱起了眉头。索瓦把这视为软弱的表现，于是他的眼底再次闪现出得意之色。埃格特怒火中烧。

不久前他们还坐在一起，一个杀人犯和一个由索尔取名的男孩儿。他们聊了什么？卢阿尔从这人手里接受了什么东西，到底是什么？"卢阿尔先生……""很是礼貌，简直称得上恭敬……"恭敬的索瓦？对谁恭敬？卢阿尔吗？

"听着。"他的声音听起来冰冷而又沉稳，就像他希望的那样，"听着，伊什塔……"行刑者走上前来，准备执行命令。埃格特嘴角一动说道，"伊什塔，你休息一下，到门外守着，不要

Преемник
继承者

让任何人来打扰我。任何人,明白吗?"

行刑者有些犹豫。显然,上校的命令与他从法官那里得到的命令大相径庭。

索尔皱起了眉头;他和伊什塔对视了一会儿,行刑者犹豫着是否要反驳。几乎过了一分钟,他才放弃,随即鞠了一躬,遗憾地瞥了一眼火盆,然后默默地走出门外。

埃格特检查了铁门是否关紧;回来后,绕着火盆走了一圈,尽量不去看索瓦。索瓦此刻再次确认了索尔的弱点:上校想知道一些事情,而且不想让别人知道。索瓦知道的秘密眼下是他唯一的武器,他要用这个武器来对付索尔从行刑者手里接过的火红铁钳……

索尔突然转身,他的目光与索瓦的目光相遇,强盗似乎感到了瞬间的尴尬。

"你曾经是拉什的侍从?"索尔轻声问道。

索瓦费力一笑。不过埃格特并没指望他能轻易给出答案。

"你的时间有限,"他一边说,一边仔细研究行刑者准备好的刑具,"你可以死得不那么痛苦……这是你能梦想的极限了。轻松地死去。你有什么话想说吗?"

"有。"索瓦突然开口。他声音嘶哑,发音却很清晰,"上校,你……会求我闭嘴的。我会说,但你……就不怕吗?"

埃格特几乎无法控制自己想打他的冲动。他听着自己的脚步声,走过去坐到了椅子的扶手上。"我并不害怕,索瓦。我已经是惊弓之鸟。你还是想想自己吧。"

"有人已经替我想好了。"索瓦大声说道,"我无所谓。除非……"他停了下来,看向埃格特的眼神全是赤裸裸的嘲讽,显然在期待对方提问。

第七章

"没有'无所谓'。"埃格特再次起身。他走到火盆旁,手指碰了碰钳子的把手后又收了回去。"不可能'无所谓',索瓦。我会把你碎尸万段。我要把你的舌头拔了,把你浑身上下能拔的都连根拔掉……也没什么'除非',你这两个字毫无意义,和一坨烂肉一样,只会把你自己噎死……"

索瓦的呼吸变得急促,说道:"你会累死……你怕麻烦,上校。你要惹出大事了……不过其实……"他沙哑地哈哈大笑,"你已经一身臊了,上校。你和我一样。"

索尔默默地责骂着自己过于软弱。索瓦的话本不应该对他造成影响,然而却深深刺激了他,折磨着他,仿佛他才是那个受刑的人……

他在行刑者携带的物品中发现了一双皮手套,油腻腻的,有多次使用的痕迹。一想到要把手伸进这双手套,他就猛地哆嗦了一下。

"说吧,人渣。"他咬牙切齿地低声说,"告诉我,你曾经是不是拉什教团的成员?"

"你不也打算效忠拉什来着,"索瓦笑道,"我记得你乳臭未干的样子……我的主人曾经把你当成傻子耍弄。本来你也可以披上教团的斗篷,结果你尿了,上校,你吓尿了,跑了……这倒也不是什么大事……"索瓦意味深长地眯起了眼睛。

索尔花了几秒钟来让自己稳住呼吸。耳朵里响起怦怦的心跳,天啊,他以往的冷静自持哪儿去了?他为什么要把这个人渣从河底拉出来,他想听他说什么?!

"不是什么大事,"他模仿起索瓦的腔调,"你的主人后来怎样了,你记得吗?只是你,小子,没有那么容易脱身。说!"

他的问题在舌尖上转了好几圈,可就是不想出口。他瞪着索

继承者

瓦,希望后者能自己吐出一些让审讯者感兴趣的东西。

索瓦清楚地知道他想问什么。看到索瓦的笑容,埃格特冷静了下来。索瓦小心翼翼地舔着嘴唇问道:"什么?"

他这是在戏弄我,埃格特想,于是他戴起手套抓住了铁钳的把手。真是开了眼界,索尔上校竟然是刑讯的专家……他曾经用过铁钳,只是当时的钳子磨得像锥子,还有长长的手柄……法吉拉的身体被扎穿了,钳尖从他的背部戳了出去……

"说吧,畜生。"埃格特的声音听上去不像他,不过依然十分清晰和冷静。他手中的钳子没有一丝抖动,火红的钳口正冒着烟。

被五花大绑的索瓦浑身肌肉紧绷,可脸上没有表露出丝毫恐惧。"什么?"他再次问道,语气不无讥讽,"有什么好说的呢,上校,你问吧!"

此刻,索尔的视线越过钳子看着索瓦,这样的角度给了他信心。他开口道:"关于那个男孩的一切。什么时候,为什么,说了什么……"

"关于哪个男孩?"索瓦讥笑道,"请说出他的名字,上校,我们有很多男孩,用于各种目的……"他笑得很恶心,埃格特差点吐了。

"他叫卢阿尔·索尔,"他勉强挤出一句,恨恨地看着他,"要是你敢撒谎,人渣……"

索瓦哈哈大笑起来,笑得后脑勺直撞木床。埃格特站在他旁边,俯视着他,手里拿着钳子,喘着粗气。

索瓦笑完之后眯起了眼睛,看着埃格特,视线几乎刺进了他的心里。他不怀好意地说:"对了,上校,你最好……你最好收买我,让我闭嘴……因为这个男孩儿……"他狡猾地眯起眼睛,

第七章

故意停顿。索尔手中的钳子突然变得沉重，他惊恐地感觉自己意识深处涌动的暗流。

如果卢阿尔……不，他，埃格特，一秒钟也活不下去。如果事实证明，卢阿尔……他想到了倒在路上的女孩尸体。她赤脚上的棕色血迹，烟，还有烧焦的尸体。

怀中湿漉漉的包裹。蒙眬的眼睛和贪吃的嘴，还有自己都羞于承认的失望：这就是他的儿子吗？一颗绿色的松球和一只活生生的珍珠甲虫……我想和你一样……可是我永远也不会像你那样击剑。

索瓦深吸了一口气说道："这个男孩会让你看到你要付出什么，代价多大，上校。你去抓他呀。你去捅他呀！法吉拉被你捅死了，可是这个男孩却会像刺穿蛤蟆一样刺穿你。你应该看看他都做了什么。"索瓦做梦般地翻起了白眼。"我会告诉所有人他的所作所为，你的儿子……"他的眼睛又翻了回来，眼中全是讥嘲，他试图用手肘撑起上半身，但铁链又把他拉了回去。"的确，别人告诉我，他好像是你的……笑得我肚皮疼，差点尿裤子。别哭，上校，谁不这样呢……别哭，不要怕。你的老婆跟了别人，哎呀呀，她跟了我的主人。你现在也可以去捅了你的女人。那个男孩的事我会说的，为什么不说呢？你得把法官、抄写员叫来，或者随便什么人叫来，甚至可以在广场上……"他突然停下了，使劲儿挤出了某种陌生的、似乎是同情的表情，说道："我很同情你，上校。娼妇老婆和杂种儿子……我的主人报复了你，也为我报了仇。你想上吊的时候想想我……那个男孩儿嘛……"他津津有味地打了个响舌。"还有绞索、炭火、水井、刀剑、婆娘和小女孩……哦，你的孩子，很遗憾，我看不到了，看不到他怎么让你付出代价了，上校。亲爱的爸爸……"

Преемник
继承者

"你撒谎，"埃格特轻声说道，"说啊，你在撒谎，你这个人渣，或者……"

"或者什么？"索瓦咧嘴一笑，"来吧，来烫我吧！我的主人也会这个，还教会了我，我嘛……嘿嘿，我教会了他，而他……"

"你撒谎！"

火把的火焰似乎抖动了一下。索尔的声音在迷宫一般的地牢中回荡，反复撞击着墙壁，直至消失。厚重墙壁之外的某个地方，囚犯们在瑟瑟发抖，牢中肥硕的老鼠们扭来扭去。

索瓦没有回应。他的眼底闪烁着胜利的光芒。

无名的暗流在索尔的灵魂深处涌动，吞噬了他的思想、他的感情和他的记忆。

他瞬间理解了法吉拉。他理解了世界上所有的刽子手。撕烂这张笑脸，毁掉他得意的表情该是多么爽快。不一定要赢，至少以牙还牙……什么是真相，什么是谎言都不重要。只有一双黄色的眼睛，还有一具能体验到痛苦的身体。他会感受到疼痛的，无尽的疼痛，无边的折磨，一刻不停，日复一日，索尔不会疲惫，他们的人生路还长，刑罚还会持续很久……

皮肉烧焦的气味扑面而来。索瓦黄色的眼珠突然发黑，瞳孔也放大了。刚开始的时候他还忍住了没叫出来，假装无动于衷，但片刻之后，一声惨叫震动了刑讯室的墙壁，随即变成了嘶哑的哭喊。囚室厚墙之外的犯人们吓得缩成一团，门外值守的行刑者则恭敬地摇了摇头。

埃格特冷静了下来。他放下钳子，被烟呛得咳嗽起来。他忽然想吐，于是用胳膊肘捂住嘴，走到刑讯室的角落里。他运气不错，那里放着一桶水。

第七章

索瓦喘着粗气,每一次喘气都好像胸中有气泡在碎裂。他为什么要撒谎?此刻的索尔用湿漉漉的手掌捂住了脸。他心知肚明,索瓦在胡说八道,那些话真是令人作呕。模糊的片段在脑子里打转,看不清,抓不着,如戛然而止的梦一般正在溜走。

乌黑的头发,白净的皮肤。丑陋、低矮的木床……火盆,铁钩,烧焦的肉体,还有……

冬日。大雪……落在她肩上的雪花……晶莹剔透,闪闪发光。整个世界清澈透明、无边无际。唯有风……

索尔在发抖,浑身湿透,筋疲力尽。他非常清楚,只要他一转身,他就会看到被绑在木床上的托丽雅。他们对她做了什么?她从来没有完整地讲述过那段经历,她不想去回忆。托丽雅……她纤长脖颈上排列成星座的痣。还有铁钳……天啊,他没有保护好她,没能救她。当时没做到,现在也没做到……难道这就是令他备受赞扬的爱情?他背弃了神圣的情感,他的背叛,他的污点……

他眯起眼睛呻吟了一声。他意识到自己的过错,内疚促使他狠狠咬住了自己的手。他的嘴里立刻溢满了血。舔着腥咸的血滴,他感受到了令人满足的疼痛,就好像心上他早已习惯的疮痂忽然剥落,露出了内里的脉络,不再溃烂、化脓……

"可恶,"他悄声说道,"托丽雅,我是个混蛋。托丽雅,我这就来……我来了……我已经来了……"

索瓦断断续续地吸着气,索尔甚至没有朝他的方向看一眼。铁门那生锈的合叶吱呀响了一声。

索尔身后的铁门关上之后,索瓦不知为何意识到自己输了。

⚔

那是一个风和日丽的日子,我和阿拉娜在最近的村庄集市上

Преемник
继承者

闲逛。她很喜欢看热闹，尤其是看村里的孩子们，那些孩子对阿拉娜也很感兴趣，但始终和我们保持一定的距离。我这位任性的同伴竟然冲着最魁梧的男孩吐了吐舌头，显然他是领头的；他也做了一个鬼脸来回应，但也仅此而已。

众人议论纷纷：索瓦已经被抓住了，可是还有一个杀人犯在城里横行霸道，用井链勒死了好几个孩子。在我看来，第一个消息过于让人欣慰，而第二个消息又过于血腥；我是一个都不信。

忙碌的集市突然让我惶惶不安。有些地方在搭设戏台，而我则不由自主地开始为戏台选择最佳位置，盘算着这些观众会喜欢什么样的节目。梦想消失了，留下的是失望和隐痛。我以最快的速度买完了东西，我和阿拉娜分别挎着一大一小两个满满当当的篮子急匆匆地回去了。

在回家的路上，阿拉娜说想停下来休息，玩会儿卢阿尔和魔法师的角色扮演。当然了，她来扮演卢阿尔，而我则扮演邪恶的魔法师。

我们扔掉篮子，从一堆干树枝中挑好了武器。阿拉娜对剑术领悟得不错，至少比我强。她斗志昂扬，对着魔法师大喊大骂，像个疯子一样冲过来，而我只能踉跄后退，求饶。最后，我倒在草地上，在抽搐中死去。接着我俩又继续往回走，心满意足。

本已退去的忧郁念头再次涌来。当我走近院子时，我想起了当时那场戏的每一个细节：客人的笑声，剧本的顺序，还有卢阿尔失败的首演……或者说其实首演是成功的？阿拉娜，我们来演场戏中戏吧，《抛弃儿子》或者《弗洛巴斯特之死》……

保姆对我们买的东西爱不释手。而我一直在等，等她把为托丽雅准备的午餐放在一个托盘上。这时我突然请求道："把它给我吧。"

第七章

我的声音很小,和苍蝇的嗡嗡声一样,老妇人还是听到了,颤抖了一下道:"啊……你?"

我没什么自信地点点头说:"我来试试。如果不行,再……万一行呢?"

"可别更糟。"保姆若有所思地摇了摇头。

"不会更糟的。"我小声地说道。

保姆犹豫了一下,颇不情愿地把托盘递给我。

上楼的路竟然格外地长。我在一扇紧闭的房门前停下来,重心在两只脚间不停变换,把木板踩得嘎吱作响。托丽雅·索尔真是一个可怕的女人。我又很害怕疯子……

为什么非要来呢?!

"去找她。去吧,我没法……拜托了。"卢阿尔的话在我耳边响起。

托盘上的汤已经凉了。无所谓,我冷酷地想着。凉就凉吧,反正托丽雅也不会吃……

"进来。"门后有人说,我差点没端稳托盘。

门没有上锁。我用脚推开门,笨拙地侧身挤了进去。

"放到地板上吧。"

托丽雅坐在窗前。我可以看到她的背影,她的黑色长发无力地披在肩上。

杯子晃了晃,差点掉落在地。盘子也发出叮当声。我屏住了呼吸。

"你最好还是走吧。"托丽雅的声音非常沉闷,听着就像是古老的青铜器在说话,"这里什么都没有。"

"这里有个孩子。"我小心翼翼地说道。我说什么都可能引起

Преемник
继承者

无法解释的、难以预测的反应，就像人们在沼泽地中行走：土墩——土墩——泥潭……

"孩子有母亲。"托丽雅的声音沉闷依旧，毫无波动。

我沉默不语。

"不过随你吧。"托丽雅低下头道，"走吧。"

我迈步离开，即将迈出门槛时听到一句。"他还活着吗？"

我克制住转身的冲动，用手扶住了门框。

"是的。"

"是他让你来的吗？"

我在想着要怎么回答。说"是"或者"不是"都有可能引发灾难性的后果，我的脑子里空空如也，只能绝望地实话实说。"是他让我来的。还有他。"

"还有谁？"

我感觉她的声音似乎有了些许变化。

"还有我自己。"

"就这些？"

我再次痛苦地想着该怎么回答。"是的。不。他说过他会来。很快就……"

我徒劳地站在门口，以为会听到更多的问题。托丽雅用手捂住脸，一动不动。

几天后，我和阿拉娜正在院子里收拾，渐渐接近的马蹄声让我浑身起了鸡皮疙瘩。我没法再假装平静，于是冲出了大门。只见一支五人小队朝着房子飞驰而来。

我的脑子里一片空白。我给阿拉娜擦了擦脸，拉开了沉重的大门。这时我才注意到骑手们穿着红白相间的戍卫队制服。原本

第七章

身上发冷的我开始冒汗:不是强盗,那是……

埃格特?!

"姑娘,女主人在家吗?"一位年长的中尉喊道,他一定是把我当成了仆人。

我点了点头。我的喉咙发干,根本说不出"在"还是"不在"……

"少爷呢?他没出现吗?"

"你们要干吗?"运气不错,保姆不知道从哪儿冒了出来,帮我解了围。

中尉在我们面前挥舞着一个纸卷。

"奉市长大人、法官大人和戍卫队长之命!奉正义之名,请让开!"

我们怎么可能挡得住他们……士兵们下了马。我的手放在阿拉娜的肩上。小女孩紧紧抓住我的裙子。

"女主人谁都不见。"我嘶哑地说道,"少爷暂时不在,他离开很久了……"

中尉皱起了他按习俗修剪过的眉毛,说道:"我这里有手令。请向主人禀报,你,还是你……"他的目光从我身上移到了保姆身上,然后又回到了我身上,显然他更想跟年轻人打交道。"你!"他伸手指着我,"你上去报告,动作快点,时间紧迫……"

我想起了这样的两个大块头是如何打断穆哈的手臂的。

"女主人谁都不见。"我咬牙切齿地说,"任何人都不见。请告诉我什么事,我会转达……"

他皱着眉头在犹豫,是要惩罚我的无礼,还是要同意我的条件?

"难道索尔先生允许你们使用暴力?"我惊讶地问道。

我的话让他不再犹豫。他跳下马来。用怀疑的眼神盯着我,咬着牙低声说:"你认字吗?"

他把一纸带着印章的公文甩到我面前。如果卫兵以为我是文盲,想羞辱我,那他肯定会失望。

"根据法律……逮捕……犯人……胡作非为……杀人……逮捕……捉拿归案……"

"这是在说谁?"我不知所措地问。这些字母忽然挤成了一团。

"去向你的女主人报告,"卫兵不情愿地嘟囔道,"我们奉命缉拿杀人犯卢阿尔·索尔归案,他是用井链杀人的杀人犯。"

我大吃一惊,这简直荒唐之至。"谁?"我再次傻笑着问道。

中尉眨了眨眼道:"去向你的女主人报告!她的儿子,卢阿尔·索尔,因谋杀罪而被通缉!"

"是他吗?"我的嘴已经不听使唤。我旁边的保姆"啊"了一声。

中尉移开眼睛,小声命令他的手下。"搜……"

"不必了。"有人在门口平静地说道。所有人——我、中尉、保姆,甚至阿拉娜都犹如被蜇了一样瞬间转身。

托丽雅·索尔站在门口,她的刘海整整齐齐,脸色铁青,深深凹陷的双眼冰冷如霜。"不必了。他不在这里,瓦尔托。这种指控简直是无稽之谈。"

中尉鞠了一躬说道:"夫人,我是奉命行事。"

托丽雅扬起眉毛道:"你不相信我?卢阿尔不在这里。"

中尉态度更加恭敬地深鞠一躬。托丽雅的眼神震慑了他。卫兵们低下头,沉默不语。

阿拉娜的肩膀在我手下颤抖不已。我也感觉到了托丽雅的目光,那目光仿佛把我和小女孩罩在了透明的茧房中。中尉再次鞠躬,将文件递给了托丽雅。她的目光扫过公文,也许只有我看清了她放大的瞳孔。

我爆发了。

"他有不在场的证据!"我的声音压抑又响亮,"他有不在场的证据,有一个人可以作证!凶手作案的时候,卢阿尔·索尔离开已经好几天了,当时我和他在一起!"

每个人现在都看着我,神情和刚才看托丽雅时一样。阿拉娜抬起头,她圆圆的大眼睛中映出了白云朵朵的天空。

"你又是谁?"中尉缓缓问道。整栋房子都在询问,托丽雅在询问,多云的天空也在询问。"你又是谁?"

"我是他的证人。"我鼓起勇气回答道。

中尉咧嘴笑道:"有利害关系的证人……"他巧妙地强调了"利害关系"一词。

阿拉娜的嘴唇动了动,说了什么我没听清楚。

"谋杀案是什么时候开始的?"我像一个训练有素的审讯者一样眯起了眼睛。

中尉的话仿佛穿透了我。"入夏前几天。"

"我去找法官,"我轻轻把阿拉娜的手推开,走上前去,"我去找市长……让他们来问我。我用我的性命发誓,那个叫卢阿尔·索尔的人没有犯罪,所有的指控都不成立。以他的个性,他根本不可能杀人,况且入夏前几天,他离这儿还很远,我发誓我说的是事实!"我的声音越来越大,嘴唇都在颤抖。

中尉沉默了一会儿。他转过脸来说道:"我奉命逮捕罪犯。判断他是否有罪不在我的职权之内。"

"带我走吧。"我抓住了中尉的衣袖,"现在就带我走。我会

Преемник
继承者

向所有人证明。让他们来拷问我，就算受刑我也会作证。怎么样？"

他甩开了我的手。"这不关我的事。如果连索尔上校都认为他有罪……"

随着一道无声的指令，卫兵们纷纷跃上马背。我感受到了托丽雅看过来的目光，仿佛垂悬在半空的死鸟。

"他是无辜的！"

"我必须警告您，夫人，"中尉对托丽雅说，"如果卢阿尔先生在这里出现，您应该立即上报……市里，上报当局。我希望您……最好还是明智一点。"

托丽雅缓缓地点点头，就好像是仆人向她请了两天假。

"他是无辜的！"

骑手们呼啸着冲出大门，而我则追赶着中尉的马，甚至还向他扔了一坨干土块儿，当然并没有打中……我在路中央大声地骂个不停，这时我突然意识到有人站在我身后。我卡住了，不用转身我都知道是谁。

"这不是真的。不要信。全是胡说八道……"

身后的人沉默不语。我抽泣着说："所有人……他……我不信，埃格特先生会……他不会。认为卢阿尔是……不会的。不然就是他疯了。"我突然出奇愤怒，忘记了我在说谁，"自己的儿子……"

我突然住了口，因为我说错话了，老天啊……这样的错误可是会被人用火钳夹掉舌头的。

"是啊，"托丽雅缓缓说道，"当然，你说得对。"

她的手滑过我的肩膀。我转过身，发现她正朝房子走去，背驼得和老太婆一样。

第七章

第二天,我心事重重地在院子里用肥皂洗衣服。阿拉娜沉默又专注地把一艘小木船放入洗衣盆中。随着我的手不断搓洗,洗衣盆里生成了泡沫风暴,小船则在风浪中起起伏伏,阿拉娜忙用小树枝不断调整。

保姆在厨房忙活着,我可以听到她的叹息声和碗碟的碰撞声。然后屋子里变得安静起来;又过了一分钟,保姆出现在后门的门口,她脸上的表情让我立刻停下了手头的工作。

"孩子,"保姆迟疑着对阿拉娜笑了笑,"过来,妈妈在叫你。"

阿拉娜放下了她的小船,目光转向我。我们盯着对方的眼睛看了好一会儿。

"我很害怕。"她终于说道。保姆在门口大声地抽泣起来。

"胡说,"我平静地说道,"你的小船不会有事的。我会看着的。"

阿拉娜的脸上闪过一丝疑惑。她试图理解我的话,有那么一瞬间她真的相信了自己的恐惧正是跟小船有关。

"去吧。"我轻轻地推了一下她的后背,不给她醒悟的时间。她的衣服上留下了一块水印。我在围裙上机械地擦了擦手,看着阿拉娜向屋里走去。好几次我都感觉她想拐弯跑掉。

保姆的嘴唇微微动了动。她俩走后,门悄悄地合上了。很多天里积累起来的疲累汹涌而至,我一下子跪坐在了木地板上。

小船在平静的肥皂水面晃动着。五彩斑斓的肥皂泡碎裂时无声无息。水盆里的泡沫像春天的雪一样渐渐消失了。

"你满意了,卢阿尔?"我小声问道。

回应我的是远处传来的马蹄声。

Преемник
继承者

  我的后背升起一股寒意，坐在原地一动不动，用手指揉搓着湿漉漉的围裙，心想：又来了？也许，是来抓我的？正如我昨天所说，让他们来拷问我好了。受了刑我会指证的……

  我本想跑进屋去，但我仍坐在那里，紧紧抓着围裙，并没有尝试去打破这种浑身僵硬的状态。托丽雅……她们现在……她们两个人在一起，不能打扰她们……怎么又有人来，真不巧……我咬紧牙关，强迫自己站起来。不应该去打扰那两个人，她们好容易才待在一起；除了我，没有人可以接待来访者。

  马蹄声越来越近。我跟跟跄跄走向大门时才听出来，这次只有一个骑手。也是，根本不需要更多的人，一个人过来押送就够了……

  我已经走到了房子的拐角处，这时从没有关严的大门缝隙中伸进来一只手，熟练且灵巧地打开了门闩，我还没来得及开口，半扇大门就被打开了。门渐渐开启的过程中，先出现了一个嘴上有泡沫的马头，然后是马匹那宽阔的黑色胸膛，接着是骑手，这次出现的人没有穿红白制服。

  那人猛地向后甩了一下额前粘在一起的头发。他迅速扫视了一眼院子，目光停留在了上锁的前门和门廊上，那些地方我已经努力地打扫过……

  他没有注意到我。我的腿瞬间失去了力量，就那么靠在墙上，站在拐角处。

  他跳下马来，扔掉了缰绳。两步就已经踏上门廊的台阶……

  "埃格特！"

  他转过身来。我在奔跑中被绊了一下，全身都扑倒在地，毁了十几朵蒲公英的白色绒球。

  房门砰的一声关上了，楼梯伴随着急匆匆的脚步声嘎吱

第七章

作响。

自己那只在主任办公室的地板上用粉笔勾勾画画的手,在卢阿尔看来像一只干瘪的鸟爪。

他很着急。门外站着埃格特·索尔。他的低语围绕着卢阿尔,尽管很多话听上去不明所以。卢阿尔的听觉变得很奇怪,他能听到楼梯上卫兵们的吵嚷,老年仆役吸鼻子的声音,窗下麻雀的叫声,甚至墙壁之间寄居的老鼠发出的窸窣声。唯独埃格特对卢阿尔说的话和水一样流淌而过,他无法领受其中的含义。

卢阿尔还是在倾听。索尔熟悉的音调令他愉悦。他很安全,他知道他们不会见面。看火令人愉快,但不是每个人都敢爬进火里。卢阿尔清楚地记得与曾经的父亲最后一次见面……啊,不对,他们最后一次见面是在森林里,在索瓦的营地。交手没那么可怕。但卡瓦伦家里地板上的那块地毯,渐渐变平的绒毛……他不想再经历这些。饶了他吧。

他马上就会离开。这些人以为他们像狼一样追捕他,已经把他逼到了死胡同。这些人习惯用武器来解决一切问题,埃格特也是这种人……几乎是。他似乎在说一些重要的事情,可惜卢阿尔无法理解。你说你的,埃格特,说吧,你的声音可以唤醒记忆……

黑色的蝌蚪,长着尾巴的滑溜小球在水盆壁上乱撞,挠着手掌。浅滩上有一条小死鱼,银色条纹发着暗光……雪地上深深的爪印……阳光下燃烧的滑木……

又是这些绒毛,真该死。索尔此刻讲得格外动情,格外有力……

瀑布的潺潺声。继续说,索尔……

……我真的很想见到你。就算见你没有任何意义,所有蠢事都没有意义,甚至可能有害。见你就是很愚蠢的行为。埃格特。埃格特……

门外安静了下来。卢阿尔不知所措,惊讶地抬起头。寂静。一片寂静。然后是匆匆的脚步声;仆人们的嘟囔声。随后又传来一个人的话音,是个陌生人。寂静再临。一片寂静中,传来一声非常清晰的耳语:"把门撞开。"

停顿。一声嘶哑的吼叫:"奉正义之名!"

卢阿尔眯起了眼睛。他突然感到害怕,仿佛有一股散发着恶臭的风从门外吹来。看,这就是仇恨。仇恨在寻找出口。

是的,法吉拉满意地点点头。我们终于聊到正题了。诅咒这个杂种是不够的,应该杀了他。不该出生的人就是该死。他的死能够纠正错误。

门咚咚地响了起来。撞击一下接着一下。正在撞门的人大口大口地呼吸着。砰。砰。

"为什么?"卢阿尔疑惑地问道。

撞击停止了。又是一片寂静。卢阿尔听到了一阵呼吸声,就算千人在前,他也能清楚地分辨这样的声音。他的手紧张地攥着吊坠。

"你还不开门吗,杂种?难道要我亲自动手?"

黑色的灰烬。蜡烛熄灭了,飘起一阵青烟……

他想死。争夺他灵魂的两股力量合在了一起:想要控制他意志的力量和他自己想要消失、想要逃离的愿望……

他逃了。

疼死了。

第七章

办公室的墙壁倒塌之后，画满图案的地板变成漩涡之后，在二合一的那股力量将卢阿尔抛向黑暗、抛向未知之后……

他的身体变得硕大无朋，无形无状，沿着斜坡缓缓向下。灼热的身体。一团火。他听到树枝被烧焦时的噼啪响声，岩石在他沉重的肚腹下融化，砂石结成硬壳。他浑身发亮，通红的火光直冲云霄，身后是一片黑色的荒漠。伴随着他的叫喊，升腾起极高温的云汽……

这就像解了几天的渴。他是山坡上流下的熔岩……

然后他就清醒了过来，他感觉自己面朝下趴着，双臂张开，眼睛盯着身下的绿色地毯，毯子上的绒毛被压得发皱……

那是从他身下飘掠而过的大地。灰绿色的大地，笼罩在层层叠叠的雾气之中，那里有闪闪发光的溪流和平坦的块状田野。他悬在空中，感觉自己张开的双臂似乎在抽筋。他偏过头，看到了缀满羽毛的翅膀。

由于动作笨拙，他失去了平衡。大地倾斜到一侧，他看见了一条海岸线，再往后便是一望无际的蓝。

他既不害怕也不觉开心。他只是悬在天空中，张开翅膀一动不动。他的影子在尘土飞扬的道路上飘过，倒影落在碗状的圆形湖面上。

碗里的水装得满满当当。他贪婪地喝了一口，洒出的水弄湿了衬衫。他打了个寒战，可能是因为太冷。

这里想必是客厅，是个带穹顶的巨大房间，长长的橡木桌从房间一头延伸到另一头。卢阿尔重重地叹了口气，坐到了布满灰尘的天鹅绒扶手椅上。他的手在颤抖。房间里散发着烟味。

他的眼睛逐渐适应了昏暗的光线。墙上挂着很多肖像，那上

Преемник
继承者

面的人都是长脸,脸色阴沉,眼神给人莫大的压力。昏暗的光线渗过窗帘的缝隙。卢阿尔摇摇晃晃地站起身。他觉得闷,拽了拽窗帘,仿佛在调整箍得太紧的衣领。

一缕阳光从外面照射进来,卢阿尔感觉那扬起的一团团尘土就像是发光的小虫。他痛苦地眯起眼睛。装饰在窗帘上的金色流苏重重地摇摆着。一只干瘪的蟑螂尸体掉了出来,原地打转。

卢阿尔把手缩了回来。直到此时他才意识到自己闯进了别人家,一个他从来没有来过的地方,他从天而降来到了这里……

他打了个寒战。椅子下面的地板上有两根白色的羽毛。

嘿,你这个杂种。

他感觉自己的身体和熔岩一样滞重,地板在他脚下呻吟、塌陷。在他触摸到青铜把手之前,门就已经打开了;当他迈开脚步时,他已经知道了房间里的摆设、书柜里的东西,知道这里的主人已经离开,不会再回来了。肖像们盯着他;他无力转身,无力捕捉门口第一个相框中那人的目光……

下一个房间是一个大厅,里面空荡荡的,只是房间中央有把扶手椅。卢阿尔停了下来,眼睛盯着那人的金发后脑勺和落在他宽阔肩膀上的风帽。

应该叫一声的,可是他的嘴已经说不出那个被禁止的字眼,父亲……

坐在那里的人叹了口气,转过身来。卢阿尔颤抖了一下,他认出了自己的脸,只是因岁月而稍有变化的脸。

第八章

无论生命有多长，值得浪费时间从桥上扔小石子玩儿吗？即使这座桥看起来像永恒，永恒的拱桥，宽宽的栏杆，长满青苔的腹拱。多年过去了，这座桥还是老样子的，而他，鲁阿尔，也是老样子，这意味着他们有某种关联……

他看见浮萍中央有一只棕色的蟾蜍。他小心翼翼地瞄准，又控制住了自己的手。内心有些惭愧。一个无所不知的老流浪汉不应该扔石头去打蟾蜍……当然，他也并非无所不知。他都知道些什么呢？如果向蟾蜍扔石头，它会扑通地跳下去。这种预言随便找个小男孩都能做。

蟾蜍会怎样呢？界门打开的时候会发生什么呢？

他勉强让自己的目光离开运河。一辆马车从桥上呼啸而过，车尾踏板上的仆人惊讶地瞥了一眼那个奇怪的老人，看到老人斗篷里隐藏的刀柄顶了出来。

⚔

女仆打开了门。她的围裙纤尘不染，红肿的双眼看见来人后

继承者

有些呆愣。"不在……谢绝访客。任何人都不……"

"我等一会儿。"他咧嘴一笑,女仆在他的注视下有些羞怯,"还有时间……我再等等。带我去客厅吧。"

"谢绝访客!"她喊道,尽管如此,她还是让开了路。

屋子里散发着药剂的味道。

爬楼梯时他数了十五下。二楼的平台上站着一个人。首先映入他眼帘的是被裙子下摆遮住的鞋子,接着是攥着裙带的纤细手指,然后是一张没有血色、神情惊恐的脸。是坦塔莉,是她。她在索尔家的宅子里,很好。

"谢绝访客吗?"他郑重其事地问道。

她叹了口气道:"您……是例外。可……"她哽住了,手指放开了裙带,又揪住了腰带上的纽扣。

"活着。且自由。"

她的眼睛快速眨动着,仿佛正在切洋葱。

他抓住了她的胳膊肘。"走吧。把埃格特叫来。"

坦塔莉和他并排走着,身子奇怪地歪向一边,胳膊连动都不敢动,似乎因为他的碰触变得僵硬了。他感觉到了她剧烈的心跳。在久远的过去,他和别人碰触了无数次。人的心脏是很奇怪的东西。无论恐惧还是激情,它都会疯狂跳动……他们走进客厅。他松开了她的手,坐到了一把扶手椅上。女孩仍然站着。

"去叫他过来,"他跷起了二郎腿,说道,"让埃格特来见我。快去。"

"他马上就来。"他身后有人说道。于是他转过身去。

是托丽雅,她用一只手拉着帘子,表情非常平静,可是她的眼睛出卖了她,她的眼睛像女仆一样红肿,和坦塔莉一样透露着紧张。

第八章

"那孩子没事,"鲁阿尔干巴巴地说,"其他人的情况要糟糕得多。托丽雅,我不确定我和索尔对话时你是否应该在场。"

她猛地呼出一口气,不知是在哭还是在笑。"是关于我儿子的事吗?"

房间里一下子安静了下来。坦塔莉的嘴唇无声地拼读出了一个人的名字。

鲁阿尔皱起了眉头:"您不该给他起这个名字。这不是一个好主意……您想纪念卢阿扬主任,他却变成了冒名顶替鲁阿尔的人。"

"什么鲁阿尔?"坦塔莉伤心地问道。托丽雅浑身一抖,向她投去了警告的眼神。

他勉强笑道:"鲁阿尔是我。鲁阿尔·伊力马兰涅恩,人称守门人。"

风。一阵微风吹来,夹杂着尘土与旧书的味道。走廊尽头的影子。关门的声音,匆匆的脚步声,马上就能见面了……不对,又是影子。

纠缠的花纹。半开的窗户,湿润的泥土和干草的气息……

我的父亲已经入土。即使尸体化为灰烬,铁钳也会留在他的坟墓。

是的。

空荡荡的大厅中央有一把椅子。一把空椅子,不知为什么扶手上有一条井链。井链滑落,发出沉闷的响声,在地上蜷缩成一团,就好像是活的一样……

多么奇怪的房子。玻璃球里的蜡烛淌着蜡油。落满灰尘的大

Преемник
继承者

键琴默然不语。地板不住发出咯吱咯吱的声响,那声音尽管难听,却非常像一个词,一个不断重复的词……

他贪婪地凝视着那个正在消失的人影,试图在他身上找到父亲的影子,陌生而又意外的亲近,极度相似却又不同,充满魅力、令人迷恋……他倾听他的话语,捕捉其中格外熟悉的音调,同时他一直都清楚他并不是在和父亲说话。父亲早就入了土……

关门的声响传来。

从外面。

他脚下的台阶在呻吟,重复着同一个难以理解的词,不知是在抱怨,还是在威胁。先知……

"我从来没有预言过。"卢阿尔跟在那个正在消失的身影后面说道。

但你见到了伟大的拉什。

"但你见到了伟大的拉什。"戴着风帽的人语含责备地重复道。

和卢阿尔对话的这个人难以捉摸,他的语气平稳轻柔,却被卢阿尔听出了讽刺的味道。法吉拉智慧过人,这般精准,这般微妙的语调,这不奇怪……

"疯子拉什。"卢阿尔缓缓说道。

法吉拉点了点头。"他当时就能够做到这一点了。"

当时。

正在离去的脚步声。门把手无声地转动着,古老的台阶上出现了一层厚厚的沙子。海螺和风干的水草,仿佛很久以前顺着楼梯流淌过一条小溪……然后干涸了。

一切都在变化。

"你进来的时候我会在哪里?"

第八章

无处不在

"你会在哪里?"

在你体内。

"就像套了个外壳?"

就像被攥在掌心。

卢阿尔坐到台阶上。一只蜈蚣顺着栏杆爬了下来。

你是继承者。卢阿扬的力量和你父亲法吉拉的意志。

"我的父亲……"

斗篷的下摆拖在沙地上簌簌作响。卢阿尔抬起头。斗篷完全遮住了那个人,风帽遮住了他的脸,只有袖子挽了起来,露出了纤细的白色手臂,手腕上有一个文身。击剑教练的行业标志。

"为什么?"卢阿尔小声问道,"瘟疫……一个巨大的坟墓……为什么?"

斗篷飘了起来,仿佛被风吹起,然而并没有风。蜈蚣从栏杆上掉落,化成一束枯萎的空麦穗。

力量。意志。沙漠中的清泉。灰烬中的钻石……死亡中的生命……千百万蝼蚁中的可敬之人。

"你会明白的。"风帽下传来低沉的声音,"你会明白的。我未曾明白。"

你是继承者。

"这是疯了吗?"卢阿尔惊讶道。

站在他面前的人摘下了风帽。看到他那双悲伤的灰色眼睛,卢阿尔愣住了。低垂的嘴角,黏在额头的几缕金发。父亲。

"父亲……"卢阿尔低语道。

法吉拉微微一笑,转身离开了。斗篷扫过,带走了一小片蜘蛛网。关门声再度传来,可卢阿尔已经没有力气跟过去了。

继承者

让我进去。

"啊……"

你天生就是守门人。

"那你……"

不是我，是你。

"翻天覆地，对吗？世界将彻底改变？是另一个世界，对吗？"

你自己决定。

"那……会怎样？"

一声轻笑。

他伸手抓住护符。生锈的吊坠被攥在潮湿的掌心，如心脏一般不断搏动，可能在提示危险，也可能在怂恿他向前。他放开它，用手捂住脸；一片深暗的红夹杂着白色的闪光。"天空被剥了皮……清水化为黑血……迷雾的绞索缠上死人的脖颈……看啊，森林将根系伸向太阳留下的破洞……"

"会这样吗？"

巨大的改变正在降临。

"巨大的改变，这样？"

翻天覆地。让我进去。

"但是……"

可怕又甜蜜。和他当时玩弄老鼠一样。他怕它会溜走，所以花了很长时间把它绑在椅子腿上，整个过程中他的心脏几乎停止了跳动。他是主宰。一个生命任他摆布……也许他很享受这种掌控一切的感觉，已经没必要去拿钳子了，可他还是很渴望能体验一下。可怕又甜蜜。

第八章

母亲的眼睛,她的声音……

这一切都曾真实发生。

你会明白,你会承认。你为此而生,这就是你的命运。

砸在脸上的沉重烛台。给所有人带来不幸……

"我为此而生……生为一个杂种?"

一声轻笑。

火山口酷热无比。

卢阿尔颤抖了一下,闭上了眼睛。

"热……"

他的皮肤变成了熔岩凝固的外壳,难以忍受的燥热,喷发。红色的巨流,妖娆地紧紧贴在顺从的、微微颤抖的山体上。

完全不同于和坦塔莉在一起的那些夜晚。当时的他担心伤到别人……可是熔岩只能灼烧。将一切化为灰烬才是熔岩的喜好。

流沙漫过台阶。

山坡上的……蚂蚁窝,你还记得吗?

"不记得。"卢阿尔坦白道。

三百条生命……你还记得吗?

"不记得。"

舔舐大地的火舌。美妙至极的感受,如久旱逢甘露,不,像最甜蜜的爱潮……

远去的脚步声。斗篷的沙沙声。专注的目光。

生锈的护符在链子上摇摇晃晃。他像捂住蝴蝶那样捂住了吊坠。

"我明白您的意思。我明白。"

※

他语速缓慢,仿佛很是费力,每说一句话都要等一分钟。索

Преемник
继承者

尔在房间里不断绕圈,托丽雅不住叹气。我就站在她的椅子后面,看着她雅致的黑色衣领,还有衣领包裹着的雪白脖颈。

流浪者在说话,他鼻子纤长,鼻翼起起伏伏,清澈的眼睛一会儿看看埃格特,一会儿瞧瞧托丽雅。他没有看我,我默默地庆幸:谢天谢地,他没有让我滚出去。谢天谢地,他没有注意到我。

他好像在讲述关于界门、关于外来者的事,还有即将来临的世界末日。类似的情景似乎曾经出现在拉什仆从的预言中:"时间的尽头"。流浪者的话听起来像是给毛孩子讲的恐怖故事。有些可怕,却难以置信。

卢阿尔。

他也讲过这个故事。可我当时关注的重点放在了终极敌人的性别上,这个外来者,不属于此世的力量,到底是"她",还是"他"?

我的嘴唇咧出了一道神经质的微笑。流浪者的话让我浑身发冷、毛骨悚然,我却笑得嘴角咧到了耳根——至少得用手把嘴角给拉下来……还有卢阿尔。关于卢阿尔,他……

托丽雅开口了。她好像在哭,似乎把所有罪过都揽到了自己身上,她觉得卢阿尔遭遇的一切,还有即将到来的世界末日都是她的过错。

流浪者立刻严厉地打断了她。他说:"你快去厨房,把手伸进炉灶,享受完自我折磨再回来。"

他看到了我的笑容。我掩饰地转过身去,可他还是看到了。我徒劳地试图驯服自己的脸,嘴唇都因此开始疼痛。我这时笑得像个木偶,甚至像个死人。

托丽雅陷入了沉默。埃格特试着问了几句,也不说话了。他

第八章

的手无意识地在脸上揉搓,从颧骨到下巴,来来回回。

"我应该无所谓的,"流浪者说道,满是皱纹的眼皮微微遮住了那双清澈的眼睛,"你们来决定……这个世界是否值得……如此努力?或许,卢阿尔……最好还是保持他原来的身份?守门人?"

这个世界真是糟糕透顶,我心想。弗洛巴斯特,还有他被割断的喉咙……

我整个人陷入了忧愁。回到过去。回到狂欢节那一天,那时我们刚刚来到这座城市,充满了希望……要是能回到过去该多好,真想回去啊,真想留在那个时候。可是卢阿尔……

谁是守门人?为什么那位已经来过许多次了,却没人放它进来?是什么阻止了守门人……

"您为什么没有开门?"我轻声问道。

问也白问。理智想堵住我的嘴:蠢货!有你说话的份儿吗?闭上你的嘴!……

流浪者缓缓转过头来,不过他并没有看向我。他的目光落在了托丽雅的身上。他说:"您不应该给他起这样的名字。您想纪念的是卢阿扬,结果却和鲁阿尔近似。如今他在重复……他和我不同,他会坚持到底。机会渺茫……可他是你们的儿子。这个世界,其实也是你们的,不是我的……"

"我们的儿子,"埃格特的声音勉强听得见,"我们的。"

托丽雅站起身来,一绺黑色的卷发掉到了她雪白的脖子上。

"我们不怕死,"她的声音几乎是愉悦的,"我们已经多少次……"

"你们决定吧,"流浪者说完也站起身来,"请允许我喝口水……"

Преемник
继承者

　　埃格特本想伸手按铃，可他用手势制止了他。老人走到门口，握住门把手后回头看了看我。哦，他真的很会用眼神来表达一切。简练而又清晰。

　　我瞬间脚底抹油。我真应该早点离开。我应该想到让他们夫妻俩单独在一起的。

　　关上门后，我用双手按住自己不断抽搐的嘴角，试图把它们拉回来。这时我忽然意识到流浪者并没有离开，他就站在我身边。他那螺旋形的刀柄在昏暗的走廊里闪着微光；我朝后退了一步。

　　"你真想知道原因吗？"他那双清澈的眼睛离我很近，"你觉得……世界真的那么糟糕吗？"

　　无处回避。我深吸了一口气道："可是世界只有一个……"

　　"万一还有一个呢？万一呢？"

　　我痛苦地想，一个美好的新世界，弗洛巴斯特还活着，卢阿尔还爱着我……

　　"想象一下，"他的牙齿在半明半暗中闪闪发光，"十来只兔子在空地上活蹦乱跳……岁月静好。突然来了一只狐狸……咬断了某只兔子的喉咙。很可怕，草地上淌着血，骨头被咬得嘎巴响……那些活下来的兔子怎么样了？它们在开心，因为它们对生命的感知更真实……更饱满了。没有死亡的世界……很乏味。不是吗？"

　　"不知道。"我低声说。

　　兔子们开心于自己感受到了生命，可如果狐狸总来，那明天又会有兔子遭殃。所有兔子都是一样的。人在失去了身边人之后可能活不下去。他们会觉得如果死的是自己就好了。

　　流浪者默默地看着我。在他的注视之下，我也没有开口。终于，他伸手抓住了我的胳膊，对我说："我口渴了，我们去厨房吧。告诉我，如果你是守门人，你会开门吗？"

我望着脚下。这个世界对我来说到底意味着什么？是终结善意的坟墓？十字路口的大水坑，卢阿尔眯起的眼睛？垫着铜板的小碟，索瓦老巢前倒伏的草？

"我不知道，"我咽了下口水，"可是你并没有开门，是吗？"

他用杯子在水桶里舀了一杯水。他仰起了头。看他喝水是一种享受。弗洛巴斯特会说："他喝得很艺术。"有滋有味，动作漂亮又有气势，看着他喝我也想喝。这个冷漠的老头儿，原来如此热爱生活……

"我想告诉你，"他擦了擦嘴道，"只告诉你。如果他走到界门口，却不动手，不开门，他会死。会死得很难看。我知道……我不是拉尔特·列吉阿尔，我只是个失去了法力的魔法师。就算我……我也救不了他。我没这个能力。你也得做决定。要么他把界门打开，和它融合，要么就像我说的，他会死。你认为……哪个结局更好？"他的手放了下来，水从杯子里滴落。每一滴水都在地板上渗散开去，就像黑色的小太阳。

"我不知道，"我开口的时候嘴唇很干，"我不知道。"

⚔

低矮的圆桌上有三支蜡烛。他脚下的地板正在塌陷。他觉得自己十分沉重，无比强大，因此也有些笨拙。不能拖延，进驻在他意识中的某人在催促，在怂恿，让他快点，再快点，现在他已经因为不耐烦而双手颤抖，仿佛在旱地行走之人看见了一条小溪……

三支蜡烛的火焰合而为一。看，成了。护符就在他汗湿的掌

Преемник
继承者

中。火焰铸造的纹章,光明的大门……

只需迈出一步。第一步。

火焰从头到脚包裹着他。火舌花茎似的交错缠绕,仿佛威严的披肩,仿佛衣服上的褶皱……他经过了火焰之门,护符在链子上轻轻摇晃。

卢阿尔站在深渊之前,左右两侧全是铺天盖地的黑色织物,头顶既非天空,也非天花板。他的脚边有四枚圆形的铜钱,在开裂的旧木板上排成一列,颜色深沉,无声地承受着踏在身上的每一步。

快点。快点。我很着急。我灵魂中有一只蛆在蠕动:快点!快去解渴。马上……

他转过身。

门。在长长的走廊尽头,在渐渐落下的阴影之间。在那里……

快点。别回头,向前走。走啊。

于是他迈开了脚步。木板在他脚下紧绷得像一张弓。

别回头。

对,就像这样。曾经有个男孩,他很幸福……可就在他家门口……一只可爱的小狗崽在雪堆里发现一具僵硬的猫尸……它以为那是个玩具,玩得不亦乐乎……

从爱的汪洋中,你被扔到了石头上,因为你不是海豚而是老鼠……去死吧。

一大堆垃圾,在某个箱子边上有一朵枯萎的玫瑰。黑色的花头朝下,干枯的刺儿支棱着,花茎粗得像树藤……怎么会有朵花?

太阳,浑圆,通红。母亲刚打开家门,头顶的太阳像个红色

第八章

的托盘。纤细的胳膊,纤细的手指,白白净净的,没什么温度。冬日里清新的气息。她在说"等等,你会感冒的,我刚回来,外面很冷……"

小狗崽正在玩弄死去的猫尸。它会玩儿很久,很久……可我看不见。窗户结了一层霜……

蜡烛被吹灭了……是的,我记得。这个名字就像滴水的声音。脸颊上擦去一半的妆容……我将翱翔于大地之上,我会是那位外来者,但我会记住你,每根熄灭的蜡烛都会让我回忆起你的气味。我会特意吹灭它们,我将吹灭篝火,吹灭山火,你也说出了一切,不是吗?……你对我的指责我无力改变。再说,我根本无力改变任何事情……

界门。哟呵,你的权力还能有多大。重大背叛……或是巨变。都是一回事儿。遭到背叛的人……背叛别人的人……老天,请让我保持理智。力量啊,快帮帮我……

界门!

你,小妹妹,你不会理解我。你太小了……你就保持你现在的样子。我多么希望能像你一样……像你的哥哥,你的亲哥哥。永恒的五岁……

最后一步。如此接近……生满锈斑的巨大门闩紧紧贴着我的手。界门的另一边……

是我。我在等你。你在等待新的自己,真正的自己。嗯。

在这扇门的门体中有一群蠹虫。

我想听听你合页的嘎吱声。

⚔

阿拉娜也感觉到了,所以她表现得格外安静和温顺。我们所

Преемник
继承者

有人都坐在那里，紧紧地相互依偎着。

流浪者背对着我们，拔出的长剑躺在地板上，仿佛塔钟的指针。

最后几分钟。

托丽雅深深地叹了口气。

成为怪物之前的那一刻他会想到什么？会想起什么？他还有记忆吗？而当世界像棋盘一样上下颠倒的那一刻，我又会想到什么呢？

我看着他的脸，就像鸟儿从空中俯瞰一样。起伏的山丘，两汪灰色的湖泊，烟火的气味……而我放弃了我所爱的一切，却未能等来宽恕……

流浪者的剑好像颤抖了一下，或者这只是我的错觉？我握着阿拉娜的手，她的手轻轻一抽。流浪者用脚踩住了那把剑。

托丽雅低声说了些什么。我好像听到了卢阿扬的名字。

极度紧张。这位高个子老人正在以我不知道的方式在时空之网中寻找那个独一无二的人。这项工作非常艰难。我们都感受到了流浪者的辛苦。我浑身紧绷，探过身子想帮忙，想承担一部分……负担……我想参与其中，我想挨着埃格特和托丽雅的肩膀，看见了在前方奔跑的阿拉娜飞扬的发辫。

漫长的几秒钟，仿佛被拉长的皮筋。

"叫啊，"流浪者咬牙道，"快叫他……他已经上路了。他就在界门旁边。快叫啊！"

沉默的片刻似乎极长久，好像所有人都入了画，我们像几幅肖像画一样无声地坐着，只有埃格特的嘴唇……

"卢阿尔！"阿拉娜大声喊道，她的喊声回荡在我的心里，和巨大而空旷的大厅中的回声一样。"卢——阿尔！"

第八章

黑暗就这样降临了。

坦塔莉

我的丈夫回不来了。永远回不来了。因为外来者不会在他身上留下一丁点儿人性……或者说,其实他已经凄惨地死去了。卢阿尔之死对抗世界之死。

我不在乎这个世界。但是你,你必须保持不变。我……你就是你。你不能死,你不要……不要变成他!我没法做选择,我想要给你生孩子,哪怕他是法吉拉的孙子……我不在乎,你不要……卢阿尔,听我说,听着……

你的呼吸。一个极度疲惫和幸福之人的呼吸。我很骄傲,因为是我救了你……

我救了你?!

彼时,我心中千头万绪,如鲠在喉。

仿佛有一层薄膜将我与卢阿尔分开。薄膜遮住了我的眼睛。时间和距离,用生锈门闩关上的大门。我身体里的某种东西想要出来,像小草破石而出,又像小鸡破壳而生,没有什么比生命更强大,而我的生命是……

他们闯入了我的意识,就像从敞开的窗户吹进的风。托丽雅的意识似乎是蓝色的,是深蓝的波浪,其力量与意志堪比大洋的浪涛。埃格特的意识是红黄色的,夹杂着黑色。火热而痛苦的渴望,渴望以命换命,让另一个人回归……阿拉娜则是绿色的,非常温暖,她想看,想触碰,想去感受双肩上的手,还有某个池塘,水面上的小船,白鹅……

Преемник
继承者

托丽雅

我记得你的心脏在我体内跳动的感觉。看啊。

温热的奶水溅了出来,流到杯底,和血混在一处。像拌了酸奶油的草莓。迸裂的乳头,日复一日的痛楚,为什么你又没有喝完?我的乳房仍旧肿胀。地板上都有奶水的痕迹……困得眼睛都睁不开,直点头,打翻了一个奶瓶……还要挤多少。睡吧。

我对你的记忆,我对你的了解,我对你的感知全都如胎儿一般永远留在了我的身体里。孩子,任何血腥的工具都无法将我和这个血块剥离。我在叫你,回头看看吧。

我的父亲卢阿扬。求你怜悯我们。从你镇守瘟疫的山丘上下来吧……从那遮挡阳光的铁翼上下来吧……来吧,求你怜悯你的外孙。你的外孙……

埃格特

回头看看吧。你站在我和我的死亡之间。你和我没有血缘关系。你是我的儿子。我已为你死过无数次,我可以再死一次。我背叛了你,可是我没有跨越底线,没有跨越底线的背叛是无效的。我愿意替你承受所有的伤痛,只要你能回头看看,亲爱的儿子……

流浪者

这是一大杯苦酒。没关系,他喝过更苦的东西。他的一生中没有任何甜蜜可言。明亮河水中的鳟鱼,灼热的白沙地上打架的蚂蚁,捂住眼睛的手,某个人的嘴唇……

它在等待。它近在咫尺。

第八章

他的一生没有得到任何奖励,也没有受到任何惩罚……对他的期望与现实大相径庭。在很久以前的动荡之后,他的生活一成不变,波澜不惊,平稳得像修整过的马路。似乎他已经活了几辈子,他已经不想去回忆了。现在,也许,结局就要来了……

我是一只蛆虫。一只潮虫。拉尔特,帮帮我……

另一个人,另一个和我名字相似的男孩进入了永恒的轮回……他会选择自己的道路,轮回的圆环将改变形状,世界将会改变,或是灭亡……

唉,真是讨厌这些充满激情的语句。世界毁灭……毁灭……

天啊,又来了。我喘不上气……不要!……拉尔特……帮帮我。快出来帮帮我吧,我很虚弱……我又老又弱,我不是魔法师……拉尔特,来吧,从坟墓里出来,阻止这一切!

我想突破面前的薄膜。我们都想突破面前的薄膜,撕裂它,去到他此刻所在的地方;我们的灵魂如同紧闭的窗前的苍蝇,撞得头破血流。

流浪者。他看到了更多的景象,他背对着我们站着,一些短小又意味模糊的片段……

"它会进来,守门人会开门,成为它的仆从和代理人……"

"迷雾的绞索缠上死人的脖颈。看啊,天空被剥了皮……清水化为黑血……"

"它会进来的!"

"它会进来的!"

"它……"

> Преемник
> **继承者**

⚔

我曾经的痛苦一下子爆发出来。

为此而死并不可怕。甚至是开心的，哪怕就是现在，只是……

针对一个生物。

其他四个生物……

流浪者在呓语，他一直重复着一个名字……一个我从未听说过的名字。

蜥蜴。地上、桌上、我膝盖上的金色小兽。

他人呓语中的蜥蜴。

越是痛苦，手指绞得越紧。

注定如此。永远。注定要承受这种痛苦……

并为之感到荣耀。

⚔

门之始祖。

世界之界。

站在门边的守门人。

我，守门人，想听听你合页的嘎吱声。

我，想看看世界上会发生什么，世界会变成什么样。

我想……

别回头。只有一片废墟。太迟了。

……烧焦的花园，烧焦的夜莺尸体。一个巨大的瓶子，蜘蛛们栖身在瓶内，瓶颈仿佛天空。一只伸出来的手，或许渴望触摸或爱抚，被一块烧红的铁灼伤。永远……因为我永远不会被其他人所理解。我们每个人都是别人身体里的一根刺,一根能够感觉到疼痛的刺……

枕头上的笑脸。脸颊上的刺,眼睛里的刺……

从那时起,我失去了自我……我迷失了。我的一部分留在了那里,在那个阳光明媚的房间里,那里可以唱歌,可以大笑,也可以大哭,我很清楚有人会听到……

门闩很沉。门外的你呼吸如此浊重;你是否厌倦了等待?你是否早已不耐烦?你是否拥有永恒?

永恒就像一个空荡荡的房间。在房间里踱来踱去多么令人沮丧。

我的双手在颤抖……我已急不可耐。我灵魂中有只小蛆虫,就是那一只。被绑在椅子腿上的老鼠;它的痛苦就是我的力量。刽子手,刽子手的儿子……

你为什么直到现在还不在这里?你已经来过多少次?难道没人开过门?

时间如沙砾。昨天我进门,明天你降生。

没有人想统治世界吗?和你一起?"守门人会开门,成为它的仆从和代理人?"你的代理人在哪里,第三力量?

曾经有过两次尝试。第三次尝试即将获得完美的结局。

你在开玩笑吧……你不喜欢魔法师。他们令你厌恶……可我最终也没能成为魔法师。我是魔法师,也不是魔法师……像鲁阿尔·伊力马兰涅恩一样……

他放弃了火山熔岩,涕泪横流。

我若不让你进来……你还会来吗?

你会放我进去的。你为此而生。你没有其他选择。快点。

承认吧,你会来吗?

Преемник
继承者

我一定会来。我一定会来！不管是谁……你玩儿的不是火，而是……别开玩笑了。快点，卢阿尔。

不要生气……我当然会开门。就回头看一眼……

别回头。那里只有一片虚空。

只看一眼，那片曾经名叫生命的虚空。

别！

只看一眼……

别！

那里……

什么都没有。一堆废墟。空无一物！别……

一声爆炸。

薄膜破裂。裂隙在蔓延，片片剥落，下沉，消失……

坦塔莉的脚边落下了一块锯齿状的镜子碎片。

用尽最后的力气，最后的喊声，卢阿尔……

他转过身来。

雨水浇过的玻璃上掌影仍在。熄灭的灯上绕有一丝白烟。湿漉漉的沙子没过脚踝，书籍上的灰尘，刀剑的叮当声……一口窄小的棺材在楼梯上方飘浮，塔楼倒映在河里，湿漉漉的旗帜粘在旗手的脸上。

发蓝的白色枕头。上面的褶皱……

她脸上的皱纹。苍白脆弱的指节。

竭尽全力伸出的手。够到……

踩倒的青草。溪流中的木片……

卢阿尔！！！

第八章

"救命!"我对流浪者喊道。

老人的嘴唇无声地翕动着,我明白了他的意思。两条路。只有两条……放它进来还是弄丢性命。如果他选择……

清晨和煦的阳光,温热的嘴唇,一只手拉开窗帘……晚间院子里的篝火,房间里的书和灯,谈话声,你窗前那黄色的灯光……而这一切……

两条路。

快停手!

门闩卡住了。随即最后一次响了一下……

掉了下来,门松开了。

流浪者用手捂住眼睛急忙闪开。他无声的尖叫掠过我的意识,灰色的惧意砂轮一般碾压而来。阿拉娜的手瞬间变得冰冷。地上的长剑不断跳动,仿佛被掐住了七寸的蛇。

"万木覆于蛛网……大地千坟洞开……"这声音遥远又极度可怕。快捂住耳朵。

界门开了……

界门。

⚔

"你已长大成人,"法吉拉说道,"你来到了我一生都梦想抵达的地方。你是我的继承者;我想成为守门人,为此血腥杀戮,做了无数蠢事,可那时外来者并不在门口,我输了。但是你,你是我生命的延续,你实现了我所追求并为之而死的目标。你做到了我所不能做到的。我为你感到骄傲，儿子。你值得拥有无边威能……"

门闩嘎吱一响，掉了下来，解除了禁锢。

界门一阵晃动。

无人喜欢虚空。容器必须被填满，你，卢阿尔，容器……

别隔着门槛打招呼。

合页……嘎吱作响……

被绑在椅子腿上的老鼠。

卢阿尔，卢阿尔，卢阿尔……

你们在呼唤我。我能感知到你们所有人，可是界门，门锁已经开了。锈迹斑斑的门闩无法推回……而你，实际上就是我，已经迈出了你的第一步，进来大展拳脚吧……

进来掌控我的灵魂。

你，一个外来者。你认为那个在地牢里赋予我生命之人为你筑好了巢？他等过你，试图召唤过你，他因此而死，这是对他所作所为的奖励，如今他在我体内，我是他的继承者？我是守门人？你们终于要见面了，要在我体内合二为一？以备受折磨的老鼠之名？

我痛苦又愤怒，我会放你进入我的灵魂，然后放弃……

合页嘎吱作响。外面好冷。好冷。

这时，站在门口的人举起了手。

吊坠，先知护符，一个金色……棕色的物件。生满锈的金片。最珍贵……

不，它也没那么珍贵。

母亲……我想化为雨水，洗去你脸上的泪。我想成为青草，伏在你的赤足之下，为你覆盖路上的石子。

埃格特……我要进入你的梦。我要成为你桌上的一盏灯，燃尽你的痛苦。漫长的冬夜，你看着灯火的时候会听到我在叫你：父亲。

还有你，我们的名字十分相似；你在你所拯救的世界中不断徘徊。我向你鞠躬致敬，流浪者，可我不能重复你的命运。

坦塔莉……不，我不会对你说什么。你都知道。

我奔跑在春天的大街上。

外来者，听我说。我是最后的先知，你听我说。

路面湿漉漉的，每块石头都闪闪发亮……每块石头上都映照出了我的身影。

门闩被拔掉了，我会以护符为锁，亲自看守。

你迎面奔跑而来，手中拿着件老妇人穿的滑稽斗篷，缝上去的白发小旗似的飘来飘去。

你，你在等待，笑着，等着……你的脖子上有排成星座样的痣，你的头发没有岁月的痕迹。一根白发也没有。世间无人比你更美。

你也在等待。你，围城时爬上城楼，把我的衬衫高高举起。快把阿拉娜抱起来，我想看得更清楚一些。

先知们千百年传承的财富，你的力量……

到我这里来。都到我这里来吧……晚上会下雨，还有很多时间……春天还会久久持续……干净的石头，干净的玻璃。还有你脚下的小溪。

界门将永远关闭，我将亲自看守。

Преемник
继承者

还有天空。天空。

我会像我的外祖父卢阿扬一样,我将永生永世镇守在此。你走吧,外来者,界门已不复存在。

我……所有人……

界门已不复存在。我是最后的守门人,最后的先知,我将永生永世镇守在此……

……是你的儿子,埃格特。

永生永世!

尾　声

　　城门在黎明时分打开，远方流浪而来的尘灰飞入了城里狭窄的街道。

　　年轻女子陪他走到了第一个十字路口，两人在那里停下道别。

　　夏秋之交。干燥的马路，路边温热的石头，还有被太阳晒得蔫蔫的草地。

　　"他不回来了吗？"女子盯着远方。她的话似疑问，又似陈述。

　　老人耸了耸肩道："谁知道呢……界门边从来没有过看守。"

　　女人举目望向天空，似乎想在云层中看到界门的轮廓和那个站在门口的人。

　　"他的时间线变了，"老人缓缓说道，"然而曾经的每分每秒他都记得……"

　　"没关系，"女子轻声回应道，"我们会等。"

　　"是啊，"老人轻快地同意道，"当然会等。"

　　斑驳的云影在田野间滑行。

Преемник
继承者

"我们也会等您。"那女子说道。

老人微笑道:"不,我不会回来了。"

女子沉默了一会儿,看了看他的眼睛道:"人们等待……可是等待并不一定是为了某个结果。不是吗?"

"是的。"他严肃地说。

自己离开比目送别人远去要更加轻松。他经历过类似的场景,站立着,看着路上远去的人影越来越小,最终完全消失,隐没在山脚稀疏的小树林之后,而他却依然站在那里,遥遥眺望……

如今他也要离开,他能感觉到身后久久凝视的目光。

被太阳晒蔫的青草终于可以短暂地喘息,在它变枯变黄之前,它将再次染上绿色。秋日之初的小阳春。随风飞扬的蜘蛛网……

永远承受失去的痛苦,永远享受拥有自我的幸福。世界又变了,他也变了,无休无止的生命终于迎来即将结束的那天。这一天终于来临,他即将死去,这意味着他现在还活着……

生机勃勃的大地。生机勃勃的天空,云朵在飘荡,鸟儿在飞翔。无数次幸免于难的,光怪陆离的世界……生机勃勃的世界,宛如一场豪华的盛宴。

老人仰起他那饱经岁月沧桑的脸,朝向犹如穹顶的蓝色天空笑了笑。胖乎乎的云朵对着他友善地噘了噘嘴。

他继续前行。

世界被地平线一分为二。世间一切道路都通向地平线的后方,无尽的路从脚下延伸,很难说清你这是正要上路,还是终于回归。

世界不会解释原因。

尾 声

正因如此，它才美好。

因为每个人都可以拥有珍藏的秘密。

所有人都能享用的盛宴已经准备就绪。秋日里蚱蜢的绝唱……

春天还会到来，可是他，这个老人想必再也见不到了。

没有他，盛开的鲜花难道就不再洁白无瑕？没有他，难道树叶都会枯萎凋零，太阳会失去温度？没有他，难道旧的希望不会重燃，新的希望不会诞生？没有他，难道幸存的世人就不会对春天的到来抱有期待？

幸存的人们。赐予他生命的人们……

他继续前行。他一直在前行，除非接到模糊的指令让他停住脚步。前方的路上……

夏天里最后一只蜥蜴。眼神调皮的绿色小兽。优雅的脊背，华丽的长尾。覆满鳞片的头妩媚低垂。

嗨，你好。